靖康侠影录

上部 万里寻君

蔡可刚

著

中国文史出版社
CHINA CULTURAL AND HISTORICAL PRESS

图书在版编目（ＣＩＰ）数据

靖康侠影录 . 上部 , 万里寻君 / 蔡可刚著 . -- 北京 :
中国文史出版社 , 2018.10
ISBN 978-7-5205-0621-2

Ⅰ . ①靖… Ⅱ . ①蔡… Ⅲ . ①侠义小说—中国—当代
Ⅳ . ① I247.5

中国版本图书馆 CIP 数据核字 (2018) 第 238477 号

责任编辑：梁玉梅

出版发行：中国文史出版社

社　　址：北京市海淀区西八里庄 69 号院　　邮编：100142

电　　话：010-81136606　81136602　81136603（发行部）

传　　真：010-81136655

印　　装：北京温林源印刷有限公司

经　　销：全国新华书店

开　　本：16 开

印　　张：18.25　**字数：**271 千字

版　　次：2019 年 4 月北京第 1 版

印　　次：2019 年 4 月第 1 次印刷

定　　价：52.00 元

目录

第一章

武壮士汴京访亲遭围困
高丽女义客设计脱虎口

　　宋靖康二年，三月的一天早晨，在一条通往东京汴梁的官道上，有两乘马正拼命地奔跑着，马上乘者分别为一男一女。两乘马所经之处，马蹄扬起一阵阵尘土，在清晨的薄雾中，久久不肯散去。

　　这一男一女乃是同门师兄妹，均是二十岁左右的年轻人。那男子是师兄，名叫武穆云，乃是邓州知府张叔夜张大人的义子。那女子名叫司马文君，乃大宋赫赫有名的前宰相司马光的孙女。这师兄妹二人为何奔行得这么急呢？

　　原来几个月之前，金兵大举南下，不久便连续攻克数座城池，宋军无力抵抗，仓皇溃败，边境告急，大宋徽宗皇帝见势不妙，慌忙退居幕后，让他的儿子即了位，便是钦宗皇帝。张叔夜大人忧国忧民，主动请缨，率军队来勤王护驾，汴梁危势一时有所缓解。但金兵势猛，张大人一面竭力守护京城，一面派人送信给义子武穆云，叫他早些套好几辆马车，将张府一家老小护送到南方老家去。武穆云临危受托，义不容辞，当即照办。一路上千辛万苦自不必说，最后终于平安地抵达绍兴府郊外的一处老宅中。

武穆云办完这件大事，如释重负。年轻人好动不好静，他也不例外，于是顺道辗转回到武当山，想着去拜望师父，不料师父没见到，却碰到了师妹司马文君。武穆云打算在山上多住些日子，等师父回来后再行离开，岂知天有不测风云，没料到金兵来得这样迅疾，不几日，便已兵临汴梁城下，坚守了四十余日后，徽宗、钦宗父子二人，被迫携带文武百官出城投降，张大人自然位列其中。此后汴梁城惨遭金兵洗劫。又过了一个月，金国大将宗翰、宗望率众满载北归，同时还掳去了大宋两位皇帝与大部分的皇室、宗室以及满朝文武大臣，共计数千人。张叔夜大人也随着徽、钦二帝，一同被押解着，跟随着浩浩荡荡的队伍，向燕京方向而去。

得此噩耗，武穆云岂有不心急火燎之理？这才与师妹司马文君一起下得山来，一路风风火火地向汴梁城赶去。

此时正值隆冬，天气照例冷得很。武穆云与司马文君骑马驰到汴京城南门外，但见四处一片萧瑟，半天不见一个人影。城门口有几十名披甲带刀的金国士卒正在巡逻把守。

他向师妹望了一眼，开口道："师妹，咱们进城一瞧。"司马文君点头道："好。"两人催马驰到城门前，却并不下马，径直往里便闯。那守城的金兵见来了两乘马，又见马上一男一女，气度不凡，以为是哪位将官家里的公子小姐，便不敢上前阻拦，竟然放了二人进去。

来到汴京城里，但见原本繁华的一座京城，此时却冷落异常，街道上四处是身穿戎装、腰挎大刀的金兵，家家户户紧闭房门，大街上几乎看不见行人。

师兄妹二人不敢稍有耽搁，径直循着道路，向张府而来。时候不长，便来到张叔夜大人的府门前。远远地瞧见一队十几人的金兵手持着长枪，站在大门之外。再看时，大门上方，已寻不见那块写着"张府"的匾额，见到的，却是一块黑漆漆的牌子，上面写着几个奇怪的金国文字，不知是何意思。

武穆云一见之下，心中不禁一凉，这才确信义父已遭不测，他想："看样子，家门是进不去了。"但他又不甘心，于是向师妹司马文君递了个眼色，两人假装从大门口经过，一路向东面街道而去。到了一个无人处，这才放缓了马缰。武穆云向司马文君道："师妹，看情景，十有八九，我义父也被金兵捉去了，但我还是有些不死心，想去府里探个究竟。适才你也见到了，府内金兵把守甚严，不得入内，不如咱们等到晚上，再设法进去一探如何？"司马文君道："还是师兄想得周全，咱们便候到晚上，再进去一看。"两人放马慢行，见前方有一片小树林，于是进到林子里躲避金兵，等候太阳落山。

好不容易等到日头落了山，两人将马匹拴在树林之中，换了一身夜行装，向张府而来，远远地看见府门外已悬挂了一只大灯笼，将大门照得一片通红。武穆云在前，司马文君在后，两人转到府宅后侧，这儿有一处矮墙，墙外还长着几棵粗大的枣树，岁值冬季，枣树树枝尚很繁密，将整个院墙都遮住了，不明内情之人，浑料不到从此处可以进入。

武穆云向四下里一望，见并无异状，一哈腰，噌的一下便跃上枣树。他站在一根粗大的树枝之上，司马文君也跃了上来，向院子里一望，见黑漆漆的，并无动静。武穆云知道，此处是张府仓库所在，平时少有人至，更别说是黑灯瞎火的夜晚了，于是便大胆地顺着墙溜到院落之上。

二人高抬腿，轻落足，施展夜行之术，不多时便潜到前院。一路上，借着月光的照射，但见碗碗罐罐丢得到处都是，庭院里一片狼藉，仆人们早已不知去向，想是他们得知本府老爷被捉的消息，担心连累自身，于是一哄而散，各回老家去了。

见此情景，武穆云不禁怔怔地流下泪来，回想起昔日汴京的繁华以及在家里度过的快乐时光，不禁感慨万分。就在此时，天空中突然飘下鹅毛般的大雪来，雪越下越大，不一会儿，便将院子的地面铺上了一层银装。

武穆云来到自己所居屋前，见屋门大开，却无人居住，于是轻轻地走了进去，探明里面并无异状，这才回身向司马文君一招手，叫她也进来。只见屋内摆设与以前并无二致，只不过柜子、椅子东倒西歪，一张床榻也被掀翻在地，想是那些金兵进来查找金银及值钱的物什时所为。又发现桌上一只瓷花瓶不翼而飞，显是已被金兵当作战利品给抄去了。武穆云见此情景，不禁怒火中烧，暗骂这帮金兵横行霸道。

突然，一阵脚步声响起，在这夜深人静的院子里，尤其听得清晰。听脚步声沉重，似乎是金士兵正向这边走来。不多时，随着火光一亮，似有几只火把照到屋前。这时，有人大声喝道："什么人？竟敢半夜里来此营地偷盗。"

武穆云一听，心道一声不好，不知是何时暴露了行迹。

他知道再躲已无济于事，正要闯出门去，忽见那几名金兵已走进屋来。火把照耀之下，但见为首的是个中等身材的矮胖子，顶盔披甲，腰悬大刀，手中握了一根皮鞭，一双三角眼，贼溜溜地正向屋内观瞧，一眼便看见了武穆云。几乎同时，唰唰数声，那几人同时拔出腰刀，向武穆云逼近。

武穆云与司马文君并不理会这几个人，他转过身去，仍旧伸手去扶那倒在地上的桌椅。只听那金兵军官大声骂道："耳朵聋了吗？老子在问你话呢！"紧接着，是一阵皮鞭破空之声，向着他二人当头抽来。

武穆云耳听皮鞭将到头顶，他倏地一伸手，便抓了个正着，随即手腕一翻一带，顿时将皮鞭夺在自己手中。那金兵军官只觉浑身一震，手腕发麻，不禁大吃一惊，颤声说道："你！你！"

"对，我便是这间屋子的主人，你们快来抓我呀！"武穆云朗声说道。

"好大胆的小毛贼，老子今儿捉的就是你！……小的们，快捉活的，回去向大帅那儿请功领赏啊！"他开始大声咆哮道。

"好嘞！"随着同声答应，几柄大刀同时向武穆云砍将过来。便在此时，武穆云忽听到身后一声娇叱，见司马文君已拔剑在手，护在自己身前，长剑剑光一闪，便有几名金兵应声倒下，"当啷啷——"手中单刀也掉在了地上。

"反了！反了！"那金兵军官连声吆喝，吹起了口哨，顿时，从外面又涌过来几十名金兵，个个手持长矛，将屋前围了个水泄不通。

司马文君见形势危急，忙道："师哥，咱们快撤！"

"好，我在前面，师妹你断后。"武穆云一挺手中长剑，向那金兵军官扑去，一招"白蛇出洞"，举剑刺向那军官。那金兵军官见他来势凶猛，忙挥舞手中单刀向外挡格，刀剑相交，只听"哧——"的一声，接着"当啷"

又一声，单刀刀头应声落地，再看那军官手中，却只剩下一截刀柄，连着一尺长的刀身。那金兵军官大吃一惊，浑未想到对方手中乃是一件削金断玉的宝剑，一时间竟然怔在了那儿，不知所措。其余金兵见状，纷纷退后，瞬间让出中间一条通道。

武穆云见机会难得，当即叫道："师妹，快跟我来。"抢先冲了过去，司马文君紧随在他身后，两人没怎么费劲便冲出了包围，又返回到那矮墙下。师兄妹两人一跺脚，双双跃上矮墙，随即攀着枣树下到墙外。

两人一哈腰，嗖嗖嗖，正要顺原路奔回小树林。武穆云突觉身后似有一高一矮两个人影正紧紧跟随而来，他心中一惊，听那二人双脚着地之声，既轻且快，又非一般庸手可比，当身怀绝技，于是与师妹改变路线，折而向西，一路上蹿房越脊，才将紧跟的那二人甩在了后面。后面那两人脚下功夫了得，始终与他二人保持着一定的距离。于是师兄妹二人加紧了脚步，一点点地将距离拉开。

正急奔间，武穆云忽然瞥见正前方现出了一座大宅，朦胧雪夜下，是红墙围成的院落。墙内屋舍层层叠叠，正是理想的藏身之所。武穆云向司马文君一招手，两人远远地绕开那宅子的正门，几个起落，便跳上宅墙。

宅院一侧是一座二层小楼，武穆云与司马文君不及多想，当即跃上二楼顶上的阁楼，自上而下查听周围动静。此时，天上的雪下得正紧，将院子里装饰得银装素裹。只过了片刻，果然就听见大门外传来了敲门之声，并且有人粗着嗓子大声叫嚷道："开门哪！妹子，开门哪！"听口气，似乎认识这宅子的主人，武穆云一拉司马文君，示意她随时做好撤退的准备。

这时，只见楼下一层灯光一闪，接着房门打开，走出一位身穿红衣的女子来，手中持了一盏油灯，脚卜踏着地上的积雪，发出吱吱的声响。这女子走到大门口，一伸手拉开门闩，顿时门前现出一高一矮两个人。

当先是一位身材矮小、长得敦实的汉子，只听他嚷道："妹子，怎么这么久才出来！适才可曾见到有一男一女两个贼子，进到宅子里了吗？"那女子却不答话，让那两人进来，随后将门闩插好，这才说道："大哥，怎么好长时间不来家里了？这时却深更半夜地闯来，开口便向人家要一男一女两个人来，却为哪般？"听这女子口气，似乎与这个矮汉子是亲兄妹关系。就听后面那身材高大的汉子抢上说道："金大妹子，快别数落你哥哥的不是了。咱们今儿确实有公务在身，一路只为捉拿反贼而来，若是金大妹子见过一男一女两个来过的话，还望如实说了出来，以免误了大事！"

那姓金女子一听，语气稍和缓地道："这几日天气太冷，我早早地就睡下了，适才刚被你二人吵醒，又哪儿听到什么动静啦？你俩若不相信，自己找一下就是了。"说完打了个哈欠，又要进屋休息。

那矮短汉子向那高大汉子道："忽秃将军，适才咱俩明明看见那一男一女朝这个方向跑了过来，他二人的脚印在地上清晰可见，却在宅子前陡然不见了，分明是进宅子里躲了起来，咱俩不如搜一搜，看是否能寻出个蛛丝马迹来。"

那叫作忽秃的高大汉子"嗯"了一声，显是答应。只听那女子说道："大哥，你与忽秃兄弟只管去搜，我，我可要去睡了。"又连打两个哈欠，独自又回到屋内。

那高、矮两个汉子果然不死心，于是在宅院里前后左右、上上下下地搜了起来，此时天空中的月亮已被大雪遮挡不见，灰蒙蒙的一片，相距咫尺，也看不清对方。

那两人却也有些耐性，连续查翻了一个时辰的工夫，几乎将整个宅子翻了个遍，却丝毫线索皆无，不禁有些垂头丧气地乱嚷起来。武穆云在阁楼上看得清楚，心想："果然是缺心眼，竟忘了到阁楼上查看。"

那矮汉子向那叫作忽秃的高大汉子说道："忽秃将军，没有啊！这可奇怪了，看样子是趁咱们不注意，已经溜了，走，到外面去追去，看有没有留下什么脚印。"那二人无精打采地出了宅门，在宅墙外转悠了一会儿，径直向北面而去。

过了一会儿，只听一楼房门声响，那红衣女子走了出来，到大门口将宅门重新关好，这才转身欲回屋中，将到门口，突然抬头向阁楼上叫道："喂，两位，这就下来吧！"

武穆云一惊，这才知道原来适才这女子是装的，既然被她察觉，再躲无益，于是与司马文君一起从阁楼上下来，来到那红衣女子近前，借着她手中的灯火，这才瞧出，原来是一位身材修长的异邦女子，长脸庞，高颧骨，一双大眼睛灵活异常，眉毛上扬，似是个高丽女子。只见那女子一指屋内，道："请两位先进来说话。"

武穆云二人跟着她走进屋内，见里面有一间客厅，客厅一侧是一间卧室，屋内没有椅子，只有几块蒲团。那高丽女子指着两个蒲团说道："尊客请坐。"她则坐在另外一块蒲团上。武穆云与司马文君也不客气，二人在蒲团上坐定。

只听那女子说道："我姓金，叫金银花，适才那矮个男子是我的亲哥哥，他叫金太郎，咱们兄妹二人是从高丽国来到中原谋生的。"武穆云与司马文君一听，便知这女子果然是从高丽来的，又听说那位矮个汉子原是她哥哥，不知怎么却投了金国。顿了一下，只听金银花接着说道："咱兄妹二人本想着在大宋朝廷里谋一份差事，谁承想，我那哥哥偏偏不走正道，竟然归顺了金国，做了一名跑腿的军官。唉！"说着，又叹了一口气，似是对这件事十分遗憾而又无能为力。

武穆云心想："看样子，这位高丽女子金银花行事与她哥哥迥然不同，适才必是她故意隐瞒了我们俩的藏身之所。"想到此，不由得站起身，向那金银花一揖道："多谢姑娘适才相助之恩。"那金银花一笑道："壮士不必客气，这也是我替哥哥做了一件积德之事，免得他积恶太深，结的仇家太多，以后到了无法收拾的地步。"

武穆云道："金姑娘也不必太过自责了，日后多多劝劝令兄，想来必会使他迷途知返，改过自新。"金银花叹道："但愿如此。"

这时，司马文君向武穆云递了个眼色，意思是说，此地非久留之地，速速离开才是。武穆云于是起身道："深更半夜，多有不便，这便告辞。"金银花知他心意，劝道："壮士不必心急，明儿天亮后再走也不迟，想我那哥哥这几日必定不会再来本宅查看，况且，两位能否顺利出城，那也很难说。"武穆云听她说得有理，又和司马文君对视一眼，然后说道："既然如此，那便再次叨扰一晚，明日天亮，必定离去才是。"

当晚，武穆云与司马文君二人便在金银花大宅内休息。一夜无话，到了第二日早上，二人早早地起来，洗漱完毕，正要去向金银花告辞，忽见宅院之上不知何时竟多了一辆马车，车体装饰甚为讲究，简直可以说是豪华气派，车前套着三匹骏马，分白、黄、红三种颜色。三匹马各戴着镶金的马鞍套，一看便知是贵族级别的人物乘坐的车子。武穆云与司马文君不禁对望一眼，均想："不知是哪位大臣到了？"

正想间，忽见金银花从屋内走了出来，笑吟吟地道："两位起来啦，这便请到屋里乔装一下吧。"武穆云与司马文君又对望一眼，不知她葫芦里埋的什么药。

到了屋内，只见金银花每只手上拿着一件新衣，左手乃是一件男装，右手持了一件女裙，分别递给武穆云与司马文君，然后说道："请二位把衣服换了，咱们待会儿也好乘车出城。"武穆云二人这才明白，原来这院子内的马车是专门为了护送他二人出城才准备的。

二人将两件新装换上，只见武穆云换了一件宽大无领的大袍，腰间还束了一条宽带，瞬间变成了一位高丽贵族小王爷。又见司马文君穿上了一件粉红的裙装，裙子特长，直拖到地面之上。她上身还套了件坎肩，上面绣了几朵牡丹花，显得极为雍容华贵。

这时只见那金银花手持一把梳子，过来帮着司马文君将头发绾成了一个发髻，高高地盘在头上，上面还插了一支金钗。又拿出脂粉，细细地修饰了一下她的脸部，一位小女侠转眼变成了一位端庄秀美的富家少妇。金银花又将一顶高丽帽交与武穆云，戴在头上，她自己也换上一套高丽侍女服饰。

随后金银花让武穆云与司马文君二人上了马车，自己则扮作赶车的车夫。她马鞭一扬，那三匹骏马拉着马车慢慢向外面驰去。到了大路之上，这才放开四蹄，一路朝着汴京东门方向而去。

行不多时，便来在城门前，但见前面正有五六名持刀拎枪的金兵，在对过往的百姓挨个儿盘查。金银花只当没瞧见，径直放马冲了上去。那金兵见了，慌忙喝止道："停住！停住！"有几人手持长矛，迎着马车驰来的方位，随时便要以长矛扎刺马腿。

金银花见已到了城门边，这才止住马匹，向前面的金兵一扬手中的马鞭子，朗声说道："我乃高丽派来贵国的使臣，这里面坐的乃是高丽国的两位皇亲国戚，还不快快打开城门，放咱们出去，更待何时？"

那几名金兵一听，原来是高丽国的使臣，均知这高丽国现已臣服于大金国，两国同气连枝。立时改变了态度，满脸堆笑地说道："啊，原来是高丽来的尊使！失敬！失敬！只不过，未经检查，擅自放人出去，咱们可做不了主，须得去请示一下咱们的头儿再说。"说着，有两名金兵急忙奔上城楼，去找他们的长官汇报去了。

时候不长，便见几名金兵簇拥着一位将官模样的金人从楼上下来。但见这位金国将官生得膀大腰圆，身上盔甲鲜明，长了一张大长脸，一双肿泡似的眼睛，向马车上下打量了一番，又上前掀开车帘，向里面望了一眼，见两个身穿高丽服饰的男女正坐在车里，随即向金银花问道："这车里坐的什么人？"金银花忙欠身答道："乃是我高丽国王的使臣与夫人。"

那金国将官眼睛眨了一眨，又问道："可否有出城腰牌？"金银花答道："咱们使臣夫妇前日刚来，办完公事后急着要赶回去，因而未及办理出城腰牌，不过倒是有一封咱们高丽国王的亲笔书信在此，请大人过目。"说着，从怀中取出一封信来，交到那金国将官手里。

那金人将书信凑到眼前，看了半天，见上面全是横横竖竖的文字，一个字也认不出来，顿时心急火燎地将信交还给金银花，道："既是高丽国的使臣，看样子并无虚假，那就出城去吧！"说罢，头也不回地自行上楼去了。

金银花忙一挥马鞭，那马儿听到鞭声，便发力向城外奔去，转眼间已奔出城门。转上大路，又驰出去约半个时辰，这才放缓了车速，在路边停下。金银花向车内的武穆云与司马文君道："二位，已出了汴梁城，想来那金官没生疑心，不会前来追赶，就请二位自便吧。"

武穆云与司马文君重新换好了衣裳，仍旧和昨日一般。这才一起向金银花作揖答谢。

金银花摆手道："区区小事，不足挂齿，天长地远，后会有期，来日终有见面的机会。"说罢，自驾马车又向汴京城方向驰去。

第二章

关帝庙前共商抗金救主

乱石岗阻金兵邂逅信王

武穆云与司马文君别了金银花，循道折而向北，一路行来，只半日工夫，便来到一座关帝庙前。但见此庙坐落在汴京西北部的一座小山丘脚下，四处树木相拥，倒是一处安静所在。

武穆云道："师妹，咱们与陆家兄妹临分别之时，约定在这座关帝庙里不见不散，我算了下日子，想来他们也该到了。"

两人进到庙里，但见里面立着一尊关帝的神像，由于长期无人照看，庙内四处积了厚厚的灰尘，庙壁上到处挂满了蜘蛛网。

司马文君道："师哥，看样子陆家兄妹还未到来，咱们就在这儿等他们吧。"两人找了块干净的地方，坐下来休息。

刚坐定不久，忽听西南方向传来嘚嘚的马蹄声，似有一行人乘马正向关帝庙的方向而来。马蹄声渐近，在庙前戛然而止。忽听见一个清亮的声音说道："二弟，三妹，这儿有座关帝庙，嗯，便是这儿了。"又听一个女子的声音说道："大哥，二哥，咱们进庙中歇息如何？""好。"随着两声答应，接着只听到脚步声响，有人向关帝庙行来。

武穆云与司马文君急忙迎了出去，出了庙门，抬头一望，只见不远处果有三人，二男一女，正是那陆家三兄妹到了。

只见三人均做武林人士打扮，为首的是一个中等身材的汉子，面色白晢，背上负着一口大刀，紧随其后的是一名汉子，身材稍矮，面容有些黑，手中拎了一杆大枪。最后面的是一位女子，背上负着一柄长剑，容色端丽，脸若银盆，眼似水杏，一头乌黑的长发飘垂在肩上。

武穆云上前几步，抱拳高声道："陆大哥，陆二哥，影影妹子，你们来了，兄弟在此等候多时了。"那为首的汉子名叫陆华春，外人叫他陆老大，使得一手好刀法。他一见是武穆云，便即上前拱手道："武兄弟，哥俩又见面了。"那后面的矮黑汉子名叫陆华秋，排行第二，外人便叫他陆老二，使得一手好枪法，这时也上前与武穆云见礼。那最后面的女子名叫陆华影，是陆家兄弟的妹妹，小名叫作影影，这时便袅袅婷婷地上前与武穆云见礼。司马文君紧跟着武穆云，也过来与三兄妹一一见过。

几人寒暄完毕，这才一起进到关帝庙中，找了几块石头，当作板凳。坐下后，陆华春问道："武兄弟，可查到令尊大人的讯息了吗？"武穆云道："确凿消息还未得到，不过可以肯定的是，义父他老人家与两位皇上一起，正在被押着去往燕山府的路上。"

陆华春感慨地道："这实在是太不幸了！真没料到金兵来得这样快，而且又如此轻易地攻下了汴京城，万事难料，也没啥可说的了！"陆华秋道："武兄弟，现下最要紧的，是尽快追上皇上与令尊大人，设法营救才是。"

这时，陆华影插口道："人哥，二哥，武大哥，就凭咱们区区几个人，要对付上万金兵，无疑是以卵击石，将大伙的性命白白送到金兵那儿。"武穆云道："影影妹子所言极是，可现下，要去联络这么多的武林同道，确也不易，但若时间耽搁久了，等金兵进了燕山府，再去搭救恐怕就更加不易了。"陆家兄妹点头称是。

大伙又议论了一会儿，确实也想不出什么妙策来，最后只得决定铤而走险，他们五位先去追赶金兵队伍，待寻得皇上与张叔夜大人后，再作计较。

当夜，几人便在关帝庙里休息。次日一大早，便即动身，顺着大路一路向东北方向，边行边打听。大伙均想："那金兵押着上千口子，浩浩荡荡的一支队伍，凡经过之处，必会有人亲眼见到。"

果然，行到第三日中午时分，几人路过一座市镇，到饭铺里吃饭，从店家那里得知，半月前有一支汴京来的队伍打此处经过，随后就顺着大路折向北去了。瞧样子，正是一支金兵队伍，中间还夹杂着许多汉人，有男有女，以妇女居多，看这些人的衣着服饰，尊贵而华丽，非一般寻常百姓可比，最起码也是达官贵人。只是当时无人知道，这些人为何被金兵押到了这儿。

几人一听，心中更无怀疑，当即出了小镇，一路向北疾驰。晓行夜宿，终于在第四日上，远远地瞧见前方道路上尘土飞扬，正有一支队伍慢腾腾地向北行进，一杆杆大旗迎风飘摆，上面均写着斗大的"完颜"二字。

几人一见大喜，想不到终于在此处撵上了。直到此时，几位才长长松了一口气，于是停步不前，躲进道边一处树林里，一起商议下一步的对策。

陆华春先开口道："我见这伙金兵个个顶盔戴甲，手持刀枪，想来防备甚严，瞧人数，少说也有一万人，再加上被押解来的皇上等一行人，合在一起起码接近两万。凭咱们五人之力，可是万万无法施救的。"说完，眼望余人，想听听他们的意见。

武穆云开口道："陆大哥所言极是，我见那金兵的几个头领都骑着高头大马，手中兵刃也均分量不轻，看样子绝非一般的庸手。每人手底下少说也有几百斤的力道，要对付他们尚且不易，再加上众多的金兵，若是贸然上前，只恐救人不成，咱们也有被捉去的危险。"陆华影道："啊！这可如何是好？总不能眼睁睁地看着皇上与张大人被押往燕山府去吧！"陆华秋道："三妹莫急，咱们既要设法成功救人，又要防备被金兵捉了去。好在这些金兵行速甚慢，咱们好好地想它一想，总能想出个万全之策来。"

几人又低头不语，各人均绞尽了脑汁，苦思良策。

一直未开口的司马文君，这时突然说道："几位大哥，古人云，一夫当关，万夫莫开，咱们不如抢到前头，寻到一处必经之路，挡住这些金兵的去路，以逸待劳，利用有利地势，以此拖住金兵，那时这些金兵想必就会不战自乱，届时咱们再伺机出手救人……"

陆华春没等她说完，就拍手叫道："妙计！这样，咱们一来可以不先与金兵正面过招，保存实力；二来可以以此拖住金兵的行程，让他们着急，自乱阵脚。我完全赞成司马师妹的主意，大伙觉得如何？"他眼望余人，见大家都点头同意，这才又说道："好，就这么定了，大伙先休息一下，等养足了精神，待会儿去找寻近路包抄过去，抢在金兵头里，占领路隘关口，多设机关埋伏，这次定要叫金人多尝点苦头。"

余人又点头称是，于是照法行事，先在树林里休息片刻，这才乘了马匹，找寻到一条蹊径，绕过几座小山，远远地便瞧见山下边一队金兵正押着上千名宋人，向北缓缓走着。几人加快行速，又翻过前面几座山岗，终于将那伙金兵撇在了身后。

如此又急行了一程，忽见前方现出两座大山来，山连着山，两山之间有一道山谷。几人行进谷中，抬头左右一望，但见高耸的峭壁矗立在两侧，远处山谷之中，松木繁密，果然是个隐蔽偷袭的好处所。几人又向前行了一会儿，突见前面又现出一处山岗，一条狭窄的山路蜿蜒而上，山路上乱石成堆。陆华春一指那山岗，喜道："天赐咱们这处险地，咱们就在此埋伏，定能阻住金兵。"余人均点头赞同。

于是向山岗行去，这时道路越发的崎岖不平，几人只得下马，牵马步行上了山岗。陆华影一见此处地势，笑道："这里三面环山，仅有此处山岗可以通行，想那伙金兵，纵有天大的本事，也不能飞过山岗去。几位大哥，文君姊姊的计策，定能奏效。"

余人闻听，均各大喜，于是动手搬运山石，垒在山岗之上，一遇金兵到来，便即抛石退敌。

一切安排妥当，就等金兵上前领死。等了半天，还未见金兵的影子。几人只等得心焦，猛听前面传来了厮杀之声，似乎有人已与那伙金兵动上了手。

武穆云道："陆大哥，小弟可否前去探明究竟，以备御敌之策？"陆华春道："这个倒也不必，咱们在此以逸待劳就是，大伙切莫走散了。"武穆云答应一声，双眼凝视前方，只听厮杀呐喊声越来越响，大约持续了半个时辰的样子，渐感到那厮杀呐喊声就在左近。又过了一个时辰，忽听见一阵急促的马蹄声从前方山谷中传来，马蹄声渐行渐近，终于看清正有几人骑马奔近。

这时已能看清楚马上那几人的穿戴，却不是金兵，而是几个江湖义士。但见一个个均做宋人打扮，手中各持刀枪棍棒，衣裳上还沾满了血迹，正自骑马向武穆云等人埋伏的山岗上驰来。接着又听到这几人身后传来金兵的追杀呐喊之声，"儿郎们！快追，莫叫这几个毛贼逃脱了！""活捉一个，大王赏银一百两啦。""哗——"一群金兵个个见钱眼开，没命地向前追杀，转眼便追入山谷之中，因山谷中道路崎岖不平，这才放缓了行速。

陆华春道："大伙准备好了，待这几位武林同道上了山岗，便用大石先将前面的金兵击退。"几人各抱起一块大石，做出了抛掷的姿势。

时候不大，那几位义士便骑马奔上了山岗，这时陡然间见到有人正抱着大石伏在山岗上，先是一惊，随即明白，于是纷纷跃下马来，各抱起身边一块大石，加入武、陆等人中间。

形势紧急，无暇互道姓氏。便在这时，只听一阵喊声响起，已有几百名金兵如蚂蚁般蜂拥着向山岗上冲来，将到半山腰上，陆华春当先大吼一声，将手中大石向下抛去。随着轰隆隆一阵巨响，那块几百斤的山石，顺着山坡向下滚去，顿时在几名金兵身上轧过，血肉横飞过处，山坡上便多了几具金兵的尸体。

几乎同时，陆华春、陆华秋、武穆云、司马文君、陆华影以及那几位新赶到的江湖义士，纷纷将手中大石抛下，一阵尘烟在山坡上升起，轰隆隆之声不绝，震彻山谷，接着便听见金兵哭爹喊娘的惨叫声。

过了片刻，尘烟渐渐散去，但见山坡上留下了一百多具金兵的尸身，个个血肉模糊。山岗下面，黑压压的已聚集了无数金兵，一个个手持刀枪，却不敢向前，显是被山岗上突然飞下的山石的威力震慑住了。

一击成功，山岗上之人欢呼雀跃，这才细瞧那几位义士，但见为首的是个高大汉子，生得方面大耳，膀大腰圆，真个是威武神俊。又见他手中持了一根镔铁大棍，衣上溅满了点点血迹。

这人身后却是一个粗壮的汉子，黑面阔口，一脸的络腮胡子，手中持了一对黑黝黝的板斧。他后面还跟了一人，长相却又不同，但见这位身穿黄色锦缎长袍，头戴方巾，身材修长，生得面如白玉，目若朗星，鼻直口方，一绺垂须在颌下飘洒，瞧模样，似是位富家公子。这人手中还持了一柄宝剑，剑身金光四射，看样子是件宝物。

再向后看，却见有一位年轻武生正扶着一位年轻女子。等再仔细瞧过，这才发现，原来这位年轻武生竟是位姑娘，但见她头上缠了头巾，将头发尽数裹在里面，面容秀美，略略现出些红晕，更显得娇媚不可方物。这女子一身的青色素装，显得清雅绝俗，一只手还持了一柄长剑。

再向旁边那位女子瞧去，但见她一脸的惊疑神色，脸色惨白，无半点儿血色，那么憔悴不堪，身上衣衫也已经破旧不堪，但布料却甚讲究，当是苏杭有名的丝绢缝制而成。这女子浑身已抖成了一团，牙齿不住地上下打颤，随时都有摔倒的危险。

那为首的高大汉子向前一抱拳，道："在下马扩，敢问几位壮士高姓大名?"陆华春这边一听，脸现喜色，道："尊下想必便是盘踞五马山山寨的马寨主了，兄弟陆华春这便还礼了。"

那人果是马扩，他在和尚洞举旗抗金，从此威名播于江湖，因而许多人听说过他的名头。只听他略略一笑，才道："陆兄弟不必客气，想那陆家庄兄弟二人的威名，江湖上谁人不知，谁人不晓，咱们仰慕已久，来来来，我为陆兄弟引见一下。"说着，一指身后那名粗壮汉子道："这位是我兄弟，他叫赵邦杰。"又一指那相貌堂堂的汉子，道："这位，想必陆兄弟早有耳闻，他便是当今大宋信王殿下。"

众人一听，都是一怔，均知这信王乃是大宋徽宗皇帝的第十八子，本名叫赵榛。真想不到当今堂堂的信王殿下，此刻也被逼得四处逃难。陆华春及余人忙上前跪下施礼，道："臣民拜见信王殿下。"

那赵榛忙一一扶起，惭愧道："落魄之人，不足为尊，大伙不必多礼。"

马扩又一指那青衣女子，道："这位是尹翠翠姑娘，咱们半路上结识的。咱们见她一出手便连毙几名金兵好手，于是就合在了一起，共抗金兵。"他接着又一指尹翠翠身旁那位女子，道："这位姑娘是咱们于混战之中，刚从金兵手中救出的。"

这时只见那姑娘向众人一揖，然后说道："卑妾拜见几位壮士，多谢几位搭救之恩。"众人一听，才知她叫韩胭脂，又瞧她身上衣着打扮，分明是从皇宫里出来的，却不知为何也被金兵掳了来。

陆华春便将自己的人向他几位一一介绍了一番。当说到武穆云时，马扩上前一把拉住武穆云的手，喜道："原来是大名鼎鼎的武当派大弟子，马某久闻武当派大名，想不到在此遇到武兄弟，实是三生有幸。"武穆云忙道："马大哥过奖了，小弟初出茅庐，只不过沾了师父他老人家的一点光而已，比起马大哥举义抗金的壮举来，实是微不足道之至。"马扩一听，暗赞他年轻懂礼，于是连声道："好，好，果然是名派高徒，不同凡响。"

众人正寒暄间，忽听山下一阵大乱，金兵又集合人马向山岗上攻来。只见为首的一人是个身材矮小、长得敦实的汉子，武穆云一眼便认出，正是那金银花的哥哥金太郎。又见金太郎身后，紧随着一个身材高大的金国将领，武穆云认得此人名叫忽秃。但见这位忽秃将官手持一条丈八蛇矛枪，正咧着大嘴，张牙舞爪地向着山岗猛冲上来。

陆华春待金兵奔到山腰处，一声令下，率先将一块大石向山坡下扔去，紧跟着，其余人也相继抛下大石，山石又激起一阵尘烟。山上众人等了片时，没有听到金兵的惨叫声，却只听见几声闷响，于是定睛向山下一瞧，却见一伙奔上山的金兵此时没了踪影，山腰间则多了几十辆庞大的木制巨型大车，车体均用原木搭成，每辆车都在上千斤的分量，适才扔下去的大石，一撞上这些巨型大车，不是被挡到了一旁，从一侧滚到山涧里去了，就是被大车在半途挡了下来。顿时山腰间多了一道人工屏障，想来那些金兵均躲在大车之后，故而未被抛下的大石砸到，更不会听到他们的叫声了。

这一下倒是出乎山上众人所料。那马扩久经大战，见此情景，便叫道："不好，陆兄弟，大石已难以阻挡金兵的进攻。敌众我寡，这山岗怕是守不住了，咱们还是趁金兵未及上来的机会，赶快向后面撤退吧。"

陆华春知他所言非虚，于是道："马大哥说得正是。大伙就一起向山后面撤退，不过临走前，先给他一个下马威，叫这些金兵不敢贸然上山，咱们也好从容撤离。"

众人齐声答应，于是撸起袖管，抱起大石，一股脑地向山下掷去。好家伙，这一下倒出乎山下金兵的意料，只见一块块大石像下冰雹般地飞落下来，瞬时将山腰间的道路堵得严严实实，形成了一堵石墙。金兵若想上山，须得一个个从石墙上爬过去。只听到石墙后那位忽秃将官高声骂道："哎呀，真气死我了，快，小的们，快动手搬石头。"他一声令下，立时上来一伙金兵，开始七手八脚地搬运石墙上的乱石。

陆华春将手一挥，说道："就让这些金兵搬石头玩儿吧。"众人一起顺山岗另一侧，下山而去。

下了山岗，一路向北驰行，行了约半个时辰的样子，忽听身后马蹄声响，回头一望，只见一队金兵正骑着高头大马又追了上来。为首的正是那金太郎与忽秃二位。就听忽秃将官大老远扯着嗓门咆哮道："小的们，冲啊，凡捉到一个活的，大王赏金子十两；抓到一个死的，大王也照样赏银五十两嘞。"

那金兵一听，顿时鼓噪起来，一个个没命地向前冲，唯恐落后了得不到赏钱。众人一见，赶紧一起转身，返回去冲杀一阵，顿时大路上又倒下几十具金兵的尸体，可叹这些金兵发财未成，却先丢了性命。

冲杀一阵后，眼见后面攻上来的金兵层出不穷，众人不敢久留，只得拨马继续向北疾驰。那忽秃见对手走脱，无奈只好先收拾起几十具士兵的尸体，在道边埋了，随后率着金兵在大道上不紧不慢地朝北方追去。

如此一来，在宋俘与这些义士之间便形成了一道由上万金兵组成的人障。陆华春与大伙一商议，决定还是绕道回金兵队伍的后面去，以图谋营救之计。岂知那忽秃将官这次却没再"糊涂"，似乎事先已料到这一手，在周围几条大小道路上都安排了人手，来往巡逻。大伙一见，只得另想对策。

第三章

施妙计信王大战金元帅
宝剑铁斧同击野马斜保

如此向前又行了十日有余，这一日将至大名界内，但见前方山峰叠嶂，沟壑纵横，陆华春喜道："这里正是隐蔽伏击的好所在，武兄弟，咱们在此阻击金兵如何？"

武穆云向前一瞧，也觉此处地势果然十分险要，可进可退，确是一个理想的拒敌之所。于是点头道："陆兄所言正是，咱们绕到金人侧面，打他一个措手不及。"

主意已定，当即分头行动。陆家兄弟在大道边捡拾了一些干草树枝，扎成十几个草人，分别拴在马上，由陆华影与尹翠翠、韩胭脂领着，顺大道继续前行，其余几人改为步行，进入路旁山谷之中，顺山坳向后方绕去。大伙一路上加了格外的小心，都知金人定会派士兵在山坳各处巡逻。

果不其然，当行到第三处山口时，便见到前面人影晃动，正是一队金兵沿大路朝这边行来。陆华春向大伙一招手，各人施展轻身功夫，片刻间便奔到大路附近，隐蔽到道旁的乱草丛中。待这队金兵过去后，不多时，便远远地瞧见又一大队金兵押着一众宋俘，浩浩荡荡地向这边开来。看样子，金人并未发现前方有何异状。

大伙俯身在路旁草丛中，这时马扩等几位已分别从身边摘下硬弩，将弩箭扣在弦上，瞄准金兵行来的方向，随时等待发射。陆家兄弟及武穆云、司马文君也各自拔剑在手，做好了应敌准备。

一切准备完毕，这时金兵大队人马已行至近前，但见前面旌旗招展，几十名金兵骑着高头大马，手持着大旗，一个个耀武扬威、气势汹汹地在头前开路，金文写着"完颜"两个大字。瞧这阵式，不知是金国四位王爷中的哪一位到了。

大伙正疑惑间，只听那信王赵榛低声对各位说道："这是金国四大天王之首的粘罕王爷亲率的队伍，听说此人手中一杆镔铁大枪，有万夫不当之勇。他的两个儿子，真珠大王和宝山大王，武功更是了得，一个使双铜，一个使铁飞饼，均非等闲之辈，咱们待会儿须一切小心行事才是。"

众人一听，均是一凛。陆华春道："想不到一交手，便遇上了几个硬茬子！但咱们既然来了，说不得，只好与他们拼上一拼，好歹要煞一煞这些金国鞑子的威风。"他又转头对马扩、赵邦杰说道："马兄，赵兄，待会儿，你哥俩先把那叫作什么粘罕的金兵元帅结果了再说。"马扩道："陆兄弟，尽管放心，这事包在我哥俩身上，管叫他姓粘的身上射穿几个窟窿。"

陆华春对余人一一做了安排，并将撤离的路线，与大伙又讲述了一遍。

这时，那金兵举旗手已经过去，接下来，只见十几辆囚车正骨碌碌地驶了过来。囚车四周均用黑布遮住，看不见里面的情形，想来是金兵害怕押解途中出现意外，这才用黑布蒙住了囚车。

这十几辆囚车行速甚慢，好容易挨到它们过去，忽见一批大宋女俘被金兵押着，缓缓地行了过来。瞧这些女俘的衣着打扮，似是宫廷里的丫鬟，人数在四五百人的样子，一个个被绳索绑缚了双手，连成长长的一串，向前缓步而行。又见她们蓬头垢面，身上衣衫均已破旧不堪，在寒风中瑟瑟发抖，令人不由得生出怜悯同情之心。

就在此时，忽然从后面驰过来三匹骏马，随着"吁——"的几声，三匹马在众女俘身旁停住，有三个金人跃下马来。

但见这三位，一老二少，那老者约莫五十岁，身材高大，一身的金盔金甲。向此人脸上瞧去，见他满面红光，长相倒还端正，一绺花白胡须在颌下迎风飘洒，只不过两只眼睛微微有些发红，给人一种怒气冲冲的感觉，令人觉出此人脾气甚为暴躁。

赵榛一指那人，低声又道："这人便是粘罕，金国的元帅，后面是他的两个儿子。那手持两柄钢锏的红发汉子是大哥，名叫野马，别人都叫他为真珠大王；另一个是兄弟，名字叫斜保，就是那个满头黄发的家伙。瞧！他手中拎了一块铁饼，分量可是不轻。待会儿，大伙一定要多加小心。"

众人听他一说，再细看那二人，果然生得人高马大，膀阔腰圆，看样子确实有两把刷子。

只听那红发的野马高声叫道："小的们，先停下休息一会儿。"众金兵一听，立即停止了前行，纷纷走到道边歇息，有的还不住地喘气。

那些被押解来的女子此时却再也支撑不住了，便原地坐倒在地上，有的竟卧倒在地上昏昏睡去。

只见那大王子野马腆着个草包肚子，迈着方步，踱到那十几辆囚车跟前，一扬手，吩咐道："将车上黑布揭去了，打开车门。""得令！"两个金兵应了一声，随即抢上前来，先揭去囚车上的帷遮，接着哗泠泠一通响，车上大锁被打开。紧跟着，从每辆车上相继走下来一些宋人打扮的女子，瞧年岁，多为二十左右，只有少数几位是上了岁数的妇人。其中一位老妇人，但见她身着青绢绣衣，头戴凤冠，面容庄重，正由两名身着大袖衫、长裙的年轻女子搀扶着，走下囚车。

这时只听一位女子说道："母后小心脚下！"那年长妇人向四周望了一眼，叹了一口气，便坐在旁边的一块青石上，那两个年轻女子仍是相陪在左右。又听那被称作母后的妇人道："富金、柔嘉两位孩儿，咱们到了何处啦？"其中一位年轻女子应道："回母后的话，女儿们也不知是到了何处，看样子，咱们还在大宋境内，并未行远。"那年长妇人又叹了一口气。其他囚车中的女子均下了车，坐在路边歇息。

满头红发的野马王子行到这些女子跟前，眯着一双色眼来回打量。突然，他的目光在那妇人身旁一位身穿红衫的年轻女子脸上止住了。只见这位女子生得淑丽端庄，一双大眼睛，楚楚动人，樱桃小口，肤色白净，一头乌黑的长发披在肩上。那野马呆看半晌，又转向另一位女子，但见这位女子身着翠色衣衫，瓜子脸，柳叶眉、丹凤眼，生得又是一番俏丽。野马看罢，不禁又是啧啧几声。

那粘罕大王见他如此神态，笑道："我儿，可相中哪一位了？父王便答允将她许配与你。"

那野马一听大喜，当即用手向那妇人身旁一指，道："父王，孩儿相中这两位姑娘了，求父王答应将她俩一同赐予孩儿吧。"

粘罕一听，咧开大嘴，大声道："好，好，父王这便答允了你。"又转头问斜保道："斜保，你相中了哪几位姑娘了？"

那斜保，斜愣着一只右眼，傻傻地向一众女子身上扫去，但见眼前花花绿绿的站了这么多，不禁眼睛都看花了，口流垂涎道："爹爹，孩儿不知，看不出来，请爹爹给孩儿做主。"边说边用手擦拭嘴边的口水，又连咽了几下，头摇得跟拨浪鼓似的，形似痴呆一般。众人一见，才知原来是个呆傻之人。

红眼的粘罕又哈哈大笑，笑声里充满了放荡、狂傲与粗野。听在耳里，只觉说不出的难受。又听他说道："好，好，为父便给你做主。"

这时，早有金兵上前，将那年长妇人身旁的两位年轻公主拖到野马身前。野马一见大喜，两只贼眼在她二人身上转了几转，鼻中闻到她俩身上散发出的少女气息，不由得有些痴迷，便欲上前去搂抱那位身穿红衫的俏丽女子，口中叫道："小美人，快让大爷抱一下。"

正在这时，忽听传来一声脆响，那野马一侧的脸颊顿时红肿起来。他的黑脸之上分明印着一只手印，看样子，适才这一巴掌扇得不轻。

野马当即恼羞成怒，他一撸胳膊，正要上前报复，随即又停了下来，却笑道："好！打得好！小美人，再给大爷在另一侧的脸颊来这么一下，好叫本大爷两侧脸颊颜色一样，如何？"竟是一副厚颜无耻的样子。

那红衣女子一听更加着恼，恨他无理，一扬手，又是"啪——"的一声，野马另一侧脸颊，果如他刚刚说的那样，又印上了一只红手印。这一下，总算两边一样了。

野马不禁一怔，浑没料到这位宋国女子如此大胆，竟敢两次冒犯自己，不由得勃然大怒，"唰——"的一声，腰刀出鞘。他握刀在手，作势要向那女子颈上砍去。其实并非真砍，只是要吓唬她一下，要叫她害怕求饶，归依顺了自己。却没料到，这女子竟然无丝毫退缩闪避之意，仍旧站立当地，与野马怒目相对，牙齿咬得咯咯作响，想是她内心愤恨至极。

"慢来！"只听一旁的粘罕大声喝止，道，"孩儿，快住手！"

他走到那女子身前，问道："你是哪位公主？叫什么名字？"

那红衣女子答道："本姑娘叫作柔嘉，既然落入尔等手里，要杀要剐，悉听尊便！"说完双眼一闭，等候领死。

那粘罕一见，肃然起敬，于是说道："嗯，不错，果然有种，不愧为宋国公主！"

他又转向那名翠衣女子，问道："这位说来也必是一位公主喽！不知怎生称呼？我问你，你可愿意嫁与我这孩儿？"

那翠衣女子此时早已吓得抖作了一团，颤声答道："我，我叫富金，愿意便是。"

那野马在旁一听，顿时大喜，上前一把搂住富金公主的腰，在她脸颊上吻了几下。粘罕见到，拍手笑道："好，好，为父便成全了你俩！"又转向那柔嘉公主道："你果真不答允？"

柔嘉公主杏眼圆睁，厉声道："正是如此。"

粘罕大怒，叫道："来人，把这个不知好歹的女子拖出去喂狗！"

"是。"呼啦一声，便涌上来十几名金兵，七手八脚地就要上前动手。

"且慢！休得无礼！"坐在一旁冷眼观瞧的那位年长妇人，厉声喝止道。

粘罕听见，转头见是她，当即招手止住手下人，他脸上露出一丝狞笑，阴阳怪气地道："啊！太后娘娘！适才本王一时糊涂，竟忘了有娘娘在此，多有得罪。"说完退后一步。

太后娘娘瞟了富金一眼，见她兀自还在浑身发抖，便哼了一声，斥道："没用的东西，便吓成了这样子！"又往后一指柔嘉道："我这个女儿，去年早些时候已经许配了人家，不过尚未过门罢了。古人云，好女不嫁二夫。咱们岂能坏了祖上的规矩，还请阁下见谅。"

那粘罕一听，沉思片响，才道："这是你们宋人定的规矩，可与咱们大金国又有何干？况且，现下你等已沦为阶下之囚，又何来这等歪理？今儿，你不答允也得答允！"

那太后一听，也厉声道："咱们娘儿几个，既已落入你手上，自然不会心存偷生之妄念，威武不能屈，咱们是不会答允的。"说毕，把眼一闭，不再理会。

那粘罕碰了钉子，一时无语，心中对这位太后娘娘更加着恼，忽地瞥见二子斜保就在旁边，正傻愣愣地看着，于是命道："斜保孩儿，听令。"

斜保一听，当即上前跪倒领令。粘罕又道："父王命你去那队人中，挑两名相中的女子，当场演一个戏蝶儿法，好叫她几位——"他一指太后娘娘，接着道："叫她几个见识一下本大王的手段。"

那斜保此刻正羡慕他哥哥野马得了一位美貌公主，一听大喜，当即蹿到那队女子当中，也不看清楚对方长相，伸出蒲扇般的大手一抓，便抓了两名年轻女子出来，向地上一摔，便欲弯腰去拉扯她们身上的衣衫，行那禽兽般的勾当。

太后及各位女嫔被这一突如其来的情景吓得呆了，都愣在当地，谁也说不出话来，浑没想到，这些金贼竟然如此丧尽天良，毫无伦理纲常，光天化日之下，竟敢当众发泄兽性。但她们手无寸铁，也只有干着急的份儿，不忍再看，纷纷垂下头去，只听"哧——"的一声，似是衣帛撕裂之声。

陆华春等在附近看得分明，事情紧急，不及多想，当下大喝一声，便纵出树丛。同时，又听到"嗖嗖"两声轻响，有两支小箭从树丛中疾射出去来，接着就听"啊——"的一声，斜保一声惨叫，向后便倒，显然已被弩箭射中。

金兵一时大乱。粘罕大声叫道："什么人在此放肆？快快出来领死！"不及上马，当即摘下马上大枪，飞身上前，不等看清来人模样，以一招"白蛇出洞"，直刺向陆华春。

陆华春见对手来势凶猛，不敢怠慢，急忙挥动手中大刀，向前格挡，"当——当——"数声，刀枪相碰，声音震耳，两人同时都感手臂一麻，各自退后半步，这才相互打量对方。

粘罕首先喝道："来者何人？"陆华春道："金国鞑子听好了，我陆华春行不更名，坐不改姓，你是不是叫作粘罕？"

粘罕一听陆华春叫出他的名字，便答道："本王正是粘罕，无名小辈，快快受死！"说着，一挺手中大枪，又攻了上来。

那一边，陆华秋、陆华影、武穆云等已与众金兵交上了手。陆华秋将一杆镔棍大枪舞动如飞，与金国二王子斜保缠斗在一处。

那斜保手持一根铁链，链子头上连了一枚硕大的铁饼。只见他双手舞动铁链，铁链发出哗泠泠声响，铁链带动铁饼，在他身周飞快地盘旋，不时发出呜呜之声。这大铁饼少说也有五六十斤，再加上这位斜保力气又比寻常的大了许多。适才他冷不防被弩箭射中，在臂膀上划破了一点皮肉，虽说他皮糙肉厚，但此刻也已鲜血淋淋。这家伙哪吃过这等亏，当即气急，嗷嗷叫着要找人玩命。刚才正好与陆华秋打了个照面，两人谁都不说话，便即动起手来。

这时斜保双手一提铁链子，手腕一抖，哗泠泠，以一招"乌龙摆尾"，铁链舞成一个圈，带动大铁饼自后向前直击出去，端的是迅猛异常。陆华秋猛见一物向自己当胸飞来，他哪敢怠慢，忙挥动手中镔铁大枪，用枪身向外一格。"当啷"一声大响，陆华秋只感双臂一麻，大枪险些脱手，便知对方果然力大，又瞧见他那只大铁饼形状怪异，以前从未见过这等兵器。陆华秋便加上了小心，他深吸一口气，抖擞一下精神，挺枪反击，连使三招夺命枪法，要趁着对方大铁饼还未圜转回来之际，打对方一个措手不及。镔铁大枪枪花飞舞，点点白光在空中闪烁。斜保一见不妙，急忙舞动手中铁链向外挡格，由于铁饼属于重兵刃，力道大，但不够灵活，若是用来阻隔大刀之类的削砍招式，还稍稍凑合，但应对长枪的击刺方面，却逊色了许多，只听"哧——"的一声，一个不小心，被陆华秋的镔铁大枪扎破了上衣甲胄，在右肋下划破了一点儿皮。

那斜保又哇哇大叫起来，这才有暇将大铁饼舞动起来，没命地向陆华秋身上招呼过来。陆华秋知他有股子蛮力，不再与他硬碰，而是改变打法，以灵活巧招与他周旋。

另一边，武穆云与那大王子野马交上了手。武穆云使剑，而野马双手各持一柄钢锏。武穆云见对方的双锏也是件宝物，不敢与之硬碰，怕损伤了自己的宝剑。

野马见到对方手中的宝剑每次将要触及钢锏时，便即缩回或避开，知道了对方的心意，于是肆无忌惮起来，将双锏舞动得如车轮一般，一连串的狠辣杀招使将出来。武穆云见他招数狠辣，心中不免着恼，心想："这金鞑子欺软怕硬，待会儿定要他尝尝我宝剑的厉害。"想到此处，便使出武当派绝学——绝命连环剑的招数来。

这时，武穆云正瞧见野马舞动双锏扫向自己的下盘，他急忙一个旱地拔葱，身子腾空跃起，让过对方双锏，同时使出一招"仙人指路"，挺剑直刺对方小腹。野马大惊，忙舞动双锏护到身前。岂知，武穆云剑到中途，忽地变招，改以一招"三环套月"，宝剑在空中划了个圈儿，反削向野马的颈部、手腕处及肩部三处。那野马只觉眼前剑花飞舞，似有无数道剑圈当面划到。他顿时大惊，算他聪明，知道此时再用双锏挡格，已然不及，于是双足用力，身子向后纵去，以便避开武穆云那势如破竹的三剑连环击刺。哪知这武当绝命剑，招数极为轻灵，一招快似一招，一招险似一招。武穆云早瞧在眼里，不待野马后撤，当即换一招"流星赶月"，向前一纵，平剑斜刺对方，剑身好似一颗流星划过半空。那野马本以为凭借适才那一纵之势，即可避开对方的连环三击，可万万没想到对方中途变招，竟会凌空飞刺过来。此时他身子正处在将要落地。但还未落地之时，毫无着力之处，变招已然不及，无奈之下，出于保命的本能，只好舞动双锏，先封住身前要害。野马刚摆好姿势，哪知武穆云剑招此时又起变化，剑尖向下面一压，改使一招"金针入地"，手中宝剑倏地飞刺出去，噗的一声，从野马腿旁掠了过去，当即划破野马裤管，在他小腿一侧划下一道长长的口子，与此同时，飞出去的宝剑，又倏地飞回到武穆云手中。

这边，只听到野马杀猪似的一声号叫，他身子一栽歪，就势在地上一滚，使了个就地十八滚，一直滚到道旁，见后面已无人追上，这才爬起身来。

武穆云也不去理他，转头一望，但见师妹司马文君与义军头领马扩、赵邦杰二人，再加上那位信王赵榛，正与金兵激烈拼杀。武穆云心想："正好趁此良机，闯入金兵队伍中解救大宋人质。"想罢，飞身上前，冲向囚车的方向。

那围住大宋女俘的金兵，见一个英俊小侠手中握着一柄宝剑向他们杀来，于是呐喊一声，纷纷上来阻击。他们不敢退缩，知道若是因此放逃了宋俘，他们中间一个人也活不成，因此拼了命地向前厮杀，武穆云连冲几次，均被金兵阻了回来。

武穆云一见大急，他大喝一声："给我让开了！看剑！"一晃手中宝剑，下手不再容情，剑光连闪处，几个金兵中剑倒地，鲜血顿时将地面染红。其余金兵一见之下，不敢再上前，纷纷后退。

武穆云乘机挺剑前冲，如入无人之境。众金兵见他神勇，均皆大骇，哪里还敢硬挡。呼啦一声，让开了一条道路。武穆云提宝剑，第一个冲到那群被缚住了手脚的大宋女俘面前，见她们正被一根粗大的绳索绑着双手，当下挥起宝剑，随着嗤嗤数声一过，绳索纷纷落地。

这些女俘手脚一得自由，便四下里奔跑散去。这时，司马文君、马扩等也跟着冲了过来，几人合力，眨眼间便将数百名女子手上的绳索尽数割断。

武穆云大声喊道："姐妹们，随我一起冲出去啊！"说罢，头前领路，那些女子在后面紧紧跟随着，众金兵哪还能拦得住。他们也不想白白上前送死，只好眼睁睁地看着这些宋国女子东奔西逃，一瞬间便逃了个精光。只有一部分腿脚有伤的，未及跑出去太远，就又被金兵捉了回来。

那柔嘉公主扶着太后，正要逃离，却被那粘罕一眼瞧见，他急忙连攻数招，逼退陆华春，一个箭步冲了过去，几步便奔到太后母女近前。粘罕伸出右手手指，分别点中她母女二人身上几处要穴，可叹这母女俩本可逃走，怎奈命运不济，一时间穴道被封，仆地倒在了地上，又被金兵一拥而上，活捉了去。

武穆云一见，急忙抢过来，要救太后母女。粘罕哪里肯让，一挺手中大枪，将他拦住，两人宝剑对大枪，又叮叮当当地斗了起来。

这时，陆华春与陆华秋兄弟俩也撤了回来，双斗野马与斜保。这六人好一场混战，刀枪剑锏，外加一只圆铁饼，来回飞舞，一时无法辨识出敌我。

酣战之余，武穆云偷眼向后面一瞥，但见数百名女俘此时大部分已逃得无影无踪，看样子，再拖得一会儿，金兵再想去追赶，也无法追上她们了。武穆云心想："须得多拖延一些时候，好叫这些人逃得更远些。"打定主意，于是与陆家兄弟继续和粘罕父子三人缠斗。

野马与斜保适才被刺伤了肋部与腿部，一时难以痊愈，因而他二人的威力大大打了折扣，再加上粘罕年老力弱，适才又经历了一场恶斗，此刻体力已渐渐有些不支，双方因此打了个平手。

又过了约半个时辰的样子，武穆云向陆家兄弟打了个手势，嘴里喊道："陆大哥，陆二哥，咱们撤。"三人同时发力，一阵急攻，先将粘罕父子逼退，这才转身顺大道向北撤去。

粘罕父子哪里肯让，拔足在后面直追。武穆云与陆家兄弟三人奔行片时，便见前方道路上正停了几位，武穆云一瞧，正是师妹司马文君、马扩等几人，又见还有三位女侠手中各牵着马匹，原来尹翠翠、陆华影及韩胭脂已在此等候多时了。

武穆云一见大喜，与陆家兄弟飞奔上前，大家上了马匹，马鞭儿一扬，绝尘而去，身后只听见粘罕父子在高声怒骂。

第四章

刘知府阳奉阴违施毒计
关将军赤胆舍身救信王

又骑马向北奔行了一程，渐渐地已将金兵甩在了身后，估计一时半会难以再追上，众人这才放缓了马速，边行边谈论日后计划。

陆华春先开口问说："武兄弟，你看，咱们下一步该向何处？"

武穆云听陆华春问他，忙答道："看样子，两位皇上并不在粘罕手里，金兵狡猾得很，必是事先猜到有人会在半途施救，因而分作几批押送。这样难料得很，就怕各批所行路线不同，那可糟糕透顶。"

陆华秋道："咱们几人，再加上几位义军大哥以及尹姑娘、韩姑娘两位，也不过十人，若分批出去追寻，各路人马必定势单力薄，倒不如集中在一块儿实际些。"

马扩道："陆兄弟所言极是，适才咱们这么一折腾，金鞑子必定加了小心，以后在押送路上必定加派人手，另辟新径，天地之大，如大海捞针，若没有耳目眼线，实难探知金国鞑子的底细。咱们莫不如以逸待劳，多发动江湖朋友，以信鸽为传递工具，如此不出数日，便可得知两位皇上的确切位置。"

武穆云道："马寨主，这个真乃好主意！小弟十分赞同，不知陆大哥怎样一个看法？"

陆华春道："马大哥所言，句句在理，咱们举双手赞成。在这方圆十来里范围内，却不知咱们众位中的哪一位，可否有相识之人，咱们也好暂居一时，以便好好地谋划一下计策。"

他说完，眼望其余几位，似在询问。其余人听他一问，均皆低头沉思，过了好半天，也未见有人应答。看样子，附近确无熟人。

便在此时，忽听信王赵榛开口说道："若从此处向东行，不出几日，便可抵达济南府，城中的知府名叫刘豫，我与他曾有来往。若咱们投奔于他，看在我的面上，或许会收留咱们。济南府内必定有军马，到时候正好调用一下，去营救父皇与皇兄，岂不美哉？"

众人听他说得在理，均点头称是。于是大伙折而向东，向济南府进发。

非行一日，这一天，便来到济南城下，远远地见到城门紧闭，城上正插了大宋大旗，旗帜迎风飘摆。信王一见，忙催马上前，向城上喊道："请问一下，刘知府可在城中吗？"

那城上士卒听见有人喊话，忙探头向下张望，但见城下一人身穿黄色锦袍，相貌堂堂，气度不凡，正向城上望着，于是问道："你是何人？找我们知府大人，有何事情？"

赵榛忙答道："我乃信王赵榛，特地远来投奔刘知府，还望速速通禀一声。"那士卒一听是当今信王殿下驾到，不敢怠慢，说了声："你等着啊。"便急匆匆地奔下城楼。

时候不长，但见一伙兵卒如众星捧月般，簇拥着一位体态臃肿、肥头大耳的知府大人走上城楼。信王抬头一看，正是那济南知府刘豫，于是高声喊道："哎呀！刘年兄，我是信王赵榛呀！快打开城门，让咱们进去一避。"

刘豫定睛向城下一望，只见有十来位男女牵着马匹正站在城下，为首一人自称是信王，不禁心下生疑，仔细打量此人面孔，似乎便是当今信王殿下，于是大声喊道："城下果是当今信王殿下吗？"

信王忙应道："千真万确！我正是当今信王。"

刘豫又道："既为信王，有何凭证？"

信王道："我这里有御赐金牌一枚，刘年兄一看便知。"说着从腰间解下一枚金牌，举在手中。

那知府刘豫瞪着包子大的眼珠子向城下观看，只见金光灿灿的一枚金牌，不知真假，于是命令道："快取吊篓来。"过了片时，从城上递下来一只小篓子，停在信王面前。

信王无奈，只好把金牌放入篓里，士卒将小篓拽上去，取出金牌，呈给刘豫。刘知府把金牌凑到眼前，仔细端瞧，见金牌之上分明刻着"信王赵榛"的字样，果是大宋皇帝御赐的金牌。看罢，这才向下面喊道："果然是信王殿下驾到，恕臣罪该万死，迎接来迟。"说着，忙率着众士卒奔下城楼。

紧接着，城门大开，刘豫亲自迎接出来，行到信王面前，当即跪倒高呼道："微臣参见信王殿下！"信王忙上前扶起道："刘知府快快请起，不必多礼。"又将各位与刘豫一一引见，刘豫一指身后一位体态与之相似的年轻武官，说道："此乃犬子，叫作刘麟。"

刘麟要上来见礼，被信王扶住道："果然是将门虎子！好啊！"

只见刘麟身后有一位大汉，特别引人注目。但见他长面红脸，蚕眉凤目，胸前三绺长髯飘洒，宛若关云长在世。

大伙一见，都不禁一怔，刘豫见状，便笑道："这位便是关胜将军，使得一口好刀，有万夫不当之勇。"众人一听，这才恍然，怪不得此人如此威风，原来是关公的后代。

信王一见，更加喜欢，于是上前一把抓住关胜的双手，喜道："你大有关公的风范，关兄弟，你也使的是青龙偃月刀吗？"

关胜忙躬身施礼道："臣使的正是青龙偃月刀。"说着转身，从马鞍上摘下一柄大刀来。众人一见，果然与当年关公所使无二，各人心中更是惊异，想不到在这济南府，还会遇到这么一位将门之后。

陆家兄妹、武穆云、司马文君、马扩等人纷纷上前与关胜相见，真有英雄识英雄、相见恨晚之意。刘豫道："信王殿下，此处非讲话之所，快请城内歇息。"于是大伙如众星捧月般，拥着信王走入城中。

设宴接风自然是少不了的。酒过三巡，菜过五味，信王问刘豫道："刘年兄，这济南府现下共有多少兵马？"刘豫起身答道："回信王殿下，总共加起来有两万多士卒。"

信王一听，道："嗯，这些兵卒，守卫这济南城绰绰有余，若出兵去营救我父皇与皇兄，却略显不足。"刘豫忙道："臣愿听从信王殿下派遣，赴汤蹈火在所不辞。"

信王一听大喜，于是说道："好，此事还须从长计议，终须想出个万全之策来。"

席罢，刘豫便安排各位到客馆休息，本来是要给信王另觅住所，信王不愿与大伙分开，于是便同住在一起。大伙这时才觉得累了，纷纷倒头便睡。

这一觉睡得好长，直到次日早晨，大伙这才起身，用罢早饭，便聚在一块儿，商议下一步的计策。正商议间，忽听脚步声响，一名军卒来在门外，但见这名军卒向左右各看了一眼，这才大踏步地走了进来。众人不明缘故，纷纷向他投去疑惑的目光。

那军卒上前一躬身，问道："哪位是当今信王殿下？"

信王忙应道："本王便是。"

那军卒从怀中取出一封信，双手递在信王手中，并道："我是关将军门下兵卒，将军吩咐我将此信送交信王殿下手中，将军还说信中有机密相告，殿下拆开信来一瞧便知。"

信王及众人一听，均吃了一惊。那军卒交了信件便即告辞，急匆匆地回去了。信王打开信笺，向信上观看。不看则已，一看之下，不觉大惊失色。众人见状，不明所以，纷纷上前相询。

信王将信递与大伙一一看过，陆华春一拍桌子，只震得桌上杯儿、碗儿乱蹦起来，茶水洒了一地，只听他骂道："想不到刘豫却是个衣冠禽兽，竟然暗地里与那金人勾结，亏得这位关将军来信提醒，否则咱们还被蒙在鼓里呢！"

马扩道："咱们刚脱虎笼，又入狼穴，这济南府看样子不能再待了！还好，趁着那刘豫未及察觉，咱们早早地离去便是，若是迟了，恐怕连济南城也出不去了。"

武穆云道："马大哥所言极是，信王殿下，咱们须尽早出城才是。"

信王一听，点头道："正是，但终究要找个借口才好出城，免得那刘豫老贼生疑。"

陆华秋接口道："莫不如咱们合力将刘豫老贼铲除了，岂不省事许多？"

陆华春道："二弟，此时万万不可打草惊蛇，想那刘豫老贼，既敢私通金国，定然早有防备，倘若咱们举义不成，枉自送了性命。那营救两位圣上的大任又靠谁去完成呢？此事须得仔细斟酌才是。"

众人一听，均皆不语，信王道："若是这位关将军肯与咱们联手，兴许大事可成。但他信中并未提及此事，看样子其中必有难言之隐，咱们也不好强人所难。"

众人又是一片默然，司马文君、尹翠翠等女流之辈不便多言，均低头想着心事。马扩的义兄赵邦杰这时开口说道："生死紧要关头，最忌拖沓误事，咱们须立时想出个法子来，然后分头行事才好。"信王及众位一听，均觉他言之有理，当下一起又合计了一番，最后决定先设法冲出城再说。

这一日之中，刘豫并未派人来请，大伙在客馆里又歇了一晚。

第三日一大早，刘豫手下一名士卒来到客馆，向众位道："今日，关将军要出城列队演练阵容，大人想请诸位出城一观。"

众人一听，皆大喜，均想："这关将军果然有勇有谋，原来早已替咱们筹划好了脱身之计，只不过为何他本人不愿离开此地，却又令人想不通了。想必他自有难言之隐，也未可知。"

大伙收拾完毕，骑着马，随着那名士卒一起出城来观看演练。只见城门外，旌旗招展，刘豫父子早已披挂整齐，迎在城门外。一见信王等人过来，当即上前施礼道："恭候信王殿下出城来检阅军队。"

信王佯装笑脸道："刘大人果然训练士兵有方，未雨绸缪，功劳不小啊！"说着，便率众人出城来看，刘豫父子在一旁相陪。

这时，城外平地上，一万多名兵卒已排列整齐，正前方站立一人，金盔金甲，手持青龙偃月刀，正是大将关胜。又见他右手持了一面小旗，不断地举旗发号施令，众兵卒持刀拎枪，操练起来，一时间喊杀声震天般响起。

约莫练过一个时辰，忽见关胜从阵前走将过来，来到信王近前，向信王一施礼，说道："末将不才，想请信王殿下及众位英雄一同到场中操练一番，不知几位意下如何？"信王道："本王正有此意。"他转身对刘豫说道："刘大人可否有这个雅兴？"刘豫连连摆手道："这个！微臣可来不了，微臣还是站在一旁，为殿下呐喊助威好了。"

信王一听，不再理他，于是率领众人，各骑马匹，一起来到阵前。关胜将军将手中小旗向空中一挥，"唰"的一声，一万多人同时变换方位，真个是整齐划一、训练有素。信王一见，不禁暗挑大拇指，夸赞这五虎将的后代练兵有方。又见关胜将手中小旗连换两次方位，下面士卒也随着那小旗，准确无误地完成各种阵式的转换。

关胜转头对信王道："请信王殿下带领几位英雄闯一下阵如何？"信王道："那可得罪了！"一点马肚，第一个冲入阵中，紧跟着，陆家兄妹、武穆云、司马文君等也进入大阵之中。待众侠进得阵来，只听关胜大声喊道："大家小心了！"说着将手中小旗向半空中一扬，呼啦啦一阵大响，就见几百面大旗竖将起来，一时间遮天盖日，令人难以辨清方向。

信王等人一见，不禁又是大惊，浑想不到，这些大旗一竖起来，适才在阵外想好的破阵之法，此时却变得毫无用武之地，大伙只能凭着感觉，一起向外硬闯。

正在这时，忽听见身前有人大声叫道："我乃关胜，知道这阵的厉害了吧！"说间，人影一晃，一人骑马拎刀已冲将过来。众人抬头一看，见迎面来者正是那位关大将军。关胜驰到信王近前，突然低声道："几位快跟我来！"说完，将马头一偏，从信王身旁掠了过去。

众人不敢怠慢，急忙拍马赶上。好在那一万多兵卒正在阵中不停地游走，再加上旌旗招展以及外面的锣鼓声，谁也没有注意到此时阵中的情景。众人跟着关胜在阵中东转西突，转瞬间便远离了城门所在。到了大阵的阵尾，关胜突然停住，转马回身，向众位一抱拳，说道："在此别过，望诸位多多保重，若得他日相见，咱们再叙友情。"

陆华春上前一把拉住他手，道："关将军，这刘豫老贼心狠手辣，将军不如与咱们一起离去，以后也好另谋去所，岂不为妙？"

关胜听他这样讲，不禁长叹一声，感慨地道："陆兄有所不知，光我一人倒也无妨，只不过一家老小两百多口，现都押在刘豫手上，若我一人偷安，岂不连累了家人？大丈夫光明磊落，雄立于天地间，凡事只要对得起自己的良心，死而无憾也！"他说得严肃，众人听得悲壮，料知他前途凶险无比，说不定此日一别，将成永久，不禁都垂下泪来。

关胜忍住眼泪，将大刀一横，喝道："婆婆妈妈，成何样子！还不赶快离去，更待何时！"说着，口中呵呵数声，一挥手中大刀，竟向众人扑来。众人大惊，纷纷向后奔逃。

说也奇怪，只听呼啦啦一阵响过，阵中数百杆大旗竟一下子撤了下来，顿时现出关胜舞动大刀、追赶众位英雄的场景来。

那刘豫在城门外看得明白，一见信王等人要趁机溜走，忙命他儿子刘麟上来拦阻，但为时已晚，只得眼睁睁着众位英雄与关胜，一前一后地消失在茫茫尘烟之中。

关胜追赶了一阵，回头见无人追来，这才挥手向众位道别。众人在马上频频向他挥手，突见关胜一举手中青龙偃月刀，竟向自己大腿上砍去，噗的一声，刀入肉中，顿时鲜血迸射。众人大惊，霎时明白了他的用意，要使苦肉计，以免刘豫产生怀疑，又知他这一刀，虽然流血甚多，但于性命倒无大碍，这才含泪一咬牙，挥鞭向西北方向急驰而去。

漫天旷野间，寂静无人，只听见马蹄发出有节奏的嘚嘚声响。忽然，天空变得乌云密布，霎时间竟落下鹅毛般的大雪来。这正是：

> 五虎将门出英豪，
> 济南城中救信王。
> 舍生取义好男儿，
> 义气千秋芳名传。

第五章

冰河未解宋金对峙拼杀
横扫夷寇唯我宗泽将军

几人逃出济南府，一路向西北急行，晓行夜宿，非一日，便来到了黄河岸边。此时，黄河河面上已结了厚厚的一层冰。四下里再一望，不见人烟，到处是无尽的荒草，由于连年的战事不断，土地荒芜，方圆十几里地，几乎看不到村落。

正要踏冰过河，忽然听到从东北方向传来几声号角，紧接着，便看见大队人马向此而来。远远地望去，旌旗招展，遮天盖日，一眼望不到头。几人大惊，以为是刘豫率队追来了，连忙寻到一处隐蔽的树林里躲藏起来，向外偷眼观瞧。

时候不大，那队人马渐渐行近，已可瞧见大旗之上分明写着斗大的"完颜"二字，原来是金国的大军，不知为何开到了这荒无人烟的地方。

几人正欲出树林向东面遁去，却不料，那队金兵行到前方不远处却停下了，接着又是几声号角响起，金兵全部停止了前进，几名报事官骑着高头大马，来回传递着讯息，似乎在前方发现了军情。

却见为首的几个人先后跃下马来，从各人身上的打扮，可以看出是金国的将领，其中一位还是个秃头和尚，瞧不清此人面孔，但见他身形肥胖，头上脑门锃亮，身上披一件土黄色僧袍，背上还背着一对明晃晃的圆形兵刃。

这秃头身旁，是一个身材高大的金国将领，头上戴了顶翻毛皮的毡帽，身穿翻毛皮大氅，身长一丈有余，长得体壮如牛，手中似乎握了根纯金的鎏金镗，看样子是一员金国猛将。另外还有两名偏将，打扮与那高个子金将十分相似，只是个头稍稍矮些，也各手持刀枪。

这时，就听那身材高大的金国军官向身旁两名偏将叽里咕噜说了几句，那两名偏将连连点头，接着便见十来名金国士卒，各骑上一匹马，向黄河冰面上慢慢行去，瞧情形，是要试探一下冰层的厚薄，以确保大队人马能够顺利地渡过河去。

几乘马在黄河的冰面上来回溜达了几次，随即又返了回去，向那高个子金将叽里咕噜说了一通。那金将当即将大手一扬，立时号角声起，将官上马，士卒开拔，大队人马又动了起来，行至黄河边，便即停住。紧接着，最前方的一排人马开始踏冰过河，待行到河中央时，第二排人马接着过河，如此一排接一排地过河，行动甚是缓慢，但队伍却无丝毫喧哗之声，看样子是一支久经沙场的彪悍之师。

过了一个多时辰，那队人马已有几千人到了河对岸。此时天色渐暗，已近黄昏，四下里更加静了，只听见人马踏在冰面上发出的咯吱咯吱的声响，在这空阔的黄河两岸，尤其显得清晰可闻。

便在此时，忽听河对岸传来一声炮响，紧接着火光四起，呐喊之声随即骤起，"杀呀！莫跑了金国鞑子！""冲啊！活捉完颜花骨朵！"呐喊声与冲杀声响彻云霄。一听便知来了宋军。

那刚渡过河去的金兵顿时乱了阵脚，纷纷掉头顺原路回撤，一时间，黄河冰面上被战马践踏致死者不计其数，后面的金兵来不及退回，一时都拥堵在岸边，一个也动弹不得。

果然，大队宋兵铺天盖地地冲杀过来，一下子将金兵队伍冲散，那些金兵鞑子纷纷抱头鼠窜，漫山遍野到处是逃命的金兵，有十几名金兵无意间竟跑到信王等人隐蔽的树林里。众人候个正着，手起刀落，便一一结果了其性命。

突见从宋兵后面冲上来一哨人马，为首的是一员年轻小将，只见他骑在一匹白马之上，双手各持一柄银锏，指东打西，忽左忽右，勇不可当，瞬时便放倒了十几名金兵。再看这员小将身后，有一面大旗迎风飘摆，在火把的照耀下可以清楚地辨认出，旗上写着一个斗大的"岳"字。真想不到后生小辈之中，竟然又出了这么一位小英雄来。

这时，金兵大都已回撤到里许以外，那年轻小将勒住战马，向着金兵撤退的方向，哈哈大笑道："金国鞑子，再敢前来骚扰，定叫尔等尝尝小爷的厉害。"

便在此时，又听到了马蹄声响起，一哨人马从西边渡河而来。那宋国小将一见，顿时大喜，连忙圈转马匹，向西迎去。到得近前，跃下马来，向着一位金盔金甲的老将军叩头道："元帅，您也来啦！"

那老将军一见是他，哈哈大笑道："岳飞，前些日子，你总吵着要到前敌杀鞑子，好啊！今儿可杀得痛快了吧！"

岳飞站起身道："元帅，还没过足瘾，叫他们逃脱了许多。"

那老将军一捋胡须道："还有机会，我瞧这些金国鞑子并未死心，说不定过上几日，还会再来。"

岳飞将手中双锏一举，道："那管叫他有来无回。"

众人见这位老将军神采奕奕，不亚于三国时期的老黄忠，大多不识得他。信王是识得的，他向大伙说道："这位便是咱们宋军里鼎鼎有名的宗泽老将军，走，咱们出去与他相见。"

于是众人一起出了树林，向着宋军驰了过去。那宗泽与岳飞正在谈话，忽见东南方向尘土飞扬，正有几人乘马奔来，不觉吃惊，来到近前，这才看清原来是几位武林人士，于是放心。

信王在最前面，宗泽当即认将出来。他赶紧跳下马来，向前施礼道："哎呀！原来是信王殿下，怎么到了这里？恕老臣眼拙，未及迎接，还望信王殿下恕罪。"

信王也下了马，上前相搀道："宗老将军，说哪儿的话。国难当头，咱们君臣一心，共抗金贼，彼此肝胆相照，老将军不必多礼。"

这时岳飞也上来叩见信王，信王夸赞了他一番，说他年少有为，将来必为国家的栋梁。然后又将众位与宗泽、岳飞一一引见。大家相见，自然欢喜异常，于是就在黄河岸边安营扎寨，不大一会儿工夫，一座大宋营盘便矗立在黄河岸上。

大伙齐聚在宗泽老将军的营帐内，宗泽老将军吩咐摆酒设宴，为信王接风。

酒过三巡，宗泽先道："信王殿下，老臣得悉二帝蒙难，当即由渭州起兵，一路上经过黎阳，这才到达大名府，本想着渡过黄河去截住金贼的退路，从而救出两位圣上。岂知事先约好的四方勤王之兵迟迟未至，更没想到的是，让金贼抢先了一步。这些金贼实在狡猾得很，竟然大举西进，欲侵犯我大名，老臣没法，于是趁着金贼渡河混乱之际，这才打了他一个措手不及，不然的话，单凭咱们这一万来人，怎抵挡得过那金贼数万之众？不过现下好啦，经过适才这一阵厮杀，必已大大挫败了金贼的气焰，一两日内，料他也不敢再来滋扰。借此机会，咱们也好仔细筹划一下应敌的计策。"

信王道："老将军多多辛苦了！本王实在感激不尽。"

宗泽忙起身道："两位圣上昔日对老臣恩重如山，这救驾之事，老臣自当身先士卒、义不容辞。"

信王一听大喜，又将这几日的情景说过。宗泽一听，沉默良久，才道："看情景，这金贼实在狡猾，他们已猜到咱们必会在半路上进行堵截，因而事先将咱们的人分成了几批，各批行走不同的路线，这一招太过狠辣，令咱们无法分身，唉，却不知二位圣上是在哪一条路上？"

信王道："一路之上，大伙也商议出了一条计策来，准备去济南府向刘豫求助。没承想，这位刘大人里通外国，他早已与金贼暗中勾结在一起，想要将我等几个抓住，献给金贼当见面礼，亏得他手下大将关胜及时给我等通风报信，又设法帮助我几人逃出济南府，最终有惊无险。没想到在此又遇到了老将军，这真是不幸中的万幸了！"

宗泽一听，惊道："刘知府也生了异志？唉，真是可惜！微臣与此人交往已久，常暗地里赞他心思机敏、文韬武略，均不在微臣之下，当为国家之重臣，想不到，关键时刻竟然失节，可惜！可惜！"他连连摇头，表达心中的遗憾与惋惜。宗泽又接着道："如此说来，这济南府早晚要归了金国鞑子，老臣事先策划好的东西夹击之策，看样子，恐难实施啦！"

信王道："正所谓知人知面难知心，人心叵测。"

正谈间，忽听得马蹄声由远而近，在营帐外戛然停住。一名士卒从帐外急匆匆地奔了进来，来在宗泽近前，躬身施礼道："大将军，有来自汴京的急信一封。"说着，从衣囊中取出一封信来，双手呈给宗老将军。

宗泽接过信打开，定睛观瞧，一看之下，不由得气得暴跳如雷，叫道："无耻！无耻之徒！"在座众人不明缘由，纷纷询问，宗泽将信交给信王。信王看了一遍，顿时脸色大变，怒道："竟有此事！"

众人纷纷取过书信观看，这才知道，原来金人占领汴京后，为了更好地统治当地百姓，竟然擅立张邦昌为伪楚皇帝，建都金陵，所辖地域为自黄河以外，除西夏封地，豫界依旧。金人又曰，黄河以南，只知有张楚，不知有大宋也。

众人看罢，自是恼怒异常。那小将岳飞当即站起身，大声道："元帅，金立伪楚，乃我大宋之莫大耻辱。当务之急，应趁其未及上任之际，发兵讨伐之，以正我大宋之威名。"

众人一听，均皆赞同，信王道："只不过咱们现下还有营救二位皇上之大事要办，这可如何是好？"

宗泽道："信王殿下，现下最要紧的是先不让金贼的阴谋得逞，同时还要广泛联络各地同道人士，以便尽早打探出二位圣上北行的路线。咱们也好设法去营救，这总比如今光待在这里守株待兔要好得多。"

众人一听，均皆赞成，当夜无话。第二日一大早，便即拔营起寨，一路过黄河，向汴京进发，讨伐伪楚张邦昌去了。

第六章

岳飞神勇拔寨势不可当
花骨朵中火计损兵折将

一路人马正向西急行，忽有士卒上前禀报道："元帅，不好了！那完颜花骨朵带领着十多万金兵，又从后面追杀过来了。"宗泽一听，并不感到十分吃惊，看来此事早在他意料之中。

队伍又向前行了一程，前方赫然出现一片山丘，山丘里沟壑纵横，荒草遍地，干枯的树枝在北风中不停地摇曳着。宗泽一见，不禁计上心来，于是传令道："三军在此停歇，安营扎寨。"

顷刻，宋军便将营盘安好。宗元帅立即升帐，点兵派将，以御强敌。只听他说道："敌众我寡，且敌进我退，其势在敌方，我军必须选派勇敢将士，使为先锋，前去拒敌，以便耗其锐气，方可再用计策。所谓兵无先锋不胜，不知下面哪位肯出城迎敌？"

他话刚一出口，就见那位小将岳飞上前一步，道："末将不才，愿领一哨人马前去阻敌。"

宗泽一见大喜，道："好！本帅命你领一千兵卒，东去迎敌。切记，能战则战，战不胜则退，不可以硬逞强。"

岳飞答应道："末将遵令！"说罢，接过令旗，正要出帐。

信王上前道："元帅，本王与几位兄弟愿助岳将军一臂之力。"

宗泽一听，忙起身施礼道："那就有劳信王殿下了。"

于是信王等几人跟随岳飞一起出得帐来，先到营房里点齐一千名骑兵，一声炮响，一起杀出营去。

行不多时，便远远地瞧见金兵铺天盖地地扑将过来。金兵人数众多，一眼望不到尽头。正所谓兵过一万，无边无沿；兵过十万，扯地连天。

岳飞与信王商议道："信王殿下，这金兵势大人多，咱们应择有利地形以阻之。"一瞥眼间，忽然瞧见左首附近有一座小山岗，山岗上林木繁多，林木多已枯败，山脚下还有一条水沟，不过沟水早已干涸。岳飞一指那山岗，喜道："咱们在这山岗处埋伏，如何？"信王点头称是。于是岳飞吩咐手下兵卒，依计行事，一切安排停当。这时，金国大军已到近前。

这金兵首领正是那位金国大将完颜花骨朵。前日在黄河岸边，他一个不小心便中了宗泽老将军的伏击，结果损失惨重。花骨朵好不容易才将手下人集结在一块儿，这才又卷土重来，急欲挽回败局。

这时，完颜花骨朵正带领着手下向前行进，忽见前面有一座小山岗，花骨朵向手下人道："前面有山岗阻路，不知是否有宋兵埋伏，咱们小心过去。"众金兵随从应道："大王说得正是。"

那秃头和尚模样的僧人听到后，却反道："古语道，兵来将挡，水来土掩，大王不必多虑，想这小小山岗之中，也藏不下很多毛贼。即便果有几个小贼，也不用大帅亲自劳神，我大和尚一出手，便可打发了！"

那花骨朵一听，喜道："好！有太师在此压阵，本帅便放心了许多，只不过，咱们还是得小心一些为好。"

正谈间，金兵大队人马已来到山岗脚边，只听前面铜锣一响，忽然从山脚两侧树丛里蹿出几个人来，一个个均做武林人士打扮，各手持刀枪，将道路阻住。

花骨朵一见，高声喝道："什么人，如此大胆，竟敢挡住本王大军的去路？"

却见对方最前面站着个黑面粗壮的汉子，手握双斧，只听这人高声喊道："咋！金贼听好了，此路是我开，此树是我栽……爷爷便是程咬金在世，识相的，快点将手中兵刃放下，一起逃命去吧！否则的话，嘿嘿——"那黑脸汉子将大斧在空中一碰，当的一声，双斧相交，发出震耳的声响，又接着道："别怪爷爷我斧下不留该死的鬼！"

花骨朵一听，不禁大怒，正欲催马上前，忽听身旁有人叫道："大帅不必与这等小贼一般见识，且将他交给贫僧打发了便是。"花骨朵回头一看，见正是大金国护国禅师东风善，于是说道："那好，这人正好交由大禅师收拾。"

那秃僧东风善将背上一对乾坤圈取下，跳到黑面大汉近前，手一指，喝道："哪儿来的毛贼？还不远远地滚了，难道还想与老僧动手不成？"说罢，一抖手中那两柄银光闪闪的乾坤圈，便向着那黑面大汉扑将过来。

那黑脸汉子正是马扩的兄弟赵邦杰。赵邦杰见这位秃头和尚体肥腰圆，所使兵刃乃是两柄乾坤圈，想来是个难对付的主儿，不敢怠慢，将手中板斧一举，便迎了上去，只听当当两声，斧圈相碰，发出刺耳的尖声，直震得二人耳根子嗡嗡作响。那赵邦杰只觉双臂一麻，双斧险些脱手，这才知道面前这秃头和尚的厉害。但他表面上却并不示弱，将手中双斧一横，大声喝道："喂，秃驴，你叫什么？竟敢在本大王面前逞能？"

那东风善听他唤自己为秃驴，顿时大怒，哇哇大叫道："无名小贼，贫僧行不更名，坐不改姓，江湖人称东风善的便是，小小毛贼，快快过来领死吧！"赵邦杰一听，反而笑道："啊！原来是江湖上赫赫有名的恶贼东风善，我看不如叫作东风恶算了，这岂不更加贴切！"

他见这位秃头和尚神态自若，适才交了一下手，对他并未有丝毫影响，不禁心想："我此番与他打斗，意在拖延时间，好叫岳将军有空暇在山上准备布置，接下来不可与他硬拼，只与他周旋缠斗便是。"想到此处，双斧一举，又扑了上来，嘴里叫道："秃驴和尚，果是功夫不凡，来，再吃爷爷两斧！"

那东风善见他扑来，哪里将他放在眼里，舞动手中的乾坤圈，也一纵上前，右手使一招"拦腰斩蛇"，向赵邦杰横扫过去；左手则使一招"乌龙摆尾"，猛击赵邦杰脑门，双圈挂风，迅猛异常。

赵邦杰看得明白，不敢怠慢，急忙抢起双斧，上前招架。左手斧在身前格挡对方横来的一击，右手斧则向斜上方一撩，迎住击下来的另一只乾坤圈。这一次，他双手已运足了劲，生怕再碰到乾坤圈时双斧脱手。岂知，东风善适才这两下乃是虚招。乾坤圈在中途便即停住，右手圈改反手上撩，左手圈却反削向赵邦杰的双膝，双圈招式变换无声无息，迅捷无伦。赵邦杰适才使力猛了，双斧半道来不及撤回，这时眼见双圈攻到，顿时大惊失色，急切间，连忙向后一纵，只觉胸前衣襟与膝关节处，有两股劲风急掠而过。

赵邦杰不禁心里叫了声："好险！"但总算后撤及时，这才躲过了这一劫，但也已经惊出了一身冷汗，心中只想："这秃头功夫太高，我非他敌手，三十六计，走为上策。"于是不再上前，转身径直向山岗方向奔去。

东风善站定后，正等着对手重过来过招，不料赵邦杰竟掉头逃走了，不禁哈哈大笑道："无名小辈，哪里走！"说着抢起手中乾坤圈，在后面追。

后面的花骨朵一见，将手中鎏金镋向空中一挥，大声喊道："小的们，冲！"策马当先向山岗上冲去。一路上得山岗，竟无一人拦阻，花骨朵不免心下生疑，他心道："难道这山上只有适才这几名贼子？这绝对不可能。啊，不好！莫要中了宋人的诡计！"刚要返身退下山岗，忽见右侧山下一阵大乱，接着就听见有人大声喊道："冲啊！活捉金国鞑子啊！"只见一纵人马从斜刺里喊杀过来，向金兵队伍里一阵乱冲，一下子将金兵截为两段，使其前后不得呼应。

花骨朵一见不妙，连忙卜令往山下撤退，但已来不及，就听见四下里锣鼓声、呐喊声此起彼伏。不知何时，宋军已从前后左右、四面八方向山岗包围上来，混乱中，也不知来了多少军队。

金兵顿时慌了手脚，相互拥挤踩踏，死伤无数。待花骨朵带队从山岗上撤下，再四处找寻前来突袭的宋军时，却见四周已空无一人，山道上横七竖八地空留下一具具金兵的尸体。花骨朵见状，只气得哇哇乱叫，大吼一声："真乃气煞我也！"一挥手中鎏金镋，就听咔嚓一声，身旁一株杯口粗的树木已被他拦腰斩为两段。

"小的们，给我追！"花骨朵吼叫一声，当先朝着宋军撤去的方位直追下去。追不多时，听探子回报，说前方不远处便有一座山，又禀报说宋军已在山前扎下营寨，看样子要与金兵决一死战。

花骨朵一听大喜，不禁笑道："宋军以卵击石，正合本王心意。来呀，全速前进，力争在傍晚前赶到山上。"

这一边，宗泽元帅正在帐中听话，一名士卒从外面急匆匆地跑进来，禀道："报告元帅，岳将军已在前方成功阻截了金军，此刻正往回赶，不一刻便可回到大营。"

宗泽一听大喜，道："好！再去打探。"

只过了片时，便见小将岳飞领着信王等人从帐外风风火火地奔了进来。一见宗泽，岳飞便即上前叩头道："元帅，末将适才已带领人马在前面山岗与金兵交过了手，现已大大挫败了金贼的锐气，料想花骨朵此番不会善罢甘休，不一刻便会又来寻仇。"

宗泽道："此事本帅早已得知，你做得很好，快请信王殿下等几位去歇息吧。""是。"岳飞答应一声，便领着信王及各位英侠出了帅帐，到别帐休息不提。

却说金国大将完颜花骨朵，此时已带军行至宋军大营前，在距宋营五里处安下大营，准备与宋军一决雌雄。他骑在高头大马上向宋营望去，却见一座座营帐密密麻麻，一直连绵到远处山脚之下，从营盘数量来推断，宋军在六七万人之多。

他不禁心中打了个寒噤，心道："原以为这伙宋军不过二三万人，没承想会有这么多。我金国将士远道跋涉而来，正值疲累之际，宋军却以逸待劳。若宋军六七万人一拥而上，我金军定然不敌。"又见从宋营各营帐中冒出缕缕炊烟，想必是正在埋锅造饭，花骨朵顿时大喜，又不禁心道："都说这位宗泽元帅用兵如神，今日一见，却是平庸得很，不足为惧。"想到此，不觉心中一畅，于是传下令来，命手下也同样地埋锅造饭，先吃饱喝足了再说。

不一会儿，金营这边袅袅炊烟也升了起来，双方烟火合在一处，使得四处烟雾弥漫，久久不散。

宗泽元帅在这边，远远地望见敌军营中炊烟四起，他脸上不禁现出笑意，心道："待会儿，让你们这帮金贼好好尝一尝滚刀肉的滋味！"当即升帐，不一刻，各路将领齐聚过来，信王等人也一起过来听令。

宗泽见大伙来齐，这才说道："金兵十万之众，远胜于我，若是与之真刀真枪地硬拼，我军定然难以取胜，反倒会折损许多兵力。古人云，知己知彼，百战不殆。眼下金兵从远道而来，一路上鞍马劳顿，腹中必定饥饿，此时正是偷袭的大好时机，所谓机不可失，咱们趁机打他个措手不及，待会儿先去敌营中冲杀一阵，叫他们不能安心饮食。但是，一定要切记，进敌营后，即刻返回，不得恋战，不知哪位将领愿意前去扰敌？"

只见那小将岳飞又站起身来，大声道："元帅，末将愿领此令。"

宗泽道："岳飞，你适才刚与金兵交过手，只怕体力尚未完全恢复，眼下还是另派旁人吧。"

岳飞一听，将胸脯一挺，道："元帅，末将已休息好了，可当此任。"

宗泽听他讲得诚恳，不好推却，只得点头答应，并嘱咐道："一切须得小心为是！"

岳飞接令出帐，宗泽又道："且慢！"岳飞听宗元帅又有吩咐，急忙停步转身，宗泽道："岳飞，此番你出营扰敌，可掳获几名金卒回来，本帅自有安排。"岳飞答应一声，便出帐去了。

信王等人本想与他同去，但又想到此番任务比较特别，人多恐怕行事多有不便，这才打消了念头。

宗泽待岳飞离开后，转头对信王道："信王殿下，几位英雄，待会儿，烦劳几位与老夫一同去办一件事，不知可否愿意？"

信王当即道："老将军不必客气，现下军中正当用人之际，老将军只管吩咐就是。"

宗泽大喜，于是带着信王等人，又点了几百名身强体健的兵卒，他们没有骑马，只趁着天黑，出大营，向山后行去，行不多时，便来到山脚之下。但见此处山路十分狭窄，山间沟壑纵横，山谷中生满了矮树，遍地都是乱草，均已干枯，踩在脚下，不断发出吱吱的声响。

宗泽一指山沟，对信王几位道："古人云，凡与敌战，或隐山林，或在平陆，须居高阜，恃其形势，顺于击刺，便于奔冲，以战则胜。又曰，若敌近居草莽，天时燥旱，因风纵火以焚之，可破敌众。若是在山谷内多积柴薪，然后将金贼引至此处，必将烧他个措手不及。"

信王道："老将军所言极是，绝山倚谷，以战则胜，此处山多沟壑，若为我用，必能大败金贼。"两人相视而笑。

于是回营，传令下去，各营帐内灯火照点不误，又命军卒将山中沟壑疏通一番，在山谷顶上多垒山石，以做击敌之物，又命人多多打造火鼓，在山上遍插宋军大旗，以掩金人耳目。

一切安排停当，待大宋军卒在山谷间埋伏好，就听见前方敌营中，喊杀声震天般地响了起来。原来岳飞带领着一千多名骑兵，秘密潜到金营前，待金兵炊烟渐熄，料他将要用餐之际，当即一声令下，一千骑兵各举火把，如飞般冲进金营，瞬间将金军营帐点着了，一时间火光冲天。

此时，金军大将花骨朵已得到讯息，他急忙放下手中碗筷，忍着腹中饥饿，怒冲冲地骑上马匹，率领手下迎敌。迎面正好碰到岳飞的骑兵，仇人见面，分外眼红，两人二话不说便动起手来。

岳飞舞动双锏如风，将一套岳家锏法使将出来，果真是银光闪闪护住周身，风雨不透。那完颜花骨朵此时早急了眼，将一条鎏金镗挥舞得好似风车一般，一招快似一招，招招均可置人于死命，下手毫不容情。

岳飞心记宗老元帅的嘱咐，不与他恋战，几个照面下来，便虚晃一招，圈转马匹，带着手下兵卒便走。那花骨朵杀红了眼，哪里肯放，领着秃头和尚东风善等随后便追，等追到宋营前时，就见岳飞等人进了宋营，东抹西拐，便没了踪影。

完颜花骨朵心下犯疑，不敢再向前追击，正要鸣锣收兵。那秃头和尚东风善上前阻道："大帅，贫僧愿领一哨人马，到营中一探虚实。"

二人正说间，忽见那岳飞又领人从大营中杀将出来，在金兵面前一站，高声喝道："呔！金贼听好了，小爷岳飞在此，快来速速送死。"

花骨朵大怒，正欲催马上去厮杀，那东风善又道："让贫僧来会他。"说完带着几千名金兵，手持乾坤圈，向前冲到岳飞马前，双腿一蹬，忽地蹿起，离地几尺，挥动手中乾坤圈，向岳飞迎面击来。

岳飞见来一个秃头和尚，手持乾坤圈，二话不说，便向自己痛下辣手，不及多想，忙舞动双锏，便与之交上了手。两人这一打，又有所不同。

那东风善乃少林嫡传弟子，在少林学艺三十余载，功底扎得十分扎实。此时他一对少林乾坤圈舞动起来，身子滴溜溜围着岳飞不停地转着圈子。岳飞在马上沉着迎战，双锏左挡右防，又要防着他伤到马匹，一时间忙得不亦乐乎。两人斗过十来个回合，岳飞故意卖了个破绽，夺马便走。东风善见他败下阵来，哪里肯放过这等立功的大好机会，在后面紧紧追赶，跟随着岳飞一起进到大宋营中。岳飞在大营之中左绕右拐，竟放缓了马速，为的是让那秃僧东风善能追上自己。

外面，那花骨朵正在后面督战，此时见到东风善已杀入宋营中，追赶岳飞去了。又见他去了一阵，营中并无伏兵出现，当即放下心来，也不禁大起胆来，他心想："不如就此一鼓作气，直捣入宋营之中，将营帐挑了，到那时，宋军没了营帐，在这寒冷的冬季自然无法过活，我大军便可不战而胜。"他心中想得甚美，于是将鎏金镗向前一指，大声喊道："儿郎们，随本王向前冲啊！"

他一声令下，呼啦一声，众金兵如排山倒海般涌入宋营之中。宋营门前本有几百名士卒把守，哪里能挡得住这么多金兵的冲击，一见不妙，纷纷向营里退去了。

花骨朵看见，更无怀疑，当先策马在宋营中横冲直撞，犹入无人之境，一眨眼的工夫，便冲过营房，来到后面的山脚之下。抬头一望，但见山峦叠嶂，里面沟壑纵横，似有万重机关埋伏其中，花骨朵不敢再向前，驻马观看。

见前方不远处，秃僧东风善正指挥士卒向坡上进攻，同时又听到呐喊声不断响起，向山坡上一望，但见无数宋朝兵卒正伫立在山坡上，一个个盔甲鲜明，各持刀枪剑戟，在火把的照耀下，显得分外耀目。

便在此时，忽听见一声炮响，从坡上冲下来一哨人马，为首一员老将，金盔金甲，颔下一绺花白胡须，迎风飘摆，手中提了一条金枪，认出正是大宋元帅宗泽。

宗泽来到花骨朵马前，双手一抱拳，说道："原来是花骨朵将军，好久不见，将军一切可好？"

完颜花骨朵没好气地哼了一声，答道："哦！原来是宗老将军，还这么精神，真乃可喜可贺！宗老将军下山来，便是要与本王较量一番的吗？"

宗泽道："'较量'二字可不敢当，不过，今日既然有幸遇上，倒要向花骨朵将军讨教一二。"

二人话不投机，当即动起手来。

宗泽元帅所使为罗家枪法，乃唐代名将罗成所创，讲究压、打、砸、拿、滑、挑、崩、拧等招式，一条皂金枪握在他手中好似一条金龙，翻滚飞舞，来往反复，看得周围士卒眼花缭乱。

花骨朵识得此枪法的厉害，不敢大意，舞起一条鎏金镗，认真应付。他那条鎏金镗，既粗且长，分量在百十来斤，这样一件重家伙在这位完颜大将军的手中仿佛变成了一条擀面杖，丝毫不显得费劲，而是那样轻松自如。这鎏金镗，相传隋唐时期的大将宇文成都曾使过，凭着这件兵器，宇文成都得了个"天下无敌大将军"的称号，凭此足以说明这件兵刃大有来头。

花骨朵一提手中的鎏金镗，一招"猛虎出洞"，挺镗向宗老将军当胸刺来，鎏金镗闪着寒光，镗头的两股月牙犹如两条蛇信，令人不免心惊胆战。宗老将军却并不理会对方如何凶悍，他一抖手中皂金枪，以一招"九曲伏魔"，从斜上方向镗上压去。花骨朵陡感手上一沉，前刺之力受阻，这才发觉对方的金枪已压在自己的鎏金镗之上，他急忙变换招式，急使一招"黑瞎子撞树"，转动鎏金镗杆，竟向宗老将军腰间扫去，力道大得出奇。

宗泽元帅见他变招，改使一招"顺水推舟"，枪身顺鎏金镗铁杆向外一滑，抖刺对方上盘。花骨朵只觉对手枪身一动，一条金蛇便霍地跳起，直向自己咽喉刺来，不禁大吃一惊，他慌忙缩颈藏头，好险！亏得他躲得及时，这才没被皂金枪枪头刺中，但花骨朵头上所戴的翻毛皮帽却没能幸免，只听哧的一声，皮帽被枪尖挑破，里面的毛絮纷纷飘落下来，好似雪花飞舞，向四处散去。

花骨朵大怒，抡动大镗一阵乱扫，浑然没有了招式。但他身大力猛，宗泽纵然枪法再精，终归在气力上要逊色一成，渐渐落在下风，不住地向后倒退。花骨朵一见大喜，于是得势不饶人，将一杆鎏金镗舞动得呼呼挂风，恨不得一下子便将宗老将军打落马下。

宗泽元帅一见眼下情景，心道："是时候了！"于是假装一个不小心，枪走偏了，被鎏金镗半路挡住，斜斜地荡向上空，皂金枪险些脱手，于是叫道："金鞑子，果然厉害！老夫非你敌手。"说罢，拨转马头，向山下沟壑方向败下阵去。

花骨朵不辨真假，还以为自己真的将宗老将军打败了，他一举手中鎏金镗，大吼一声："儿郎们，追！"

那秃僧东风善听到号令，当先领着一队金兵沿沟壑追去。花骨朵率领大队人马紧随在后面，花骨朵一边追一边心中暗想："今儿好歹要活捉了宋国元帅宗泽，到那时，各位将领对我花骨朵定然会刮目相看。"一想到人前显贵，顿时头脑发昏，拼命地向前追赶。

在他身后，大队金兵摇旗呐喊，纷纷叫嚷道："莫跑了宗泽！捉活的有赏！"一个个争先恐后地向山谷里冲去。

宗泽按照事先选好的路线，径直登上前面山岗，回头一望，见大部分金兵都已进了山谷。

宗泽当即在山岗上一声令下："放火箭！"一时间万箭齐发，千万条火舌一齐射入山谷之中，那些干草枯枝一遇火箭，顿时噼噼啪啪地燃烧起来。

花骨朵为追赶宗泽，进到山谷之中，忽见前面奔过来一队人马，他还以为是宗泽又转回来了呢，正要上前迎战，可再仔细一看，又发觉不对，过来之人像是大金国护国禅师东风善，等那伙人奔近一瞧，果然正是东风善一伙。

却见这位护国禅师模样狼狈至极，衣上、脸上满是血污，一件僧袍也破了好几个大洞，两只乾坤圈，此刻却只剩下了一只握在手上，另一只不知去向。再瞧东风善身后的那些金兵，更加惨不忍睹，一个个丢盔弃甲，少数几位竟然缺胳膊少腿，躺在马背上呻吟不止。

花骨朵一见之下，不禁一怔，这时，东风善也已经认出了他，立即上前哭丧着脸道："大帅，咱们中埋伏了，快撤！否则——"他还未说完，半空中已有无数火箭飞射下来。

直到此刻，花骨朵才感到情况不妙，急忙传令后撤，但为时已晚。只见无数支火箭射到身周的草丛之上，立时燃烧起来，山谷中瞬间变成了一片火海。金兵的头发、甲胄顿时被大火引着，一时间，哭爹喊娘之声响彻山谷。

完颜花骨朵与东风善在众将的保护下，乘马好容易突围出来，到了山谷外面，但见四处硝烟弥漫，辨不清东西南北，他们不敢停留，继续拼命地向前奔逃，一口气奔出去十几里地，这才勒住马缰。

花骨朵尚心有余悸，向后面一望，见不到有宋兵追来，这才略略松了一口气，下得马来，查点人数，身边只剩下不足一千名亲随。他仰天长叹一声，坐倒在地上，便一声也不吭了。

第七章

北进时又逢南方传佳讯
宋高宗登基面南鼓士气

花骨朵自这一仗惨败后，再也不敢轻视宋军。他收拾起残兵败将，垂头丧气地又回到黄河岸边，踏冰过河后，径直向北，回原驻地休整去了。

再说宗泽元帅自打败了金国大将完颜花骨朵，全军上下自然欢喜异常，足足歇息了一日，这才拔营起寨又回到大名府城里，信王与各位义侠也随在军中。

到了大名府，自然又是一番庆贺，大家歇息了两日。

到了第三日上，突然从南方飞鸽传书，送来了一封书信。宗元帅打开信笺，举目一瞧，不禁喜上眉梢。众人见他如此表情，料知必有好事发生，于是纷纷问其缘由。宗元帅道："咱们的康王，现如今已到了南京应天府，即日便将面南背北，这封信便是传书各地，号令大宋旧臣前去归附的，哎呀！这回可好了！该当我大宋洪福齐天，如今又有了新皇上，咱们可算有了主心骨，难道还不值得高兴吗？"

众人一听，均皆大喜，信王接过书信一看，见信上如此写道：

皇上即位诏书，建炎元年。皇上即位，赦天下，制五月初一门下，朕膺昊天之眷命，王者继统承祧，所以嗣神器，以宁万邦，顾历代之通规，谅旧章而可法。……宜覃在宥之恩，俾洽惟新之泽，可大赦天下。

诏书中并未提及两位皇上被掳之事，想来是有意避讳的缘故。

信王一见，果然不假，也不禁喜道："九哥康王，文才武略均在我之上，理应登基主事，做弟弟的该为他高兴。只不过眼下父皇与皇兄二人正被押往燕山府途中，无论如何也要设法去搭救才是。"说罢，眼望宗老将军，想要听他的意思。

宗泽沉思半晌，这才说道："信王殿下所言极是，老臣却在想，单凭咱们这一两万的兵力，要救出二位皇上来，又谈何容易！微臣所想的便是，眼下应当先到应天府去向康王，对，现如今应称呼皇上才是。咱们向皇上求助，再加上如今皇上刚刚登基，天下各地许多大宋旧臣必然蜂拥前往投奔。到那时，应天府内兵强马壮，能人济济，我等又何愁救不回二位圣上呢？"

信王一听，觉得他所言甚有道理，于是说道："老将军所说的全在理上，本王倒有一个万全之策：本王与这几位义士、义妹先行北上，去打探两位圣上的消息，元帅可率军队前去应天府保驾，两下各不耽误。咱们一有消息，即刻派人往应天府去送信。"众人一听，均皆赞同。

于是大伙分头行动。信王与各位义侠带齐川资路费，辞别了宗泽老将军及岳飞等将，出了大名府，翻身上马，一路又向北而去。

第八章

真定城外偶见同道恶斗
天落雪金门玉真失掌门

众人继续向北，一路上打听二位圣上的消息，不觉间便来到真定城。这真定城乃军事要塞，远远地望见真定城楼上已高高挂起了一面金国大旗，毫无疑问，此城已为金兵占领。

信王认出，此乃是金国四太子兀术的大旗，又知这位四太子手持一柄开山大斧，有万夫不当之勇，堪称金国第一位勇士，于是同大伙商议，要绕道而行，以免惹上事端。

武穆云道："信王殿下，我倒有个主意，不知当讲不当讲？"

信王道："武兄弟讲出来便是。"

武穆云道："想来这位四太子，必定也曾攻打过汴京城，两位圣上被掳之事也与他有关，如此说来，他府中必定关押着被掳之人。倒不如咱们今晚先到城内去探个究竟，也好顺道打探一下两位皇上的消息。"

信王一听，觉得有理，于是道："武兄弟所说正是，只是咱们几位武功平平，蹿房越脊的本领一点儿也不会，此事只好有劳你几位了。"

武穆云道："这个自然，我与司马师妹，再加上陆家兄妹三个，咱们五位正好可去城内打探一番，人多反而行动不便，殿下带着大伙在城外等消息就是了。"

众人一听，均无异议，于是寻到城外一处树林里藏好。武穆云与司马文君以及陆华春、陆华秋、陆华影兄妹都已收拾停当，他们扮成了行人模样，不乘马匹，步行向真定城而去。

时候不大，便来在城门外。但见日头已近偏西，真定城门口来来往往的人流却不断。五人顺利地混入城中。这真定城乃南北要道，往来商贾必经之所，街上甚为繁华，虽然被金兵占领了，但外表上却丝毫看不出战争留下的痕迹。五人心中惊奇，想不到金人占领下的城镇竟也有这等繁华。

正在大街上行走，忽见前方有一队金兵列队经过，五人连忙闪入道边一家饭铺中，假装坐下要吃饭的样子。那店家是一对老夫妻，外加一名伙计，此时见有客人来，连忙出来招呼。

那男店家问道："几位客爷，要吃点儿什么？咱们这里什么都有，烧饼、煮面……"五人这时也觉肚中有些饿了，陆华春道："店家，麻烦你给下五碗面条，咱们吃完后好赶路。"

那男店家应了一声，大声向后厨喊道："煮五碗面哪。"里面有人答应一声。男店家又道："几位先稍等，面马上就好。"说着，将五只茶碗放在桌子上，又提了一壶热水过来，给每只碗倒满开水。

五人边喝水边聊天。陆华春问男店家道："这位店家，你在这真定城做这饭铺生意几年了？"那店家忙答道："回客爷的话，小老儿自从五年前就来这儿谋生了。"

陆华春又问道："我适才见大街上行走的都是些金国士兵，他们来了之后对咱们老百姓如何？"那店家一听，答道："别的地方如何，小老儿不太清楚，不过，咱们真定城里新来的这位金国大帅却是个人物，听说此人叫作什么兀术的，还是一位金国的太子，手使一柄大斧，能耐大得很嘞！"说着，两眼左右张望，好像生怕被人听到。

五人早就听说金国有位四太子，名叫兀术，是个厉害角色。正说间，店里的伙计已将五碗热腾腾的面条端了过来。五人停住说话，开始专心吃面。

正在这时，从外面进来几名道士打扮之人，一个个头戴道冠，身穿各色道袍，一进门便嚷道："店家，店家，给煮七碗面条。"五人觉得甚为稀奇，于是停筷转头观看。那店家见来了一伙道士，衣着古怪，不敢怠慢，急忙将这些人让到一张大桌前坐下，随即去吩咐煮面招待。

但见这伙道士共五男二女，为首的是一位手持拂尘、身着青色道袍、面色严正的道长，身旁跟着一个黑瘦的小个子，穿一身黑色道袍，两个眼珠子不断地来回转动。这二人均身背长剑，想来有些真本事。他们身后是一位体格粗壮、面色晦暗的胖道士，身后背了一柄黑黝黝的重剑，剑身宽且长，看样子分量不轻。另外还有四位年纪稍轻的小道士，共二男二女，身后均背了长剑。那两名道士脸色一青一白，两名道姑则面容俊俏，分穿黄、蓝色道袍，在其中显得惹眼。

武穆云与陆华春对望一眼，均不知这几位道士的底细，于是假装慢慢吃面，要聆听这几位的谈话。不一会儿工夫，七碗面条已煮好，店家忙端上桌来。那七名道士便一声不吭地低头吃面。这时饭铺里比较安静，只听到各人吃面时嘴里发出吸溜吸溜的声响。

大约过了一盏茶的工夫，那七人的面条也吃得差不多了。忽然听见一个女子说道："林师哥，咱们玉真门与那金门派向来井水不犯河水，只不过彼此道义不同，互相间有些小摩擦而已，这次金门派掌门王允卿主动发来战书，邀咱们到城东北山上比武较量，却不知是何居心？"

只听一个洪亮的男子声音说道："蓝师妹，这个我也说不好，不知待会儿师父他老人家会不会过来助阵？"

又听到一个粗豪的声音说道："林师哥，蓝师妹，难道师父他老人家不在场，咱们就胜不了那些金门派的弟子了？那也未必，论单打独斗，或许咱们与金门那些派弟子旗鼓相当，但若是联起手来，嘿嘿！那些金门派的弟子定然敌不过咱们的北斗七星阵。"

武穆云一听，又与陆华春对视一眼，想不到这些道士竟然身怀绝顶武功，而且还会摆什么阵法，不知是敌是友？于是不动声色，假装只是埋头吃面。

"喂，三师哥，小点儿声！别让外人听见了！"只听一个年轻男子的声音小声说道。"怕什么？谁还敢惹咱们玉真门？倒叫他尝尝七星阵法的厉害！"忽听那洪亮的声音又道。"好啦！大家别争了！快快吃面，吃完好赶路。"听声音，应当是那位被称为大师哥的姓林道士。

其余道士一听，均闭口不再言语，自顾自地往嘴里扒拉面条儿，一会儿工夫，已尽数吃完。那七人付过账，急匆匆地出了饭铺，朝着东北方向行去。

陆华春待这些道士离开后，对武穆云道："武兄弟，我瞧这些道士来者不善，其中必有文章，不如咱们跟在他们后面，去探个究竟如何？"

武穆云点头道："兄弟我正有此意。"

于是大伙站起身，结账出店，远远地跟在那七人后面。大约行了一个时辰的样子，便见到前方现出一座山峰来，山势陡峻，山脚下沟壑纵横，枯木衰草连成一片。那七个道士则顺着一条山路向山峰上爬去。

陆华春叫大伙先躲到山脚边的一块岩石后面，待那伙道士行至山腰时，这才急奔上峰。远远地，果见山腰间有一片平地，几株翠柏环绕而生，平地一侧紧挨着悬崖绝壁，另一侧则是一处断崖，下面便是深不见底的幽谷。却见平地之上已聚齐了十多号人，清一色的道士打扮，猜想定是那金门派弟子无疑。

为首的是一位老道士，身材高大，头戴道冠，身穿灰色道袍，面容清瘦，颔下一绺长须随风飘摆，背上还背了一柄长剑，真有些道骨仙风的派头。这老道士身后，紧跟着一名年轻道士，但见他中等身材，头戴道冠、身穿道袍。瞧此人面貌，方面阔口，面容清俊，背上也负了一柄长剑。在这名年轻道士身后，站着一个身材高大的小道士，身长足有六尺开外，面色白皙，生得浓眉大眼，骨骼健壮，很有男子气概，只不过脸上略显稚嫩，看样子岁数不大。这三人后面又站着十来名道士，一个个装束与前三位无异。

那玉真门姓林的大师兄见状，忙向前拱手道："晚辈林如晦拜见王道人，想不到金门派王道人亲自驾到，咱们来迟一步，让王道人久等了，实在是抱歉得很！"

那老道士一听，笑着一摆手，道："无量天尊，林师侄不必客气，贫道王允卿已在此等候多时，想必你几位师兄弟定是来赴约比武的了？"

林如晦道："正是，接到贵派的信函，咱们便匆匆赶来，不知王道人有何指教？"

王允卿道："指教谈不上，今日总归要与玉真门做个了断。所谓一山难容二虎，倘若咱们哪一方斗败，没得说，只能怪自己学艺不精，再也不配在此地驻留，只好请他另谋高处了。"

林如晦道："好！一言为定！不知王道人要怎么个比法？"

王允卿向对面环视一圈，才道："只是贵派掌门道长并未到来，不知林师侄做得了这个主吗？"

林如晦道："临行前，师父曾嘱咐说，一切由晚辈做主就是。"

王允卿一听，便道："好，多说无益，这就比过了。"

陆家兄妹三位、武穆云及司马文君躲在山岩后面，瞥眼向平地处观瞧，这时听他们即刻就要较量武功，均屏住呼吸，一动也不敢动，生怕被双方人等察觉。

只见双方在平地两头站定，正商议着由谁来打这个头阵。这时，玉真门队中那位身材粗壮的胖道士第一个蹦将出来，嚷道："林师兄，由我来打头阵。"林如晦点头道："好，薛师弟，一切小心为是！""师兄你就瞧好吧！"说着，胖道士便跳到场上，双手叉着腰，瞪视金门派人众，一副必胜的神态。

金门派那边，那名年轻道士走了出来，向那老道士请示道："师父，弟子愿前去与这位薛师兄切磋一番。"

那金门派掌门王允卿说道："风定，凡事不可大意！"

"是！"那年轻道士应了一声，随即纵到场中。

玉真门那姓薛的见上来一个年轻道士，比自己矮了半头，于是问道："尊驾怎么称呼？"他虽狂傲，但礼数上并没有显出丝毫怠慢。

那年轻道士一听，忙道："在下赵风定，请问这位师兄尊姓高名？"

那胖道士答道："我姓薛，叫薛大熊。赵师兄是来比试武功的吗？"

赵风定道："一点不假。"说着伸手从背上抽出一柄长剑来，剑光闪处，现出一道蓝光，足见是一柄宝剑。那薛大熊一见，不敢怠慢，急忙从背上摘下那柄重剑来，当啷啷一声，拔剑出鞘。众人一见都不觉惊异，却见那柄重剑，剑身宽且厚实，比一般的长剑要大了一号，分量也重了不少，没有一把子力气，很难舞得动它。薛大熊将那柄重剑握在手里，前后左右地舞了几下，显得轻松自如，仿佛手中握了一根筷子，在场众人又不觉暗赞一番。

那赵风定也很吃惊，心知这位薛师兄手上的力道非同小可，当即抖擞精神，举起手中宝剑，向前一纵，叫了声："看招！"一招"白虹贯日"，直刺向薛大熊。薛大熊见对方话到剑到，急忙向旁一闪身，挥重剑向外一挡，当的一声，双剑相交，双方随即向后同时跃开，各自佩服对方功夫了得。

紧接着，两人大吼一声，同时抢上，又斗在了一处。赵风定所使乃金门剑法，共八八六十四路，端的是变幻莫测。玉真门的薛大熊所用乃玉真剑法，九九八十一路，招数精妙绝伦。两人斗到酣处，只见场上剑影纷飞，分不清彼此，场边双方呐喊助威，声音震动了山谷。

赵风定毕竟剑术比薛大熊更胜一筹，斗到二十多回合时，薛大熊剑术上的漏洞逐渐显现出来，赵风定却越发凝重凌厉，丝毫不露半点儿破绽。陆华春、武穆云一瞧，均想："这场比试，最终还是那姓赵的会赢。"

果然不出所料，又斗过几个回合，赵风定卖一个破绽，故意将左肋让给对方。薛大熊不知是计，急使一招，向前一纵，挺剑直刺对方肋下。眼见剑尖将要触及对手皮肉，蓦地里却见眼前人影一晃，剑刺走空，抬头一看，赵风定却不知了去向。薛大熊大惊，急忙回剑反撩，想防止对手从背后偷袭，但已然不及，他剑还未及圈转，就觉肩上一麻，已被人使剑尖点中了穴道，顿时半身酸软无力，当啷一声，重剑落地，手臂也软软地垂了下来。薛大熊转头一看，却见那赵风定已持剑远远地跳开。

场下众人风雷般地叫起好来，皆赞这位赵师兄剑术精绝。这时，玉真门的林如晦早已跃入场中，走到薛大熊身前，伸手替他解开肩上被封穴道，又捡起地上的那柄重剑，扶着薛大熊到场边休息不提。

便在此时，只见黑影一晃，有一人跳入场中。众人一瞧，又是一位玉真门弟子，但见他皮色略黑且瘦小，一双眼睛显得十分灵活。只见这人手握一柄长剑，站在赵风定面前。赵风定一怔，随即上前一拱手，道："尊驾是哪一位？在玉真门排行第几？"

那瘦道士答道："我姓侯，字一狐，在玉真门排行第二，适才见赵师兄剑术精湛，特地上场来请赵师兄赐教一二。"

赵风定听他说得客气，便道："原来是侯师兄，久仰大名。侯师兄乃玉真门二师兄，想必在剑术上必有过人造诣，还望侯师兄手下留情。"

侯一狐道："承让！承让！"

两人话虽说得客气，可真正动起手来，情形又自不同，都不会给对方留任何情面。

那侯一狐一提手中长剑，叫了声："看剑！"一招"投石问路"，举剑向赵风定当胸刺去，长剑剑身飘忽不定，所刺方位变幻莫测，实乃虚招。赵风定知他是虚招，不敢轻动，于是一抖手中宝剑，以一招"守株待兔"，挥剑护住身前要穴，以不变应万变，确是对付对方的妙招。

侯一狐见赵风定不肯轻易上当，心中暗道："这姓赵的果然有两下子，怪不得三弟败在他手上。"想到此，收气凝神，小心对待，长剑在中途突然变招，以一招"拂花掠影"，分刺赵风定上中下三处要害，真个是变幻莫测，迅疾异常。赵风定见对手剑身一抖，知他要转换招数，又见他长剑陡然间刺到，长剑剑尖不断地颤动，知道这次非虚，急忙使一招"翻江倒海"，舞剑在身前圈转成无数剑花，宝剑似击非击，似守非守，只待对方剑击到空处，便可乘隙直刺对方要害，果然是以其人之道还治其人之身的妙招。侯一狐见他一柄宝剑，十中有六成为虚招，同时夹着几下突袭，真假难辨，不敢再贸然猛攻，于是改为保守打法，一遍一遍地将那招"拂花掠影"使将出来。

赵风定猜出对方心思，并不心急，一会儿使一招"翻江倒海"，一会儿使一招"守株待兔"，打得极为耐心。两人这一场斗法与适才更加不同。这二人均是心思机敏，不像薛大熊那般的毛毛楞楞。众人虽看得不甚过瘾，但行家看门道，知道这二人正在斗法，于是都耐着性子，倒要瞧瞧最终的结果。

场上二人斗过四十余回合，难分胜负，比斗几乎进入了胶着状态。场外众人的呐喊声比先前弱了许多，大家似乎显得倦怠起来，又有些不耐烦的情绪。只听有人嚷道："喂！加把劲儿！别净摆花架子！"又有人嚷道：

"要比试跳舞吗？快实打实地斗一场吧！"自是嫌二人虚招太多，打得不够热闹。

武穆云等人在岩石后看得明白，心知照这样比下去，一时半会儿很难决出胜负来。抬头一望，见日头已经偏西，天色渐暗，马上就要黄昏了。

就在此时，场中形势陡变，也许是受了场外的影响，那侯一狐猛地连使狠招，先是"连环三刺击"，接着是一招"落井下石"，长剑直刺赵风定下盘双腿。赵风定一见对手加快剑招，步步向自己发起攻势，于是以牙还牙，还以一招"飞鹰展翅"，接着是一招"雾里看花"，点刺侯一狐上身六处大穴，剑尖飞舞，如点点飞花飘散，把侯一狐看得眼花缭乱，自知无法格挡，无奈只得身子向后一纵，同时使一招"金钟罩顶"，舞剑到身前成一片剑障，以防对手剑尖刺到自己身上。众人只听到"叮叮"之声响过数下，自然便是双剑相碰发出的声音。

蓦地里，只见赵风定向前一纵，凑向侯一狐近前，几成贴身肉搏之势。众人不明他为何忽出此招，均皆惊疑。

侯一狐也吃惊不小，浑没料到这姓赵的竟然移近自己身前，于是急忙挥剑攒刺，想着先下手为强，将赵风定一剑刺倒。岂料那赵风定跃到侯一狐身前，并不出剑刺击，而是脚下迈起了步子，侧着身，围着侯一狐转起了圈子。侯一狐这几下刺击均落了空，眼见赵风定将转到他身后，侯一狐急忙也随着向后转去。只见赵风定围着侯一狐转起圈子来，侯一狐起初还能跟上，可到后来，因转得猛了，顿时觉得头晕眼花，但他心里却是很清醒，情知不妙，急忙舞动长剑将周身护住，以防对手痛下杀招。如此两人旋转了一会儿，突见赵风定止住步伐，向后一跃，跳出圈外，这一下，又出乎众人所料。可令大伙更加吃惊的是，那侯一狐兀自还在原地不停地转着身子，好似一只陀螺一般，手中长剑乱挥，不时划过道道寒光。

赵风定站立一旁，冷冷地瞧着场中的侯一狐，一言不发。而此时的侯一狐却好似着了魔，一直在原地转个不停，一点儿也没有要停下来的意思。如此持续了将近半个时辰的样子，才见侯一狐渐渐支持不住，慢慢停止了转动。再瞧他时，仿佛已变作了另外一个人，嘴巴张得大大的，眼睛瞪得溜圆，双手下垂，大腿不住地打战，就好似喝醉了酒，摇摇晃晃地向场边奔来。

突然他身子一歪，竟然失去了平衡，向地上平倒下去，再也爬不起来了。场边又是一阵喧哗。这时，有玉真门的弟子上前将侯一狐抬到场边，众人知他只是一时眩晕，并无大碍，但这一场却是比输了。

瞧着赵风定悠闲自得的样子，顿时又惹恼了场边一位，嗖的一下跳入场中，一挺手中长剑，叫道："姓赵的，我来会你!"

赵风定循声一望，见来了一位瘦高个的年轻道士，长方脸，面色发青，并不识得，于是不紧不慢地问道："这位师兄是哪一位?"

那瘦高道士答道："我叫徐夜大，外号青面郎君的便是。"

赵风定道："好一个青面郎君! 咱二人这就比过。"说着一提手中宝剑，与徐夜大又斗在了一处。这徐夜大的武功在玉真门众弟子当中，自然比前面那位侯一狐更逊色一些，二人一交上手，胜败形势顿时分明。

两人斗过十来个回合，突然从场边走上来一位，高声叫道："赵师哥，让小弟来顶替你一阵。"听到身后有人讲话，场上相斗二人同时向后跃开，转头一望，却见说话之人是一个十六七岁的小道士，脸上稚气尚在。不过令人惊奇的是，这小道士个头却大得出奇，足有六尺开外，生得浓眉大眼，身体骨骼强健，乍一看，就如成年人一般。

赵风定认得是小师弟王世雄，于是说道："世雄师弟，你也想上场露一手?"王世雄向他一拱手道："请赵师哥到场外休息片刻，由师弟我斗斗这姓徐的。"

赵风定知道这位小师弟年岁虽小，武功却不弱，于是点头答允，独自走回场边。适才徐夜大正与赵风定斗在一处，冷不防上来一名小弟子将赵风定替换下去，一时间，他只觉得面子上有些过不去，站在场上，进退不得，心中却想："好啊! 这姓赵的果然狂傲，竟用一个乳臭未干的小孩子顶替他上场，这可将咱们玉真门瞧得忒扁了! 不行，今儿无论如何，也要打败他金门派，也好为玉真门争回一点面子。"想到此处，也不和王世雄搭话，挺剑上来便刺，口中叫道："小娃娃，看剑!"

众人一瞧，均觉徐夜大有失大师兄的风范。这时，那王世雄也拔出剑来，举剑招架，铮的一声，两人兵刃相交，发出悦耳的铿锵之音。众人一听，料定这一剑，双方均用上了真力，而那王世雄年纪尚小，定然经受不住如此有力的一撞，手中长剑非脱手不可。可令人吃惊的是，王世雄手里的长剑并未脱手，反而握得更紧了，脸上也未露出丝毫窘态。再瞧徐夜大，脸上却现出诧异之色，自然是对眼前这小道士的武功甚感意外。

这时，王世雄将手中长剑在半空中一转，身子倏地跃起，口中叫了声："徐师哥，小弟得罪了！"连刺三剑，分刺徐夜大上中下三路，乃是他金门派连环绝命剑中的招式，端的是厉害非常。

徐夜大见他招数凌厉，立时收起轻视之心，再也不敢怠慢，忙使出一招"拨云见日"，挥剑在身前一挡，"当——当——"两声响过，两人同时向后跃开，继而又同时向上一纵，又斗在了一处。如此斗罢二十余招，未分胜负。

场边玉真门的众弟子见他们的徐师兄竟斗不过金门派的一个年轻小弟子，不禁人人脸现惭愧之色。那大弟子林如晦眉头紧锁，心里思忖，该如何挽回不胜的尴尬局面。

便在这时，忽见那金门派的小弟子王世雄招数一变，竟在剑招中加入了凌厉的指法，只见他使出一招"霸王卸甲"，挥剑挡开徐夜大的击刺，随即伸出左手食、中二指，竟向徐夜大肋下戳去，势道凌厉至极。

徐夜大眼睛尽在留意对方手中的长剑，哪里会想到这么一位毛愣小孩子竟会陡然使出点穴手法来偷袭自己，便一个没留神，只觉左肋下忽然一麻，竟被王世雄一指戳中。他顿觉半身麻木，好在此时他右半身还可动弹，于是勉强舞动长剑，护住周身上下，脚下伫立不动，这才挡开了王世雄随后袭来的剑招。

众人见他脚下不动，不知缘由，还以为他在使一招"守株待兔"呢。只有那大师兄林如晦看得分明，知道这位徐师弟已被人家点中左肋，半身动弹不得，于是急忙向两位小师妹递了个眼色，叫她二人前去助阵。那黄衫与蓝衫小道姑会意，双双拔剑纵上，挡在徐夜大身前，与王世雄接上了手。

趁此机会，徐夜大暗运内气，冲撞身上被封的穴道，好在王世雄功力不甚雄厚，这才连撞数下，将穴道解开，只累得他大汗淋漓，随即慢慢踱到场边，呼呼喘着粗气，但即便如此，总算给自己留了一点颜面，没有在大庭广众之下丢丑。

这时，场上王世雄又与穿黄、蓝衣衫的两位道姑斗在了一处。金门派的弟子们便一个个叫嚷起来："怎么！玉真门要以二打一，以多胜少不成？""这样不公平！"你一言我一语，听在玉真门众道士耳内，只觉说不出的刺耳难受。但事到如今，谁也顾不上这么多了。

那金门派掌门王允卿一直就站立一旁，一言不发，此时却开口言道："大伙住手，我老道士有话说。"

场上相斗的三人听到喊声，各自跳出圈外，持剑转头来看。

王世雄见是师父喊话，知道他担心自己敌不过那两位玉真门女弟子的围攻。王世雄当即上前，向师父行礼道："师父！"

王允卿伸手拍了拍他的肩头，夸道："世雄，初次与外人交手，表现得还不赖，退在一旁休息。"王世雄便即站在师父身后。

只听王掌门高声说道："各位玉真门的师侄，老道的这位小徒弟年岁尚小，临阵经验不足，加之适才与那位徐师侄已斗过一场，体力也消耗了不少，因而老道我这才召他下场休息。"

玉真门大弟子林如晦一听，立即上前拱手道："王掌门客气了，咱们这些小辈们相互乱打一气，想来也算不了什么。最近咱们玉真门新学了一套阵法，还未学得成熟，正好借此机会，想请王掌门指点一二，不知王掌门可否有这个兴致？"听他语气，自然是不希望那王掌门回绝。

王允卿自然听得出这位林如晦话里有话，于是顺水推舟地应道："噢？玉真门新学会了一套阵法，老道士倒要领教领教，这便请上来吧！"

林如晦大喜，心道："这姓王的不识我阵法的厉害，待会儿，倒叫他吃点儿苦头。"于是一招手，从场外当即上来六名玉真门弟子，加上他本人，正好凑足七位。

林如晦道："咱们这套阵法叫作北斗七星璇玑阵。"

王允卿道："名字倒起得好听，不知阵式如何？倒要见识一下。"说着，一探手，从背上拔出一把寒光闪闪的宝剑来，持剑立在场地中央。

这时玉真门七大弟子已将璇玑阵按北斗七星天枢、天璇等七个方位依次站好，均持长剑，面向北斗七星阵那林如晦所处的天璇方位。同时只听那七人同声念道："高上神霄，去地百万。神霄之境，碧空为徒。不知碧空，是土所居。况此真土，无为无形。不有不无，万化之门。积云成霄，刚气所持。履之如绵，万钧可支。玉台千劫，宏楼八披。梵气所乘，虽高不巍。内有真土，神力固维。太一元精，世不能知……"所念当是他玉真门的教义，待得念完，这才亮阵拒敌。

王允卿听他们念完真言，这才向上一纵身，叫道："得罪了！看剑！"说着身形一晃，已欺到璇玑阵前，瞧准阵中几名年轻弟子所处方位，出剑如风，要以凌厉的剑势，将几人逼出阵来。

林如晦看得明白，高声叫道："斗转星移。"陡见七星璇玑阵移动起来。

本来王允卿挺剑正刺向那穿黄色道袍的小道姑，不料，这璇玑阵蓦地里一转，待他人到剑到，却猛地发觉眼前并非那位黄色道袍的小道姑，而是换成了高大威猛的薛大熊。薛大熊一举手中那柄重剑，向外便刺，当的一声大响，王允卿只觉右臂一麻，才知这位薛大熊力大剑重，差一点便着了他的道。王允卿心中惊疑，不敢大意，双目紧盯着璇玑阵，想要看出个门道来，以便伺机破阵。

王允卿身形飘忽，手中长剑化成道道寒光，围着璇玑阵转了几个圈子，却始终欺不到阵前尺许，每每当他瞄准阵中玉真门弟子，举剑击去，眼看就要得手，谁知那弟子身旁左右前后会同时伸过来数柄长剑，反来分刺王允卿上中下三路，王允卿这时只得回剑撩拨。如此一来，璇玑阵渐呈合围之势，以七敌一，自然占了上风。王允卿渐渐意识到此阵的厉害，心下越发地小心谨慎，每次见到形势危急，便即纵身跃开，双方你来我往，场面几成胶着之态。

那王允卿的弟子赵风定见师父受窘，不敢坐视不理，急忙一提长剑，加入战团，要助他师父一臂之力。他一上场，场上形势顿时扭转，玉真门璇玑阵弟子要同时防备金门派师徒联手夹攻，自然比适才要吃力许多。

这时，就听林如晦大声叫道："五雷七星阵法！"

只见玉真七人忽地加快步伐，好似穿梭一般，在场上不断地穿插换位，同时七柄长剑合而为一，时而七剑联手，时而五剑同刺，时而三剑分击，端的是变幻莫测，再加上璇玑阵法的移形换位，一时间把金门派师徒闹得头昏目眩，分不清东西南北。那金门派小弟子王世雄见此情景也加入进来，以三敌七，渐渐地，金门派又挽回了一些败势。但那玉真门璇玑阵与玉真七星剑法太过精妙，他师徒三人但求自保还算凑合，若想进攻取胜，却是难上加难了。

场边几名金门派弟子实在看不下去了，便欲跃上前去助阵，可惜他们功夫太差，刚凑到阵前，便被阵式逼回，有的还被剑阵划破了手脚上的肌肤，这样一来，再也无人敢上前帮忙了。

所谓旁观者清，武穆云、陆华春等几位在后面瞧得分明，看出这璇玑阵乃是由五行八卦中演化而来。天地间金木水火土相生相克，木代表东方，色青；火代表南方，色红；金代表北方，色白；水代表西方，色黑；土代表中间枢纽，色黄。玉真门七弟子身上衣衫分为七种不同颜色，足可代表五行中的五种颜色，再加上北斗七星的阵法相互配合，七人长剑招式相同，合而为一，故而威力倍增，难怪这堂堂金门派掌门，一时也奈何他们不得。

正斗间，忽见金门派师徒三人倏地聚在一起，背脊相对，面向对手，并且飞快地旋转起来，向北斗璇玑阵阵中冲了过去，要以合力冲破璇玑阵。三人合力果是威力大增，在第十招上，便轻易地冲入璇玑阵当中。金门派三人一进到阵中，三柄长剑合击，瞬间便围住了阵中的总指挥林如晦。璇玑阵顿时大乱，好几次险些被金门派师徒击破。同时，随着阵中几名年轻弟子体力的下降，移步变得缓慢，出剑方位也有了偏差，金门派师徒三位见有机可乘，哪能错失良机，同时催动剑力，剑上加劲，展开了攻势。眼见玉真门七弟子再难以支撑下去。

正当这危急时刻，忽见人影一晃。只见一人纵身扑入玉真门璇玑阵之中，直接向金门派师徒发难。紧接着，随着"乒乒乓乓"几声响过，就见金门派的赵风定与王世雄双双如掉了线的风筝，向外直飞出去，砰砰两声，分别摔落在丈许外的地上。又听到有两人大声惨叫，只见两个人影各自朝相反的方向飞去，随着啪啪两声脆响，那两人都结结实实地摔落在地上，再也爬不起来了。

此变故来得太过突兀，在场众人均未来得及反应，就连在岩石后偷看的武穆云与陆华春等，也未来得及瞧清眼前发生的一切。众人惊呼声中，只见地上所躺的四人之中，有三位是大伙识得的，正是那金门派的师徒三位，其中赵风定与王世雄分别躺在场边的地上，神志尚且清醒，这时已经坐起。

而另外那两人的情况却不容乐观。只见金门派的掌门王允卿口吐鲜血，扑倒在地上，后背上留下两道深深的掌印，显是适才被人以手掌击中，而且伤得不轻。而另外一人，却是个瘦小的老道士，头上道冠已不知去向，露出了满头白发，颌下白须飘飘。此人脸上瘦骨嶙峋，口中不住地涌出血水，因他仰面倒在地上，胸前清晰可见到一只深深的掌印，想必是被人一掌拍到了胸口上所致。

这时，已有玉真门的弟子认出那老道士，只听有人叫道："师父被人击伤了！快救师父！"

众玉真门人一听，均皆大惊失色，纷纷上来查看。那大师兄林如晦急奔上来，见到师父正倒在地上，急忙上前扶起，口中呼道："师父！师父！"唤了好一阵子，也不见那老道士睁开眼来。

这一边，金门派弟子也是乱作一团，适才眼见师父被人用掌击倒在地上，赵风定与王世雄扑到师父跟前，将他扶起，一边哭着，一边呼唤。但见金门派掌门王允卿满口鲜血，出气如丝，听到徒弟们的喊声，他微微睁开双目，望了赵风定一眼，说道："好徒儿，师父没——没事，快，快告诉师父，那恶道士林灵素现下如何了？"

赵风定与王世雄转头一望，只见玉真门弟子哭成了一片，便知他们的师父林灵素已然活不成了。他师兄二人心恼这恶道士歹毒，适才竟然暗中偷袭他们的师父，好在师父在背部挨了一下掌击的同时，回掌反击，这才先将他毙于掌下。赵风定道："师父，那恶老道林灵素被您一掌击毙了。"

王允卿一听，脸上顿时现出一丝笑意，说道："我与这位林掌门同为修道中人，彼此之间本无太多过节，只不过平日里常闹些小误会、相互间不和罢了。但这姓林的凭借着有皇上为他撑腰，经常欺压别派道人，咱们不想多惹事端，只得暗地里忍气吞声。如今大宋皇帝已被金人掳了去，这林灵素从此便失去了靠山，咱们再也不用受他的气了，于是相互约定，定于今日在此比试武功，哪一方倘若败了，便立时远走他处，不再回来。谁料想这林灵素诡计多端，比武之时，暗自隐藏了起来，到了关键时刻，这才突然现身。师父我当时正被围攻，不及回身抵抗，只好硬生生地拿背脊接了他那一下掌击。不过我不能白挨这一下，于是暗运掌力，突然回掌后击，好在老天有眼，叫我一掌击中他胸口，将他当场击毙。但我背上所受掌击，也非同小可，我自感内脏受伤不轻，看来命不长久，唉——"说完，叹了一口气，顿了一会儿，他又接着道："我归天后，就由大弟子赵风定接替我的位置，做金门派的新任掌门吧。"说到此时，他突然剧烈咳嗽了一阵，陡感气闷难当。赵风定连忙替师父搓揉背部。

过了一会儿，王允卿缓过一口气来，又转头对王世雄道："世雄，你年纪虽小，但资质聪颖，身体结实，咱们金门派以后的兴衰成败可全寄托在你师兄弟俩身上了，以后，你二人要相互关爱，我……"一口气便转不过来，同时胸口又是一阵剧烈起伏，便即吐出一大口鲜血，头一低，就此离世。

赵风定、王世雄一见，伏在师父身上放声大哭，余下众弟子也跟着哭成了一片。

就在这时，忽听有人念道："无量天尊，冤冤相报何时了！"众人一惊，纷纷举目观看，但见从山坡下缓缓走来一位老者。这位老者头戴斗笠，身披蓑衣，背上背了口长剑，大冷天竟然赤着双足。瞧此人须发皆白，面色红润，高鼻梁，方面阔口，一双豹子眼，烁烁放光。玉真门弟子认得此老翁，于是上前叫道："原来是祖师爷来了！祖师爷！祖师爷！快来给咱们做主啊！"纷纷围拢了过去。

那老翁正是玉真门的开派祖师王文卿，道号冲和子，在江湖上乃是响当当的人物。最近几年，他很少在江湖上露面，想不到今日竟然现身。王文卿望了一眼躺在地上的林灵素，叹了一口气，道："作孽！作孽！无量天尊！"又走到金门派掌门王允卿尸身前，默默注视了一会儿，这才转过身，令玉真门弟子将林灵素的尸体抬了，往山下行去。

霎时间，玉真门走得一人不剩。金门派新任掌门赵风定见玉真门人走远，这才流着泪将师父尸身背上，与众弟子一起，也跟着下山去了。

天上不知何时已飘下雪来，鹅毛般的大雪，纷纷扬扬，片刻间便将适才打斗过的场地覆盖了一层。空山寂寂，大雪纷飞，仿佛适才那一切均未发生。

第九章

虎胆侠士入狼穴探敌情
完颜兀术邀强手比高下

　　五人随即下得山去。一路上，大伙商议如何混入金国四太子营中去打探消息。陆华春先道："咱们今晚便行动，待会儿，大伙先好好休息一下，养足了精神，晚上才好行动。"

　　陆华影问道："大哥，咱们五人都一起去吗？"

　　陆华春道："去是要一起去的，不过，到了那四太子大营前，你三位负责在营外接应，我与武兄弟进去刺探。"

　　五人回到街市，先找了家饭铺填饱了肚子，顺便打听清楚了那四太子大营的位置。此时天已黑下来，五人没有耽搁，出了饭铺，各人施展轻身功夫，不一刻便来到那金国四太子大营前。

　　只见营门外站着几名金兵，正持刀拎枪地来往巡视，看来前门戒备甚严。于是大伙绕到大营后面，抬头一望，但见这四太子的大营后身筑了一道高高的寨墙，寨墙前还挖了一道深沟，宽丈许，沟内有冰，在月光的反照下，闪动着亮光。一队金国士卒正好巡逻到此，五人连忙躲进旁边一片树林中，待巡逻的金兵经过，五人这才出来，向营寨四周观看，但见有一段寨墙下，正好生长了不少野草杂树，便于隐蔽，五人一商议，决定由此处进到营寨之中。

陆华春与武穆云各自取下身上所带绳钩，一只手持着绳索，使劲荡了几下，突然撒手，绳钩倏地向寨墙上飞去，啪啪两声，绳钩勾住寨墙。武、陆二人使力拽了几下钩绳，感觉牢实了，这才双双攀上寨墙，向营寨内一望，黑咕隆咚的，不见有何异状。

两人正要跃下，忽听见脚步声响起，紧接着，便见到火光一亮，有几名金兵手持火把从营内一处拐角旁转了过来。陆华春与武穆云赶紧压低了身子，伏在寨墙之上，一动也不敢动。只听那几名金兵叽里咕噜地边走边讲话，可一句也听不懂，原来他们说的是金国话。过了一会儿，话音渐低，几个金兵已行远了。武、陆二人这才松了一口气，纵身跃下寨墙，随即几个起落，便摸到了营寨之中。

两人高抬腿，轻落足，向前方查看动静，但见四处营帐一座挨着一座，数不清到底有多少，不时有手持刀枪的金兵巡视经过。两人施展轻功，如此过了十几座营帐，突见前面现出一座大帐来。帐内灯火通明，人影攒动，似乎聚集了不少人。两人又向前蹭了几步，这时已能够听见帐内传过来叫喊嬉笑之声。

武穆云与陆华春相视一望，均感其中必有蹊跷。凑到营帐边，透过缝隙向内观瞧。但见偌大一座帅帐内点燃了十几根碗口粗细的蜡烛，将里面照得如同白昼。帐内两侧各摆放着十几张桌子，每张桌子前都端坐一人，正在推杯换盏，相互敬酒，场面好不热闹。

靠近大帐里头，正中央也摆了一张桌子，桌前端坐一人，见此人身材高大魁梧，头戴一顶狐皮帽子，身上披一件狐皮大氅，里面似乎还套了件翻毛的锦缎背心。朝此人脸上瞧去，他生得方面大耳，鼻直口方，一双大眼，目光如电，长了只鹰钩鼻子，脑门锃亮，显得中气十足。武、陆二人一见，不禁心中猜想道："这位想必是那金国四太子兀术了！"

却见这四太子兀术十分豪爽，每每与人敬酒，必会酒到杯干，看来他

靖康侠影录·上部·万里寻君

今日心情不错。金兀术左右，坐着一官一僧。

却见那位官员模样之人，头戴乌纱，身着官袍，竟然是大宋官员的打扮。但见此人年纪四五十岁的样子，长相一般，只不过坐在那里显得无精打采，脸上似有愁苦之色。那僧人却不大一样，见他剃着光头，脑门锃亮，身披大红袈裟，右手还持了一把金丝拂尘，两只眼睛宛若金灯，显然内功不弱，不知此僧是何来历。

僧人身边分别坐着一男一女。瞧那名汉子，身材也是不矮，显得体格十分健壮，手臂上肌肉虬结，想来必是位外家功夫的好手。此人头戴一顶狐皮翻边的帽子，身穿圆领大袍，满脸的络腮胡子，生得十分彪悍。而那位女子，头上也戴了顶狐皮小帽，帽子下方露出一束长长的辫子来，直垂过膝。平日里，很少能见到如此长的大辫子。又见这女子身上还裹了件狐皮坎肩。看她面容，皮肤白皙，长长的睫毛下面生了一双水汪汪的大眼睛，朱唇桃腮，显得十分可爱。

再向那官员身旁一望，武穆云就不禁一怔，端坐的那位，却是识得的——一位身材高大者，正是金国将领哈米忽秃，而另一位，是那个身材矮小、长得敦实的金太郎。这时，又发现金太郎身旁正坐着一位女子，身着红色绣袍，却是他的妹子金银花。

武穆云心想："怎么她也到了这里？"武穆云本想与陆华春耳语几句，但立时又想到帐中这几位，均为四太子邀请来的座上客，必然各怀绝顶武功，听声辨位的本领非同小可，倘若一有动静，被他们发现了，可有些不好办，于是忍住不语，只静静地在外瞧着。

只见那哈米忽秃端起酒杯，正向那四殿下敬酒。哈米忽秃说道："四殿下，今儿能聚齐这么多的英雄好汉在您帐内，实在难得，只不过——"他望了一眼那位官员模样之人，然后说道："这位张邦昌张楚皇帝不请自来，不知是否……"

武穆云与陆华春一听，才知原来坐在首位的，果是金国四太子兀术，而那位身着大宋官袍之人，便是新近在汴京上台的张楚皇帝张邦昌。两人均想："怎的他不在京城好好待着，却跑到这里来啦？"

他二人正疑惑间，忽见那四太子兀术指着张邦昌对哈米忽秃说道："忽秃将军，这位张年兄可是咱们大金国的一位好朋友。你讲话可要客气点儿，他如今毕竟是一国之主，咱们不要失了礼数。咱们张年兄甘冒风险，此番来到大金国的营寨，所为何事？还不是有重要的事情要与本帅商量，那可是关系到咱们大金国利益得失的一件大事啊！好啦，别的我也不多说了，今晚大伙只管吃个痛快，哈哈，哈哈……"大笑声中，又将面前一杯酒饮干。

哈米忽秃本想在四太子面前逞一下威风，没料到事与愿违，碰了一鼻子灰，落了个自讨没趣，只好干笑一声，陪着四太子兀术也干了一杯酒。此后，再也不向张邦昌多望上一眼。

张邦昌适才见哈米忽秃对自己言语不恭，本想发作，但一想到自己现下正身处大金国营帐之中，一切还须小心行事，于是强忍怒火，端起酒杯，向兀术及在座诸位敬酒道："诸位，张某不才，原本不过一名宋官，这次承蒙大金国皇帝以及四殿下的垂爱，这才得以荣登宝座。这次来，为的便是要当面向四殿下表示张某的谢意，区区薄礼，不成敬意。来啊，把礼物抬上来。"

时间不长，就见几名同样穿着宋朝戎装的士卒，将几只沉甸甸的大箱子抬进帐来，瞧那箱子的分量，猜想里面必是装满了各色的金银珠宝。兀术一见，只乐得合不拢嘴。张邦昌趁机显示出他拍马屁的高超本领来，只见他走到兀术面前，深深鞠了一躬。那兀术并不起身还礼，仍旧坐着，只微微冲张邦昌点了一下头。

张邦昌见了，并不在意，一扬脖，将一杯酒倒进肚里，然后抹了一下嘴唇，又坐回座位上，神态自若。兀术见到他这副神态，更加欢喜，又对张邦昌说道："张年兄，你在汴梁好好地做你的皇帝，以后若是遇到为难之事，尽管来找我就是。"

张邦昌大喜，忙又起来躬身感谢，神态依旧那么恭维。武穆云与陆华春在外面看得清楚，两人顿觉脸上无光，都心里暗骂这位张楚皇帝愧为一国之主的称号，竟然对金国一位太子如此卑躬屈膝，简直是在丢大宋的脸面。

那秃头僧人突然开口讲道："阿弥陀佛，太子殿下，各位，当今天下，要论起功夫来，当属那少林派为第一。不过据贫僧得知，这几年少林派后辈不济，大大折损了少林派的威名，从而使得武林其他各门派有了争夺武林第一霸主的机会。又据贫僧得悉，武当派、峨眉派、华山派、昆仑派各自都站出来言道，他们门派的功夫才算得上天下第一，此事想来也只是他们一厢情愿而已。不知在座的几位，对此事有何高见？"

武穆云与陆华春听到那秃僧突然聊起武林中的事，不觉来了兴致，侧耳认真地倾听。

就在这时，忽听哈米忽秃开口道："沙无尘大师，尊驾贵为西夏第一护国禅师，必有过人的武功造诣，大师不必过谦。当今武林，能超过大师您的，我看恐怕已经没有了吧？我哈米忽秃便十分地佩服您。"

这哈米忽秃向来讲话不计后果，他话一出口，除了那不会武功的张楚皇帝张邦昌外，其余众位均脸色大变，而那位西夏第一国师沙无尘听后，却并不推辞，显然是默认了。

这时，只见那位身材健壮高大、满脸络腮胡子、身穿圆领大袍的汉子开口说道："忽秃将军所言，在下却有些不赞成。"

哈米忽秃一听，反问道："哦？萧班，萧大侠有何高见？"

武穆云与陆华春一听，才知那人原来姓萧，想来是位大辽国的旧臣。只听萧班接着道："天下武功皆出自少林，这话一点儿也不假，想那少林寺的武功博大精深，即便是现下，有几名不肖弟子，在外头败坏了少林的名声，那也是稀松平常之事。有句话说得好，瘦死的骆驼比马大，世上的武功本应当以少林派为尊。"

这时，坐在一旁的矮汉子金太郎忍不住插口道："萧兄，想你以前大辽国高手如云，但最终还是被大金国所灭，那也是不争的事实。在兄弟我看来，一个人武功再高，一手能捻几颗钉子？饿虎敌不过群狼，临敌打仗靠的是智谋与勇敢，与武功一节并无太大关系。"

萧班听他揭自己的老底，并不着恼，淡淡一笑道："金兄弟所言不无道理，但咱们昔日国内的那些高手，大多曾拜师于少林门下，只因咱们辽人太喜内斗，彼此很不团结，最终落了个这样的下场。唉，真不希望这样的悲剧再次重演！"说着，眼望向兀术，显是话有所指。

四太子兀术听他这样说，便道："萧大侠所言极是，咱们大金国上下，君臣理应齐心协力，上理朝纲，下顺民意，如此这般才能实现一统华夏之重任，以后长治久安，自不在话下了。只可惜，皇叔太过宠信两位哥哥，这几年做了不少荒唐之事。别的不说，最近又掳去了宋国的两位皇帝，说是要带他们北上，当臣侄的也觉此事有些不妥。但我与皇叔既为叔侄又是君臣关系，皇叔的旨意，当臣子的不敢违拗，那也说不得了。"说罢，脸上似有淡淡的隐忧显露出来。

沙无尘道："四殿下文韬武略俱全，又心怀忧国忧民之心，当之无愧为大金国第一勇士的称号。"余人也齐声附和道："沙大师所言正是，咱们四殿下理应是天下第一勇士。"

那兀术一听，忙摆手道："本王离这个称号还差得远呢！"

哈米忽秃道："四殿下不必过谦，我敬四殿下一杯酒。"说着，操起酒壶，将桌上一只空杯倒满酒水，只见他左手端起满满一杯酒，右手屈指往酒杯上使力一弹，随着"砰"的一声脆响，那杯酒平平地向着兀术身前的桌子上飞去，"啪"的一声便稳稳地落在桌上，而杯中的酒水却并未洒出。在座众位一见，无不敬佩他武功了得。

兀术喜道："忽秃兄弟一出手便令人刮目相看，好，我当饮了此酒。"

他刚要伸手去抓桌上的酒杯，忽听有人说道："好事成双，我也来凑个份子。"众人循声望去，乃是那位粗矮汉子金太郎在说话，又见他已端起酒壶，将一只酒杯里注满了酒水，接着手一扬，便将那杯酒稳稳地抛送过来，正好也落在兀术面前的桌子上，余势未衰，又向前滑动数寸，当的一声，刚好将适才哈米忽秃弹过来的酒杯撞向一旁，力道分厘不差。众人一见，又喝了一声彩。

兀术大喜，正欲伸手来取，又听到有个女子的声音叫道："也算上我一个。"说话者正是金太郎的妹子金银花，却见她忽地一俯身，竟然用嘴巴叼起桌子上的酒壶，接着身子倒立起来，将身旁一只空酒杯倒满了酒。众人见她身体柔韧，功夫如此了得，无不惊奇。就见金银花猛地用叼着的酒壶在那只注满酒水的杯子上一撩，恰好将那杯酒带向半空。这时，她已放下酒壶，倏地又将倒立着的身子翻转回来，正好用背部接住了那落在半空中的酒杯，同时她背部略一用力，向前方一拱一送，背上那杯酒便平平地飞向兀术，当当两声脆响一过，就见那只酒杯刚好从另外两只的缝隙中穿了过去，滑行数寸，便即停住，而杯子里的酒水也未洒出一丁点儿，所落方位，正好在兀术面前，与另外两杯酒成三足鼎立之势，可说是妙到了极处。

众人一见，连道："妙！妙！"武、陆二人一见，也均赞叹不已。

武穆云心道："真瞧不出这位来自高丽的姑娘，竟然深藏不露，其实她武功好得嘞！我以前可是看走了眼啦！"

众人正惊异间，忽见那西夏秃僧沙无尘说道："这回该轮到我来敬四殿下了。"说着，也不见他伸手拿酒壶，而是挥袍袖轻轻一拂，卷起桌上的酒壶，径直要向一只空杯里倒酒。他轻描淡写地显露了这一手袍袖倒酒的上乘功夫来，众人无不暗自吃惊，想不到此人内功如此了得，竟然可以以袍袖代手。

但酒壶中的酒水还未倒出，忽听有一个女子的声音说道："且慢！这一杯酒，该轮到咱们兄妹二人来敬才是。"话音未落，就见半空中忽地飞来一物，倏然间，便将沙无尘桌前的那只空杯带得飞向半空，随即又轻轻地落到那女子身旁端坐的萧班面前。

沙无尘大惊，欲再回夺，已然不及，只好将酒壶放在桌上，转头来瞧，就听那女子又说道："大哥，你来倒酒！"

"好嘞！妮儿。"萧班应了一声，伸手操起酒壶。众人这才看清，原来适才正是坐在萧班身旁的那位长辫女子，陡地甩出长辫子卷住了沙无尘桌前的空酒杯。大伙均是惊奇，均想："连沙无尘这样的世外高人，也竟然会着了她的道儿，想不到这位女子辫子上的功夫竟练得如此出神入化！真是应了那句老话，人外有人，天外有天。"

那萧班见妹子妮儿得手，顿时大喜，急忙操起酒壶，就往酒杯里倒酒，谁知酒壶里的酒还未及倒出半滴，忽听哧的一声，一道茶线从沙无尘手掌下面的茶壶中射出，不偏不倚地全都落入那空杯之中，正好将一杯注满。众人惊呼声中，却见沙无尘左手抚在茶壶盖上，正以内力发功于茶壶之中，才将里面的茶水催将出来。众人一见，顿时惊得呆了。

那兀术虽然见多识广，但见到沙无尘轻描淡写地露了这么一手绝活，也颇感吃惊，他连忙开口道："沙大师，好功夫！佩服！佩服！"

沙无尘却道："茶未送达，不便领功。"随着话音，就见他衣袖一拂，又卷起桌上一只盘子，那盘子滴溜溜打着转儿直向着那杯茶水而去，当的一声，盘子在茶杯底部一撞，连着茶杯一同向斜刺里转了过去，恰好落在四太子兀术眼前。

兀术一见大喜，伸手拿起那杯茶水，笑道："以茶代酒，味道更浓！"说罢一饮而尽。

这一下比武，自然是沙无尘赢了。外面的武、陆二人见此情景，都是吃惊不小。武穆云暗想："金人请了这样一位高手来压阵，看来这营救二位皇上之事，恐怕要多费一番周折啦。"

四太子兀术饮罢茶水，转头一看，却见那位张邦昌正坐在桌前打盹儿，看样子适才这一幕，并不使他感兴趣，于是笑道："张年兄对这武功一事，大概不甚明白，不过待会儿，将会有一场好节目，张年兄一定会感兴趣的。"那张邦昌正在做着春秋大梦，忽听见四太子在唤他，急忙睁开眼来，道："四殿下所言极是，我举双手赞成。"众位听他答非所问，不禁暗自发笑。

第十章

宋宫女视死如归贞义嘉
张邦昌失节筵席得春燕

　　只见四太子兀术双手轻轻拍了一下，下面金兵会意，时候不长，便见几名金兵押着十来名女子走进帐来，但见一个个穿着华丽，模样也生得十分俏丽，只不过个个脸露愁苦表情，显然非自愿而来。

　　那四太子兀术道："这几位便是我那兄长特地从宋俘女子中挑了又挑、选了又选，派专人特意送给本王的礼物。本王本有妻妾，倘若再多纳一两个小妾也不打紧，再多了恐怕不妥，于是暂时安置在军营中。这时将她们唤来为大伙弹曲跳舞，以助雅兴。"那金兵将官哈米忽秃瞪着包子般的大眼向那些女子身上一扫，不禁垂涎道："四殿下，快命她们给咱们跳个舞吧！"

　　四太子道："本王正有此意。"于是命道："李春燕。"

　　"奴婢在。"只见从中间走出来一位容貌娇艳的丰盈女子，二十多岁，低头屈膝上前施礼，玉脂般的脸蛋上，淡施轻粉。那张邦昌见了，顿时给迷住了。他一扫困意，不住地啧啧称赞。

兀术看在眼里，不去理他，接着道："李春燕，听说你会弹几首曲调，可有此事？"

李春燕道："奴婢以前曾在茶楼为客人弹曲，倒会弹那么一两首曲子。"

兀术大喜道："好。"命人取过一把琵琶，道："快弹唱一首，为本王助兴。"又一指其余几位女子，命道："你们几个随乐曲跳支舞吧。"

那李春燕答应一声，接过琵琶，坐在椅上，于是叮叮咚咚地奏起曲来，边弹奏边唱道：

世事一场大梦，人生几度秋凉，夜来风叶已鸣廊，看取眉头鬓上。

酒贱常愁客少，月明多被云妨。中秋谁与共孤光，把盏凄然北望。

唱的乃是苏轼的一曲《西江月》，只听她唱声婉转动听，曲中不乏低沉、哀婉之意。但金人哪里懂什么诗词歌赋呢！只觉唱得好听，于是纷纷咧嘴叫起好来。四太子大喜，指着另外几个女子命令道："叫她们几个上来跳舞助兴。"

旁边金兵应了一声，便带了一名女子上来。但见这名女子身材婀娜，身上穿着绸缎衣衫，发髻高绾，生得一双丹凤眼、柳叶眉、樱桃小口，样子十分清纯。兀术问道："下面这名女子叫什么？"

那女子一听，便道："小女子名叫王猫儿，本是宋宫中的一名丫鬟，不知为何被大王带到了这里。"

兀术一听，道："本王今日邀请到几位好朋友在此饮酒取乐，你上来跳一支舞，好为大伙助助兴。"

那王猫儿一听，便道："小女子自小生长在宫中，只会服侍大宋皇上，那跳舞之事可是不曾做得的，还望大王见谅。"

那哈米忽秃一听，顿时着恼道："叫你跳！你就得跳！还啰唆什么？快些跳支舞，让大伙乐呵乐呵。"说完一挥手，就见上来一名金兵，手持一根皮鞭，便往王猫儿身上招呼，嘴里一边还嚷道："快！跳舞！"皮鞭抽打在她身上，顿时留下了几道血痕。

那金银花在一旁有些看不过去，劝道："想来这位姑娘确实不会跳舞，大王便放过她吧。"

兀术见金银花替她求情，正欲开口答应，那哈米忽秃插口道："不行！不行！今儿本将军非得要看这王猫儿跳舞不可。"他神态甚为执拗，脸上现出阴森恐怖的狞笑，那是一只等待猎食的豺狼面对即将到嘴的小羊羔才会现出的一种神情。

王猫儿见状，心知不能幸免，把心一横道："你们不是要看本姑娘为你们跳舞吗？好，我这就跳——"她"跳"字未说完，便猛地向前一扑，直撞向旁边一块青石板，顿时头骨碎裂。可怜她嘴里嘤嘤几声，便香消玉殒。

此事来得太过突然，连那心狠如兽的哈米忽秃也被吓了一大跳，他随即骂道："不识好歹的小贱人！坏了本大爷的兴致！"

兀术一见无奈，只好命人将王猫儿的尸身抬出去埋了。

余下女子一见，顿时吓得傻了，哪儿还敢再违拗，只得逐个上来跳舞，为金人取乐。那李春燕倒弹了一手好曲子，惹得那位张邦昌，脑袋不住地左右乱晃。

最后轮到一个身穿锦缎衣衫的女子上来跳舞。兀术一见，便道："你便是多金公主吗？"那多金见兀术识出自己来，便道："小女正是多金。"

兀术见她体态端庄，容色俏丽，不禁有些心动，便道："这跳舞之事，你便免了吧！"说罢命人将她带下帐去，回头对张邦昌言道："想不到啊！张年兄还懂得歌曲音律，真乃性情中人也！本王实在佩服啊。"张邦昌一听，一副受宠若惊的样子，连声道："多蒙四殿下夸赞，微臣略懂一二罢了。"

武穆云与陆华春一听，肺都要气炸了，适才明明听出那兀术讲的乃是反话，偏偏张邦昌信以为真，反倒厚着脸皮自谦起来。

兀术笑道："适才见张年兄对这位李春燕姑娘情有独钟，好吧，便由本王做主，将她许配给张年兄，不知张年兄可答允否？"那张邦昌一听，简直不敢相信自己的耳朵，怔了一下，这才道："哎呀！承蒙四殿下抬爱，小臣感激涕零。"说罢，便跪拜下去，当当地磕了三个响头。在座诸位一见，均哈哈大笑，武、陆二人心中却只骂他无耻透顶。

便在此时，忽见营帐外人影一闪，嗖——嗖——射进两支袖箭，直飞向张邦昌后心。同时有一个女子的声音斥道："好无耻的张邦昌！竟在这儿认起干爹来啦！快快领死吧！"

话到箭到，眼见便要将那张邦昌射个透心凉，便在同时，忽见旁边的西夏秃僧沙无尘猛地将袍袖一挥，立时将飞来的两支袖箭卷住，随即又将袍袖向帐外甩去，嗖嗖又是两声，两支袖箭又被反射回去，就听有女子"啊"地叫了一声，似乎已被袖箭射中了。

这时就听见兀术喝道："什么人？竟敢在此窥探！快给我拿下了！"他话音未落，就见那秃僧沙无尘身形一飘，便如一只大鸟般飞出营帐，双手成爪，直扑向帐外之人。紧接着，响起两声娇叱，随即叮叮当当之声大作，显然是两下里已动上了手。

武穆云与陆华春一见形势不妙，同时抢过去增援，刚奔到大帐门口，忽见一人从身旁倏地飞过，竟抢在两人头里，直扑向前。瞧此人背影，似乎便是那金门派的赵风定。

武、陆二人当即也跟了上去。到得近前，只见几人正在激斗。其中一名男子，正是赵风定。见他正斗一名金将。沙无尘手持金丝拂尘，大袖飘飘，与二女斗得正欢。瞧那二女，却是玉真门中身穿黄、蓝道衫的两位道姑，才知适才正是她二位突发袖箭要暗刺张邦昌的。又见一位道姑左肩上兀自插着一支袖箭，此时正强忍着疼痛，右手持剑拼命地向那沙无尘身上猛刺，怎奈这沙无尘武功高出她们何止一个档次，纵然她二位使出浑身解数，长剑也无法欺近那秃僧身前尺许，而沙无尘手中拂尘犹如一把扫帚，圆转飞舞，缕缕金丝，倏地直立起来，就好似一根根金针，若是一个不小心被它碰到，非骨断筋折不可。

武、陆二人来不及细想，救人要紧！唰的一声，武穆云抽出随身宝剑，陆华春拔出大刀，两人同时冲了过去。武穆云一招"丹凤朝阳"，击刺沙无尘后脑门。陆华春一招"海底捞月"，直削向沙无尘膝弯处，端的是迅捷无伦。

沙无尘与二姑斗得正激，忽觉背后金刃之风大作，知道有人暗中偷袭，不禁大惊，连忙向前一纵，同时挥拂尘向身后连挥，哧哧数声一过，但见金星乱闪，一小缕金丝已被武穆云手中宝剑削落。沙无尘大惊，举拂尘凑眼一瞧，只折损了少许，并无大碍，这才略略放下心来。他回头瞪视武、陆二人，眼神中充满了惊疑与愤怒。就在他一愣神的工夫，赵风定与那二位女道姑又趁机扑上，几人合力将沙无尘围在当心。

此刻形势发生了逆转，那沙无尘本来自恃武功高强，对这几位的围攻并不在乎，但由于他忌惮武穆云手中宝剑的锋利，不敢再用拂尘与宝剑硬碰，因而渐渐地落了下风。

便在这时，就听脚步声响起，大批金兵已涌将过来，一个个手持刀枪，大声叫嚷道："莫走了刺客！抓活的有赏！"赵风定见形势危急，便大声呼道："风紧！扯呼！"余人会意，一齐发力，猛地向沙无尘急攻数下，将他逼退，这才杀出一条血路，一起向外撤去。

武穆云在前领路，陆华春、赵风定断后，众位义侠一起又奔回到那长满杂草的寨墙前。五人身边均带了飞爪，哗泠泠一阵响，五把飞爪便一起搭到墙上。五人瞬间攀上寨墙。此时，只听见墙外陆华秋的声音问道："是武兄弟与大哥吗？"陆华春答道："正是。"

五人纵下墙去，见陆华秋、陆华影以及司马文君正候在墙边。陆华秋见武穆云身后又多了一男二女，先是一怔，待仔细一看，这才认出原来是玉真门的两名道姑，另外一位男子竟是金门派新任掌门赵风定。

情况紧急，不便细问，八人刚要离开，就听见寨墙内有金兵大呼小叫地嚷道："报告大王，刺客从此处溜出去了。"接着便听见有人大声命令道："快！快拿梯子来，爬过去继续给我追！"话说得倒是轻巧，却哪里还能追得上。待金兵翻过寨墙，四下里再看时，墙外已空无一人，刺客们早已走远了。

众人一起顺着原路，各自施展轻身功夫，不一刻，便奔到一无人处，前面正好有一片树林，八人闪身进了树林，仔细倾听了一会儿，见并无金兵追至，这才放下心来。正欲坐下来歇息，忽听一个女子的声音低低地哼了一下，另有女子关切地问道："娥儿姊姊，觉得怎样？"又听那叫作娥儿的女子应道："蝉儿妹妹，不打紧，只是有点疼。"

赵风定晃亮火折，火光下，众人一瞧，才见那位身穿黄色道袍的道姑左肩上正斜斜地插着一支袖箭，袖箭半截尚露在外头，不时有鲜血渗将出来。众人一见，无不吃惊，知她伤势不轻，非及时医治不可。

却见那叫作蝉儿的向武穆云等几位一拱手，谢道："多谢几位侠士相救之恩，只是现下我黄姊姊有伤在身，不便在此多耽搁，来日再向诸位登门答谢。"说罢，扶起那叫作娥儿的道姑便走。只行了数步，便又回头道："咱们玉真门的道观离此处不太远，几位若是无处藏身，便请一同前去暂避一时。"

武穆云等一听，便起身跟上，只有金门派的新任掌门赵风定仍站在当地，纹丝未动。

蝉儿又道："赵师兄若是多有不便，这便请回。咱们两家之间过去有些过节，这二日又结下了血海深仇，但那也只是老一辈之间的恩怨，与咱们少一辈关系不大，赵师兄此番舍身来救咱们，咱们两位心中自然感激不尽。如今金兵占我河山，欺我百姓，咱们理应同仇敌忾才是，后会有期，这就别过。"说罢，扶着那娥儿道姑，带了武穆云等五位出树林去了。

不一刻，便来到玉真门所居道观门前，果见有几名道兄正候在门外，见两位师姊回来，后面还随了五位，也没细问，急忙接入观中，而后又将观门重新关好。

那玉真门林师兄得着讯息，领着几位师弟迎了出来。林如晦见师妹黄娥儿肩上中了一支袖箭，忙上前查看伤情，见到袖箭伤处流出的血水呈鲜红色，知道箭上无毒，这才略略放心，于是招呼众师弟道："快去请太师父过来医治。"

时候不大，随着一声清咳，那玉真门剑派掌门王文卿老道士走了出来，手中还拎了只药葫芦。王道长来到黄娥儿身前，向她肩上的袖箭望了一眼，随即将药葫芦交给林如晦，他自己则伸出右手按在黄娥儿的肩膀之上，暗运真气，只见一道白气从他头顶升起。黄娥儿紧咬牙关，身子颤抖不已。约莫过了一盏茶工夫，只听到王文卿嘴里咯的一声，紧接着砰的一声，就见那支插在黄娥儿肩上的袖箭疾射而出，噗地射入大梁的木柱之中，直没至尾。

黄娥儿肩上一道血水迸射而出。王道长连出数指，急点她肩头周围穴道，血流顿止，黄娥儿也晕了过去。王道长从葫芦里倒出两粒红色药丸来，一粒喂入黄娥儿口中，另一粒则用手指捻成碎末，敷在她伤口之上，然后用纱布包扎好。

忙完这一切，王道长才长长舒了一口气，道："无量天尊，真是万幸之至！没有伤到主脉，娥儿这条命算是保住了，善哉！善哉！"这才详细询问以往诸般经过，当听到那西夏僧沙无尘以拂袖接袖箭回击打伤黄娥儿之事时，王道长不禁眉头一皱，沉默良久，才道："这西夏沙无尘果然功夫了得，衣袖一拂便可取物伤人，武功可怪异得很！看样子此人以前从未涉足中原，不知他此番到来，目的何在？总之你们这些后辈，以后若再遇上此人，不可上前硬拼，尽量能避当避。"林如晦等弟子一听，连忙点头称是。

那身着蓝色道袍的蓝蝉儿，此时突然想起忘记将五位义侠介绍给太师父认识，于是指着武穆云等人道："太师父，这几位就是适才救过徒孙们的江湖侠士。"

武穆云等五人赶紧上前向王道长施礼，武穆云道："晚辈武穆云拜见老道长。"他一指陆家兄妹道："这三位姓陆，是江南陆家庄的三兄妹。"又一指司马文君，道："这位是晚辈的师妹，名叫司马文君，他是大宋前宰相司马光的孙女。"

那王文卿一听，一捋胡须，高声道："无量天尊，都是将门之后，长江后浪推前浪，一代新人胜旧人，好啊！"五人一听，都各自谦虚了一番。

陆华春道："道长，咱们还有几位好朋友，正在城外等候，其中一位便是当今大宋信王殿下……"

那王文卿听后，惊喜地问道："哦，果真如此？不知那信王现在何处？"

陆华春道："现正在城外树林中等待我几位的消息。"

那王文卿一听，喜道："无量天尊，好极！好极！说起来，老道士与这位信王还有一面之缘嘞。自打年初，两位皇上身遭不测之后，老道士便整日茶饭不思，总盘算着要去搭救，怎奈咱们小小的玉真门实力单薄，无法与大队金兵相抗。每当想起此事便暗自惭愧，总觉得心里不安。想不到，今儿信王殿下驾到，贫道哪有不亲自迎接之理？倘若因此而得罪了那金国四太子兀术，那也顾不上这么多了。隔墙有耳，看来此处道观已不能再待，正好趁机撤离。"说着，吩咐一声，命玉真门弟子连夜收拾行囊，天一亮便离开。

武穆云等一见大喜，没想到这位王道长竟然肯帮忙去搭救两位皇上，不意间又多了许多帮手，真是天大的喜事。

玉真门大弟子林如晦道："太师父，咱们人数众多，若一起出城，目标太大，易引起金兵注意，不如分散着出城去，再到城外聚齐。"

王文卿点头道："如晦所言极是。"

于是约好了在城外的集合地点，便是城外的关帝庙。接着又将玉真门众弟子分成若干队。待天色大亮，大伙分散着相继离开了道观，向城外行去，武、陆等五位混在他们中间。由于是道士，那些金兵也是平日里见惯了的，以为他们又要出城化斋，没费多大劲儿，便都出了真定城。

武穆云等五人也出了城，来到树林里，寻到信王等人，大伙一起向关帝庙进发。一路上，陆华春将诸般经过一一讲述了一遍，信王听到王文卿的名字，不禁大喜道："啊！原来是王道长，那可好得很哪！本王与他熟识得很嘞！"

一行人来到关帝庙，远远地便见到玉真门人正在庙门前等候。王文卿打老远便瞧见了信王赵榛，于是高诵道号："无量天尊，信王殿下，老道在此等候多时了。"

熟人相见，自有说不完的旧情。当提到皇上被掳之事时，都不禁唏嘘起来。信王哽咽道："本来咱们正愁人单势孤，没承想在此遇到了冲和道长，这可解了燃眉之急了！"

王文卿道："想当年，贫道与道君皇上讲授五雷之法时，彼此心心相印，道君皇上可算得上是一副济世心肠，不料好人多难，竟然遭此横祸！唉，这些天来，每当念及此事，贫道便夜不能寐，怎奈咱们一帮穷酸道士，敌不过金兵的金戈铁马，最后也只剩下向天哀叹的份儿了。"

信王道："咱们此番正为此事而来，其中情由待我慢慢道来。"于是便将以往详情简略讲述了一遍。

王文卿听后，不禁感慨道："金人跋扈狡猾，必是事先已料到咱们会在途中劫夺二位皇上，这才分作几批北行，所走路线又各自不同，倘若耳目不灵，贸然去追，结果也只能是劳而无获。"信王点头称是。

信王道："汴京通往燕京府的道路共有数条，其中一条大路途经大名府，北上真定城，可直达燕京，咱们此刻便是在这股道上，但不知以后是否还会有金人前来？"顿了一下，信王又接着道："另一条道路，一路往北直抵云州，然后再折而向东，这才到达燕京府。前日，咱们与粘罕那伙金兵正是在第一条路线上不期而遇的，不过当时没有发现父皇与皇兄，想必他二位是行在第二条道上了。听说此道路程遥远，且多是山脉险阻，咱们不如分头行动，先派几人骑快马去追赶，想必定会追上，到时再回来报信，大伙一起去中途拦截，此番定要将父皇与皇兄等营救出来。"

王文卿一听，喜道："殿下果然机智过人，此法甚好，贫道正有此意。"当下，便分开行动，因信王等人带了马匹，行动快捷，便负责向云州一路进发。王道人及手下玉真门弟子步行缓慢，便取道真定城直抵燕京府，在城西口阻击金兵。

商议已定，信王便与王文卿道别，那韩胭脂不会武功，便乔扮成一名女弟子模样，混在玉真门众道士之间。一切安排妥当，信王领着武穆云等几位义侠，一行人骑上快马，顺大路直向西北方向飞驰去了。

第十一章

救侠女中途斗哈米忽秃
逞威遭报应金弟兄火并

　　玉真门一众道士离了大路，专拣小道而行，为的是要尽量避开金兵。

　　此时正值冬春交替的三月，北方天气依旧很冷，时常会有雪花飘落。这北方广阔的土地，在金兵铁蹄的践踏之下，更显出那般的萧瑟凄凉。

　　单说信王一队，骑快马正沿大路向西北疾驰。信王不断地用皮鞭抽打坐骑，真个是心急如焚，恨不得身上插个翅膀，即刻便飞到燕京，怎奈那马儿毕竟是血肉之躯，耐不住长久的奔跑，终于也累得呼呼直喘起来，马背上大汗淋漓。信王一见，没法子，只得停马，招呼众侠到路边歇息，放马儿在林里啃食干草。

　　便在此时，忽听见来路方向传来一阵急促的马蹄声响，似乎正有大队人马向这边奔来。武穆云第一个跃将起来，向平路上观瞧。但见尘烟滚滚处，正有一行人骑马而来，瞧不清马上之人的模样。其余人等也纷纷过来观看，均分辨不清来者是敌是友，于是大伙一商议，决定先避一避再说，于是又躲回树林里，透过树林缝隙向外观瞧。

时候不长，马蹄声渐近，只一瞬间，便可见一行人骑马打眼前一掠而过。众人急忙奔出树林，向那些人背影细瞧，武穆云便即认出，这些非是旁人，正是昨日在兀术筵席上见过的那几位嘉宾。其中一位女子身穿狐皮背心，身后垂着一条黑黝黝的大辫子，奔行中，那条长长的辫子不时被风吹起，犹如一条长蛇在她身后左右飞舞，众人一见，心中同时生出一个念头："追上这些人，去看个究竟，说不定还会查知两位圣上的下落呢！"于是都先后跃上马匹，远远地跟了上去。

一路上，那伙人快马加鞭，丝毫不敢耽搁，不大工夫便奔出去几十里，前方现出一座大山来，把去路拦住。但见山峰耸立，气势巍峨，而大路通往山中时，已变作了一条狭窄的山道。又见那伙人骑马奔进那山间狭道，信王他们在山前停驻了一会儿，这才跟着进到山道之中，但见那道路甚是狭窄，仅可容得下单匹马通过。左右两侧是陡峭笔直的山崖峭壁，只有头顶上方露出一块蓝色的天空，可见此处地势险要至极。

大家不敢稍有懈怠，一个接一个，小心翼翼地牵马而行。行出不到一盏茶的工夫，忽然眼前一亮，顿时豁然开朗，众人一看，原来已处身于一片空阔的山间平地之上，左右的山崖也变成了一条弧形，正好将中间的平地围住。站在平地之上，真有一种坐井观天的感觉。

武穆云行在最前面，他双脚刚踏上这片空地，抬头一望，忽见前方已立着几位武林人士。

武穆云不觉大惊，定睛一看，见为首一人剃着光头，身上披着大红僧衣，正是那西夏僧沙无尘。沙无尘身旁分别站着三男二女，其中一位身材矮小、长得敦实的汉子，武穆云识得乃是来自高丽国的金太郎，而金太郎身旁那位红衣女子，无疑就是他妹子金银花了。另两位身材高大的汉子，一位便是金国将领哈米忽秃，另一位却是那辽国旧臣萧班，萧班身后还有一位女子，一条乌黑的长辫子飘在身后，正是萧班之妹萧妮儿。武穆云心道："这可真是冤家路窄！"

只听那金国将官哈米忽秃高声叫道："我道是谁，却原来是咱们的信王大驾光临，难得之至！欢迎！欢迎！"

沙无尘听到前面之人当中有一位是信王，不禁双目轻轻睁开，射出两道寒光，直射向信王等人脸上。众侠见他陡然间睁开双目，都不禁心里暗自打了个寒噤，各自心中均想："看样子，今儿遇到个强手，一场恶战是难免的了。"四下里一望，但见四处尽是陡崖阻隔，若要回转撤离，已然不及，只好各自暗运内力，准备上前与之一搏。

信王见自己身份被那金将识破，反倒是镇定下来。他不慌不忙地跨上一步，一抱拳，朗声道："在下信王赵榛，见过诸位，不知诸位在此拦路，却为哪般？"

那哈米忽秃冷笑一声，道："明知故问！喂，我说姓赵的，你父母姊妹如今可都在我大金国手上，只剩下你与那康王赵构成了漏网之鱼。如今是你自己送上门来啦，识相的，还不快乖乖地跪下磕头求饶，更待何时？"

信王一听，不禁怒道："你们这些狂虐的金贼，如今侵入我大宋领地，烧杀掳掠，无恶不作，我等恨不得食尔肉、饮尔血，方能解心头之恨！"说罢，抽出宝剑，上前便刺。

那哈米忽秃见信王上前动手，急忙向旁一闪，咯噔一声，从马鞍桥上摘下一杆丈八蛇矛枪来，正要挺枪反击，猛听见一声大吼道："哈米忽秃，拿命来！"只见从信王身边冲出来二人，一人手持镔铁大棍，另一人双手各持一柄板斧，霎时将哈米忽秃团团围住，三人便叮叮当当地动起手来。

武穆云向司马文君道："师妹，咱二人对付那秃僧。"司马文君应道："好。"说着双双拔出宝剑，直扑向沙无尘。

这西夏僧以往与武穆云交过手，曾经吃过他宝剑的亏，于是挥动拂尘，指东打西，却始终不敢正面与他的宝剑接触。但他自恃武功高过对手一筹，却也应付自如。武穆云与司马文君双剑时而分刺，时而合击，与西夏僧斗在了一处。

此时，沙无尘正以一招"秋风吹落叶"，挥动拂尘，向司马文君拦腰扫来，拂尘闪过道道金光，恰如一根根金针，力道恶猛至极。司马文君见他这一扫之势甚是刚猛，不敢硬架，急忙向旁侧闪避。武穆云一见不好，忙使一招"奎星摘斗"，身子飞起，挺剑直刺沙无尘的脖颈。沙无尘本要挥拂尘点扫司马文君腰间的穴道，蓦地里眼前寒光一闪，知道武穆云宝剑袭到，他不敢以拂尘相格，无奈向旁一闪，避过了武穆云那凌厉无比的一刺。

不过如此一来，司马文君却得以逃脱险境，她站定身形，一挺长剑，又再攻上，以一招"顺水推月"，挥剑削向沙无尘脚面。沙无尘叫了声："来得好!"双足一点，跃在半空，右手拂尘竟扫击武穆云的头顶，同时左手袍袖舞起，直击司马文君面门。司马文君听说过这秃僧以袍袖倒酒的神技，知道厉害，不敢以剑格挡，只得再次向一侧跃开。

这一边，武穆云见沙无尘的拂尘将击至头顶，忙挥剑上撩，哪知这沙无尘诡计多端，这一招乃是试探，他不待武穆云宝剑撩到，当即收回拂尘。武穆云突觉右侧腰部疾风骤至，暗叫不妙，不及多想，忙使一招"三连纵"，身子向左方斜飞出去，这时忽感后衣襟被一股大力掀得卷了起来，同时又觉腰部略微一麻，知道多亏自己闪得及时，这才没有被拂尘扫到，只因对方劲力太猛，这才使得腰间肌肤有些不适。又知这西夏僧绝非徒有其名，的确是一等一的高手。于是他师兄妹俩重新抖擞精神，又再合力扑上。

这边斗得正激，那一边也没闲着，只见陆华春一口大刀，他兄弟陆华秋一杆大枪，已与那辽国旧臣萧班交上了手。那萧班也使一口鬼头大刀，不过他那把刀可比陆华春手里的刀大了一号。每舞动一下，便会发出一阵呼啸之声，声音怪异至极，加上此人身高臂长，陆家兄弟俩合力也只能与他斗个平手。

那粗矮汉子金太郎，见金国好友哈米忽秃以一敌二，抵受不住马、赵二人的合击，已渐渐落在了下风，于是一抢手中单刀，上前相助。他的加入，顿时使得局面发生了逆转，双方斗了个势均力敌。

那一边，陆华影一柄长剑早已与金银花斗在一起。而尹翠翠一把长剑，正与那辽国女子萧妮儿打得难解难分。但见萧妮儿手中执了一条九节钢鞭，所使的乃是少林九节鞭法，一条钢鞭漫天飞舞，将尹翠翠罩在其中，同时又时不时甩出她身后那条黑色长辫子，向尹翠翠暗袭，使得尹翠翠顾前不顾后，一时间手忙脚乱，渐渐有了落败迹象。

信王在一旁看得分明，急忙一挺手中宝剑，上来相助，他虽然武功不济，但终究会那么一两手，加上宝剑锋利，那萧妮儿见了，心下不禁生出一些怯意，攻向尹翠翠的鞭招，便不敢太猛，这样一来，三人斗成个胶着之态。

敌我双方正斗得激烈，忽然从来路方向的山谷之中传来几声悠扬的笛声，笛音虽低沉，但在这狭长的山谷中却传送极远，各人耳朵均听得清清楚楚。只听那笛音渐响，想是吹笛之人已渐行渐近。不一刻，便可闻得马蹄之声在附近响起，原来有几乘马正向这边驰来。

此时相斗双方均是生死系于一线，哪容得有闲暇去打量过来之人。过了一会儿，笛声止歇，一个南方口音说道："哎呀！大哥，冷兄，这儿有人在打架，可真不凑巧！"又一个声音说道："光打架还不打紧，咱们远远地避了便是，只不过这十几人这么一闹腾，将道路全给堵死了，看样子，咱们一时半会儿是过不去了。"又听一个年轻爽朗的声音道："吴家两位兄弟，日头马上要下山了。咱们若在天黑之前赶不到前面的村落去投宿，今晚可要露宿在荒山野外了，那可麻烦得很！不知今夜有没有雨雪？"

那激斗双方之人听到耳里，但是无暇去转头理会，只自顾自地凝神缠斗，各人脸上、身上均冒出了汗水，气息也渐粗重，但叮叮当当的刀枪相格之声仍旧不绝，谁也没有罢手的意思。

那仨人在一侧等候了半天，未免有些心焦，只听那个操着南方口音的又道："大哥，冷兄弟，这样下去，可是糟糕透顶！咱们非想个法儿，叫他们罢手才行，这样咱们才好赶路。"又听那个爽朗的声音说道："两位兄弟，哥哥我看这十几位个个武功不凡，咱们区区三人，怎能降服了他们？弄不好非受伤不可。"又听另一个南方口音接道："这又有何难！所谓智者用其谋，愚者才使其力呢！若是我吴密一出手，管叫他几个罢手停斗。"那爽朗的声音一听，不禁喜道："吴密兄弟果有这等本事，还请快快使将出来，这样，咱们便可尽快上路了。"

那相斗之人听到他们的谈话，心中暗思这三位真够无聊，因而谁也没太在意。只过了片时，忽觉鼻中一麻，各人都忍不住接连打起喷嚏来，同时又感眼睛麻痒难当，便忍不住流下泪来。这时才发觉空气中已是粉烟四起，同时弥漫着一股呛人的味道。一时间双方各人均停手罢斗，有的则腾出手来开始揉擦发痛的眼睛，一时间，打喷嚏声、高呼叫痛之声不绝，场面变得十分混乱。

信王一见情势有变，急忙招呼大伙重新聚拢到一块儿。众侠忍受着眼睛的刺痛，寻到各自坐骑，慢慢地向山口行去。

那西夏僧沙无尘一眼看见，大声喝道："往哪里走？快！拦住他们！千万别让信王跑了！"哈米忽秃、萧班闻听，挥动兵刃追了上来，还未到近前，只见眼前红尘一闪，一阵刺鼻的气味扑鼻而至，只呛得这几位差一点背过气去，连着那西夏僧一起都蹲低了身子，伸手捂住了双眼，嘴里不住地叫痛，一时连眼睛也睁不开了。

信王等人一见，此时不走，更待何时？相互搀携着，继续向山口处行去。武穆云断后，行了一段路后，回头一望，但见有三人正牵着数匹驮满货物的牲口在后面相随，看不清对方模样，但可以肯定的是，这三位绝不是金兵一伙的。

不一会儿，众侠便行出山谷，眼前现出一片平原，一条大路直通北方。武穆云取下随身水囊，先为余人洗去眼中的粉末，这才回头去看那三位。只见为首的是一位中等身材、相貌英俊的年轻书生，头戴青巾，身穿青色长袍，生得鼻直方正，面如冠玉，一只手中正握了一把折扇，显得潇洒倜傥，真如一位富贵人家的大少爷。再瞧另外二位，却是另一副长相：那二人同样的身材矮短，却生了一张四方脸，方面大耳，脸盘挺大，但无胡须。两人个头相若，长相酷似，想必是亲兄弟。

那年轻书生模样之人便即上前，一拱手道："在下姓冷，名云秋，江南人士，这二位——"他一指身后两位，接着介绍道："这二位是同道来的两位兄弟，都姓吴，大哥叫吴密，二哥叫吴松，都是做买卖生意的。"

信王一听，忙上前施礼道："哎呀！原来是江南来的三位朋友，适才多亏您几位帮忙，咱们这才得以脱险，此处讲话多有不便，咱们边行边聊如何？"

众人纷纷上马，这时就听身后山谷之中人喊马嘶，有人大声喊道："快追！莫放走了那信王！""活捉信王者，赏银一百两。"又听马蹄声杂乱，众侠一听，均皆大惊。信王道："不好！金兵骑兵来了，咱们快走！"众侠连同那冷、吴三位一起扬鞭，催马向前便奔。

怎奈这吴家兄弟所带的马匹背上驮了许多货物，马跑不快，又听后面金兵骑兵越来越近，大伙正焦急间，忽见前方分出两股岔道来，一条道正指向西北，另一条则指向正北方向。信王不识此路，便即停马不前。吴家兄弟长期来往此处，对这里的道路了如指掌。兄长吴密一指西北那条道，说道："诸位，这是条死路，通往那个前面的山谷，是行不得的，只有另一条道路可行，咱们快走！"

"且慢！"只听那英俊书生冷云秋阻止道，"咱们可先设计个计策来，将这伙金兵引入那条死胡同去，这样，就再也不怕他们穷追不舍了。"

众人一听，均感觉有理。

信王上前一步，说道："不知冷壮士有何妙计，可引得金贼上钩？"

冷云秋道："这好办，不过要折损几匹坐骑罢了。"

事已至此，逃命要紧，众人也顾不上马匹了，好在两人可同乘一匹马，当下便凑了四匹马出来。那冷云秋找来一根长绳索，将四匹马连在一起，又在附近砍来一棵小树，绑到四匹马后面，做成了一辆简易的拖车。一切完毕，冷云秋这才扬起手中马鞭，照准那四匹马的屁股一阵猛抽。

那马儿吃痛，嘶鸣几声，发足沿着西北那条道飞驰下去，所经之处，激起阵阵尘土，远远一看，恰似一队人马在疾驰一般。忙完这一切，冷云秋这才转头向众位道："咱们向北撤，快！"

大伙骑上马，顺另一条道路向北行去。刚行过片时，耳中便听见西北方向人喊马嘶，想是金兵已然中计，追赶那四匹空马去了。众人这才放心，于是快马加鞭，加速行进。

众人一路急奔，虽然那吴家兄弟所带马匹背上驮有货物，行动缓慢，但由于后面那伙金兵走上了岔道，等到他们发觉，返回来重新追赶，只恐怕至少要花上大半天的时间。

直到此时，众人这才松了一口气，于是放慢行速。冷云秋问信王道："不知这位仁兄怎生称呼？"

赵邦杰插口道："这位便是当今大宋信王殿下，冷兄弟可识得他？"

冷云秋一听，怔了一下，随即下马，拜倒道："哎呀！原来是信王千岁，小民有眼不识泰山，该死！该死！"

信王忙下马搀起他，说道："大伙都是自家人，不必这般客套。"

吴家兄弟也一同上前见礼，大伙谈得甚是投机，当提到两位皇上被掳之事时，冷云秋愤愤地道："金人猖獗，侵我领土，掳我君臣，做尽了坏事。咱们大宋子民早已义愤填膺，决誓与那金贼不共戴天，今儿能够有幸巧遇信王殿下，咱们几位今后甘愿听候殿下的派遣。"说罢，转望吴家兄弟，要听他二位的意思。

那吴密与吴松对望一眼，吴密说道："既然冷兄发话了，没得说，咱们兄弟俩便誓死跟随信王殿下，一起打金贼就是。明儿咱们便到前面市镇上，将这些货物出手了，也好凑齐川资路费，去解救二位皇上。"

信王一听，心中感激，不禁含泪道："好！果真是好兄弟！"

这时，陆华春突然道："信王殿下，不如咱们一起拜了把子，如何？"

陆华秋道："对，对，大哥说得极对。以后咱们有福同享，有难同当，不分彼此，岂不快活？"

信王一听大喜，道："好，一言为定，就这么办。"当即就在路旁捻土为香，哥几个跪在一起，向着土香连拜了三拜，算是从此以兄弟相称了。

信王站起身道："以前兄弟们称呼我为什么信王、什么殿下的，以后都是兄弟，可要改口了。咱们都以兄弟相称才对。"

余人一听，一起大声赞同。于是大伙报上生辰八字，逐一排序，结果以信王为长，便称为大哥，以下依次为：

二哥马扩，三哥陆华春，四哥赵邦杰，五哥冷云秋，六弟吴密，七弟吴松，八弟陆华秋，九弟武穆云。

九位拜完了把子，正说笑间，忽见西北方向尘烟滚滚，紧接着马蹄声起，似有一乘马正疾驰而来，后面还有几十名金国骑兵，边喊边追赶："莫跑了宋国细作！抓活的！"

众人一听，连忙起身上马。这时，头前那乘马已奔到近前，这才看清，原来马上之人竟然是一名女子，神色惊慌，披头散发，身上穿青色衣衫，上面染满了血迹。但见这女子一只手紧握着马缰，而另一只手则反握着一把二尺来长的短刀。

这名女子驰到众人近前，当即停马，向众人呼道："几位好汉，快阻住后面的金兵。"信王道："这位姑娘不必惊慌，咱们都是专杀鞑子的好汉。"说着，一起亮出兵刃，阻在道路当中。

片刻间，那几十名金兵便蜂拥而至。奔在最前面的金兵陡见道路中间立了几乘马，不及躲闪，便欲向前直闯。信王一举宝剑，大声喝道："大胆金贼，休要猖狂！看剑！"当即一马当先，冲杀过去，余下众位兄弟紧随其后。

那些金兵武功平平，都是些酒囊饭袋，专门会欺负老百姓，一遇到信王等这些好汉，顿时都傻了眼，有的还未及反应，便做了刀下之鬼，有些反应机敏的，便抱头鼠窜。一时间，地面上已倒下了十几具金兵的尸身。

信王望着金人的背影，大笑道："乌合之众！如若还敢再来，叫尔等有来无回！"见金兵被撵走，那女子这才缓了一口气，她理了理头上的乱发，翻身下马，向信王谢道："多谢几位壮士相救之恩！"

信王等也下得马来，信王还礼道："区区小事，不足挂齿，咱们中原百姓深受金国鞑子侵害，理应同仇敌忾、同心拒敌才是，那也是义不容辞之事啊！却不知这位姑娘因何被这伙金兵追杀？"

那女子一听，便道："不瞒几位壮士说，小女子本名姓董，名扬花，乃汴京人氏，自小出身微末，平日里靠卖唱为生，混迹于烟花巷陌之间，倒也勉强维持生计。"顿了一下，她又说道："去年，一个偶然的机会，小女子为一位大官唱曲儿，颇得他的赏识，于是与他交往了起来！可是，令小女子没有料到的是，那位大官却是个大人物，他非是旁人，乃是当今天子。"

信王一听，不禁一惊，心中暗想："原来是父皇的旧相识，想不到在此处遇上了。"只觉心里有一种说不出的滋味。

这时，又听那董扬花接着述道："小女子本以为这样便可以静享清福，以后再也不用为他人唱曲儿谋生路了。谁知天有不测风云，去年年底，金贼大举来犯我边境，咱们大宋无力抵抗，转眼间，汴京也失陷了，于是金兵攻入了京城，他们这些土匪鞑子，在城内大肆掳掠。小女子听到风声，便早早地逃出城去。正当小女子彷徨无计间，幸好半路上碰到一群尼姑路过，为首的一位老尼心地善良，她见我孤苦伶仃一个人，于是收我做了一名俗家弟子。后来我才知道，这位老尼原来是大名鼎鼎的峨眉派掌门宁静师太，这真是不幸中的万幸了！"

陆家兄妹一听，不禁同时叫道："原来你就是师父新收的女弟子！想不到在此处遇上，这可巧得很哪！"

那董扬花一听，忙问端详，陆华春上前拱手道："原来是董师妹，想不到在此巧遇。在下姓陆，名华春，这两位分别是我兄弟华秋和妹子华影，我们兄妹三人的授业恩师便是峨眉派宁静师太。"

那董扬花一听，不禁喜道："原来是三位师兄师姊，师妹我这厢有礼了！"

师兄妹相认，自然欢喜异常，陆华春问董扬花道："董师妹，不知师父她老人家现在到了何处？"

这时，信王打断他们的谈话，说道："陆兄弟，几位，这里并非谈话之所，咱们还是上马，边行边聊才是。"

陆华春一拍脑门，恍然道："对，可忘了这事了，后面还有追兵呢！"于是重新上马前行。

陆华春又问起他师父宁静师太的情况，董扬花道："师父她老人家好得很。她前几年收的一位女弟子，也是汴京人氏，名叫李思思。"信王等人一听，又都是一怔。信王心想："原来父皇的相好李思思并没有死，而是被峨眉派宁静师太给救了下来，如今她也投入了峨眉派门下，做了一名尼姑。唉！人生无常，世事难料！想我堂堂一国皇子，现如今不也沦落在江湖了吗？"心中不禁又是一阵酸楚。

又听董扬花道："我拜入峨眉门下后，便一直跟随在师父身旁，师父又传了我一些本事。前几日，我随师父以及众师哥师姊一起北上到了云州府，进到城中后，我偶然听到有人说，咱们的皇上正被金兵关在此处，于是我便央求师父出手搭救，师父派人去金营之中打探过几次，怎奈那金国营寨把守甚严，难以下手，师父便说此事要从长计议，等邀齐了江湖帮手再下手不迟。可是我却耐不住性子，便瞒着师父，独身一人潜入金营中去打探消息。不承想，没见到皇上不说，却惊动了金兵侍卫，这才与他们动起手来，我所学武功虽然有限，但若对付这些金兵鞑子，自然不在话下，只不过人单势孤，不敢停留太久，这才抢了一匹马，逃了出来。这便是以往的经过了。"

信王听到父皇与皇兄就在那云州城内，不禁大喜过望，急忙问道："这位董姑娘，你刚才提到两位皇上都在云州城内，此话可当真？"

董扬花道："这事我也是从别人那处听说来的，并未真正见到，不过瞧那金兵营寨里的情形，戒备森严，想来不会有假。"

信王一听，转身对武、陆二人道："武兄弟，陆兄弟，咱们即刻赶往云州，去营救父皇。"

众人齐声答应，那董扬花见众人均愿前往，不禁喜极而泣。当下，众人拍马向云州方向疾驰而去。

一路无话，这一日便来在云州城下，但见城楼上插着一面黄色大旗，旗上写着金国文字。信王识得，便道："这是金国二元帅的大旗，咱们进去，大伙小心！"于是众人向城门处行去，只见有一名金兵正在巡逻把守，见到有一伙江湖人士要进城去，为首的一位相貌堂堂，气度不凡，便以为是城内哪位官爷家的大公子，没敢阻拦，众人便顺利地进到城内。

到了城中，但见街道上行人稀少，家家户户门窗紧闭，大道上时常会见到来往巡逻的金兵。信王等人不敢停留，假装着向前行走。好在董扬花以前来过此地，对城内道路十分熟悉，于是由她领着，无须问路，径直朝金兵大营方向行去。行不多时，便见到一座金兵大营仁立在眼前，营门前金兵把守甚严，无法靠近，更别提进去救人了。

大伙一商议，决定晚上再下手，行至一处荒凉无人的郊外，见此处少有金兵过来，大伙坐下来休息，只等着天色转黑。好容易等到日头落下山去，于是分作两路行动，一路由信王带领着原地待命，另一路进金营去救人，救人者分别为武穆云、司马文君、陆家兄弟二人以及马扩，再加上那位女侠董扬花。等大伙收拾利落了，便乘着夜色，悄悄向那金兵营寨摸去。

但见大营内，灯火通明，董扬花对陆华春低声道："营后面有处矮墙，咱们从那儿进去。"于是头前带路，余人跟随着，不一刻，便来到金营后身。但见此处是一片灌木林，金人为了省事，便以灌木作为围栏，因而并未包围严实，尚有空隙可以通过。

大伙跟在董扬花身后，一个挨一个，没费多大劲，便进到金营之中。众人站定后，四下里一望，但见黑沉沉的一片，不知身在何处。董扬花小

靖康侠影录·上部·万里寻君

声道："这里是金人的仓库，专放粮食用的，咱们去前面看看。"陆华春向四外一望，见高高矮矮地垛满了粮草，不禁心中一动，于是向陆华秋耳语了几句，陆华秋会意，便慢慢地留在后面，不再前行。

大家摸到前营，各自施展夜行术，躲避来往哨兵，不一刻就到了金国大帅所住的营帐附近。见那大帅营帐装饰得十分富丽，外面有十几名金兵在巡视把守，帐内不时传出来几声娇笑。众人要探听帐内情况，于是悄悄潜到帅帐一侧，使匕首划破帐上帆布，偷眼向帐内观瞧。

但见偌大一座营帐内，此刻灯火通明，帐内两侧分站着十几名随从，有几位金国将官模样之人正在那里饮酒取乐。正中央摆放着一张桌子，桌前端坐一人，见此人约莫四十岁年纪，长得膀宽体阔，脸上却现出一种狰狞神色，一双蓝眼睛，不时闪动着蓝光，偶尔张开嘴巴，便露出满口的獠牙，简直是一副地地道道的屠夫模样，令人见了不寒而栗。这人身旁坐着位女子，身穿着红色舞衣，正挤眉弄眼地服侍着那屠夫模样吃酒。

这时，那红衣女子突然站起身来，走到帐边，向坐在那里的几名年轻女子轻声说了些什么，似乎在劝说她们。陆华春等也瞧见了这几名女子，但见她们身上均穿着花花绿绿的舞衣，但一个个却脸色憔悴，愁眉不展，听那红衣女子说完，都不住地又是摇头，又是摆手，显然是拒绝了那红衣女子的劝说。

一个身穿黄色舞衣的女子还厉声怒道："福金姊姊，你我是什么身份，你心里最是清楚，堂堂的大宋公主！岂能低三下四地去服侍这些金国鞑子，咱们宁死也不会去做的！"听话音，显得坚定而决然。

那福金听后，轻轻叹了一口气，道："保福妹子，你这又何苦呢？所谓好汉不吃眼前亏，你还是依了姊姊吧。过了今儿这道坎，说不定讨了咱们斡将军的欢心，他便一声令下，放了你回去，那又何乐而不为呢？"

那女子听后，紧闭双目，一声不吭，对这位福金公主不再理睬。过了一会儿，一位身着蓝色舞衣的女子开口说道："福金姊姊，别再费口舌了，咱们姊妹几个，今儿心意已决，绝不会向那些金狗低头！"那福金一听，知道多劝无用，这才慢慢转过身来，向着那斡将军摇了摇头。

那斡将军一见，一张屠夫般的脸上顿时现出怒色，他厉声吼道："保福，仁福，贤福，本王再问一遍，到底是愿意还是不愿意为在座的几位金国将军跳舞敬酒？"说着，一双蓝色贼亮的眼珠子，直瞪着那三位，要听她们如何回答。

可等了好一会儿，也未听见半个字，那斡将军顿时大怒，只见他一伸手，从背上取下一支硬弓来，又从箭囊中抽出一支雕翎箭，左手执弓，右手搭箭，嘎吱吱一阵响，弓开如满月，对准那三位女子，冷笑道："本王最后再问一句，到底是答允不答允？"

黄衣女子保福怒声道："你这个金狗！便是再问一万遍，本姑娘也只有一个字，休想！"她"想"字还未说完，就听吧嗒一声，紧接着嗖的一下，有竹箭破空之声传出，那支雕翎箭便不偏不倚地插入那保福公主的咽喉之上。只见她张开了嘴巴，却发不出任何声音，双手去抓咽喉上的箭杆，却已无力拔出。又见她身子晃了两晃，接着向下一栽，便倒在地上，气绝身亡。

那红衣福金公主大叫一声："大王——别——"但为时已晚，眼见着自己的妹子倒在血泊之中，她不禁失声痛哭起来。那斡将军将手一挥，便上来几名金兵，将那黄衣保福公主的尸身抬出帐去。

仁福与贤福见了，顿时如发了疯似的，哭喊着向前扑去。武穆云见到仁福在奔跑之余，竟暗自伸手从头上发髻中拔出一支银钗来，而斡将军并未察觉。他见两名女子向自己扑来，不禁仰头哈哈大笑，笑声刺耳，只震得各桌上的酒杯不住地嗡嗡作响。有几名金兵正欲上前拦阻二女，却被他挥手止住。

只听斡将军咧开大嘴狂笑道："好！来来来！本王倒要瞧瞧你二位能将本王如何？哈哈！哈哈！"他向左右一望，一脸炫耀的神情，又道："诸位，且看本王戏耍宋国公主的手段！"

那在座的将官一听，纷纷拍手叫好道："好啊！大王快露上一手，咱们兄弟们也跟着饱饱眼福！""对，对，大王不仅擅长念经诵佛，而且称得上赏花玩柳的行家，果真性情中人也！佩服之至！佩服之至！"一时间，阿谀奉承的言语不断传入斡将军耳内。他听后，顿时乐开了花。

这时，仁福已扑到斡将军近前，在离他不足一个身位处，她却停步不前，而是舞动双袖，在身前摆成了几个花式，好像真的跳舞一般。顿时便有人大声叫起好来："不错，舞得好极！再来几下。"

那斡将军正要戒备，这时一见，便咧开了大嘴，露出满嘴白森森的牙齿，样子更显得狰狞可怖。他两只眼珠子直盯着仁福的腰身，一眨也不眨。那贤福在后面并不舞袖，而是继续拼命地向前冲，要伸手来抓挠那斡将军的面门。斡将军看得清楚，忽地飞起一脚，正踢在那贤福心口窝上，那贤福公主闷哼一声，扑通便倒，在地上翻滚了两下，再也不动了。

便在同时，那斡将军忽觉一阵香风拂过面颊，不禁心中一荡，定眼一看，见仁福的绿色衣袖正从眼前拂过。斡将军一见，还以为她故意为之，便不加阻止，任由她舞动衣袖，正恍恍惚惚间，忽觉左侧面颊一痛，似乎被什么尖刺之物刺了一下。

他大吃一惊，睁开眼一看，这才发现仁福公主的绿色衣袖又刚好从自己面颊上掠过。斡将军一时鬼迷心窍，正要伸手去搂，忽感面颊有些瘙痒，急忙伸手挠了一下左面颊上的痒处，顿觉舒服了许多，他这才转身，回到座上重新坐定。

那仁福见斡将军回座，这才停住舞袖，低头去看躺在地上的贤福妹妹，嘴里不住地唤道："贤福，好妹妹！"却见贤福一动也不动，身子僵直，显是已死去。仁福不禁失声痛哭，那斡将军与众金国将官听见，并不理会，依旧推杯换盏，喝酒谈笑。

斡将军正吃间，忽觉左脸颊上开始麻痒起来，他伸手去抓挠了几下，以为这样麻痒便可消失，岂料抓挠之后，那脸颊上的麻痒非但没有减退，相反更加厉害了，似有无数小痒虫在脸上乱窜乱爬，他伸手又抓挠了几下。众将官手持酒杯，向斡将军这边望着，各自惊疑，不知何以至此。

仁福兀自在贤福身边哭泣，见此情景，这才止住泪水，眼神射向那斡将军，嘴角似乎露出一丝微笑。她突然站起身，向着四周打量了一番，满眼的愤怒，又含着许多无助与失望。猛地里，只见她身子向一条石凳上冲去，砰的一声，头撞到石凳之上，顿时撞得脑浆迸裂，一声没吭地便倒了下去。

她这么一下来得出其不意，事先未露丝毫迹象，在场之人无不惊讶，那斡将军也不自禁地停了双手，"啊——"的一声惊呼，不知这位仁福适才还好好的，为何这时却自行了断。

武穆云与陆华春等在帐外瞧得清楚，不禁感到十分惋惜，又感慨这三位公主以死抵抗金人的豪壮气概，心下不觉对她们产生了一种敬重之情。

那斡将军双手仍不住地抓挠左侧面颊，此时他一刻若不挠上一下，便会觉得奇痒难当。渐渐地，他左侧脸颊上被抓出了道道血痕，鲜血不断渗出，滴淌在桌面上，不一刻便积了一大摊，而他并未察觉，更没有停下来的意思。

有两名金将实在看不下去了，双双从桌前站起，来到斡将军身前，左右合力，将斡将军双手抓住，好叫他不能再以手抓挠脸颊。那斡将军双手被牢牢抓住，只感脸颊上的麻痒越发得厉害，不禁大声呻吟起来，口中叫道："快! 快啊! 痒死我了!"声音哀号，想是痛苦至极。在座金人纷纷上来查看，但见那斡将军的左颊正渐渐变为黑色，破损之处散发出一股刺鼻的腐臭之味，难闻至极，都不禁咦了一声。有人喊道："不好啦! 大王中人暗算，快请郎中!"

时候不大，便见有一位随军老郎中走进帐来，向那斡将军脸上看了一眼，又伸手替他把了把脉，然后慢慢说道："大王确是中人暗算，被人暗中施毒。"他一指斡将军左颊上的一个小孔，又道："这便是被人以毒针刺的，不知是何人所为?"

他望向四周，陡见不远处的地上僵卧着一位女子，于是过去查看。只见那女子右手握成个拳头，于是掰开手掌，掌心中立时现出一支银钗来。他小心翼翼地使夹子夹起那银钗，在火光下看了又看，又伸鼻闻了闻，这才回头对各位道："这便是凶器，至于钗上之毒，小人得回去仔细思索一番，看到底是一种什么样的毒。"又道："你等快设法将大王伤口处的毒血挤出来，待会儿，我好用药。"余人急忙照办，大帐内一时乱成一团。

陆华春一拉武穆云的胳膊，低声道："走，咱们趁他们慌乱之际，快去找寻两位皇上被关押的所在。"武穆云点头，于是离开帅帐，到别处探寻。

正向前行，忽见迎面来了两名金兵，手中各持一把单刀。陆华春一摆手，大伙便躲在两侧隐蔽之处。待金兵行近，陆华春与武穆云双双抢上，没等他二人反应过来，便伸指点中两名金兵身上的穴道，拖到无人处，这才解开二人穴道，逼问详情。

那两名金兵突见这几位好似凶神恶煞一般，早吓得不行了，连连磕头道："好汉饶命！好汉饶命！"

陆华春道："老实交代，便可饶你二人性命。"那二人忙又磕头称是。

陆华春问道："营中最近可来了一批宋国人质？"

那二人一起点头道："没错，是来了一批宋人。"

陆华春又问道："现在这些人被关押在何处？"

那二人中的一位忙答道："几位大爷来得不巧，那些宋人已于前些日子被押往燕京去了。"

武穆云将匕首抵在他脖颈上，低声喝道："说谎！"

那人一见大骇，连声求饶道："小的不敢！小的讲的确是实情！"

另一人也磕头道："确是实情！不敢有半字虚言！大爷们快饶命！"

陆华春又问道："你们的头儿，叫作什么？"

那其中另一人回答道："便是大金国的二元帅，名叫斡离不，咱们都管他叫作斡将军。"

陆华春点了点头，与武穆云对视一眼。二人才知，适才那斡将军，原来竟是金国二元帅，此人果是来头不小。陆华春见再也问不出所以然，于是冷不防连出数指，又将那两个金兵点倒，嘴里又塞上了手帕，用绳索捆绑结实了，丢在路旁。

武穆云道："陆大哥，看来这二人所言非假，咱们下面如何行事？"

陆华春道："事到如今，只好将计就计，再去金营内打探一番。"

大伙又转回金营，见帅帐内已空无一人，那位斡将军不知去向，想必是到别处养伤去了。众侠正欲离开，忽听脚步声响，似有一人向这边走来，脚步声渐近，这才看清，原来竟是适才为那斡将军医治毒伤的郎中。

武穆云当即一个箭步飞蹿出去，伸指点了那郎中的哑穴，夹手拉了过来。众侠来到一僻静处，武穆云这才解开了那郎中的穴道，压低了声音问道："老医，莫要惊怕，咱们有话要问你。"

那郎中结结巴巴地道："好汉——有——话，请，请讲！"

陆华春抢先问他道："你这位郎中，想必也是中原人士啦？"

那郎中一听，忙点头道："小老医姓王，名一善，乃汴京人士，前些日子被金兵捉了去，一路上为他们行医看病，这才一路行到了此处。"

陆华春喜道："原来也是被逼来的！那就好办了！"便扶他坐了起来，语气温和地问他："咱们这些人也均是打汴京来的，要打听二位皇上的下落，不知老人家可知此事？"

那王一善忙道："知道！知道！可惜几位来得不凑巧，前几日，那二元帅斡离不已派人押着皇上等人去往燕京府了，这位二元帅有事未了，这才在此多留了几日。"

陆华春又问道："适才那斡离不被人暗算，老人家可知他中的是一种什么毒？"那王一善答道："小老医虽不敢太确定，但已知此乃宫廷御用的一种毒药，这是一种紧急时候宫内发给嫔妃用来保全贞洁的防身毒药。若到了迫不得已的时刻，既可使它袭击敌人，又可以用来自服，以保名节。"

陆华春等人一听，这才醒悟。

武穆云问道："此药可有解法？"

王一善答道："有，万药皆有解药，只不过这种毒药侵人肌肤后见效甚缓，有时可迁延一年，当遇到天气转热，中毒之人极易中暑，若那时还得不到有效医治，那人便会立时丢了性命。不过，这种毒药寻常得很，只要对症下药，即便是一般的郎中，也是能医得了的。"

陆华春一听，凑近身去，道："我晓得你这位老人家以前定是在汴京城行过医，救治过不少人的。眼下这金人侵我河山，掳我皇上，无恶不作，令人发指，斡离不中了此毒，此乃上天安排，叫咱们得了这样一个机会，可以轻易地铲除这恶贼，老人家可肯舍生取义否？"

那王一善一听，忙道："壮士所言正是，小老医我虽无缚鸡之力，但也懂得除暴安良的道理。既然上苍给了小老医这个为天下百姓伸张正义的大好机会，岂有错过之理？今日正好拿这斡离不开刀，好歹为死去的千千万万的中原百姓报仇雪恨才是。"

陆华春、武穆云等一听，无不感动，一起上前抱拳相谢。

武穆云道："老人家，此事须做得神不知鬼不觉，以免老人家您的家人受牵连。"

王一善一听，便道："害人之心不可有，但若是遇到十恶不赦之徒，只须不尽力为他医治，便也是办得到的。"

众侠一听大喜，于是与那王一善道别，循着原路，正要离开金营。

刚转过身，便迎面撞上一队巡逻的金兵。那些金兵一见到他们，立即上前盘查，一名将官模样之人，一举大刀，高声喝道："什么人？胆敢擅自闯入营内，快快领死！"手下众金兵发一声喊，各抡手中刀枪，向着众侠招呼过来。

众侠一见这情形，不动手是不成的了，于是纷纷拔出兵刃，与那些金兵先斗了起来。

双方正斗间，忽听得一声炮响，接着喊杀声骤起，又一支金兵队伍从斜刺里喊杀过来，为首的一位金国将官，屠夫模样，全身盔甲穿戴整齐，手持鬼头大刀，正是那二元帅斡离不。只见他左脸颊上贴了块膏药，显是临时对伤口做了简单的处置。斡离不来到众侠近前，大喝一声，鬼头刀带着呼呼风声，搂头向武穆云头顶砍将下来。

武穆云与那名金将斗得正急，忽觉头顶劲风袭至，知道不妙，连忙一招缩颈藏头式，鬼头大刀便贴着他头皮掠了过去，刀势太猛，头发也被卷了起来。武穆云连忙向旁又一纵，这才回头观瞧，一看是那斡离不张牙舞爪地向他冲来。

陆华春见状，知道不妙，忙对武穆云道："武兄弟，风紧！咱们边打边撤。"武穆云应道："好！"一挺宝剑，与陆华春一起，先击退斡离不与那名金将，随即众侠一起向后路撤离，眼见金兵越聚越多。

正当这紧急万分之时，忽见前面一道火光冲天而起，陆华春一见大喜，便知是兄弟陆华秋放起火来。那火烧得正旺，霎时间便映红了半边天。

斡离不一见大惊，忙勒住坐骑，大声嚷道："儿郎们，快！快去救火！"于是撇下武穆云等人不管，拨马向那着火处奔去。武穆云、陆华春等众侠乘机一阵拼杀，终于杀出了一条血路，冲了出去。远远地望见那火烧得正旺，不时传来斡离不的怒骂声和金兵们泼水救火的嘈杂之声。

众侠向着着火的方向奔去，不一刻又回到适才进营时经过的地方，众侠正准备穿过那低矮灌木，忽听旁侧有人叫道："大哥，武兄弟，你们来啦！"

众侠顺声望去，只见从黑夜中蹿出一个人来，正是陆华秋。马扩上前一把拉住他的手，喜道："陆兄弟，你这把火可放得及时得很呢！"

大伙又重新会合，此处不便久留，于是越过灌木丛，寻回到信王等人所在处。相见后，大伙的心情都很不平静，虽然此次行动没有成功救出皇上，但却打听出两位皇上已被押往燕京府的确凿消息，顺带着烧了斡离不的粮草库，为抗金之大业助了一点微薄之力。信王听说保福、仁福、贤福三位妹子相继遇害的消息，不禁怔怔地流下泪来。众人又从旁相劝了一阵，信王这才止住了眼泪。

晚上云州城城门紧闭，无法出城，众侠一商议，决定待到天一亮便分批乔装改扮，混出城去。于是大伙换上了事先准备好的衣帽，装扮成商人模样，又腾出马匹驮着货物，将长枪长棍藏在其中，一切完毕，这才原地休息，只等天明出城。

天刚蒙蒙亮，他们便骑上各自坐骑，绕着城墙，向东面城门方向行去。快到城门口时，远远地便望见有大批金兵正在那里放哨，于是众侠又折而向北，那北面城门情况也是一样，驻扎了大批金兵把守。

众人一见无法出城，便下马商议对策。陆华春道："现下咱们这么多人，目标太大，难免会引起金人的注意，不如分散开来，才易出城，大伙到城外重新会合。"

武穆云道："昨晚咱们这么一闹腾，金人必会增加人手，千方百计要阻止咱们出城，想要将咱们困在城内，再行抓捕。眼下情势紧急，若是单个儿出城，一旦被金兵识破，难免会有一番厮杀，一个人势单力孤，甚是危险，兄弟我倒认为，大伙一起行动保险些。"

陆华春问道："武兄弟有何妙计？快讲来听听。"

武穆云道："古人云，虚者实之，实者虚之，咱们先如此这般……然后……"他说完，众侠拍手赞成。陆华春一拍大腿道："好主意！咱们就这么办。"信王也点头同意，于是又将一切细节反复斟酌了一遍，众侠这才重新骑上马来，又向东面城门行去。

快到城门口时，只见那里的金兵已排成了十几排，一个个持刀拎枪，守卫森严。这时，有百姓进出城门，金兵便一一详加盘查。一个军官模样的家伙，在一旁不住地嚷嚷道："儿郎们，都给我把眼睛睁圆了！莫要放走了那放火的奸细！"

便在这时，忽见从城内远处走来一名壮汉，但见他长得方面大耳，膀阔腰圆，背上负了一件沉甸甸的包裹，边走嘴里边哼着小曲儿。这大汉径直往城门口走去，到了近前，一名金兵一挺手中长枪，上前喝问道："什么人？"那壮汉一见，忙赔笑道："这位军爷，咱们是过路的，要出城谈生意来着，还望军爷给行个方便，放咱们出城去。"

那金兵把眼一瞪，道："包裹里放了什么物什？快打开，给咱们瞧瞧。"那壮汉忙道："回军爷的话，这包里都是一些换洗的衣服，别无他物。"

"别无他物？"那军官模样的家伙凑了过来，三角眼在那壮汉身上扫了一眼，见他外面穿了件锦缎大袍，价值不菲，显然是个阔佬，于是干咳一声，道："快老老实实地将包裹打开，若真如你所说，尽是些换洗之物，便放你出城。"

那壮汉一听没法子，只好磨磨蹭蹭地卸下肩上的包裹，假装去解那包裹上的系绳，可解了半天，也没有解开。他嘴里不住地嘀咕道："奇怪！怎么解不开了？几位军爷，这包裹系得太紧，恐怕一时解它不开。"

那军官大声喝道："少啰唆！快解开了检查！"

那壮汉无法，只得又去解那系绳。

便在此时，就见从城内胡同里转出一行人来，有男有女，均骑着高头大马。瞧衣着打扮，似乎也是做买卖的富商，后面还跟着一匹马，马上驮了一只大包裹。

这伙人来到城门跟前，见一个壮汉已是大汗淋漓，正使双手费力地解着包裹上的系绳，其中一人便道："喂，前面的朋友，快些吧！咱们有急事，要赶着出城哪！"

那金兵军官听见，回头望了一眼，见是一队客商，便没好气地嚷道："吵什么！没看见咱们正忙着吗？待会儿，你们一个个都得检查！"

那壮汉还在解那系绳，这时已累得气喘吁吁，嘴里仍不停地骂道："这该死的包裹！"一边用手擦拭脸上的汗珠子。

旁边的几名金兵见了，忍不住偷着乐起来。又过了一会儿，金兵军官等得实在不耐烦了，便叫道："让我来！"说着，唰的一声，从腰间拔出单刀扑上去，一把推开那壮汉，挥刀一斩，嚓的一声，便将那包裹上的系绳从中间齐齐地斩断，手法干净利落。只听叮叮数声，从包裹里滚出无数银光闪闪的元宝来。

那金兵军官一见，顿时喜上眉梢，连声叫道："妙！妙！妙得很，破衣裳变成了银元宝，我早就瞧出你定是个宋朝来的奸细，来人哪！快给我绑了！"他一声令下，便冲上来几名金兵，各拿绳索，想上来绑人。

那壮汉一见，大惊道："别！别！军爷，冤枉啊！"边嚷边伸手在包裹里一抓，随手向那群金兵里扔去，嘴里还叫道："天降元宝，保您个个发大财！"

那些金兵正拼命向前，忽然眼前白花花的物什从天而降，以为是飞镖之类的暗器，于是急忙向旁侧躲闪，待得看清，竟然是白花花的银子，这才一窝蜂地争抢起来。

那壮汉又抓起两把银两向另外一队金兵扔去，同时叫道："天女散银啦！"金兵眼见头顶上落下无数银子来，哪有不争抢之理。于是，城门口一阵大乱，有几名为争夺一锭银子，竟相互厮打起来。那金兵军官忙大声喝止，可此时已无人再听他的指挥了。

便在同时，却见后面那伙商人纷纷从身旁取下一只只布袋，打开向空中扬去，顿时漫天里散发着刺鼻的气味，直呛得众金兵眼泪鼻涕一起流了下来。这些金兵一边捡拾地上的银子，一边用手揉着眼睛，嘴里哼哼叽叽，场面只比适才更加混乱。

有人大喊一声："冲！"那壮汉忽地从地上跃起，飞身骑到那匹驮着货物的马匹背上，一探手，从包裹中抽出两件兵刃来，一杆镔铁大枪，外加一根大棍。壮汉将大棍持在手里，又将那杆大枪交给另外一名汉子，同时说道："陆兄弟，接枪！"

众人发一声喊，催马冲过了城门，马上加鞭，转瞬间便去得远了，城门口只剩下一群吼叫怒骂的金兵，一个个红肿了眼睛，如无头的苍蝇，在乱蹦乱跳。

一路驰骋，不觉天色将黑，这才收住马缰，到路旁休息。众侠经历了这一天的折腾，均感十分疲乏，便横七竖八地倒在地上。

这时，一阵悠扬的笛声在耳畔响起。众侠转目一看，却见吹笛之人正是那位江南秀才冷云秋。但见他斜倚在一棵柳树旁，正手握一支铜笛，神态显得如此的悠闲自乐，好似适才没有经历过任何事情一般。

信王听出他在吹奏一曲《水龙吟》，笛音婉转，曲律动听，不禁大为赞叹，待他一曲奏完，信王才道："如果哥哥没有猜错的话，兄弟刚才吹奏的乃是一曲《水龙吟》，兄弟果然吹得一曲妙音！以前我在宫中随父皇听过此曲，虽同为一首曲子，但前后听曲的心绪截然不同，因而内心的感触也大不一样了。要说以前从此曲中听出了富贵与显耀，那么此刻却隐约体味出一丝的凄凉。唉！人生莫测，那也难说了。"

冷云秋道："大哥果然懂得音律，对此曲的感受也评论得恰到好处，小弟佩服之至！小弟此次从苏杭而来，那里如今还未遭受金贼的侵犯，百姓得以安居乐业。但这样的好日子，想来也不会太长久，金国鞑子此番虎视眈眈，无时不在窥视我江南富庶之地，大举进兵江南也是迟早的事。唉！这不能不令人担忧啊！"

信王道："兄弟怀有忧民之心，不愧为我大宋的好男儿……"

二人正谈间，武穆云忽然从旁问道："大哥，天快黑了，咱们今晚在何处安歇？"陆华春接口道："大哥，咱们这一日疾驰，想来距那燕京也不过一日的路程了，此地前不着村后不着店，咱们今晚便在附近凑合一晚，明儿再到前方镇上好好休息。"

信王道："兄弟所言极是，只好如此了。"于是大伙起身，在附近寻到一片树林，安顿下来休息，吴家兄弟将携带来的食物或烤或煮，安排大伙的饮食。众侠吃饱喝足，这才围在一起说话。

此时正值三月间，白日里天气尚可，可到了晚上，天气徒然转凉，有时还会莫名其妙地刮起西北风，气温骤降，好在众侠守在火堆旁，也不觉如何寒冷。

信王坐在火旁，心中却另有一番心思，他心想："父皇、皇兄以及兄弟姊妹不知可否带有暖衣，这样的冷天气，晚上可不大好过啊！"

武穆云见他眉头紧锁，便安慰他道："大哥必是又挂念起皇上来了，好在现下天气日渐暖和，想来那金人也不会太为难皇上他们一行人。大哥大可不必为此事而忧虑。"

信王叹了一口气，道："但愿如此！愿老天爷能保佑我那父皇、皇兄，还有各位兄弟姊妹平安无事。"

正说间，忽听见附近传来一阵马蹄声。众侠一惊，忙扑灭篝火，于是纷纷站起身，走到树林边上，向蹄声来处观瞧。但见前面是一条小河，小河对岸隐约可见三乘马正向这边驰来，又见其后喊杀声大作，似有无数人马正在追赶。

众侠疑惑不解，就见那前面三人在小河边停马，左右一望，见无法通过，刚要沿河北去。恰在此时，从北面刚好来了一队兵马将三人拦住，后面追赶的队伍也赶了上来，顿时将那三人的去路堵死了。

这时有人点燃了灯毯火把，亮子油松雯时将四周照得通亮。借着火光，众侠一眼便认出都是金兵鞑子，被围住的三位之中，有一位也是个金兵军官，模样消瘦，鹰钩鼻子，穿一身银甲，没戴头盔，手中持了一对双钩。再一看，另外那两人，竟然都是女子，均是宋人打扮。

"王贵妃！"信王一眼便认出其中一位妇人，正是皇兄钦宗后宫的贵妃娘娘，脱口叫了出来。余人一听，均皆大惊，不知这位王娘娘为何逃到了此处。又见另外一名女子，衣着打扮与那王贵妃并无二致，只不过年龄稍轻一些，信王想了一下，也即认出，她是皇兄的另一位妃子，名叫于散花。

后面一个金国军官驰到那三人近前，火光下，但见这人皮肤黝黑，长得方面大耳，一脸的横肉，身长体阔，骑在一匹黑马之上，双手各持一只黑黝黝的大铁锤。瞧那铁锤，分量自当不轻。

只见这金国军官大嘴一张，大声叫道："国禄兄弟，哥哥我算是服了你啦！真想不到，你小子平日里老实巴交的，到头来，却偷到哥哥我头上来了！我且问你，哥哥我费尽心思掳来的两位美人，为何被你小子偷着带跑了？哈哈，你小子想带着这两位美人远走高飞，好去过几天快乐清闲的日子，是也不是？今儿，既然被哥哥我逮了个正着，人赃俱获，你还有何话讲？"

那前面的瘦脸金兵军官一听，朝天打了个哈哈，一举手中双钩，大声答道："盖天大王，果然厉害，兄弟我一出营，你就带人跟上来了。不过，话又说回来，我与你平素交情不薄，念在咱哥俩以往的情分上，还望哥哥能放过我一马。这两位美人，哥哥可以带一个回去，只留一个给兄弟，哥哥你看如何？"

那盖天大王一听，把大眼皮一抬，露出两只贼光四射的小眼珠，厉声叫道："没门！想得倒挺美！我盖天大王抢到手的美人，何时会轮到你小子享用的份儿！识相的，便乖乖地将这两位美人送交过来，今儿可免你一死，快快逃命去吧！"说着，将两只大铁锤相互一击，只听当啷一声，火星四射，惊起附近一群鸟，向四处飞散。

那国禄向四下一望，见周围黑压压的，少说也有一千号兵卒，自知无法逃身，于是把心一横，转眼向那王贵妃与于散花望了一眼，最后叹了口气，突然双钩一转，只听噗噗两声，两把银钩便分别击中那二女的头颅，顿时脑浆四溅。王贵妃与于散花双双跌落马下，死于非命。

这边的信王与那边的盖天大王同时大惊，只不过一个是痛惜，一个是可惜，真想不到国禄这样心狠手辣，竟然会对手无寸铁的两位女子痛下杀手。信王嗳的一声，差点背过气去，武穆云急忙将他扶住。只听信王哽咽道："哎呀！痛煞我也！两位苦命的嫂嫂啊！"众侠纷纷上来安慰，这时就听乒乒乓乓一阵大响，那盖天大王已与国禄铁锤对双钩地交起手来。

这二位虽为同宗兄弟，下手却毫不留情，相互各使出了看家本领，你来我往，殊死相搏。那盖天大王舞动手中一对大铁锤，好似两只大冬瓜，锤大力猛，呼呼挂风。国禄见对方势猛，双钩不敢与双锤硬碰，迫不得已，只得绕开双锤，以巧招击他空隙要害。两人彼此十分熟悉，因而斗过二十多回合后，仍未分胜负。周围的金兵纷纷持弓在手，箭头对准了国禄，只等盖天大王一声令下，便可将国禄射成个筛子。无奈两人此时正在奋力相搏，他们又怕伤到盖天大王，因而不敢贸然发箭。

二人又斗过了十多回合，仍是未分胜败。只见那位盖天大王张着大嘴，边打边嗷嗷地叫骂，好似一头大黑熊，而那位国禄又似一头落了单的豺狼，正机警地与对手周旋，时刻准备着逃之夭夭。

正在这时，天空中忽然打了一道闪电，接着轰隆隆，几声闷雷传了下来，随即哗哗地下起大雨来，雨中还夹杂着一些小冰雹。那火把在雨中变得时明时暗。

国禄正斗间，忽然眼前一黑，便没有看清盖天大王正抡大铁锤砸来，但他耳音还算敏锐，急切间，急挥双钩向上格挡，说来也是他该着今儿走倒霉华盖运，只听得当的一声大响，便见有两件物什直飞向空中，正是那两柄银钩。与此同时，就听见国禄"啊"的一声大叫，还未叫完，便噗的一声闷响，火把照耀下，分明见到那国禄一头栽倒在马下，就一动也不动了。

盖天大王哈哈大笑，道："儿郎们，将这小子的尸体扔到河里喂王八去!"那些金兵齐声答应，七手八脚地抬着国禄的尸身，向河里扔去，扑通一声，便没了踪迹。

盖天大王又向那王贵妃与于散花的尸身望了一眼，叹息一声，两手向来路一挥，命道："回去!"带着一众金兵，眨眼间便去得远了。

这时，河边只剩下王贵妃与于散花的尸身，兀自倒在河岸之上。众侠待金兵走远，这才奔出树林，蹚水过河。信王领着大伙来到两女身前，哭着拜了几拜，这才由司马文君、尹翠翠等女侠张罗着，将两位娘娘在河边就地安葬了，又立了两块墓碑，上面刻了两位娘娘的名字。信王又拜了三拜，这才含泪与大伙离开。

这时，天上的雨下得更加急了。

第十二章

王老医为民除害立新功
吴兄弟赠面具改新革面

　　众侠一商议，决定趁黑夜冒雨向前赶路，以便尽早赶到燕京府，好去搭救两位皇上。信王更是心急，手中挥动皮鞭，不断地催马快行。他一马当先，头前带路，众侠知他心情，随后紧紧跟随。这时，雨下得越发地大了，道路上满是泥泞，马蹄踏处，泥水四溅，但赶路救人要紧，众侠也顾不上这么多了。

　　奔行了一程后，大雨渐渐止歇。又向前行了一段路，抬头一望，东方已现出一片鱼肚白，天马上就要放亮了。众侠这才停马，在路旁歇息，拧干身上雨水，放马儿在路边吃草，那吴家兄弟又取下干粮，分给众人食用。

　　众侠在树林里耽搁了一会儿，等到天色大亮，正欲起身上路，忽听从来路方向传来一阵急促的马蹄声。陆华春第一个跳上大路，隐约看见有一乘马，正疾驰而来。看不清马上之人模样，但从马蹄声判断，此人必有急事在身，否则不可能奔跑得这么迅疾。

这时，众侠也都已聚在路旁，各自均想："来的若是金兵的探子，便可上前截住，正好探听一下燕京的消息。"

那马渐行渐近，武穆云眼尖，第一个识出马上之人，脱口叫了出来："王老医！王一善——"众侠经他这么一喊，也都认出，来者正是几日前在真定城遇到的那位叫作王一善的老郎中。

武穆云冲上去，向着王一善连连挥手，同时喊道："王老医！王老医！您因何而来？"

那人正是王一善，他催马奔得正急，忽见前方路口有人向他招手，口中还喊着他的名字，不禁大惊，正欲夺马向别路奔逃，陡然间，便已认出了武穆云，这才放下心来，于是放缓了马速，来在武穆云近前，便即下马，上前拱手道："哎呀！原来是几位壮士，可巧得很呢！"

信王见他满脸汗水，身后那匹马也累得呼呼直喘，不明所以，于是便拱手问道："请问王老医师，为何行得这般匆忙？"

王一善转头向身后望了望，这才松了一口气，道："哎呀！一言难尽啊！"于是跟着大伙一起来到树林之中，便将事情缘由原原本本地讲述了一遍。

原来，自从那日王一善遇到信王等人，经过他们一番开导，他便决意不尽心为斡离不医治毒伤，而是用些寻常药物来敷衍了事。斡离不被蒙在鼓里，起初并未发觉，可是七天后，创口处越发痒痛难当，这才着起急来，又着人来找王一善询问缘由。王一善见他已病入膏肓，活不了多久，不禁心中暗喜，脸上却不动声色，说自己所配药剂乃是慢行药，须七七四十九日，方可见效。

那斡离不辨真假，只好哑巴吃黄连，有苦说不出，暗自咬牙忍耐。有时痒得实在忍不住，只好用手抓挠，只抓得一张脸上伤痕累累。他手下有人仗着胆子劝说他去看医生，于是他又派人来寻王一善，结果到了他家里，只见房门紧锁，王一善一家老小踪迹皆无，这才知道上了当。斡离不大怒，四处派人抓捕，发誓一定要捉住王一善。

王一善见情况危急，这才独身一人骑上快马，向北逃去，没承想半路上，竟又遇上了信王等几位侠士。

信王听说那斡离不命不长久，便一把握住王一善的手，道："老人家，感谢您为咱们中原百姓除去了金贼中的这一大害，功劳着实不小啊！"

王一善谦虚了一番，忧心忡忡地道："信王殿下，小老医在想，这斡离不一旦病毙，他几位兄弟必会来找我小老医的晦气。到那时，即便我逃到天南海北，也终究逃不出金人的手心，不知信王殿下有何高招，可使小老医从眼下的窘困中解脱出来？"

信王一听，眉头紧锁，暗自思索，一时也想不出什么良策。

便在此时，忽听一个女子说道："我倒有一个好主意，不知当讲不当讲？"

众侠顺声音望去，见讲话之人乃是董扬花。信王便道："扬花妹子，有甚好主意，不妨说来听听。"

董扬花这才说道："从前我在汴京，常去戏园里观戏，曾经就瞧过一部戏，演的是一种变脸的技法。有一个演员在台上表演，伸手在脸上一抹，顿时会变成另一副脸庞，时常我就想，不如咱们也做它一副假面具，戴在这位王老医脸上，到那时，金人纵有天大的能耐，也不会认出他本来的面目啦。"

陆华春一听，第一个拍手赞成，他道："此计甚妙！咱们适才怎么没想到呢！"

"对，就按扬花妹子的主意办。"众侠纷纷表示同意。

武穆云道："法子是好，可眼下，去哪儿可以找到用来制作面具的皮子呢？"

忽见吴密猛地跳将起来，高兴地嚷道："该死！该死！怎么把这事给忘了。"众侠见他如此滑稽形状，无不诧异。

只见吴密打开身上包裹，从里面取出一件物什来，众侠一看，竟是一副人皮面具。又见那面具做得十分逼真，不知是何方能工巧匠所制。众侠一见，纷纷鼓掌喝彩。王一善大喜，于是接过面具，戴在脸上，一张麻皮衰老的老脸，霎时变得白净红润，而他也变作了一位精神饱满的壮年汉子，只是与身上衣着打扮太不相称。

这时，吴松从自己的包裹里取出一套衣裳交给王一善换上。众侠眼前一亮，原来那位瘦老枯干的王一善，这时竟变成了另外一人，浓眉大眼，方面阔口，哪儿还有半点儿老态龙钟的影子呢！众侠见到，纷纷啧啧称奇。

信王道："王老医，你现在的面容已经改变，这王一善的名字便不能再用了，须得另起一个新的名字才是。不妨就叫作王一新吧。"

"好！以新的面孔重现江湖，这名字起得妙！"众侠又表示了赞同。王一善也十分乐意，将换下来的衣服一把火烧掉，众侠一见均喜。

正欢喜间，忽听又一阵马蹄声传来，听那蹄声杂乱，便知来者为数不少。众侠不敢大意，纷纷矮低了身子，偷眼向大路上瞧去。时候不大，马蹄声渐响，一队人马打眼前奔了过去。众侠一看，正是一队金兵，为首之人是一名金将，顶盔戴甲，一脸的疙瘩，面色灰黑，骑马持枪，正拼命地向前疾驰。

只听那金将一边骑马，一边大声地喊道："小的们，都把眼睛擦亮了，留意四周，看有没有那王一善的影子。唉！咱们斡将军也死得太冤了！"听声音，似乎极为悲苦，众侠听在耳里，才知那斡离不已然病毙，于是无不欢喜，只因有金人在附近，不便发声欢呼。其中最高兴的，莫过于那王一新了。

众侠默不作声，直到那金兵一伙去远，这才长出一口气，喜笑颜开地相互祝贺。众侠一扫多日来的郁闷心情，信王道："这便是个好兆头！看样子此番咱们去到燕京府，必能马到成功，救出我父皇与皇兄来。"

陆华春道："大哥所言极是，咱们不如起程赶路。"

那一直默不作声的铜笛秀才冷云秋突然开口道："是啊！不知道皇上他们已到了何处？"

众侠纷纷起身上马，循着那队金兵的足迹，向燕京府进发。

奔不到一个时辰，便远远地见到一座城池矗立在眼前。信王道："前面就到燕京府了，大家小心！"又道："咱们这么多人一起进城，太过张扬，大伙可分作几批，才不致引人注意。若是碰到金兵阻拦，便可见机行事，能避就避，不可与金人纠缠，以免中了埋伏。"

众侠答应一声，于是分作几拨，陆续进城。武穆云与师妹司马文君以及马扩、赵邦杰、董扬花等为第一批，他们骑马来到城门口。那守城的金兵连眼皮也懒得抬一下，便放了进去。接着，陆家兄妹以及冷云秋、吴家兄弟也顺利地进了城。

最后一批轮到信王、王一新及尹翠翠、韩胭脂等几人。这几位正待骑马往城内进，忽见迎面来了一队金兵，将去路阻住，为首的金国军官是个胖子，满脸横肉。只见他一腆肚子，咧嘴嚷道："儿郎们，都给我听好了，大王有令，严查过往人众，不准放过一个可疑人员，尤其是行医看病的江湖郎中，见一个便抓一个，捉到后立即就地斩首，不得有误！"

那金兵一听，连声答应，当即拦住信王等人，喝道："站住，哪儿来的？"这时，那满脸横肉的金国军官像一个肉包子摔在地上似的，溜下马来，从怀中取出一张告示，有两名随从分别端上糨糊，将那张告示贴到城门口的墙壁之上。

信王瞥眼向那告示上一看，不禁惊出了一身冷汗，见告示上画着一人，正是那王一善的头像。随即又暗自庆幸，还好事先已有所准备，不然的话，岂不要自投罗网。

那金兵看了看画像，又向信王等人注视了片刻，见这几位均不像那画上之人，便即摆手放行。那满脸横肉的家伙无意间瞪了王一新一眼，见他身着黄色衣衫，脸上有些浮肿，不禁心下生疑，于是大喝一声："慢！"径直走到王一新身旁，伸手便去摸王一新的脸。

信王暗惊，正欲上前阻拦，忽见从身边走上去一位，抬手在那满脸横肉的金国军官手掌上一搭，接口道："哎哟！军爷，小心了！我家这口子自小患了浮肿病，可摸不得的。"

信王一见，原来是韩胭脂上来替他解围。那军官一见是一位娇媚的女子上来搭话，便立时换了一副嘴脸，笑嘻嘻地道："哦！有这等事！那，那可是碰不得的！"说着，缩回手去，斜睨着双眼，向韩胭脂身上打量，不怀好意地说道："好！好！还是这位小妹子水灵，摸上去一定很光滑。"说着，便欲伸手来捏韩胭脂的脸蛋。

那韩胭脂连忙假装害羞，向旁边一躲，随即转头向那军官使了一个媚眼，笑道："军爷，你好坏哦！"

那家伙一脸的奸笑，叫道："哟哟哟！小娘子还害羞了！"

韩胭脂道:"军爷,如有闲暇,便请晚间到咱们燕京的怡香院来找我,到时候,小女子一定陪军爷喝上几盅,也不为迟。"

那满脸横肉的家伙一时被她说迷糊了,连声答应道:"好!好!就这么说定了,咱们晚上不见不散,哈哈!哈哈!"一咧大嘴,露出满嘴的黄板牙。

信王等一见,不禁心下作呕。见那军官不再阻拦,于是一挥马鞭,领着另外几位冲进城去。在城内行了一程,这才长长出了一口气,回想起适才的凶险,犹自心有余悸。

信王回头问韩胭脂道:"胭脂姑娘,怎知这燕京府有一处怡香院?"

韩胭脂道:"这也是事出巧合。前些日子,我在宫中,便偷听到有人说起过燕京的事来,说什么有名的莫过于这燕京的怡香院了,于是我便记在心上,不想,今儿竟无意间用上了。"

到得一拐角处,见另几拨人正驻马等候,众侠相聚,皆大欢喜。大伙一商议,觉得在偌大一座燕京城里毫无目的地去寻找两位皇上,真如大海里捞针一般,不如先抓住一个金国军官,然后从他口中打听出二位皇上的具体关押地点,这样来得简便。

韩胭脂道:"大哥,不如咱们将计就计,今晚便在怡香院将那位胖子军官捉了来,正好逼着他说出实情,岂不省事!"信王望了望大伙,迟疑道:"此计甚妙,只不过要安排人手先潜入怡香院,却是件棘手之事。"

韩胭脂道:"小妹不才,愿冒险潜入怡香院,里应外合,捉获那金国胖军官。"信王见她说得坚决,大喜道:"好,不过妹子一切须得小心谨慎才好。"于是向路人打听那怡香院的所在。

原来这怡香院乃燕京府有名的粉场,就在燕京东部郊区,那里一直是烟花聚集出没的场所。燕京府一些有钱人以及富家浪荡公子经常光临此处,寻欢作乐,金人占领燕京后,它逐渐变成了金国将领们专用的消遣之地。

众侠在城内东拐西绕,行了半日,直到午后时分,这才来到怡香院所在的街上。见街道两旁立着几家饭铺,大伙此时已感饥饿,于是步入饭铺用饭。掌柜的是一个地道的本地人,身材不高,长得很敦实,一见来了这么一伙客人,顿时喜笑颜开,招呼伙计上前牵马,并将众侠让进厅内,沏茶倒水,热情招待。此时距晚饭开始尚有一个时辰,故而饭铺里的食客并不多。信王等人落座后，边饮茶，边商议晚间的行动计划。

信王见掌柜的过来送茶，便问他道："这位店家，向您打听一下，这边可有一座怡香院的所在吗？"

那店家一听，向信王打量了一番，见他衣着华丽，一脸的富贵相，料定必是来自大户人家，于是向他一揖，满脸赔笑地答道："这位客官，您要打听这怡香院吗？那您可算是找对人了！它就在这趟街的左近。咱们燕京本地人呢，一提到怡香院，那可谓无人不知，无人不晓，它可是咱们燕京府有名的烟花场所。金人没来之前，每日慕名而来的达官贵人络绎不绝，咱们这个小店也跟着沾了不少光。可惜这金人一到，怡香院便成了金人享乐的场所，那些鞑子，平日里来咱们店里吃饭，从来不给饭钱，咱们这些天，正准备着关门歇业，打算到南面另谋出路，唉！日子越来越难混了！"

信王等人一听，纷纷表示同情。

陆华春道："自从金人南下侵犯我中原的大好江山，烧杀劫掠，无恶不作，中原百姓生活在水深火热之中，有志之士纷纷揭竿而起，抗击金兵鞑子，那也好得很哪！"

那店家向他望了一眼，连连摆手道："这位客爷快小声些，莫让那金人听到了这话，那可不得了！要杀头的呀！"说着，右手虚劈，做了个砍头的姿势，又接着道："几位客官若是晚上有暇，便可去那怡香院里消遣一番，听说那儿最近来了不少美貌女子，每晚光顾者甚多，还有一些有钱的富家子弟，一掷千金，阔绰得很呢！"

信王一听，微微点头，谢道："多谢店家大哥之言，不知在这怡香院里，可否有熟识之人？"

那店家一听，眼珠转了几转，才道："这个嘛，让我想一下——啊！有了，我倒是认识里头一位管事的妈子，四十多岁年纪，外号叫作花狐狸。客官若是去到那里，只要提到是我胖三墩的朋友，那就妥了。"

信王一听，不禁喜道："这可有劳店家大哥了。"那店家连连摆手，道："不必客气，应该的！应该的！"

这时，伙计端上饭菜来，众侠于是大吃起来，一直吃到天色将黑，这才离了饭铺，径直往那怡香院方向行去。路过几家店铺，韩胭脂便进店挑了几件颜色艳丽的衣裳换上，又在脸上抹了些脂粉，俨然变成了烟花女子的模样。

韩胭脂道："信王大哥，小妹先入这怡香院落脚，等待时机，一旦那胖子军官到来，咱们即刻动手捉人。"信王叮嘱道："妹子一切小心！"

韩胭脂道："大哥只管放心。"说罢，整理好衣衫，迈开轻步，身子一扭一扭地走向那怡香院的大门。

那把门的门生见来了一位美貌少女，打扮得花枝招展，但从未见过面，于是上前问道："这位大姐，来此处有何贵干？"韩胭脂装出一副娇媚的神态，答道："哎哟！原来是位小哥，麻烦小哥给里面的花狐狸大姐捎个口信，就说我是胖三墩介绍来的。"

那几位一听是胖三墩介绍来的粉头，顿时欢喜道："大姊姊稍等，咱们这就去报信。"时候不大，就听见一个中年妇人的沙哑声音在里屋嚷道："我说，胖三墩又送了什么歪瓜裂枣来啦！先让老娘看一看……"

话音未落，一阵浓香扑鼻，就见从里屋走出来一位中年胖妇，脸上涂了厚厚的脂粉。又见她肥厚的脸庞上生了一双三角眼，颧骨高耸，一眼便瞅见了韩胭脂，本来满是怒色的一张脸，顿时转成了喜色，语气也和缓地道："哟！想不到胖三墩也能介绍过来这一等一的好货色！啧啧！不赖！身材长相一级棒！"说话间，走到韩胭脂面前，问道："姑娘，多大了？家乡何处？"

韩胭脂一闻到花狐狸身上的香气，心里直作呕，她强自忍住，答道："小女姓韩，只因与家人失散，一时无处安身，因此特来投奔，求妈妈给赏口饭吃。"

那花狐狸一听，脸上乐开了花，好似无意间捡到了一块金元宝，她一把拉住韩胭脂的手，就往里面拽，嘴里还嘟囔道："不错！不错！快进来，帮咱们照顾几位难打发的军爷去。"

那些粉头见来了新人，纷纷出来观瞧。有的见韩胭脂容色美貌，自愧不如，纷纷交头接耳，有的干脆砰的一声，随即关上了房门，不愿再看，显是内心已生了嫉妒之意。

信王等见韩胭脂已混入怡香院，便躲在附近，等候时机，伺机而动。

说也凑巧，韩胭脂前脚刚进去，便有几名金国军官骑着高头大马，耀武扬威地赶到怡香院门前。只听见一人扯着嗓门嚷道："花狐狸，快给爷几个介绍几位新来的小妞儿过来。"信王等人凝目观瞧，就见其中有一位，肥头大耳，满脸的横肉，正是适才在城门口遇到的那名金兵军官。

那把门的门生见来了几位军爷，不敢怠慢，急忙上前迎接，招呼着迎进厅内。那花狐狸早得到讯息，领着十几名粉头，慌忙迎出厅外，韩胭脂自然位列其中。只听那花狐狸尖着嗓门叫道："哎哟哟！是什么香风把几位爷刮过来啦！快快请进！"

那满脸横肉的军官高声道："哈哈！花狐狸，最近又来了什么好货色？快介绍给咱们认识认识。"那花狐狸忙道："葛思美大爷，多日不见，怎的今儿有空光顾咱们怡香院啦？"

葛思美大声道："花狐狸，少废话！最近，你院子里来了一位漂亮妞儿，是也不是？"花狐狸一听，心里咯噔一下子，心想："这家伙嗅觉倒灵敏，院子里刚来了个美人，他便知道了，这可奇了！"虽然心中诧异，一张肥脸上却不动声色，便即答道："哎呀！葛大爷，果然神通，怎的这么快便知道这事了？"

葛思美一听，神色得意，两只贼眼向花狐狸身后直瞅，突然瞧见了粉群之中的韩胭脂，于是抢步上前，叫道："哎哟哟！这位美人儿，可还认得咱们吗？"韩胭脂假装认出是他，又故作羞涩地道："哎哟！原来是军爷，咱们正等着军爷大驾光临呢！"

那姓葛的一听，顿时眉开眼笑，上前一把抓住韩胭脂的双手，急道："啊！我的小心肝儿！快随本将军到楼上雅间喝两杯去！"说着，便丢下其余几位同伴，径直拉着韩胭脂向楼上行去。

那花狐狸一路伺候着，将他二位让进二楼一间包厢里。韩胭脂特意挑了间窗户朝外的屋子，以便下手方便，那葛思美还被蒙在鼓里。韩胭脂趁机给他敬酒，那葛思美却也豪爽，酒到杯干，连干数杯后，微微有了些醉意。他眯着一双色眯眯的醉眼望着韩胭脂，越看越觉得她长得可爱，不禁内心生出些邪念来。

韩胭脂知道不可多耽搁，须尽快下手，于是趁他迷醉之际，暗地里取出事先预备好的蒙汗药，掺入酒壶之中，又将一只空杯倒满药酒。

她端起酒杯，娇声道："葛爷，小女子再敬您一杯。"

那葛思美连声道："好！好！"接过酒杯，不假思索地一饮而尽，喝罢，咂巴一下嘴，问道："这杯酒怎的有点儿甜嘞！"

韩胭脂连忙道："葛爷您喝多了，这才品不出酒的滋味了！"

那葛思美大嘴一咧，道："本将军没喝多，还能再喝它十几杯。"说着，便欲站起身来搂抱韩胭脂，岂料他脚下一滑，扑通一声，便跌倒在地上，顿时人事不省。韩胭脂见已得手，连忙按着事先的约定，轻轻推开窗户，手持蜡烛向窗外晃了三下。

信王正在外边等待消息，见到信号，武穆云与陆华春双双跃出，在黑夜中各自施展轻身功夫，几个起落便奔到怡香院的墙根下，随即出飞爪绳索，不消一刻，便攀了上去。两人由窗户进到阁楼内，见那胖金国将官如一摊烂泥一般，瘫在地上一动也不动。二人拿出绳索，武穆云一哈腰，陆华春将那金国将官负到他背上，又用绳子绑牢实了，仍顺原路返回，韩胭脂随着他俩也一起离开了怡香院。

三人带着那醉军官回到众侠身边，大功告成，是非之地，不便久留，于是大伙乘着夜色，走街过巷，往北面丘陵荒野之处奔去。寻到一片僻静之所，这才停下来歇息，回头再看那姓葛的金国军官，仍旧涨红了脸，昏迷不醒，有时嘴巴还嘟囔一两句："好酒！再来一杯！""小美人，让本大王亲亲。"

事不宜迟。信王取下水袋，喝了一大口，对准那金国军官，一口水便喷到那金国军官脸上。

那姓葛的军官浑身打了个哆嗦，蓦地睁开眼来，口中喝道："什么人？如此大胆！胆敢戏弄本将军！"猛地里，他发现情况有些不对劲儿，便即站起身来，不料脚下虚浮，身子晃了两下，又即跌倒，伸手一指信王，问道："你，你们，是干什么的？"

信王厉声道："咱们是专杀鞑子的义军。"

那姓葛的一听，顿时大惊，不自禁地伸手向腰间摸去，意欲拔刀反抗。岂知摸索了半天，连个刀把儿也未摸到。又见信王人多，自己势单力孤，不禁感到有些气馁，于是颤声问道：“你们将本将军押到此地，意欲何为？”

信王道：“你这个金国狗官，叫作什么？在金营里任何职务？”

那姓葛的答道：“本将军叫作葛思美，是大金国的一位王爷，本次南征大军中，任大将军之职，专管燕京的防务。”

众侠一听，均皆大喜，心道：“这人来头不小，他定会知道两位皇上的消息。”

武穆云抢上前，一挺手中宝剑，指着那葛思美的胸口，喝道：“老实交代！这些天，可曾见过有大宋的皇上被押到燕京府？”

那葛思美只觉身前寒气袭人，又见一把锋利的宝剑正抵在胸口之上，顿时吓得魂不附体。这家伙别看人长得胖，脑筋却十分灵活，知道见机行事的道理，于是连忙跪地求饶道：“好汉饶命！小王如实禀告便是。”

武穆云一听，这才撤了宝剑。那葛思美咽了一口唾沫，稳定一下心神，这才开口道：“不瞒诸位好汉，小王便是此次押送宋俘的将官之中的一位，只不过，小王职位低微，因此押送两位皇上以及皇亲国戚这等事，也轮不到咱头上。小王只负责押送几十位宋国大臣，再加上少数宫人。”说着伸手擦了擦脸上的汗珠，此时天已转凉，他竟出了一身大汗，想见心中紧张害怕到了极处。

陆华春把眼一瞪，喝道：“此话当真？”那葛思美吓得一哆嗦，连连道：“小王哪敢说谎！句句是实情啊！”

马扩一把揪住他衣襟，叫道：“快讲！两位皇上现在何处，若不如实交代，小心你的狗头！”

葛思美连连磕头求饶道：“好汉息怒！好汉息怒！我交代就是。”

马扩这才放开他衣襟。

葛思美本想隐瞒实情，这时一见不妙，只得又交代道：“小王前几日听别人讲，宋国道君皇帝被押在了迎寿寺，而你们那位少皇帝，则被关在了悯忠寺，听说过几日，两位皇上都要被带到昊天寺去。此事小王也是听别人说的，至于是否属实，可就不清楚了。”

信王见他表情不似说谎的样子，这才叹了一口气，问道：“这迎寿寺与悯忠寺在燕京的什么位置？"

葛思美答道："这迎寿寺位于燕京的北面，悯忠寺在燕京城里，距此处不太远，好像在什么……啊！对了，就在陶然亭的旁边。"

陆华春插口问道："那昊天寺又在何处？"

葛思美想了一下，摇头道："这个……小王便真的不知道了，好像是在……有了，小王最近听咱们金国大元帅提及过，他说近期将要在昊天寺举办一场比武大会，届时将遍邀中原各派武林人士一同赴会，借此机会，以壮我大金国的雄威，想来这也是近几日的事了，不知几位可否有兴致去那里一试身手？"说罢，眼望众侠，似乎对这些人的功夫表示怀疑。

"哦？有这等事！"信王等一听，均感意外，想不到金人在交战之余暇，竟会搞出这等比武大会的名堂来，于是大伙交头接耳，相互议论起来。

陆华春道："大哥，不知这葛思美说得是否属实？"

信王道："宁可信其有，不可信其无！这昊天寺，咱们终究是要去的，若错过了这样一个搭救皇上的机会，岂不可惜？倘若能在会上遇到几位武林同道，便可邀请他们帮忙，那也好得很呢！"

武穆云道："大哥所言正是，咱们就听大哥的，一同去赴这比武大会。"一指那葛思美，问道："这人不知如何发落？"

那葛思美一听，立时神情紧张起来，豆大的汗珠子从额头上不断滚落下来。

信王道："这人对咱们还有用，可暂时点了他的哑穴，一并带了去。"

陆华春一听，上前手指连戳，立时封了葛思美的穴道，又找来绳子，将他双手绑缚了。众侠这才稍事休息。累了一天，大伙均感有些疲惫，有几位一坐到地上，便呼呼地睡将起来。

第十三章

金恶少横行跋扈逞发淫威
穆梨花竹棒巧打落水狗

次日一大早，大伙醒来，信王对众人做了安排。大伙分头行动，约定于昊天寺会合。时间紧急，说走便走，信王带着马扩、赵邦杰以及王一新老医师，还有尹翠翠为第一队，他们负责押着葛思美。武穆云、司马文君、冷云秋以及吴家兄弟为第二队。另外，陆家兄妹三位以及韩胭脂、董扬花为后一队。

大伙分手后，单说武穆云等几位离了树林，取道西侧，向昊天寺进发。说也奇怪，一路上见到不少的老百姓，一个个穿着干净衣衫，正急匆匆地往昊天寺方向赶路。

武穆云不知缘故，拦住一位行人要打听清楚，那行人见他是个外地人，于是说道："这位公子有所不知，今儿是端午节庙会的日子，你看咱们大伙这么多人，走得这样急，却都是往昊天寺，去赶那儿的庙会的。我还告诉你，听说那处今儿有许多好戏要开演，去晚了可就看不到了，公子若有兴趣，不妨一同前去一瞧。"说罢，便又步履匆匆地向前赶路去了。

武穆云一听，这才恍然大悟。司马文君道："师哥，日子过得好快！想不到一眨眼便到了端午节！咱们可是忘得一干二净了！"

吴密道："是啊！这端午节可是一年之中的大节日，往年这个时候，咱们老家苏州都要举行各种聚会，那可热闹得很嘞！""今年这端午节八成要在燕京过了。"吴松补充道。

冷云秋道："在这儿过一回端午节，那也有趣得很，不知这儿的庙会是怎样个情景。武兄弟，不如咱们几个一同去凑凑热闹，如何？"

武穆云点头道："正好去看个究竟。"

几人随着人流，不觉间便行到昊天寺附近。远远地便见到前面有座低山丘陵，四周生满了树木，虽然刚有些绿色，但已显出勃勃生机。又见半山腰间，隐约现出几座古刹。此时，进山的道路已拥挤不堪，各种叫卖声不绝，有的嚷嚷道："糖葫芦，甜的嘞！"有的叫着："热乎的汤圆！五子儿一碗嘞。"

武穆云听到，这才感到肚中已饿，于是大伙挤到卖汤圆的铺子前，每人要了一碗汤圆来吃。吴家兄弟又破费买了几块芝麻烧饼，分给大伙吃。众侠吃饱饭，继续观赏庙会。一路行过，只见有说书的、唱戏的、打把式卖艺的，五花八门，无奇不有。五人驻足，听了一会儿评书，听那人滔滔不绝地讲着一段，却是隋唐秦琼卖马的段子，讲到精彩之处，听众纷纷鼓掌喝彩。五人听了一会儿，又向前行，就见远处围了一圈人，还传出阵阵叫好之声。

五人好奇，急忙挤进人群向里观瞧。但见场内一块平地之上，有一位身着素装的大姑娘，正将一杆大枪舞动如飞，场边时时发出叫好之声。但见那姑娘长得端庄淑丽，真可谓是脸若银盆，眼如水杏，柳叶弯眉，眉宇之间暗藏着一股英飒之气，真乃是貌若天香的女中豪杰。又见她手中持了一杆银枪，正舞动飘飘，将身周罩在一层银光之中，当舞到精彩之处时，只见枪不见人，于是场边喝彩之声大作。

那姑娘舞过一会儿枪，便见从一旁走上来一位中年汉子，显得十分的体格健壮，正方脸上现出一丝豪气。只见那汉子走到场中间，双手一拱，向场边唱了一个诺，这才开口说道："各位乡亲，在下穆春山。"一指身旁那女子，接着道："这位便是小女，她叫穆梨花。"

场边不免一阵议论，便有年轻公子不禁嚷道："原来是穆姑娘，生得真像梨花一般。"那姑娘听了，也不加理会。

只听那穆春山接着道："咱们父女二人来到这燕京贵地，有幸赶上这等热闹的庙会，一时高兴，在此卖弄几下拳脚，不图别的，只为以武会友。小女的武功，适才大伙也已经见识过了，若是场外有哪一位不服小女的功夫的，可以上来比试一番，咱们全力奉陪。"

那穆春山连问数声，周围人虽叫得起劲，却无人敢上场较量。有些人虽会些拳脚，但自忖自己这两下子，比起那位穆姑娘来，可谓是天上地下，相差悬殊，便不敢上场出丑了。

便在此时，人群后面一阵骚乱，接着有人大声嚷道："快给老子让开了！"接着便听到"啪啪"几声，似是掌掴脸部的声音，接着是"哎哟——哎哟"的叫痛声。人群左右一分，顿时闪出一队人来。

武穆云夹在人群中，转头一望，见是十几个年轻的金人，为首的共四位，年纪在二十岁左右，身穿金人服饰，一个个直眉瞪眼，撸胳膊卷袖子，一副随时要打人的凶相。

走在最前头的，生得虎背熊腰，一对蓝眼珠，闪动着狡黠的蓝光，正张嘴叫嚣着，露出满嘴的獠牙。这人身后紧跟着一位，身长体阔，方面大耳，长了一只鹰钩鼻子，与那金国四太子兀术有些相像。后面是两个更年轻一点儿的金国少年，一个红头发，一个黄头发，均生得膀大腰圆，身高比寻常人都要长出许多。这四位身后还跟着十来名少年金人，身穿各式金服，气势汹汹，看样子是随行的打手。

那蓝眼珠金国少年一指穆梨花，回头对后面三位说笑道："三位兄弟，今儿叫你们看看哥哥的手段，保准为你们娶一个嫂子回家。"

那后面三个一听，顿时咧开了嘴，狂笑不已，一个个牙齿发黄，模样甭提多恶心了。又听那黄发的金国少年露着大槽牙，叫嚷道："好啊！那就要看也干果哥哥的本事了。"

也干果一听，顿时眉飞色舞，几步便来到穆梨花近处。这时穆梨花已停止了舞枪，持枪立在原地，冷眼观瞧。其父穆春山手持单刀，在一旁小心戒备。

那长着鹰钩鼻子的金国少年抢先发话道："喂，打把式卖艺的小妞，今儿算你父女俩走运，咱们这位也干果哥哥看上你的脸蛋了，也干果大哥可是咱们大金国二元帅家里的大少爷，你若跟了他，做了他的小妾，以后吃喝不愁，而且还有享不尽的荣华富贵，再也不用这般的在大露天靠卖艺挣饭钱啦，哈哈！怎么样？识相的，便痛痛快快地随了咱们去吧，省得咱们动粗。"说罢，右手向后一摆，做了个请的姿势。武穆云一听，才知那蓝眼珠的原来竟是那斡离不的儿子，怪不得这般的猖狂。

穆梨花站在那儿，一动也没动，也没开口答话，这一下，可惹恼了后面那位红发的金国少年，只见他唰的一下，抽出条皮鞭，啪啪地在空中虚劈几下，高声喝道："喂，小妞，咱们二哥不雪兀术在问你话呢，难道你哑巴了不成？"

穆梨花仍未动窝儿。那红发少年大怒，挥鞭便欲上前来抽打穆梨花，却听也干果大声喝止道："珠无色兄弟，不要发火，先容这位姑娘考虑周全了再说。"

那珠无色一听，便道："大哥，这——"这时黄发少年连忙拉了他一把，劝道："三哥莫恼，听大哥的。"那珠无色这才退到一旁。那黄发少年随即上前，向穆梨花道："这位漂亮大姊姊贵姓？家居何处？为何流落于此，做起这打把式卖艺的营生？"

那穆春山听他讲得和气，这才壮着胆子上前，向四位金国少年深深一揖道："四位少爷息怒，咱们父女二人本是山东人氏，只因家中连年闹饥荒，再加上近期老家瘟疫肆虐，害得一家子家破人亡，最后只剩下我父女，孤苦二人，相依为命，一路流落至此，本想着靠打把式卖艺讨口饭吃，人生地不熟，不懂得此地的规矩，冒犯了几位少爷。还望您几位大人不记小人过，瞧在我父女二人可怜的份儿上，放过咱们这一回吧。"

那也干果一听，眯缝着眼，突然把眼一瞪，道："放你们一马？"又瞄了一眼穆梨花，终于不舍得，于是道："要本小爷放过你二位，那也可以，但须得有一个条件。"

穆春山忙道："少爷有何要求？尽管吩咐。"

那也干果一指穆梨花，道："适才我在远处，见到令千金露了一套枪法，却是有板有眼，想必她手底下有两下子，本小王最爱结交天下武林同道。这样吧，便由本小王向这位穆姑娘领教一下拳脚，若是本小王输了，没得话说，便放您二位走人；若是本小王赢了这位穆姑娘，嘿嘿，对不住，这位穆姑娘，就得随本小王到府中去一趟，与本小王成亲，姓穆的，你觉得怎么样？"

穆春山见他人多势众，一时无计可施，思索半晌，最后只得点了点头。他是这样想的："凭小女的本事，不致一时便输，如此拖延些时间，或许有所转机。"

也干果见穆春山同意，不禁大喜，当即脱下身上大衣，露出一身的紧身行装。不雪兀术接过衣裳，提醒道："大哥小心。"也干果大嘴一撇，道："兄弟你就瞧好吧。"

这边，穆梨花也将大枪交给父亲穆春山，在场中一站，双掌一交，亮开了门户。就见也干果大喝一声，好似凭空打了声霹雳，嗷的一声，便扑将过来，伸出两只蒲扇般的大手，便欲抓向穆梨花。穆梨花见他张着大嘴向自己扑来，有如一只黑乎乎的大狗熊，不敢怠慢，急忙虚步侧身，向旁一闪，也干果这一扑便扑了个空。这家伙也真了得，就势将粗肥的身子一转，抬脚直踢向穆梨花的腰部，他这一脚劲力甚猛，呼呼带着风声，可谓势大力沉。穆梨花见状，急忙向后一跃，这才躲开，虽然如此，衣角也已经被也干果迅猛的势道带得掀了起来。

"好险。"穆梨花暗自叫一声，当即收拾心神，小心应付，她双掌一分，向前一纵，施展起家传掌法，向也干果攻来。也干果也叫了声："来得好！"舞开两条粗大的胳膊，仗着身长体阔，力大不吃亏，架开了穆梨花的一阵快掌。

也干果所使的乃是关东有名的熊拳，此拳是模仿北方森林中的大狗熊扑击猎物时的动作演变而来的，这一路拳法，最是讲究势大力沉，加之也干果又是个胖子，当然十分适合练这一路拳法。只见他前蹿后跳，扭动着肥大的身躯，在穆梨花双掌间穿来穿去，倒显得十分灵活。

那穆梨花所使掌法也是经过名人指点过的。虽然她不过是一个女子，但双掌使开了，却似有千斤之力。这时，她正使出一招"凤舞梨花"，双掌飞舞处，掌影变幻莫测，恰似划过无数点梨花影，也干果只觉眼前掌影晃动，似有无数只手掌一齐向自己拍来，不禁大骇，无奈之下，急使一招"狗熊钻林"，身子陡地向左侧蹿出。

围观人等见他动作笨拙，且兼滑稽，均不禁笑出声来，但也干果也躲过了穆梨花双掌的笼罩。他站稳身子，回头怔怔地望着穆梨花，浑没想到这样一位小姑娘，竟有如此大的本领，自己武功比她不过，但适才大话说过头了，若临阵退缩，这脸可丢大了，于是一咬牙，猛地大嘴一张，发出一声熊吼，吼声震得周围众人耳朵嗡嗡作响。武穆云知他要拼命，不禁暗自为穆梨花担心，于是又向前挪动了数步，以便随时可以出手相助。

穆梨花也被也干果冷不丁的一声熊吼吓了一大跳，这才知他熊急上树，要与自己玩命，于是心中格外留意。只见也干果嘴巴大张着，露出一嘴的黄牙，双手一张，向前一纵，又再扑上，便以一招"猛熊下山"，四肢合用，双手抓向穆梨花双肩，右脚则直踢她膝部，端的是恶猛至极。

穆春山在一旁看得清楚，于是叫道："梨花，多加小心。"话音未落，只见穆梨花身子一转，使一招"龙珠飞旋"，瞬间便转到也干果的身后左侧，随即双掌轻递，四两拨千斤，就见也干果一个肥大的身躯好似腾云驾雾一般，直向前飞去，砰的一声，四脚朝地地俯跌在地上，跌掉了两颗门牙，鲜血吐了一地。

不雪兀术与珠无色赶紧奔上去，将也干果扶起来，一个叫道："大哥，怎样？"另一个嚷道："好啊，打伤了大金国的皇孙，绝饶不了你父女俩。"

那穆春山一见，慌忙上前赔不是："实在对不住，都怪小女一时失手，伤到了小王爷，老夫这里赔礼了。"

也干果兀自嘴里哼哼唧唧，不住地叫疼，满嘴血水，照着地上狠狠啐了几口，这才揉着腮帮子怒道："可气煞我也！"

围观众人见他这副模样，都忍不住暗暗拿他取笑。穆春山又道："适才小王爷亲口答应了咱们，说若是小女赢了这场比试，便放咱们走，不知此话还作不作数？"也干果苦着脸，蓝眼珠骨碌碌地转了转，向四下里一望，瞥见许多围观的百姓正盯着自己看，心知此事不好抵赖，不情愿地说道："那，那当然，算数，本小王生来就是说话算数的，你们去吧。"

穆家父女正要离开。"慢着！"就见那珠无色上前拦阻道："放你们走，当然可以，只不过，适才我大哥不明不白便输在这妖女手里，咱们不太服气。这样吧，本小王与这小妖女比画比画，若是我也输了，你们立马走人。"说着，除下外套，撸起袖管，挡在穆家父女面前。

穆春山一见无法，眼望向女儿，却听穆梨花道："爹，女儿便出手打发了这小子，咱们再去不迟。"

穆春山只得答应，道："女儿可要小心了！"

当下穆梨花整了整衣衫，与这满头红发的金国少年珠无色又斗在了一起。双方再次比试，宛如仇家相见一般。一个要急于脱身，一个要为大哥挽回颜面，因而一上手，各使出全身解数，出手毫不留情面。

武穆云瞧出这位红发的珠无色所使的是一套江湖上少见的狐拳，乃是古人从山中的狐狸捕捉野兔的动作中得到启发，进而创制了此套拳法，讲究"灵、闪、扑、跌"，动作变化多端，灵活异常，拳路以灵巧见长。即使是这位身长体阔的珠无色，也能将此路拳法使得有板有眼。穆梨花仍使她家传的掌法，这二位你来我往，又是另一番景象。

围观众人不断地在场边呐喊助威，武穆云在一旁瞧得明白，珠无色较之也干果，却是难对付得多了。就见这小子施展出一套狐拳，在平地之上，来回纵跃，忽高忽低，虚虚实实，着实是个难应付的主儿。亏得这位穆梨花姑娘武功不赖，若换上别人，非折在他手上不可。

这二人斗到二三十回合，未分胜负。穆春山见女儿一时难以取胜，生怕夜长梦多，于是叫道："梨花，飞鹤在天。"众人正诧异间，就见那穆梨花掌影一晃，掌法突变，陡地使出鹤形掌，手臂陡发陡缩，身子一屈一伸，迅捷异常。

珠无色正自得意，没料到对手突变掌法，一时被攻了个措手不及，一个没留神，被穆梨花使一招"仙鹤取水"，一掌正击在他左肩上，砰的一声，便不由自主地向后跌倒下去，好在他反应还算及时，使臀部先着地，这才免受重伤，但这一下，却跌得不轻。他站起身，揉着摔疼了的屁股，一语不发，怔怔地瞧着穆梨花，浑不知因何会突然落败。

穆春山见好就收，于是叫道："女儿，咱们收拾东西，这就去吧。"

穆梨花应道："是，爹爹。"

父女俩收起地上的器械，背起包裹，正待离开。

这时，就见人影一晃，有一人悄无声息地挡在他二人面前，众人一见，却是那长着鹰钩鼻子的不雪兀术。

不雪兀术叫道："慢着，还有本小王没有打过，与本小王比过了，再走不迟。"穆春山道："我家小女适才已比过了两场，眼下已累得很，恐怕已无力再比了。还请几位小王爷发发慈悲，饶过咱们吧。"

不雪兀术厉声道："不行，必须胜得本小王方可离开，否则的话——"他一瞥穆梨花，皮笑肉不笑地道，"只好请这个小妞留下了。"他脸上一副盛气凌人的神色，有一股不可违拗的气势。

穆春山一见，顿时傻了眼，急忙又是深深一揖，道："这位小王爷，还是行行好，放过小女吧。我父女俩一早到现在，滴水未沾，又累又饿，实在是没有力气再比试了。"话音中带着几分哀求。那不雪兀术一听，把眼一瞪，道："休想，今儿若不与小王我见个高低，休想离开。"

那穆春山实不愿自己女儿再与人比试，于是又上前哀求。就在此时，忽听人群中有人咳嗽一声，接着便见走上来一位，见他中等身材，打扮却穷酸得很。身上衣服补丁摞补丁，瞧样子在五十岁左右，头发常年不洗都粘在了一起，瘦长的脸上满是泥灰，只有一双眼睛，生得十分有神。又见那人左手端了一只破碗，右手拄着一根拐棍，众人一见，却原来是一个穷要饭的。

那黄发少年见了，立时上前阻止道："喂，喂，穷叫花子，别在这儿捣乱，快躲得远远的，省得惹恼了几位小爷，有你好果子吃。"

那叫花子只当没听见，依旧趔趄着上前来。那也干果大声斥道："金宝宝兄弟，去教训一下这个穷不识相的。"

"好嘞，瞧我的。"黄发少年金宝宝答应一声，当即冲上去，挥拳便向叫花子头上砸去。武穆云在一旁瞧得明白，识得金宝宝这一拳力道不弱，那老叫花挨了这一拳，非受内伤不可，当即欲上去阻止。

不料那金宝宝人到拳到，面前却不见了那老叫花。金宝宝一拳击空，不禁怔在那里，心下吃惊，他左右一望，仍不见老叫花的人影，只听背后有人嘿嘿一笑道："小少爷，行行好，赏几文钱吧。"

金宝宝大惊，急忙向前一纵，待身子站稳，这才转过头来看，却见那乞丐正颤巍巍地左手端了只破碗，右手拄了一根拐棍，不知何时已站到自己的身后。金宝宝这一惊非同小可，那也干果更加吃惊，适才他几位都眼睁睁地看着，却未瞅清楚那老丐是如何转到金宝宝身后的。看不出，这样一个老叫花竟然暗藏不露，实是一位武学高人。此人身法之快，可说已到了出神入化的境界。围观众人心中均想："莫不是今儿遇到了世外高人？"

那不雪兀术只顾对着穆家父女，浑没在意适才所发生的一切，这时见几位兄弟竟然会对一位老叫花无能为力，顿时急了眼，也不问青红皂白，径直跳到老叫花跟前，使出一招"恶犬扑兔"，双手化拳，双风贯耳式，向那老丐扑到，口中大声喝道："老家伙，死在这儿吧。"武穆云一见，知他一出手，便下了绝情，也不禁吃惊，却没有动窝。

却见那老丐扑哧一乐，叫了声："来得好！"不慌不忙地将那只破碗放入怀里，口中念道："可别摔坏了我这个吃饭的宝贝。"与此同时，他身子向旁一挪，右手中的竹拐棍一抖，顺势在不雪兀术腰间一横，叫声："来，翻个筋斗吧。"说也奇怪，只见那不雪兀术好似十分听话，就势向前直翻了一个空翻，双足落地之时，余势未衰，身子向前一栽歪，险些跌了个狗啃草。众人一见，哄然大笑起来。

不雪兀术脸上一红，心中不禁大怒，急忙站稳了身子，只见他双手下垂，身子微屈，双足一前一后，形似一只狗犬，猛地向前一蹿，向那老丐扑到。那老丐一见，微笑道："哈，少林狗拳，来得好。"说罢一抖手中竹拐，见那不雪兀术正张牙舞爪地向自己扑将过来，于是倏地伸棍，在不雪兀术肩上一搭，同时身子向旁一侧，竹棍一引一缠，不雪兀术又像一只听话的乖犬，一个肥大的身躯竟被一根小小的竹拐带动，原地转了个圈子。那不雪兀术也真正了得，一见不妙，身子急忙微蹲，站稳马步，气运丹田，猛地里大喝一声，向前一跳，飞起左脚直踢向那老丐面门，所使的正是少林狗拳中的"倒踢山门"。

那老丐一见，将竹拐向他大腿环跳穴上点去。那不雪兀术在空中一探手，竟来抓那竹拐，同时左腿攻势不减，仍踢向老丐。那老丐见他势道凌厉，急忙挥拐在身前一封，挡住不雪兀术这一脚，同时顺势伸竹拐向不雪兀术背心上戳去。那不雪兀术身在半空，无法躲避，急切之间，忽地从腰间抽出一条皮鞭，搂头向那老丐颈上抽去，乃是一招"围魏救赵"的计策。

那老丐料不到他瞬间会使上兵刃，不敢怠慢，也不理他皮鞭，竟挥拐劈他脑门，竹拐发出嗡嗡破空之声，想必势道不弱。那不雪兀术一见，只得收回皮鞭，猛地将鞭向竹拐上一撩，竟欲缠住那竹拐，好使力夺在手里，岂知那皮鞭与竹拐一接触，竟斜斜地向外滑落，丝毫缠不到它之上，相反，就见那竹拐好似着了魔，竟跟随着皮鞭左右移动，形影不离。不雪兀术连甩了几下皮鞭，却始终脱不开对方竹拐。

不雪兀术这一惊非同小可，情知不妙，急忙向后用力，想抽回皮鞭。若是他手中持了一件寻常的刀枪兵刃，不小心被这老丐的竹拐缠住，那也无奇，只不过，现下他手中所拿的乃是一条软鞭，飘动无序，丝毫无着力之处，那竹拐竟也能如影随形地跟着它。不雪兀术大骇，欲运力挥动皮鞭向前直撩，哪知那皮鞭已被竹拐绊住，哪里还能撩得开。

这时只听那老丐叫了一声："小心了。"突然挺拐戳向他持鞭右手腕处的内关穴位，这内关穴乃人身上的大穴，若被戳中，定然性命不保。不雪兀术识得厉害，顾命要紧，只得撒开皮鞭。那老丐笑道："算你识相。"右手抖动，将那皮鞭在空中舞成几个圈子，向后一扬，一条皮鞭如同一支标枪，笔直地飞向一棵大槐树，接着，噗的一声，直插入树干之中，鞭柄没入树干，只剩下大半截鞭身，尚在外面随风飘摆。

不雪兀术失了皮鞭，只得重新施展起他那套少林狗拳来，腾挪闪退，以灵活的身法与那老丐游斗。众人见他两位在场上，好似走马灯一般，一位移棒如驯兽师，一个跳跃似乖犬，你来我往，不禁都叫起好来。只听那老丐叫了声："转。"挥竹拐向不雪兀术身左侧戳去，不雪兀术连忙侧身让开，忽见那竹拐一晃，又指向自己另一侧肋下，于是急忙转动身子，这才躲开了这一击，只是他转身用力过猛，余势未衰，于是继续向右侧转去。正在此时，不雪兀术忽感后心强间、风府、大椎诸穴同时一麻，不明缘由，正不加理会，却不料那麻木感瞬间已传至周身，连脚后跟也失去了知觉。

不雪兀术心知不妙，正想跳开，谁知双脚此时已不听使唤，一步也动弹不得。这时又觉膝弯处正被一根竹拐缠住，身子不由自主地旋转起来，而且越转越快，最后，竟变成了一只陀螺。众人只听那老丐叫了声："棒打落水狗。"将手中竹拐一圈，向着不雪兀术的脑门上只轻轻一点，那不雪兀术一个偌大的身子便软软地垂瘫到地上，他张大了嘴巴，呼呼喘气，想见适才已耗了不少气力。

这时，围观之人越来越多，人群中不时发出嘲笑之声，那笑音之中，同时包含了愤怒与发泄。大多数人平时受惯了金人的欺压，此刻见那四个金国少年被人狠狠地教训了一番，哪有心中不大快之理？只不过都不敢显露出来而已，但是这种压抑已久的苦闷情绪，还是瞬间爆发了出来。

这时不雪兀术已被金人随从扶将起来。他四位见今儿在此终究占不到丝毫便宜，又不愿就此罢手，心中烦闷，不得发泄。那也干果见周围围观的中原百姓，一个个嬉皮笑脸地对他们指指点点，不禁怒火中烧，唰地抽出身边皮鞭，抖鞭向人群抽扫过去，心里想着要痛打一顿这帮百姓，以解心头之恨。他那条皮鞭在半空中绕了一个大圈，即将飞到众人头上之时，不知怎的，突然从人群中探出一只手来，砰的一下，便抓住了鞭梢。紧接着，也干果只觉有一股大力正沿着鞭身传将过来，此力道刚猛至极。也干果大惊，急忙使力握紧鞭柄，用力回夺。不料鞭子非但没有夺回来，他身子已被带得向前移了寸许。

也干果心下惊疑，急忙向人群之中观瞧，却发现抓住他皮鞭之人，竟然是一个秃头和尚。但见这个大和尚圆圆的脑袋，脑门锃亮，中等身材，两只眼睛好似金灯，耳大口阔，身着一件灰蓝色禅衣，衣上满是污渍，想见多日未洗。此僧左手还持了一根油光瓦亮的月牙铲，正伸着右手，抓住那皮鞭的鞭梢，神定气闲地站在人群之间，岿然不动。也干果连运几遍气，使尽全力欲收回皮鞭，却觉得那皮鞭好似绑在一株大树之上，怎么也拽它不回。

这时，他也累得气喘吁吁，额头上也冒汗了，适才连吃奶的力气也一并使了出来，可还是无济于事。围观百姓原本被吓得东藏西躲，这时又聚拢了过来，有的嚷道："这金狗最是欺人太甚，今儿遇到硬茬子了，倒叫他吃些苦头。"又有的道："大和尚，好样的，快用大铁铲拍一拍这些金国强盗，也好为咱们中原老百姓出一口气啦。"

一时间，叫喊声不绝。那也干果已涨红了脸，仍拼命地回拉皮鞭，那金宝宝见他不支，便上来相助，欲以二人合力将皮鞭夺回来。珠无色正照看着不雪兀术，腾不出手来，只得眼巴巴地瞧着场上的窘境，剩下干着急的份儿。

这时，那皮鞭已被双方拉扯得越来越细，突然一声脆响，牛筋皮鞭断为两截。也干果与金宝宝不曾提防，同时向后一个趔趄，便双双跌坐在地上，摔了两个结结实实的腚墩儿。围观众人又是一阵大笑，再看那大和尚，依旧站在原地，纹丝未动，气不长出面不改色，真是稳若泰山。

有人叫道："金贼屁股摔成两半了。""快滚回去吧，几个金狗。"也干果与金宝宝这时已被手下随从搀扶起，珠无色搀着不雪兀术，四位带上一帮乌合之众，落荒逃去。那珠无色奔到半途，突然回头，恶狠狠地道："有种的，在此等着，看我去叫人收拾你们。"

众人一听，又发出一阵讥笑，有人指着他们的背影，笑道："快来看呢，金狗变作了缩头乌龟啦！"有的担心地小声说道："不好，金狗去叫援兵了，咱们快走。"

那大和尚分开人群，走到场中，向那老丐双手合十，道："阿弥陀佛，神仙老丐，想不到在这儿又见面了。"

众人一听，才知原来便是江湖上鼎鼎有名的神仙老丐，武功可好得很呢。那神仙老丐见大和尚认出了自己，只得赔笑道："我道是谁这般厉害，却原来是威名四海的少林高僧无极和尚。大和尚，多日不见，你可好得很呢。"

原来这两人是识得的，无极和尚笑道："梅老丐，你此番来到这昊天寺，可是为了这擂台之事？"

那姓梅的老丐一听，反问道："难道大和尚不为此事而来，又为哪般？"

二人相视而大笑，笑声直震得众人耳朵嗡嗡作响。武穆云心想："原来这两位都为了打擂才来这昊天寺的，适才见这二人显露武功，内功都深不可测，却不知谁的功夫更高些。"

那无极和尚笑道："梅老丐一出马，咱们此番算是白来了。"

那神仙老丐一听，连连摆手道："岂敢岂敢，大和尚难道要取笑老叫花不成？大和尚的少林功夫，谁人不知，谁人不晓，我老叫花甘拜下风。"

无极和尚也谦道："梅老丐过奖——"

他二人正在互相谦让，忽听附近一个妇人叫道："两个老不死的，大庭广众之下相互吹捧，也不怕旁人笑话，真让我老尼可发一笑。"

那二老及众人一听此言，均各诧异，循声望去，只见道边角落上站立一老一少二女，均作尼姑打扮。前面一位老尼，约莫六十岁年纪，生得鹤发童颜，头上戴了一顶灰色尼帽，身穿灰色尼袍，中等身材，略微有些发福。瞧此尼面上，脸色白皙，只是眼角略略有些皱纹，但双目如电，似乎一眼便能看穿了人的心思。她右手持了一柄拂尘，显得那般的清静娴雅。老尼身后，紧随着一位女尼，四十多岁，穿戴与那老尼无二，只不过这位倒生得十分秀美，瓜子脸、柳叶眉、丹凤眼，俏丽如三春之桃，唇不点而红，眉不画而翠，消素犹九月之菊，两腮之间，还隐隐现出两个酒窝。倘若不是身着尼服，那绝对称得上是一位绝世美人。众人一见，不禁有些呆了。

就听无极和尚与神仙老丐几乎同时呼道："峨眉宁静师太，也来凑热闹了，可喜可贺。"武穆云一听，这才恍然，想不到眼前这位老尼，竟然是江湖上赫赫有名的峨眉派掌门宁静师太，她身后那位中年美貌女尼，必是那位已出家的李思思了，想不到她还是那样清丽绝俗。

那宁静师太口中打了个哈哈，拂尘一摆，笑道："善哉！善哉！几日不见，想不到两位老友的武功又长进了不少，只不过对付这几个无名的金国少年无赖，你二位大家出手，岂非大材小用？"说罢，也不理会那两位的反应，回头一指那中年女尼，又道："这是贫尼几年前收的一名女弟子，唤作思静。思静，快见过两位长辈。"

"是。"那思静趋步上前，莺声道，"思静小尼拜见两位前辈。"

无极和尚与神仙老丐先是一怔，对望一眼，这才呵呵笑道："不必客气，老师太可收了位好徒弟啊！"

神仙老丐道："适才我因看不惯几个金国小子欺负那卖艺的父女，这才上前动手，所谓天下人管天下事，那也算不了什么。既然师太碰巧也来在此处，不如一同上山去观擂，如何？"

宁静师太道："贫尼正有此意。"

那穆春山走上前，向大和尚与神仙老丐一抱拳，谢道："多亏两位鼎力相助，我父女二人才得脱此大难，穆春山在此谢过。"

大和尚、神仙老丐以及那位宁静师太一听，均各吃惊，不约而同地向穆春山身上打量，见他身上衣衫朴实，这才放下心来，于是相互对望一下，这才转身离去。穆春山目送他们几位行远，这才与女儿穆梨花收拾了行囊、兵器，急匆匆地向山下走去。想必是见适才不小心得罪了金国四少，怕他们回来寻仇，不敢久待此地，旋即离去。

武穆云跟着无极和尚几位一起上山。却见山道之上行人很多，偌大一座庙会已是人山人海，人声鼎沸。行不多时，见前面一片修竹丛林之中，有一座古寺，寺中香烟缭绕，古寺前有一块平整的平地，此刻已聚了不少人，想必是来观看擂台的。而身着金国武士服饰的金兵也正分站山道两侧，他们手持刀枪，虎视眈眈。到处飘扬着金国的旗帜，看情景，今儿会有几名金国大官来此处游赏庙会，所以这些金兵才如此严阵以待。

武穆云只关心两位圣上是否在此处，或许还可见到他的义父，那可是意外之喜了，想到此，便加紧脚步。正行间，向左边一瞥，见道边竹林之中，立着一座小亭，亭子不大，但修葺得十分精致，亭上刻着"唐苑丛林"四个大字。小亭中坐着几位道士，有男有女，再一细瞧，原来都是相识之人。

那为首的一个，头戴斗笠，身披蓑衣，不是那玉真门掌门王文卿又会是谁呢？王道长身后，正是他的一众门人弟子。

武穆云大喜，急步走向小亭，远远地便招呼道："王老道长，多日不见，想不到在这儿又碰面了，老道长一向可好？"

这时，那王道长也发现了他们，便即起身，口诵道号道："无量天尊，原来是武施主几位，这可巧得很。"

玉真门一众弟子林如晦、侯一狐、薛大熊等，也纷纷上来相见。武穆云与司马文君和他们是相识的，于是又将冷云秋与吴家兄弟一一做了引见。那女弟子黄娥儿与蓝蝉儿见到冷云秋一手执铜笛，一手折扇轻摇，样子十分潇洒，不禁多望了他两眼。又见那吴家兄弟既粗且矮，与那位冷公子形成鲜明反差，又不禁暗自好笑。吴家兄弟明察秋毫，却并不理会，便随着冷云秋上前与王道长见礼。

武穆云见四下里无外人，便将那日分手后的所有经过略略向王道长讲述了一遍。王道长听到二位圣上已到了燕京，今儿有可能在这昊天寺露面，不禁脸现喜色，道："若真如武壮士所言，那可是千载难逢的救人良机，正可借天下武林豪杰在此聚会之际，号召大家一起协力将二圣救出。"

武穆云道："道长所言极是，但不知山上埋伏的金兵虚实，一切还需谨慎，做到万无一失才好。"

王文卿一捋长须，道："无量天尊，善哉善哉，唉，这些日子，可苦了两位皇上了。"他突然想起一事，于是又问道："武壮士可已查到令尊大人的下落了吗？"

武穆云答道："眼下还没有，想必他老人家随着两位皇上一起来到了燕京。盼望早日见到义父。"

王文卿又念了一句"无量天尊"，轻拂拂尘道："时候不早，咱们快上寺中观瞧。"又向上行，人越加多了。

忽见路边伫立着几人，一位腰佩金剑、相貌俊朗的男子正向他们微笑，正是信王殿下在此等候，他身后紧跟着几名汉子，其中一位方面大耳，正是二哥马扩。马扩身后立着一位，黑面阔口，乃是四哥赵邦杰。赵邦杰身旁一人，脸上罩了张面皮，毫无表情，原来是王一新老医师。余下几人，董扬花、尹翠翠，还有陆家三兄妹，均已在此等候多时。众人见面，分外亲热。信王等人又与王道长及他手下一众弟子寒暄问候，互道离别之情，大伙一路向山上行去。

武穆云走到陆家兄弟身旁，将适才遇见峨眉派掌门宁静师太之事一一详告。陆华春、陆华秋一听师父到了，均皆欢喜，便盼望早些得以相见。那董扬花也得悉此讯，不住地向武穆云打听这打听那，欢喜得不得了。

昊天寺近在咫尺，他们转瞬便到了寺门前，抬头一望，但见红色围墙内矗立着一座大殿，金碧辉煌，寺门正上方一块匾额上，书写着三个大字——昊天寺，笔力苍劲有力，寺外四周苍松翠柏，郁郁葱葱，正对着寺门有一个大广场，足可容下上千人。从寺门向里望去，隐约可见大殿中供奉着一座镀金大佛，佛身发出暗金色，想见岁月十分久远，一缕香烟从殿内飘出，袅袅飞向天空，真乃是一座好古刹。

众侠惦记着二位圣上，无心赏玩风景，瞪大眼睛四面搜寻，但见广场上坐立的各路武林同道着实不少，但因时辰未到，未见有金国官员到场，只是四周聚集了一些守卫的金国士兵，一个个神态悠闲地来回走动。

将到巳时时分，忽听一声炮响，紧接着铜锣响起。一阵锣声过后，寺门大开，从里面涌出一伙人来，均着金国服饰，耀武扬威般来到广场之上，分别在两侧的座位上坐定。呼啦啦，一队大旗飘过，两队金兵旗手手持大旗分站左右，旗帜上分别用金文绣着不同的大字。信王低声道："粘罕、兀术、花骨朵，还有那位盖天大王赛里都到了。"

果然，时候不大，从寺中又出来几位，这时锣鼓声又震天般地响起。那几位在众金兵的簇拥下，如众星捧月般，到居中的首席位上坐下。众侠一瞧，正是那粘罕、兀术、花骨朵以及赛里，其中还夹着一位身材臃胖、肥头大耳之人，身上却穿着大宋的官服。武穆云一眼便认出，此人正是济南城的知府刘豫。刘豫身旁还跟着一个年轻的武官，正是其子刘麟，却未见那位关胜大将军的身影。武穆云侧头向乔装的王一新望了一眼，见他仍是毫无表情，神定气闲地站在一旁，看样子，他已渐渐适应了这新的身份，胆子也较以前大了许多。

粘罕身后还站着两位，却是他的两个儿子，满头红发的真珠大王野马与满头黄发的宝山大王斜保。后面还跟着十来位，有几人也是老相识，其中两位秃头和尚，一个是东风善，另一个便是西夏高手沙无尘。这二位后面紧随着一个顶盔戴甲的金国将官，正是那位哈米忽秃。哈米忽秃后面一男一女，男的生得中矮身材，长得十分敦实，众侠认得他是那高丽人金太郎。金太郎身旁一位女郎，长脸庞，高颧骨，大眼睛，容色俏丽，正是金太郎的妹子金银花。再后面也是兄妹二人，却是辽国旧臣萧班与他妹子萧妮儿。这几位旁边还有不少金国的将官，一个个挺胸叠肚，人数众多，均是众侠不识得的。

众位豪杰才在一个角落上站稳，这时，江湖人士陆续涌了上来，广场虽大，但一时间进来这么多人，也不免显得有点拥挤。太阳已升起老高了，只听有人大声嚷道："喂，开场了呗。""人来得差不多啦，别等了。"

这几声果然见效，片时后，只见从寺门里冲出来两队金兵，各持了一条长长的横幅，分左右在场中央站定，接着呼啦一下，分别将横幅展开。场边众人举目细瞧，只见一条横幅上写道："中原武林一败涂地。"再看另外一条横幅，却是这样写道："塞北武功雄霸天下。"

群豪一见，顿时炸开了锅，有人气不过，便高声骂道："狗狼养的金贼！大言不惭！放大话欺人！小觑咱们中原武术！"更有人嚷道："弟兄们，上去狠狠教训一下这帮不知天高地厚的蛮夷匹夫。""对，对，让他们也见识一下咱们中原武功的厉害。"

正吵闹间，忽听锣声一响，有一位身着金国官服的军官走到场上，张口说道："诸位，有道是，有朋自远方来，不亦乐乎，今儿昊天寺能邀请到天下这么多武林豪杰在此聚会，可难得得很哪！咱们几位大王也亲身莅临观看这场比武盛会，更是难得之至，我的名字叫作哈里赤，今儿由我来主持这场比试。"

他话未说完，就听有人斥道："喂，我说哈里赤，你亮出这两条狗屁横幅，是啥子意思？难道要成心激起天下武林争端不成？"

众人循声望去，喊话之人是一个彪形大汉，脑袋挺大，长得虎头虎脑，三十多岁，穿一身行装，腰系丝绦，一脸的憨相，最为显眼的是他腰间别了根黑黝黝的长笛。紧挨着此人端坐着一位女子，也三十岁左右，相貌清奇，应该是一起的。

那哈里赤见有人当面指责他，顿时变色道："你是哪一位？怎敢如此说话？"那汉子道："本人行不更名，坐不改姓，我姓李，人家都叫我李铁笛。"

众人一听，纷纷议论，有人便道："原来是泰山派的李铁笛李大侠，久闻其名，果然气度不凡。"

那李铁笛也不理会众人的话，突然用手一指坐在粘罕身旁的刘豫父子，怒斥道："怎的这两个卖国贼也到了这儿！真是令人感到羞耻！喂，我说刘豫，你这个狗贼。我且问你，那关胜大将军是不是你害死的？更让我想不到的是，你害死关将军后，还把济南城拱手献给了金人，这等投降卖国的可耻行径，难道就不怕天下有识之士日后找你算账吗？"

武穆云一听，脑袋嗡的一下，眼前顿时浮现出那位长面红脸、蚕眉凤目一身侠肝义胆的关胜大将军来。他不禁眼圈一红，便欲垂下泪来。

群豪听到噩讯，均皆吃惊，真想不到那位关胜大将军竟然死在这狗官手里，一时间，群豪义愤填膺，纷纷以言语谴责那刘豫不仁、不义、不忠，霎时间，骂声不绝。

这时，又听那哈里赤开口道："诸位，静一下，诸位与这位刘知府的恩恩怨怨，咱们也不想插手过问。今儿咱们干什么来啦？还不是为比武较量的吗？诸位说，是不是？"

群豪一听，这才停住叫骂，渐渐安静下来。李铁笛已气愤愤地坐回到原位，脸上怒气未消。哈里赤又道："有人适才对这两条横幅表示了不满，那也是人之常情，咱们在座的哪位愿意甘拜下风呢？只不过俗话说得好，是骡子是马，总得要牵出来遛遛，才见分晓，意思就是说，要诸位拿出真本事来，若是今儿哪位能打败咱们塞外三川六国的武士，那我哈里赤便第一个撕了这副对子，并且还要当着众位的面，跪地磕头以示歉意。不过丑话说在前头，倘若胜不了，嘿嘿，对不住各位，只好暂时委屈一下，戴上这顶'中原弱夫'的帽子啦。"

他话音一落，场边又是一阵骚动，就见不少人开始摩拳擦掌，跃跃欲试，一场中原与塞外武林之间的拼斗即将开演。

哈里赤又道："现下，便请出咱们大金国第一大力士——金元霸出场。"

他话刚说完，就听到后场嗷的一声，好似霹雳一般，紧接着一阵沉重的脚步声，走上来一位身材特别高大、獠牙虬髯、长相凶恶的汉子来。见那汉子生了一对奢拉眼，目露凶光，一张大嘴向外撇着，露出满口的黄牙，走起路来一摇一晃，活脱脱一只没毛的大狗熊。这金元霸来到场中央站定，胸脯挺得高高的，十足的趾高气扬。

这时，一阵哗啦哗啦的铁链声传将过来，就见几个金兵抬了一条粗大的铁链，走入场中，将大铁链往地上一撂，一个个气喘吁吁地站到了两旁。

那金元霸便走到铁链跟前，弯腰探手，将那条大铁链操在手中，随着哗哗一阵响，已将一条铁链倏地缠绕在双臂之上。

他猛吸一口气，腮帮子一鼓一收，暗自运足了气，突然霍地大吼一声："开也！"就见他双臂慢慢地向外分开，那大铁链立时绷得紧紧的，同时发出吱吱嘎嘎的拉扯之音。只过了片刻，金元霸两臂间的铁链已被拉得长了寸许，渐渐地，杯口粗细的一条链子，变成了筷子般粗细。又过了片时，只听得一声闷响，"哗——"众人惊呼声中，却见那条粗大的铁链，竟然被他生生地拉为两截。

"好啊！"场边众人发出轰雷般的叫好声。在场的大多数都是来自各方的英雄豪杰，平素最佩服有功夫之人，这时眼见金元霸神力惊人，虽知他是金国派来打擂的，却也都不约而同地为他喝起彩来。

金元霸面现得意之色，将断了的链子往地上一丢，真个是气不长出、面不改色，果然一副好气力。

哈里赤乐得合不拢嘴，向金元霸一竖大拇指，高声道："诸位，牛皮不是吹的，咱们这位金元霸算不算得上一等一的人物？在场有哪一位不服气的，便可以上来与他比试较量一番。"

他连问两遍，场边之人，你看看我，我望望你，都脸现难色，均知自己力气不及那位金元霸，若是此刻贸然上场，难保必胜，因而均存了观望的想法。那金元霸见无人敢与他比试，更加得意起来，竟然迈开长腿，在场上踱起步来，身子一摇一摆，恰如刚出洞的一只大狗熊。

正在这时，忽听一个铿锵的声音喊道："让我来试一试。"随着话音，走上来一位铁铮铮的汉子，但见他身材高大，肩宽体阔，生得傲骨凌风。那大汉走到金元霸身前，双手一拱，道："在下是燕山派的霍云东，向这位金武士请教几手高招。"

那金元霸见来了一个大个子，长得英风飒然，不禁暗自收了一半的傲气，但却大嘴一撇，不屑一顾地道："你是燕山派的？那好得很！你要上来与咱们比试什么？"

霍云东知他力大，说道："愿领教几手拳脚，还望赐教。"

"好嘞。"那金元霸大嘴一张，哈哈大笑，面目狰狞可怖。

只见他双腿一叉，张开蒲扇般的大手，做好了摔跤的姿势。众人见状，无不替这位霍云东捏了一把汗。霍云东不敢怠慢，深吸一口气，左腿攀在右腿之上，双手合十，亮了一招"童子拜佛"的架势，并不急于进攻。

这二人相持了一会儿，那金元霸忍耐不住，大吼一声，声若狂兽，硕大的身体向前一纵，"看拳！"左拳陡出，一招"黑虎掏心"，直向霍云东前胸而来。霍云东知他力猛，不敢硬接，急忙左虚步，闪身让过对方冲来的一拳，同时飞起右腿，直踢金元霸的左手手腕。金元霸笑道："好小子，要踢咱们的手，没门儿！"他急抽回左手，一矮身，双手撑地，一记扫堂腿，飞腿扫向霍云东的左腿膝弯处。霍云东一见不妙，一个后空翻，向后躲开。那金元霸确有两下子，身子就地飞旋而上，飞腿直踢向霍云东的软肋，霍云东又再次侧身让开。这二人均身材高大，各施拳脚，斗了个难解难分。

这金元霸所使乃辽东一带的拳法，并带着少林刚猛的路子，霍云东使的却是当地的一种拳种，讲究以快、以短取胜。场外众人见这二位斗得精彩，纷纷呐喊助威。信王等因心中有事，只留意场上形势，却并未张口呐喊。就见那金元霸越斗越猛，身上好似有使不完的劲儿，两臂齐摇，呼呼挂风，直逼得霍云东不住地倒退，眼见就要退到场地边上，若再后退半步，便会被判定为输了。霍云东心中暗忖应付之策，心中明知须用巧招胜他，但这金元霸太过凶猛，一时间竟然找不出他的一点儿破绽。

这时，金元霸又使一招"饿虎下山"，连呼带叫地向霍云东扑来。霍云东不及多想，见对方正面刚好露出一个空当，于是施展连环腿法，右腿抬起，踢向金元霸胸口。金元霸忙使双手来抓，意欲抓住霍云东的右腿，然后再施展出他拿手的摔术，将对手摔倒制服。哪知霍云东右腿踢到半截，蓦地收起，左腿突然踢至。金元霸猝不及防，急忙收住身子，大脑袋向后一甩，终算他闪躲及时，这才躲过霍云东这迅疾的一脚。他正要喘一口气，忽觉面前风声劲疾，不觉大惊，正欲再闪，已然不及，忽感额下一阵剧痛，耳中砰的一声，下颚正好被霍云东飞来的一脚踢了个正着。金元霸脑中一阵眩晕，在场上东摇西晃，暗自嚷道："哎哟！怪事，乖乖，不妙！"一个站立不稳，扑通一声，庞大的身躯轰然倒下。

场边一阵骚动，有人惋惜，有人叫好，各种声音交织在一起，分辨不清。有人高声喊道："好啊！霍式连环三飞腿，果是名不虚传，这可开了眼了！"又有人嚷道："霍大侠，快上去狠狠揍这个姓金的一顿，给咱们出出恶气。"

霍云东听在耳里，却没这样做，而是退在一旁，冷眼观瞧。早有几个金兵上得场来，将倒在地上的金元霸搀扶起来，扶到场边休息去了。

那哈里赤涨红了脸，慢吞吞地走到场上，极不情愿地宣布道："第一场，燕山派的霍云东胜。"场边众豪又是一阵欢呼。再看场中央端坐的粘罕、兀术等几位，一个个拉长了脸，再不是适才那般的谈笑风生。

哈里赤又开口说道："若论力气，当然是咱们金国的金元霸占一些上风，但这位霍勇士武功造诣，确是比咱们的金元霸要高这么一点儿，看来，尺有所短，寸有所长，金无足赤，那也说不得了。不过——不过，话又说回来，若真动上拳脚，咱们金国还有一位大大有名的人物，若与他动手，霍勇士不见得有必胜的把握。"他说着，转向霍云东，要看他的反应。

霍云东双手一抱拳，道："不知这位勇士姓甚名谁，可否请出来一见？"

哈里赤正等着他这一句，于是接着道："好吧，恭敬不如从命，既然霍勇士有这个雅兴，我便请出咱们大金国一位一等一的高手，他便是人称长白怪客的宫老侠客，请上场一展身手。"

随着他的话音，一阵锣鼓声响起，从昊天寺走出来一群道士，一个个身穿黑色道袍，步履轻捷，显见个个身怀武功。当先一位老道士，中等身材，头戴黑色八角帽，白须飘飘，一脸的鹤发童颜，左手还持了一把银丝拂尘，真有一派仙骨之气。

霍云东一见之下，连忙上前躬身道："哎呀，原来是远近闻名的长白老翁南真道人！失敬，失敬！晚辈霍云东这厢有礼了。"

那宫南真一见，鼻子哼了一声，顿了一下，这才道："你就是霍云东，今儿要与我老道过过招吗？"霍云东连忙道："晚辈不敢，只不过晚辈有两句话要当面说，不知南真道人可否愿听？"

那宫南真又哼了一声，道："有话便说！"霍云东道："久闻宫老剑客长居长白山天池一带，极少在江湖上露面，不知为何，此番带了这些徒子徒孙，下山来为这金人帮兵助阵？这一切，晚辈实在不太明白，还请宫老前辈赐教。”

那宫南真一听，一张童子脸由白变红，又从红转为灰色，过了一会儿才渐渐平静下来，开口道："无量天尊，我老道做事从来不问缘由。我与大金国粘罕大元帅有过命的交情，他盛情邀请我来帮忙，我老道岂有不给他面子之理？我瞧你年纪轻轻，学了这些本领实属不易，但若与老道我比起来，还差得多嘞！老道劝你还是趁早去吧。"

霍云东一听，知他所言非虚，但又一想："我若此时退缩，岂不长了金人的威风，灭了我中原武林的锐气，还可能因此遭武林同道的耻笑。我虽不是这老道的敌手，但终归不致一招便败，不如与他较量一番，见机行事为好。"想到此处，于是道："既然老道士这么说，我霍某也无话可说，虽然我自知武功及不上您老道士，但也要冒死领教几手高招。"说完，一记"白鹤亮翅"，亮开了架势。

那宫南真呵呵一笑，道："这真是好言难劝该死的鬼，好好好，我老道便陪你走几趟。"说完，向后一摆手，他身后十来名弟子呼啦一声，便退到场边，一字排开站定。就见宫南真将道袍衣角在腰间掖好，周身上下收拾干净利落，这才走到霍云东身前，突然双掌一亮，在身前一抖，劲风过处，直把那霍云东逼得几乎睁不开眼来，身上衣衫也被这股劲风带起。他心知这老道果然功夫了得，哪敢有丝毫大意，于是急忙施展家传拳法，明知山有虎，偏向虎山行，先发制人，左手虚晃一拳，右手一记重拳，直击那宫南真面门。

宫南真叫了声："无量天尊，来得好！"倏地探出右掌，随即化掌为抓，抓向霍云东右手手腕，同时，左掌如影随至，竟来抓绞霍云东的肘部，乃是一招分筋错骨的小擒拿手法。霍云东识得此招，又见那老道出手如此迅捷，这又大出他的意料，不敢硬接，只得使力抽回右拳，左拳化成掌形，唰的一下，来削向那宫南真的手腕。宫南真一见，却并不收手，反将手腕一翻，继续来擒霍云东的肘部。霍云东哪能让他得逞，及时收掌，掌又化拳，一记"黑虎掏心"，挥拳击向宫南真前心。

宫南真笑道："反反复复就这么几招，也敢来这儿打场子。"说着，使一招"绵里藏花"，掌中夹掌，猛击霍云东肩部。霍云东见他这一下势猛，向后一纵，这才闪开，谁知那老道后招源源不绝，不待他双脚落地，向前急进身，紧接着使一招"推窗望月"，双掌相并，击向霍云东小腹，霍云东身在半空，无法再躲，只得冒着折了双臂的风险，推出双掌，要与那老道对掌。宫南真老道一见，心中暗喜，心道："你小子看来是想自找苦吃，我这双掌一推手法，乃是练熟了的推碑掌，单掌出去，尚能推倒石碑，何况今儿是双掌齐出，今儿非废了你小子的双臂不可。"心中得意，双掌加力，向霍云东迎过来的双掌拍去。

在场众人齐声惊呼，心知那姓霍的这一下非受伤不可。谁知结果却出乎大伙的意料，却见那霍云东掌到中途，突然"嘿"的一声，停步拧身，身子停了向前之势，双掌也瞬间变为抓形，十指如钩，左抓在上，右抓在下，竟来扣拿那宫南真的手肘，乃是他祖传霍家拳法中的一招"庖丁解牛"招式。

相传这霍家拳乃大汉时大将军霍去病所创，最讲究实际战术，其中二十四绞杀技法，端的是凶猛狠辣。不过这霍去病乃是一代忠良，家规甚严，最讲与人为善，于是霍家子孙除非在迫不得已的情况下，是不允许使用这二十四路绞杀技法的。这时霍云东正处生死边缘，对头又是金国的帮凶，这才使将出来。

但见他使完一招"庖丁解牛"，紧接着便是一招"白猿折桂"，反来折拿那宫南真的手臂，意欲以同样的分筋错骨之法，以其人之道，还治其人之身，要将老道的手臂折断。这一招，又是霍云东平素里练惯了的，这时使将出来，得心应手不说，而且越发地迅疾。

那宫南真大吃一惊，万没料到霍云东竟也会使这分筋错骨之法，而且使出来还那么有模有样，又见他所出招式，光怪离奇，平生见所未见，闻所未闻，不禁立时收起轻狂之心，心中骂道："好小子，还真有两下子，我老道士适才可看走了眼啦！不行，若再斗上十几个回合，还是胜他不过，我堂堂长白怪客，竟连一个名不见经传的山野武夫也打不过，岂不是自掉身价？"想到此，便打定了主意。

这时见霍云东打出"玉女摘花"的招式，他心中更加惊疑不定，不得不转攻为守，心中越发着急。这时霍云东已使到"胡塞奔马""枝拂三鹤"。那宫南真毕竟年岁已大，体力比霍云东略逊这么一筹，斗得时间久了，渐渐支持不住，额头上也冒了汗了。那霍云东又使出"老树缠枝"的招式，几乎已成贴身肉搏状。那宫南真眼见霍云东又已扑到，这时他左右退路已被封死，身后已退到场地边缘，若是再后退半步，便就算输了。

宫南真不免心中慌乱，这时霍云东的双掌已离他面门不及一尺，宫南真心想："豁出去老命，也要拼一下，千万不可在大庭广众之下丢了长白派的名声。"想到此，正欲挥臂迎上，不过他此刻已气喘吁吁，双臂虽然挥出，也不再似适才那般的刚猛有力，倘若这一次，他手臂被霍云东绞住肘部，再要摆脱，势比登天。

就在这千钧一发时刻，霍云东忽听到身后一声呵斥，接着黑影晃动，无数股劲风从背后猛然袭来。霍云东大惊，急忙撇下宫老道，不待转身，双掌便向后同时拍出，同时身子忽地拔高，啪啪数声过后，他双掌同时与数人的手掌一接，便即分离。霍云东借着这一股反力，身子又猛然拔高，腾空而起，直到此时，他才从容地转过来身子，待双脚落地，细目观瞧，却见十几个身穿黑色道袍的小道士挡在自己面前，正好在他与那宫老道之间，形成了一道屏障。再看那宫南真老道士，已退到一旁，呼呼喘气，脸上现出极为尴尬的神情，不过这种表情也只维持了片刻，便又恢复了他本来的高傲神态。

霍云东前后左右被冲上来的小道士围成了一个密不透风的圈子，以多欺少，显而易见，顿时场边就有人大声喊道："不得以多压少，比武要公平。"又有人道："长白派老道士真是无耻，做师父的武功不及人家，便由弟子出面来摆平，以多压少，好不要脸。"

就在此时，忽听一声娇斥，红影一晃，一名女子从场外冲了进来，只见她双手舞动，脚下好似踩了风车一般，飘飘然东一拐，西一绕，就挤进包围圈中。那霍云东叫道："赵师妹，快出去，这里危险！"那赵师妹却道："师哥，我来助你，大不了，敌不过这些臭道士，咱们便死在一块儿，那也好得很呢。"这时，场上已乱作一团。

那哈里赤见状，忙走上前，尖声道："诸位，诸位，息怒，息怒。"他向那长白派一众道士递了个眼色，示意他们别动，又说道："诸位适才提议要公平比试，我哈里赤举双手赞成。"他转向霍云东与他的赵师妹，又接着道："那么就请霍勇士再找几位出来，凑够同样多的人数，再与咱们长白派的道士比画比画，如何呢？"

霍云东一听，鼻子差点儿给气歪了，他急忙道："此法不妥，这儿只有我和赵师妹二人，一时间到哪儿寻这些多的人手？"

场外的群豪也跟着附和道："对呀，哪有这样凑人手比武的道理？哈里赤，你是不是糊涂了？"

哈里赤一听，眼珠一转，便狡辩道："既然如此，霍勇士一时凑不齐人手，那么本场比武，又没有将对手打倒，如此说来，双方就只能算作平手啦，霍勇士，你意下如何？"

霍云东一听，简直不敢相信自己的耳朵，适才明明自己已占据上风，只是突然被这十几个小道士上来搅了局，眼下竟要以平局收场，这叫他如何能忍住这口气？但见那哈里赤狡猾善辩，而他又拙于言辞，一时难以驳倒对方。霍云东呆立良久，最后只得叹了一声，自认倒霉，拉着那赵师妹，两人黯然退到一边。这时，场边众侠又是一阵议论。

哈里赤厚着脸皮，也不理会场外言语，清咳一声，一指那十几名长白派道士，大声说道："诸位，适才忘记向各位介绍了，这十几位道士均是长白山宫老剑客的得意弟子。宫老剑客成名已久，如今虽然年事已高，不过他花费了几十年的心血，苦心研制了一套阵法，今儿过来，正是要向大伙展示一番。若是下边哪位看过后心中不服气，便请上场一展身手。若破得了宫老剑客的此套阵法，咱们便举双手，推举他为本届擂台赛的武科状元，大伙意下如何？"

众侠一听，又是纷纷议论。于是有人嚷道："空口无凭，是骡子是马，须牵出来遛遛，才见分晓。长白派的道士，快演练一下你们的阵法，让大伙开开眼哪。"

就见那长白派十几名道士个个身穿黑白相间的道袍，已在场中央分层次站好。武穆云看了一眼这些道人所站方位，便明白他们原来是按九宫八卦阵法排列的。这八卦阵法乃是当年西蜀那位诸葛亮所创，历经多年，流传至今，凡是略懂排兵布阵之人，均熟识此套阵法，乃是稀松寻常的一个方阵，不足为奇，并不像适才哈里赤所吹嘘的那般玄虚。

果然，场边有懂得此阵之人忍不住叫嚷道："我道是什么奇门妙阵呢，却原来是普普通通的八卦阵。区区小阵，也敢来我中原现眼，可真把咱们中原武林看得忒小了。"随即有人又嚷道："哪位老兄，快上去破了此阵，为咱们中原武林打打气呀！"

忽听嗷的一声，跳进来一名大汉，众人一见，正是适才大骂刘豫的泰山派李铁笛。他晃动着高大的身躯，几步便奔到那群道士面前，叫道："我来与你们这帮小道士比试一下，八卦阵法，三岁的孩子都识得破解之法，你们也敢来这里唬人，看招。"不由分说，双臂齐摇，好似车轮一般，向前一纵，直扑向八卦阵中处在"生门"的一名小道士。

武穆云一见，识得此乃破解该阵法的唯一办法，他心想："这李铁笛果然厉害，看来，他无须片时，便可破得此阵。"这时，八卦阵中处在"生门"的小道士一见李铁笛奔他而来，先是一惊，随即镇定。却见他不避不让，突然将头一低，迎着李铁笛的来势，一头撞将过来。众人一见，大惊失色，以为这名小道士情急之下要拼命，李铁笛的一对铁拳，定然会让那小道士吃不少苦头。

李铁笛见那小道士把脑袋让给自己，便不假思索地挥拳击向那小道士的头顶，一拳砸到，猛听砰的一声大响，是拳头与脑袋相击之声。但出乎众人意料，只见那二人各自向后退出数步，那小道士站稳身子，用手摸了摸头顶，向李铁笛龇牙一笑，像没事儿一样，竟未受半点儿伤。

李铁笛摸了摸拳头，却感隐隐作痛，他看了看那名小道士，心中纳闷，心想："这小道士的脑袋是铁打的不成？竟能挨得我这一记重拳。我这一拳少说也有五百斤的力道，就算是面前立着一块石碑，一拳出去，也能将它打断了，何况一个普普通通的肉头呢？"

李铁笛的惊疑之心，不亚于旁观的众人。众人都不言语，屏住了呼吸，静静观瞧。这时，李铁笛已缓过神来，依旧是大吼一声，挥动双臂扑向八卦阵，此番他已心中打好了主意，决意绕开那小道士的铁头，专击打他中下盘。谁知当他再次冲到阵前时，却意外地发现，眼前正对的，已不再是适才那名会铁头功的小道士，就在他扑上来的一刹那，八卦阵阵形一转，挡在李铁笛面前的已换成了另外一名小道士了。

李铁笛心想："管他呢，先吃我一拳再说。"正欲挥拳冲上，却见新上来的这名小道士将修长的身子微微一蹲，双手一前一后成掌形，立在身前，摆出了一招"青蛇出动"的架势，原来这名小道士使了一手蛇拳。又见这小道士相貌，面白唇红，却是位女子。好男不和女斗，李铁笛急忙收回攻上去的双拳，向旁一避，就听身后有人叫道："师兄，让我来。"青影一闪，一女子扑到那女道士身前，与那女道士交上了手。李铁笛道："原来是师妹，可小心了。"说罢，向前一纵，又扑到八卦阵前，双脚刚站稳，就见眼前人影晃动，上来了一名胖道士，好似一堵墙挡在前面。

李铁笛一见，不假思索，照着那胖道士的胸脯就是一记重拳。那胖道士见到，嘿嘿笑了一声，突然出左掌在李铁笛拳上一挡，同时探右手，张开五指，好似蒲扇一般，自上而下，猛往李铁笛脑门上拍去，口中嚷道："拍西瓜啦。"

李铁笛心中大骂，耳中只听到呼呼声响，适才与他手臂一交，已知此人力气挺大，于是不敢怠慢，身子向旁一侧，避开了对方那一拍，同时伸右手食、中二指，朝那胖道士膻中穴上戳去，想着以点穴功将对手点倒。那胖道士一见，忽地双手在身前合拢，欲以两掌夹住李铁笛的两根手指。李铁笛一见，连忙抽回二指，飞腿踢向胖道士小腹。那胖道士见状，急转身，双手倏地伸出，一招"狂猿摘瓜"，双手来抱李铁笛飞来之腿。李铁笛一见，另一条腿也即飞起，猛踢胖道士双手，同时他身子凌空，使一个后空翻，这才稳稳地落回原位。

二人这几招一过，才打了个平手，但李铁笛进阵的想法却一时难以实现，他转头一看，师妹与那名女道士斗得正激烈。

哈里赤正在场边笑眯眯地瞧着场上恶斗，一脸的幸灾乐祸。那座中的粘罕、兀术等几位却还在高谈阔论，只是不时瞧一眼场上的形势，全然一副漠不关心的神态。唯独刘像父子，适才无缘无故地被这李铁笛骂了一顿，心中尚愤愤然，此时倒十分留意场上的对阵。他父子俩一般的心思，便是希望长白派的众弟子打败李铁笛，以便替他父子俩出气。

场上又斗过一会儿，边上有人耐不住性子，便叫道："黄河三雄在此。喂，长白山的臭道士，你们八个打两个，实在是太不公平了。我们兄弟三个来凑凑热闹，加上我们三个，八个对五个，这才像样子。"

人影晃处，三位彪形大汉抢到八卦阵前，一人挡住了一名小道士，不由分说，便动上了手。这边立马有人笑道："哈，这三位黄河派的兄弟，平时是最爱凑热闹的。喂，单大雄，单二雄，单三雄，把劲儿全使出来吧。"

那单大雄应道："兄弟，你只管瞧好吧。"这黄河三雄均练得一身少林功夫，那单大雄练就了一手铁臂功，一双手臂刚硬无比，开碑碎石不在话下。那单二雄练成的是一套鹰拳，飞来跳去，如大鹰展翅，轻功独成一家。单三雄则学会了一手铁头功，脑袋硬如铁球，他早就瞧见那名长白派的小道士适才露了一手铁头本领，心痒难当，急着要上去与那小道士较量一番，看谁的脑袋更硬一些，因而一上场，便直奔那名会铁头功的小道士而去。

这单老三体内憋着一股劲儿，他两眼瞪得溜圆，大脑袋朝前，直往那名小道士撞将过去。那小道士一见单三雄这副架势，先是一惊，不敢怠慢，急忙俯身挺头，对着那单三雄的脑袋，也迎了过去。众人只听得咚的一声响，双头相碰，随即双方各自向后跃开，接着四目相对，均露惊讶表情，两人心中只有两个字："佩服。"这二位因相互间都存了忌惮之心，此后便收起头功不使，各施拳脚来决一雌雄。

那单大雄见李铁笛久斗那胖道士不下，叫道："李大侠，让我来对付这个胖道士。"

李铁笛正苦于无计，正好做个顺水人情，向后一跳，跳出圈外，让位给单大雄。他自己腾出工夫来，正要从另一端攻入八卦阵中，不料刚迈出两步，便迎面撞见一个长白派的弟子，长得尖嘴猴腮，一蹿一跳，身法十分敏捷，而又略带滑稽。李铁笛见到，不禁心中好笑，心道："这长白怪客，果然怪得可以，竟调教出这么一批怪弟子。"心中虽这样想，手底下却丝毫不敢存半分大意，于是抖擞精神，与那猴面小道士又接上了招。

这一边，那单大雄两条铁臂舞动起来，呼呼生风，直扑向那胖道士。那胖道士见换了对手，乃是一名大汉，不知此人来历，更不迟疑，急使一招"黑熊驱蚊"，双手在身前乱抓乱挥，不料双手一触到对方手臂，便发觉不对劲，犹如碰到了铁杆之上，不禁双手一阵酸痛，这才知道此人乃是练就了一手铁臂功，心中不免有些怯了，脚下不自禁地连连后退，不敢再与单大雄双臂相碰。单大雄得势不让，步步紧逼，眼见便要打开一条进入八卦阵的入口，攻入阵中。突然，那八卦阵阵形一转，待单大雄再瞧时，眼前那位胖乎乎的胖道士，霎时变作了一个身材十分壮实的小道士，见那小道士一纵上前，两手前垂，直扑过来，张着大嘴，露出满嘴的黄板牙，活像一只恶犬。

单大雄更不理会，竟向八卦阵急冲，飞身一跃，便跃过那小道士，眼见就要直接进得阵中，不料事与愿违，忽听见一声呵斥，一名小道士腾空而起，竟然轻飘飘地飘落到身前。单大雄一看，却原来是那个会使鹰爪拳的小道士。

单大雄笑道："原来是一头穿着道袍的小鹰，我便来会会你这手鹰拳。"说罢，正欲挥动一对铁臂，上前搏斗，斜刺里单二雄叫道："大哥，将这会鹰爪的小道士交给兄弟我嘞。"一纵到近前，双手握成鹰爪形，一招"老鹰捉小鸡"，抓向那小道士肩头。那小道士料不到有人从旁侧袭击，所使也是鹰爪功，稍一愣神，单二雄招数已递到他面前。那小道士急忙双手成抓，还以一招"老鹰捉小鸡"，二人招式相似，你来我往，便斗在了一起。

单大雄这时已无法再向前，适才那名一嘴黄板牙的小道士又已赶了上来，单大雄只得挥臂与之交手。单大雄发现此小道士所使乃是一种狗拳，身子低矮，在身前东蹿西跳，动作敏捷至极。数招过后，单大雄的一双铁臂，竟然奈何不了对方的狗拳，单大雄心中未免有些焦急，左右一瞥眼，见长白派众道士组成的八卦阵阵形严密，丝毫未有散乱迹象，他不禁心想："看来，要破得此阵，尚待机会，不可操之过急。"想到此，只得耐着性子，认真地与那小道士游斗，待机发招，以便一击而中。

那一边，泰山派的李铁笛与他师妹又与另两名小道士交上了手。一个小道士使了一手兔拳，闪躲腾挪，十分的灵巧；另一个道士练得一手鸡拳，双手握成个鸡头模样，专门打人穴位。李铁笛见他厉害，便与之交战，却将那使兔拳的交给他师妹去对付。

那长白派八卦阵虚虚实实，变化多端，这几位被挡在阵外，冲不进去，一面要与那群小道士交手，一面还要时时留意阵式的变化。有道是，一心不可二用。所谓旁观者清，果不其然，有时明明场边之人已瞧出端倪，而场上那几位却个个浑然不知，让大好机会白白从眼皮底下溜掉，未免叫人觉得可惜。

有一位实在忍不住了，便跳将出来，上前助阵。那人奔到场中，喊了声："我来助几位。"

众人见他修长身材，长了一张黄脸，讲话却是西北口音。李铁笛见有人来助，急攻几招，逼退小道士，这才缓过气来问道："壮士贵姓？来自何处？"那人道："在下名叫徐江末，太行派弟子，将这使鸡拳的交给兄弟就是。"话音未落，忽听身旁有人叫道："喂，那黄脸膛的，休得猖狂，我来会你。"

人影一晃，从场边又跳进一个汉子来，但见他生得熊背虎面，一双大眼炯炯有神，中等身材，长得十分敦实，一上来便阻住了徐江末的来路。徐江末也不生气，反问道："这位壮士，为何挡在我的前面？"

那汉子道："我是辽东派的，我见他们五个对付八个小道士，也算十分公平，你又何必要横插一杠呢？不如咱哥俩比画比画，你看如何？"

徐江末一听，心想："原来是辽东派的，自然是向着那群小道士了。"于是向那汉子一拱手，问道："不知壮士姓甚名谁，要与我怎么个比试法？"

那汉子答道："我嘛，行不更名，坐不改姓，姓沈，叫沈醉风，听你口音，似乎是太行山一带的。我可听说了，最近那里出了个外号叫作徐大棒的，擅使一条大棒子，十分的厉害，我正想要去会会此人，不知你可识得那徐大棒吗？"

徐江末一听，不禁微微一笑，道："不才，在下正是外号徐大棒的，我叫徐江末。"沈醉风一听，喜道："好，真是踏破铁鞋无觅处，我找的就是你。来来来，咱们大战三百回合。"说着，扑楞一声，从背后抖出一条黑漆漆的大棍来，足有碗口般粗细，双手握在身前。

徐江末一见，也笑道："你也是使棍的，怪不得要找我的晦气，好，今儿我徐江末便领教阁下几手高招。"说完，也一抖手，从背后抽出一条白花花的大棒来，众人一见，均觉稀奇。但见他这条兵刃，乃是由白蜡杆子制成，两头箍上银套，在日头下烁烁放光，果然是一条好棒。

徐江末刚要动手，忽见沈醉风从怀里取出一只葫芦来，拔去塞子，放在口边大喝了一口，然后盖上塞子，咂了咂嘴，赞道："好酒，好酒。"意犹未尽，又喝了两口，这才将葫芦放回怀里。徐江末心道："原来是个酒鬼。"忽然一惊，又心道："莫非他要使一手醉棍不成？"

沈醉风将酒葫芦放好，这才一抖手中大棍，道："好嘞！"双臂一运劲，大吼一声，大棍一举，使一招"泰山压顶"，照徐江末当头便砸。徐江末早有提防，心想这位沈醉风果是狡猾，要打自己一个冷不防，他心中着恼，下手便不再容情，将手中白蜡杆子迎着那大棍，向上便架，只听当的一声大响，两棒相交，只震得四座皆惊。再看沈醉风手中那根大棍，呼的一声向半空荡去，好在他双手握得牢实，这才没致脱手，即便如此，他也感到双臂酸麻，虎口处隐隐作痛。他向徐江末一望，见他面无丝毫表情，好像没事儿一样，不禁打心里佩服对手臂力了得，不敢再行逞强，便使起他最擅长的一套醉棍来。

沈醉风身子摇摇摆摆，好似喝醉了一般，手中大棍指东打西，竟无半点儿章法。徐江末早料到这沈醉风会使这手，他将计就计，一抖手中白蜡杆子，一招"盘龙卧虎"，抢棒直扫对手下盘，棒走如风，真个是迅疾无伦。沈醉风本是装醉，见对方大棒扫到，不敢怠慢，急还以一招"白猿上树"，大棍在地上一撑，身子忽地凌空拔起，躲过了徐大棒这一记扫击，随即身子绕着大棍旋转一圈，飞腿便踢那徐大棒的面门，鸳鸯双飞腿，连环双踢。

徐江末一见，叫道："来得好。"急忙抽回白蜡杆棒，随即在身前圈转开来，接着"丹凤朝阳"，急点向那沈醉风的右腿膝弯处。沈醉风醉眼微睁，瞧得明白，急忙收脚，向后一跃，落地之际，故意装作站立不稳，身子向旁一歪，欲要倒地之时，探手掌在地上一撑，撑住身子，抽空从怀里取出那只酒葫芦，又喝了两口，赞道："好酒，好酒。"

徐大棒叫道："亏得你会偷闲，看棒。"不容他喘气，又使一招"秋风扫叶"，接着使一招"雨打浮萍"，棒头舞成无数个花式，点点均指向沈醉风要害。沈醉风看不出棒中虚实，不敢贸然出棍招架，三十六计，就地一滚，便滚出去五六尺外，大棍在地上一撑，腾身而起，仍装出酒醉一般。众人见他躲得巧妙，又瞧他装醉装得滑稽，不禁又是几声喝彩。

这二位均使大棍，棋逢对手，将遇良才，斗了个不分上下。那一边，黄河派的单家三雄联手泰山派的李铁笛和顾师妹，与那长白怪客门下八名弟子相斗正酣。刚开始时，那长白派的小道士个个精神抖擞，但是时间一长，体力上的劣势便显露出来，打到最后，只能凭着整体的力量来维持，渐渐地显出败势来。武穆云在一旁瞧着，不禁心想："看来，用不了片时，这群小道士必败无疑。"

果不出他所料，双方又斗不过几个来回，八卦阵队形已开始散乱，顾头不顾尾，有好几次，差点儿被那几位冲破阵围。再瞧这些小道士，一个个张大了嘴巴，呼呼喘着粗气，本来固若金汤的一个八卦阵，眼看就要土崩瓦解。

就在这时，忽听有人哈哈大笑，人影一晃，有一人高高跃起，倏地便飘落在八卦阵中，但见他头戴道冠，身着道袍，手拿拂尘，正是那位长白怪客宫南真。这宫南真在八卦阵中，手摇银丝拂尘，口中念着阵诀，指挥着众弟子们变换着阵式，他一上场，众小道士如同有了主心骨，立时精神为之一振，原本略显松散的阵式，又瞬间恢复了严密紧凑。那宫南真身形飘动，东奔西窜，哪处若有缺陷，他便会立时赶到，出手援助，这一招，果然见效，八卦阵重新发威，李铁笛等几位不禁又自身难保，更别提破阵了。

再瞧那一边，太行派的徐江末与辽东派的沈醉风仍然在激斗。这二位此刻仿佛已置身在擂台之外，两条大棍不时相格，发出震天般的声响，他俩获得的喝彩声一时间竟压过那边的八卦阵。

正在这胶着之际，忽听那宫南真长声叫道："出神器！"话音一落，就见四名小道士各自从腰间抽出一根根银丝细索来，各自握住一头，将另一头抛到另几名小道士手中，随即八卦阵陡变，向左右分开，瞬时将那五位围在了当心，同时哗泠泠一阵响过，就见长白派小道士两个一对，将手中银丝细索抡将起来，照准那五位的脚踝上缠去。

这一下，大出所有人意料。李铁笛等五位侠客更是大惊，纷纷跳起，闪躲抛过来的细索，又不敢跳得太高，以免被甩到头顶的细索缠住头颈，就见这五位低着头，小心谨慎地上下跳跃，在细索的缝隙中来往穿插。而那一边的徐江末与沈醉风已被这边的精彩打斗所吸引，两人各自停手罢斗，四目齐向这一边观望。

岂料那宫南真又使出了新花样，叫道："飞索横江。"哗啦一声，那八名小道士瞬间相互交错在一起，霎时围成了一个天罗地网式，顿时将那五人罩在银索之下，脚上、腰间、脖颈之上，全缠上了银索，动弹不得。

那宫南真见狡计得逞，不禁哈哈大笑，道："瓮中之鳖，看你们几个还敢嘴硬不?"哈里赤一见，顿时乐开了花，尖声叫道："妙! 妙! 宫老剑客这一瓮中捉鳖的招式，可妙到极处啦!"

那粘罕、兀术等人也一改适才的阴闷神色，纷纷鼓掌喝彩，一时间金人个个喜笑颜开，中原各路英豪却个个垂头丧气。

宫南真更加得意，他踱到那被困的五人跟前，笑道："无量天尊，五位，就算你们是成了名的侠客，这会儿还不照样乖乖地被我这天罗地网阵困在里面了吗? 这回，五位服了吧? 我老道保证，只要几位说一声'我服了'。我当即便放几位出来，保证您几位毫发无损，不知几位意下如何?"

他话音未落，李铁笛当即张口骂道："不知羞耻的臭老道，竟敢助纣为虐，也不怕坏了祖宗的清誉，呸! 叫我服输，没门儿!"说罢，向地上狠狠啐了一口痰，扭过头，再也不理。

那宫南真碰了一鼻子灰，又见其余四位均是瞪视着他，眼中欲要喷出火来，便知多说无益。宫南真心中大怒，正要发作，忽然记起这里还有大元帅与四太子在座，自己不好擅作主张。

他刚要转身，就听有人高声叫道："区区八卦阵，有何威力，我来也。"

众人循声望去，却见一个头戴斗笠、身披蓑衣的道人，飘然落到场上，手中连挥带扫、随着哗泠泠一阵响过，罩在李铁笛几位身上的银索便纷纷落到了地上。李铁笛第一个跳到圈外，接着顾师妹以及单家三雄纷纷跃出，五人得脱，大难不死，都长舒一口气，不约而同地转头去查看相助之人。

宫南真怪眼一翻，拂尘连摆，高声叫道："无量天尊，我道是谁，却原来是玉真掌门冲和子师兄到了。王师兄，多年不见，功夫可长进了。可喜可贺啊!"宫南真皮笑肉不笑，众人均听出他话不由衷，暗自强忍心中的愤怒。来者正是玉真门掌门王文卿。

王文卿见宫南真对他有礼，便也向他一拱手，道："无量天尊，长白道长，此言过奖了，我倒要恭喜长白道长。不知什么时候，长白道长教出了这么一帮徒子徒孙，已将道长的怪招都学了去，怪不得连这五位豪侠都不是他们的对手。"

那宫南真一听，顿时得意起来，胸脯一挺道："玉真掌门，你知道就好，不是我当着这么多人吹牛，我这八个徒弟所组成的天罗地网八卦阵法，迄今为止，还未遇到过敌手。"

在场群豪一听，不禁暗骂这老道狂妄无礼，一时间议论声一片。那王道长却丝毫不在意，他拂尘一摆，笑道："无量天尊，南真师弟，今儿我倒要领教一下你几位高徒的手段。"

宫南真一听，忙道："凭玉真师兄的身份，想必也不太适合与我这些不成器的弟子们动手过招，是不是？"他适才亲眼看见这位玉真派掌门人，一举手便打落了众位弟子手中的银索，功夫果然出神入化，若他亲自动手，己方实难取胜，因而用话来激他，好叫他不便出手。

王文卿知他心意，笑道："南真师弟，你误会了，咱们都年纪一大把了，哪还能如此这般地打打杀杀。贫道本意是要手下几名不争气的小徒儿，来领教一番贵派几位小师侄的高招，不知南真师弟可否答应？"

宫南真一听，这才放下心来，笑道："无量天尊，那有什么不可的？我正有此意，来来来，这便比过。"

两人话虽说得客气，但真正要动手，均存了必胜之心，要借此机会让世人见证一下，看看南北两个道派，哪一方的武功更高些。紧接着，玉真门一众七名弟子都陆续进到场上，各自找准位置，排成方阵，正是玉真门惯使的七星阵法。场边众人均想："今儿道教内部两大门派要决一雌雄，八卦阵对七星阵，真有些看头。"

那玉真门七弟子一上场，当先又照旧念了一通，却听他们念叨道："高上神霄，去地百万。碧云为伍……"一直念完，这才分别站好，亮开了阵式。此番他们的太师父王道长亲自压阵指挥，一个个铆足了劲儿，誓与长白怪客的八卦阵一比高下。那宫南真也不敢怠慢，只见他手一挥，呼啦一声，门下八名小道士按着八卦阵方位，重新排好。两队人马剑拔弩张，场外众人均屏住了呼吸，连那粘罕等人也停下手中杯筷，举目观瞧。

那王道长将手中拂尘一摆，朗声说道："神蝎摆尾。"只见位于天枢、天璇位的玉真门弟子黄娥儿与侯一狐，双双向前一纵，双掌合一，直扑向长白派八卦阵离位的那名会使兔拳的小道士。那小道士一见，不觉微惊，急忙上前迎敌，施展开他最拿手的兔拳，虚虚实实，以一敌二。但那黄娥儿与侯一狐来势太猛，那小道士岂能抵得住，几招一过，便露败象。

长白怪客宫南真看得分明，拂尘一举，于是喊道："金鸡报晓，玉兔隐没。"长白派弟子一听，立时将八卦阵一转，瞬间玉真门那黄、侯二位面前的对手变成了另一位，便是那会使鸡心拳的厉害道士，想来鸡便是蝎子的天敌，只见那长白派道士向前一纵，双臂展开，双手握成鸡心拳形，分别点向黄、侯两人的身上要穴，端的是出招迅捷。

这黄娥儿与侯一狐见眼前已换作另一名道士，正自纳闷，不料人影一晃，那道士已飞击过来，又见他招式怪异，招招击向二人要穴，不知使的是哪门哪派的招式。黄、侯二人只得先行跃后，待看清楚了再斗。

有道是，机不可失，两人这一让，场面立时扭转，那长白派八卦阵转守为攻，在长白怪客的指挥下，八名弟子催动大阵，向七星阵直压过来。玉真门王道长连换了几套阵法，像什么"玉树凌鹰""神蝎摆尾"等，却都被那宫南真的八卦阵一一破解。好在这些长白派道士事先已对对方的七星阵有了些忌惮，不敢贸然猛冲，更加之他们此刻体力有所衰减，得势不得胜，双方渐成胶着之态。

两个大阵，你来我往，飞速转动，场面一时变得十分壮观，如此斗得三个时辰，未分胜负。但这长白派八卦阵毕竟多了一人，时候一长，人数上的优势尽显。长白怪客宫南真已察觉出，七星阵中属那位黄娥儿一点最弱，当即催动阵式，指挥那会使熊拳的胖道士与那会使鹰拳的瘦道士左右夹攻，一起向黄娥儿发难。黄娥儿以一敌二，尚且吃力，况且又是极厉害的对手，哪儿还能抵受得住，于是迭遇险情。

玉真门王道长见状，正欲调派弟子前去增援，已然不及，就听黄娥儿一声惊叫，左肩已被那长白派的胖道士一掌击中，远远地向阵外飞去，扑通一声，摔倒在地上，两眼翻白，人事不省。少了一人，北斗七星阵顿时大乱，长白怪客宫南真哈哈大笑，当即催动八卦阵向七星阵围来。

玉真门王道长本想着自己上前补齐黄娥儿的空缺，但苦于自己身为一派掌门，又见那宫南真一双眼睛紧盯着自己，一脸的鄙夷之色，若这时贸然上前，岂不为他耻笑，于是只得一面过去查看女徒儿的伤势，一面指挥着七星阵，死命抵抗八卦阵一波强似一波的急攻，眼看七星阵余下六名弟子便要支撑不住了。

就在万分紧急之时，从场边飞奔来一人，足不点地一般，直奔到比武场上，随即一跃，便跃入那七星阵中，两足刚好踏在黄娥儿所处的天枢阵位上。那人双臂齐摇，一阵急攻，瞬间便将长白派的两名道士逼退。此人一到，形势逆转，原本就要输掉比试的玉真门这时便缓过劲来，于是发一声喊，合力一阵猛攻。长白派弟子不明白为何对手少了一人，突然会变得如此强大，被七星阵攻了个措手不及，险些自乱阵脚，亏得长白怪客反应敏捷，及时调整阵形，将对手攻势阻住，即便如此，玉真门已收复了全部失地。

宫南真眼见己方就要得手的胜利，却被半路闯入个程咬金，将大好形势一下子搅乱，不禁心中大怒，瞪视那人，却发现原是认识的，于是怒道："好个恩仇不分的赵风定，却来横插一杠子，帮起杀死你师父的仇家来啦！"

众人一听，才知前来相帮玉真门之人，原来是前一阵江湖上传得很凶的玉真门死对头、金门派的新任掌门赵风定，却不知为何今日反而帮起玉真门来。众人你看着我，我瞅着你，一时间议论纷纷。

玉真门弟子一见是他，并不觉得十分意外，相反个个心生感激。王道长向赵风定点了点头，以示嘉许。知他前些日子刚与己方交过手，自然对这套七星阵的阵式十分熟悉，有了他的帮忙，今日一战，虽无制胜把握，还不至于会输。

王文卿挥动手中拂尘，驱动七星阵，向着八卦阵频频发起攻势。这时的七星阵威力更盛，一时间，长白道士被攻得只剩下守的份儿，他们被逼到场边的一个角落里，背脊相对，只有苦苦强撑。那宫南真本来一张得意扬扬的脸，此刻已变成了土灰色。一直站在旁边观斗的哈里赤，也不住地搓着双手，一副猴急的神态。

第十四章

昊天寺宋二帝受辱不屈
朱皇后斗兀术即兴献词

正斗得急，从场外走进来一名金国军官模样之人，径直来到粘罕跟前，向他耳语了几句，粘罕原本就阴沉的脸，这时更加难看。他支走了那名军官，随即凑到兀术身旁，向他低声讲了几句，那兀术一听，点了点头，粘罕、兀术两人当即起身，径直向场外走去，后面紧跟着粘罕的两个儿子野马与斜保，另外还有大将花骨朵、恶僧东风善等。片时过后，座位上只剩下那位头戴大宋官帽、身穿大宋官袍的刘豫与他的儿子刘麟，并无离去的意思。

武穆云与陆华春相互对望一眼，心知有异。武穆云低声道："说不定待会儿，金营中要有大事发生，咱们正好趁着金人不注意，跟过去瞧个究竟。"

陆华春点头道："正是。"当即大伙说明想法，余人均表示同意。

武、陆二人在前领路，后面司马文君、铜笛秀才冷云秋及吴家兄弟紧紧跟随。几位悄悄离了比武场，这才撒足飞奔。

远远地跟在金人后面，不觉间便出了昊天寺，绕过寺外院墙，向山后而行。行不过片时，忽见前方树木林荫之下，赫然现出一座小寺来，想来是那昊天寺的旁殿，却见寺院四周布满了持刀拎枪的金兵，正在巡逻放哨。武穆云等人一见大奇，各自心中不免生了许多疑窦，"大白天的，这些金人来到这昊天寺的旁殿，又为何事？"瞧那站岗金兵的架势，这座小寺俨然变成了临时的指挥所。

　　只见那粘罕等人头也不回地径直步入寺中。众侠正当疑惑间，忽听远处马蹄声响起，似乎是从西北方的山道上传过来的，不禁举目望去，隐隐约约瞧见一队金兵正缓缓地向这边开来。头前高头大马开道，旌旗招展，后面随着十几辆车，蜿蜒盘旋，车辆后面还跟着许多人，有男有女，女多男少，瞧这些女子衣着打扮，不像是金人，却似是大宋来的，有些穿戴华贵，极似宫廷中的丫鬟侍女。

　　众侠细瞧后，便即认出，果是大宋宫廷里面的丫鬟。再瞧那些男子衣着，分明便是大宋朝廷中的文武大臣，只是他们此时已变得灰头土脸，全然没了做官时的那般神采。

　　金兵车队在小寺前停住，有金兵打开寺门，那寺虽小，但里面的院子仍可容得下这些车辆。随着一阵车辙轧在地面所发出的骨碌声响过后，一纵金兵连同那十几辆车，还有那群大宋来的宫廷丫鬟及大臣，都在寺门一声关闭的闷响中没了踪影。

　　武穆云与陆华春对望一眼，互相点了点头，当先跃出，众侠直扑向那寺庙。正门有金兵把守，不能直接进入，他们便绕到后面，见那里有一堵寺墙，并不太高，还好此处比较幽静，金兵以为安全，并未派人把守。寺墙是挡不住这几位侠客的，没费多大工夫，武穆云等便跃进墙内，一眼便瞧见那座殿宇就在正前方。几人不敢大意，施展轻身功夫，几个纵跃便奔到那殿宇一侧。那殿宇四周建得比较高，不过上面设有窗格，正好可攀上向内观瞧。

　　武穆云向陆华春一递眼色，两人当先跃上殿侧的窗格，又轻轻点破窗纸，透过缝隙向殿内瞧去。但见里面是偌大一座殿堂，这时黑压压地已挤满了人，其中大部分是身着大宋宫服的宫女，其间还夹杂着几十位身穿大宋官袍的男子。

再往前看，最前面站着两名男子，从他们身上的衣着可以看出，这二位的身份比较特殊，因为他们都穿着貌似印着龙形图案的黄色锦袍。看其中年长的那位，一身的锦袍，略微有些发披，面带忧色。他身旁那一位年纪稍轻，穿戴与那年长的十分相似，也是一脸的愁眉不展。这两个身后，紧跟着十多名年轻的公子，穿着华贵，当是皇亲国戚。另外还有几名贵妃模样的女子，有老有少。有一位中年妇人，头发花白，身穿青布纬衣，头戴凤冠，面容庄重，正由两位公主打扮的女子左右搀扶着。武穆云已认出，这位老妇正是先前在五马山真定大道上所遇的那位皇太后，又见她经过了这些日子，容色又较之前衰老了许多，想见这一路颠簸劳累，实是吃了不少的苦。又见她身旁还站着一位皇后模样的妇人，只不过要年轻许多，却不识的。

武穆云心想："难道那两个身着黄袍的男子，便是当今大宋两位皇上？"不禁又向那二人身上望去，但见那年长之人并未戴着皇冠，而是头上绾了个发髻，头发很长，有些乱，身上所穿的黄袍也沾满了泥污，隐隐约约能瞧出上面绣着龙形图案。瞧此人脸上，天庭饱满，地阁方圆，果有一副君王之相，只不过平添了许多皱纹，又或因多日未得洗脸，脸上满是污垢，胡子拉碴，与身上那龙袍极不相称。

武穆云不禁断定："此人当是道君皇帝无疑。"但此时的徽宗目光呆滞，哪还有半点儿皇帝的派头！他身旁那年纪稍轻的应该就是钦宗。再瞧这位钦宗皇帝，头上也是绾了一个发髻，身上情景与其父徽宗大体相像，唯一不同的是，他的头是抬着的，神色中显露出一丝不易被人觉察出来的倔强，嘴角边还隐隐流露出不屑又似乎暗藏着一点儿杀气，一代帝王的余威犹存。

武穆云再向前望去，却见大殿前头摆了几张桌子，上面摆满点心水果，有几位金国首领正坐在那里，一边吃喝，一边高谈阔论，浑然没将眼前这两个大宋的皇上放在眼里。

武穆云认出，坐在正中央的一位便是金国大元帅粘罕，他身后左右分别站着他的两个儿子——野马与斜保。二位均是大嘴撇着，神气十足，十个不服，八个不忿，好像天底下谁也入不了他二人的法眼。武穆云一见这二位，便欲冲上去狠揍他们一顿，以解他心头之恨。粘罕身旁端坐着金国四太子兀术，还有那位盖天大王赛里、大将军完颜花骨朵，他的手下爪牙东风善、西夏僧沙无尘也位列其中。

武穆云双眼瞪得溜圆，极力在宋俘之中搜寻着义父那熟悉的身影，只可惜，找了半天，却未发现义父。他仍不死心，继续找寻，同时心头莫名其妙地渐生一股不祥之感，"难道义父出事了？""不可能，义父怎会出事！""又或许还未到来。"这些思绪一遍遍地在武穆云心头反复萦绕着，挥之不去，他极力强作镇定，大敌当前，重任在身，千万不可马虎！念至此，武穆云猛地一激灵，不禁打了个冷战，他急忙收住心神，屏住呼吸，继续留意殿里的动静。

过了许久，才见粘罕开口说道："赵佶，见到本王，为何不下跪？"

他无视宋徽宗的帝号，竟然直呼其名。武穆云在外头一听，只气得咬牙切齿，恨不得立时闯进去，狠狠扇他几个大耳刮子，但他还是忍了下来，胸脯一起一伏。身边的司马文君见状，连忙拉住武穆云的胳膊，以防他一时性急，暴露了目标。

这时，听到殿内徽宗皇帝哼了一声，道："金国大元帅，可威风得很呢！现下却来欺负我这手无寸铁的父子俩，就不怕天下人耻笑！"

粘罕还未说话，他身旁人影一晃，粘罕之子斜保冲上来，一指徽宗，恼道："呔！姓赵的，少耍嘴硬，你以为老子不敢动你吗？"说罢，唰地抽出皮鞭，便欲往徽宗身上招呼。

钦宗见状，急忙挡在父皇徽宗身前，一指斜保，厉声道："你敢！"再看徽宗皇帝，动也未动，脸上未露丝毫表情，只冷冷地道："敢在咱们面前撒野，你也配！"

那斜保一听，气得哇哇怪叫，好似一条疯狗一般，挥动皮鞭，正要上前施威。他脚还未迈开，突从身边伸出一只强有力的大手，砰的一下，抓住斜保的手臂，同时听到有人说道："二弟，有父王在此，不得无理。"

斜保回头一看，正是他哥哥野马，他知道哥哥武功在自己之上，又深得父王的宠爱，平时便惧怕他三分，只得一跺脚，收了皮鞭，站到远处，两只凶巴巴的眼睛却仍盯着徽宗父子俩，好似随时就要扑向猎物的饿狼。

粘罕清咳一声，说道："斜保孩儿，不得对客人无理。"斜保这才收敛了眼神，将目光转向一边，立时又变回了一只乖巧的小绵羊。

那金国四太子兀术接过话茬，说道："赵佶，你若是听了咱们大金国的良言相劝，乖乖地写一份劝降书送至南京给你的宝贝儿子赵构，劝他早些归降了咱们大金国，我可保你赵家一家老小几千口子平安无事。到那时，你们仍回汴梁，仍住在以前的安乐窝里，享那天伦之乐，胜过如今这样的辛苦，那又何乐而不为呢？况且，你们中原有句话这样说，听人劝，吃饱饭，我劝你还是写了这份劝降书为好。"说罢一摆手，就见一个文书先生手里捧了笔墨纸砚，放在一张桌上，又将砚台磨好，接着取过一支笔，递给宋徽宗，示意他接过。

徽宗皇帝双手在袍袖中一拢，并未接笔，而是冷眼望向兀术，却未开口答话。

那盖天大王赛里见了，不免性急，于是开口喝道："喂，姓赵的，四王爷在问你话呢，难道要装哑巴不成？"

钦宗一听，柳眉倒竖，怒道："真乃大胆！竟敢如此对父皇说话？"他话一出口，连他自己也不觉好笑，这才意识到他父子现下都已沦为了阶下囚，再也不是以往那两个说一不二的大宋皇帝了，于是接着道："我父皇平时只知这笔墨是用来批阅公文和写字画画用的，却未曾知道还可以用来写什么劝降书。我看，这劝降书不写也罢，免得浪费贵国的笔砚。"

那兀术一听大怒，正要发作出来，忽听粘罕道："既是这样，那也无妨，赵桓，本王便命你在一刻钟之内，作词一首，与大伙解解闷，你可能办到吗？"他顿了一下，又接着道："若你作得好，今儿便饶你这一回，若词曲作得不尽如人意，嘿嘿，可别怪我们四太子手中的那柄大斧子不轻饶你。"说罢，与兀术相视，一起哈哈大笑，笑声震动屋瓦。

钦宗一听，不禁暗生愤恨，心想："我堂堂一国之君，今儿竟沦落到了给金人赋诗取乐的地步，真正到了生不如死的境地！罢！罢！罢！今日豁出性命不要，也要好好羞臊这些蛮夷一番。"于是冷笑一声，只顾低头沉思，心中酝酿如何措辞应对。

这时，便急坏了一位，正是站在皇太后身旁那位年轻的皇后，她见钦宗神色有异，便猜出了他的心思，暗叫不妙，心想："皇上要以诗词羞臊这些鞑子，此法甚为不妥。若在此当口，惹恼了这批豺狼，定会遭受不少苦头，闹不好，还会因此丢了性命，不行！"于是上前一步，道："诸位大王，我夫君这几日身体多有不适，今儿便由贱妾我，替我夫君作词一首，不知几位大王意下如何？"

兀术一见，便道："啊！原来是朱娘娘，好哇！好哇！你们谁作都是一样，那就快快作出词来吧。"

那朱皇后未进宫之前，便是当世有名的才女，于填词作诗有些造诣。就见朱皇后低头略一沉思，便拿起笔来，轻蘸淡墨，在纸卷上赋了一首词，只见她如此写道：

> 昔居天上兮，珠宫玉阙，今居草莽兮，青衫泪湿；
>
> 屈身辱志兮，恨难雪，归泉下兮，愁绝。

那盖天大王听罢，立时咧开黄牙大嘴，乐道："这是什么鸟诗？咱们怎的听不太懂？"粘罕、兀术等是懂诗的，听过后，均各诧异，浑想不到这位久居宫苑的皇后竟然通晓词律，又听她所作之词对仗工整，虽多些凄凉之意，但也算得上一首佳作了。于是兀术说道："这首词儿还算得过去，好吧，今儿暂且饶过你等。"说罢，与那粘罕等人继续推杯换盏，又将徽宗等人搁在一旁。

那徽宗毕竟年事已高，站得久了，有些体力不支，一旁的钦宗一见，忙道："我父皇年事已高，不能久立，还望几位元帅命人搬把椅子，让他老人家坐下为是。"

盖天一听，把眼皮一翻，叫嚷道："反了，反了，还想坐着。别忘了你们是一帮囚犯，哪有资格坐着跟咱们大王们说话的道理！"

斜保道："赛里叔叔讲得极是，对待这些宋俘绝不能心慈手软，今日非得好好惩罚他们一番不可，直到他们跪在地上求饶为止。"

兀术问粘罕道："元帅，怎生处置这些宋俘？"

粘罕道："暂且将他们押在后面的殿房内，待本王想好了计策，再行发落不迟。"

兀术一听，笑道："正该如此。"一摆手，便拥上来几十名金兵，各挥舞皮鞭，像赶牲口一般，口中还吆喝着，将徽宗等人驱出大殿。

武穆云等侠士赶紧离开殿旁，藏身于角落之中。只见徽宗等人被金兵押着离开大殿，缓缓向着殿后面的几间平房行去，将到近前，便有金兵打开栅栏，于是一众宋俘被赶进栅栏之中，随即栅栏关闭，远远可见他们被分作几批，分别关入几间黑屋之中去了。而徽、钦二帝连同几位皇后、嫔妃，则被关在同一间屋里。

武穆云暗暗记下这间屋子的方位，以便夜晚过来营救之时不会耽搁时间。另外，他又仔仔细细查看了一遍，确信义父并未在其中。武穆云不免心中焦急，又不便上去打听，只好等到晚上救出二帝之时再详加询问。他几人相互一递眼色，各自施展轻功，蹿房越脊，辗转又回到信王等人藏身处。

武穆云这才将所见一一与众位说了，信王听罢，道："几位辛苦了，事不宜迟，咱们今晚便去救人。"

于是众侠围拢在一起，又将晚间营救措施详加商议，以确保行动万无一失。待一切妥当，大伙便原地待命，用过饭后便抓紧时间休息，养精蓄锐。好不容易等到天色渐黑，天上一轮明月已高高挂起，周围繁星闪烁，这时四处已变得寂静一片，远远可望见前山那昊天寺附近已点起簇簇灯火，依旧是香烟缭绕的样子，想必是那些虔诚的香客，白日里意犹未尽，仍在焚香祷祝，祈求平安。这时，又依稀可听见从昊天寺方向，传过来阵阵叫好和呐喊之声。看来，那昊天寺前的打擂仍在继续，却不知现下是哪两位武林同道正在上面拼斗，不过信王与众侠此时可分不出心神来关心这些，他们正严阵以待。

时机已至，趁着天黑，众豪杰悄悄向昊天寺后边那所旁殿靠近。到得近前，忽听寺内响起了钟声，接着吱的一声，寺院大门从里面打开，脚步声响起，从寺内出来数人，借着月色，众侠瞧得分明，为首的正是粘罕、兀术，后面还跟着一众手下。就见这些金人行色匆匆，转眼便没入寺后面的一条山路之中了。

信王等众侠不明所以，但眼下营救二帝当为首任，于是当即分成两队，由信王领着武穆云、司马文君及陆家兄妹，再加上冷云秋、尹翠翠、董扬花等九位，前去寺中救人，其余众侠留守寺外接应。

信王他们悄悄转向寺庙一侧，潜伏到寺墙根下，武穆云、司马文君迅速解下飞爪，双双攀墙而上，其余六位也照法施为，大伙一起跃入院中，查知四下无人后，由武穆云头前带路，众侠高抬腿，轻落足，不消一刻，便来在那关押着两位大宋皇上的平房之前。见房前果是有栅栏拦阻，时而有金兵推开栅栏，出来巡视一番。

信王向陆家兄弟一挥手，陆华春、陆华秋哥俩会意，当即从背后竹篓里取出事先预备好的数只野兔，然后用细绳将这些野兔子拴在一起，偷偷丢到栅栏之前。果然，这几只野兔一获自由，便争先恐后地四下奔逃，可没跑出多远，便纠缠到一起，相互踩踏，嗷嗷叫个不停。

里面的金兵立时被野兔的叫声惊醒，纷纷出来查看，见门外忽然多了数只野兔，顿时喜出望外。这些金兵腹中正缺油水，此刻不经意间见到这些野兔子，哪有不上来捕捉之理？于是纷纷欢呼着上来捉兔子，谁知刚碰到兔身，便是"啊！咦！哎呀！"的叫声大作，一个个仰面跌倒，原来已被人暗中点中了穴道。

众侠在金兵身上摸了半天，找到一串钥匙，急忙七手八脚地将那些倒在地上的金兵，连拖带拉地弄到一间空屋内藏好，缚了手脚，用布条塞住口，这才奔向那间关着二帝的黑屋。

天上的月光依旧皎洁。信王拿着钥匙，打开第一间屋子，但见里面漆黑一片，众人取出火折晃亮了，向里一照，却见屋内除了几张桌椅之外，空无一人。武穆云道："大哥，兄弟明明看见两位圣上被关进了这间屋子里，这绝对不会错。现下又见他们不着，不知何故？"

信王向他一摆手，示意他止住说话，然后又招呼其余众位闪到屋门旁，这才从身上取下几块飞蝗石来，瞄准那屋内地面使力掷去，吧嗒几声过后，便听到嘎啦一声，突见那屋内地面上现出一个方洞来，原来是设好的翻板陷阱。紧接着，嗖嗖嗖一阵乱响，众人眼前金光大作，有无数细箭从洞中射出，纷纷钉在屋顶的木板之上，好险！若不是信王小心谨慎，说不定就会中了金人的毒计。

众人已知情况有异，此处不可久留，好在外面一片寂静，金人并未察觉。大伙尚不死心，于是猫着腰，又奔到另一间屋前。待打开屋门，向里面一瞧，大失所望，一样地空无一人，不过这次他们加了小心，不再轻易踏进屋内半步。如此一直查看了三四间，均是空空如也。

信王心知情况不妙，急道："不好！咱们中计了！"

他一个计字还未说完，就听四下里喊声大作，不知何时，寺院外已聚集了无数的金兵。"别放跑了宋朝的奸细！""活捉宋国奸细者，大王有赏呢！"一时间，喊声震天，不知来了多少金兵，信王等人只得顺原路返回。

将到寺院大墙前，就听墙外兵戈相交之声大作，喊杀之声震天，想是余下众侠已与金兵交上了手。他们八位刚攀到墙上，忽见右首处火光闪动，又一队金兵正叫嚷着向这边杀来。为首一位，金盔金甲，身材高大，骑一匹马，手中拎一根金光灿灿的鎏金镗，众侠识出乃是那位花骨朵到了。

花骨朵身后紧跟着一个秃头僧人，肥肥胖胖，脑门锃亮，身上披一件土黄色僧袍，双手各持一件明晃晃的乾坤圈，正张牙舞爪地向这边扑来，口中还叫嚣着，正是那凶僧东风善。

陆华春一挺大刀，第一个跃下寺墙，截住那花骨朵。武穆云拔出宝剑，与东风善再次交上了手。余人各执兵刃，加入厮杀。只见刀光剑影，在月光与火把的照耀下，令人眼花缭乱，不时还传来怒骂与呵斥声，以及金兵那惊心动魄的惨叫之声。

陆华春提一口大刀，与那身材高大的花骨朵一番恶斗，两人互有攻守，一时斗得难分胜负。陆华秋见哥哥无法取胜，大喝一声，上来助阵，兄弟俩两面夹攻，双方形势陡变。花骨朵腹背受敌，一根鎏金镗守前防后，只一会儿工夫，便累得满头大汗，他不禁哇哇大叫。

东风善见他危急，本想上去相助，无奈被武穆云一柄宝剑缠住，分身无术，只有眼睁睁地看着自己的头领被逼得节节败退。他一时性急，手中乾坤圈连挥，向武穆云一阵猛攻，趁着武穆云后退之机，返身欲偷袭陆华秋的后背，忽听身边一声娇叱："休要逞凶！"一柄长剑斜刺里刺到。

东风善大惊，抢右手乾坤圈向外一格，岂知那长剑在半路一转，竟来削他手腕。东风善急忙撤回右边钢圈，左手乾坤圈倏地探出，反又来削那人手臂，以其人之道，还治其人之身。不料他变得快，对手却更快，就见那人长剑半途中又一圈转，反刺向东风善的肋下。东风善大惊，身子向后欲纵，忽听身后有人大喝一声："休伤我师妹！"东风善忽感脑后恶风不善，情急之际，不及多想，东风善毕竟久经沙场，有这么一套，他急使一招藏头矮身术，身子顿时矮下去半截，这时突觉头皮一阵冰凉之气掠过，抬头一看，不免心惊肉跳，原来武穆云的宝剑刚刚贴着他头皮削过。宝剑如此锋利，亏得这位秃僧头上无发，否则定会削落一些。东风善不由得倒吸一口凉气，保命要紧，他不敢再逞能，撇下花骨朵不再理会，抖擞精神，全力对付他师兄妹二人。

此时，扑上来的大半金兵已被众侠打翻在地，远处金兵一时救援不及，这一下可苦了花骨朵与东风善。花骨朵以一敌三，原来陆华影也加入进来，直累得这位花大将军汗流浃背，口中呼呼直喘，最后连喊叫的力气也没有了，一个不小心，被陆华春刀刃削破了左臂，顿时鲜血直喷，他大叫一声，便掉头逃跑。

那东风善正与武穆云、司马文君激斗，忽听到花骨朵的叫声，心中一惊，忙回头去瞧，刚好瞥见花骨朵向后奔逃。东风善心知单凭己身之力，难以应付眼前几位的连番围攻，于是虚晃一招，佯作强攻之势，随后向后一纵，扭头便跑。

武穆云哪里肯放，大吼一声："狗贼，哪里去！"

司马文君见状，剑交左手，右手在腰间镖囊之中一摸，便掏出两支金钱镖来，照着东风善的脊梁掷了出去，同时叫了声："东风善！"

那东风善此刻已慌了神，正逃得急，忽听背后有人呼他名字，不及思索地转头来看，忽见眼前一道亮光飞至，不及细想，将头一歪，一支金钱镖贴着他耳朵飞了过去。他哪料到，司马文君连续发了两支金钱镖，头前一支他是躲过去了，后面那一支却没能闪开，只听"啊"的一声，金钱镖不偏不倚，正中东风善的左眼。东风善大叫一声，撒开乾坤圈，双手捂住眼睛，就地翻滚号叫起来。

那花骨朵正自没命地逃，忽听到东风善的呼痛之声，急忙收步，回头来看，见他伤了一眼，又见武穆云、司马文君双双提剑刺到。花骨朵大吼一声，抡动手中那杆鎏金镗击退二人，随后，一手把东风善夹在腋下，一手拎镗，掉头狂奔去了。

那余下的金兵见头儿们都溜了，也拼命般地一哄而散。众侠趁此机会，随后追赶。金兵没跑几步，前面道路又被人阻住，有人大声喝道："大胆金贼，快跪下受死。"但见迎面一个高大汉子，生得方面大耳，膀大腰圆，手中正舞动着一根镔铁大棍，一阵乱打，当时便放倒了几名金兵。众金兵发一声喊："杀人的魔王来啦！快跑啊！"四散奔去。

信王一见，正是在寺外接应的马扩等兄弟。

马扩边冲边喊道："信王大哥，金贼人数太多，咱们边打边向山后撤吧。"信王点头道："正是。"

两股人马合兵一处。果然，前面不断涌上来无数的金兵，通往前山的道路几乎被金兵堵死，众侠只得且战且退，向后山撤离。凭借山势树木的遮掩，渐渐摆脱了金兵的围堵。将到后山半山腰上，大伙正要松一口气，便在这时，忽见前山火光冲天，紧接着喊杀声大作，似乎又有人与金兵交上了手。信王急忙向山前瞭望，要探明缘故。就听那喊杀声越来越近，似乎正向这边过来。时候不大，就见后面的金兵一阵大乱，惨叫声不断，有金兵不断倒毙，又有金兵见势不妙，纷纷掉头四散逃命。

信王等人见追兵溃退，便凝步不动，都转过来细瞧后面的情况。但见无数火把向山上涌来，将大半条山路照得如同白昼，正有十几位武林壮士各执兵刃，一边与金兵厮杀，一边往山腰间撤退。将到近前，信王能依稀辨出其中几位，正是昨日在擂台上露过面的几位武林同道，有黄河派的单家三兄弟、太行派的徐江末，以及泰山派的李铁笛与顾师妹，还有十几位不曾谋面，想来也是来赴会的中原武林豪士。

这时无数金兵好似蚁群一般，又向山上攻来。火光照映下，就见金兵中间，有几位顶盔戴甲的金国将领正在指挥，其中一位高举着鎏金镗、身材高大的军官，正是刚刚逃走的金国将军完颜花骨朵。花骨朵左臂上已绑上了纱带，正咬牙切齿地指挥着手下金兵，拼命地往上冲，同时大声叫喊着："儿郎们，向上冲啊！莫跑了宋国的信王啦！""活捉信王者，大王有赏！"

重赏之下，必有勇夫。众金兵一听，立时来了精神，纷纷叫嚷鼓噪，冲得更加起劲。在花骨朵身后一位满头红发，双手各持一条钢锏，另一位满头黄发，手里拎了一只铁饼，乃是金国大元帅粘罕的两个儿子野马与斜保。就见这两位面目狰狞，在夜色之中尤显得阴森可怖，正张牙舞爪地向山上猛冲。

信王一见形势危急，当即率领大伙，一起发力向山下冲杀，好去援助那十几位武林同道。那十几人正被金兵追得狼狈，不料从山上忽地冲下来一伙人，将围堵上来的金兵瞬间打散，不禁都大喜过望，一时间精神大振，各舞动刀枪，与众侠士一并将金兵杀退，随即一起向山上转移。

幸好那昊天寺后面的山峰不太陡峭，山间又是沟壑纵横，树木繁多，十分便于撤退隐蔽。大伙到达山顶，又顺山而下，转到另一座小山。大伙均身负武功，脚力神速，再加上黑夜的掩护，不消一刻，便将追兵远远地抛在了山后。黑暗之中，只看见远处山腰间火光四起，隐约能听到有金人的叫喊之声，还有花骨朵的怒骂声。又行了一会儿，便连那声音也听不清了，耳中只有脚踏山石所发出的轻微声响，除此之外，就是众人那粗重的喘息之声。

大伙谁也不言语，默默地一个跟着一个，有秩序地顺着山道走着，也不知绕了多少弯路，上下了多少的山坡，直行到天空破晓，又天色渐明，这才放缓脚步，停到一处林下歇息。

众人这才有暇看清对方的面目，开始自我介绍一番。黄河派的单家三兄弟、太行派的徐江末、泰山派的李铁笛与他的顾师妹，这几位，信王等人是熟识的。别的还有几位，白日里未曾上场露面，都是新识。不过一经介绍，这些人却是大有来头，其中就有淮河派的掌门陈大和与朱巧凤夫妇二人，见他二位各使一对虎头双钩。尤其那陈大和，生得眉清目秀，堪称当世美男子，朱巧凤则是一位江南女子，长得小巧，但眉宇之间不失一股英气。另外有一位，则是华山派的掌门大弟子，人称"华无敌"，年纪约在二十岁，使得一手"华山无敌剑"，在江湖上也是赫赫有名。

陆家兄妹未见到恩师宁静师太，不免有些失望，同时查知那少林高僧无极和尚和丐帮神仙老丐也没来，不知他几位现下身在何处。

这些高手闻得信王，纷纷围将过来，一起向信王行礼。信王向众位豪士一抱拳，朗声说道："多谢各位武林同道如此关爱，小王不才，有负大家的期望，这里向大伙有礼了。"

群豪一听，不禁啧啧称赞。那李铁笛上前道："国难当头，信王殿下能立志驱除鞑虏，设法营救二位圣上，足见殿下侠肝义胆，实令吾辈敬佩。所谓谋事在人，成事在天，暂时的挫折，那也算不了什么，只要咱们大伙同心协力，定能救出两位圣上，而后再赶走金国鞑子。光复我大宋河山，便指日可待啦。"

信王一听，心中激动，道："有李大侠这句话，咱们今儿便不虚此行。只不过，适才我与几位兄弟光顾着到后山营救父皇与皇兄他们，并不曾亲眼见到擂台诸般情景，还望几位英雄受累讲述一番。"

李铁笛还未开口，那黄河派的单大雄首先开口道："唉！信王殿下，一言难尽，就由我从玉真门与长白派比阵法那时说起吧。"于是便将后来之事，一一略述了一遍。

原来，那玉真门的七星阵内，自从来了金门派的新掌门赵风定的援手之后，他顶替受伤下场的黄娥儿，七星阵威力大盛，七人组成的七星璇玑阵步步紧逼，将那长白怪客手下的八名弟子所组成的八卦阵逼得节节败退。

眼见便要阵式溃散，哈里赤一见不妙，便心生一计，当即在一旁叫道："各位停手，我有话说。"玉真道人王文卿与长白怪客宫南真正全力指挥大阵相抗，冷不丁听到叫声，急忙各自收住阵式，侧目观看。

这时猛见哈里赤皮笑肉不笑地步入场中央站定，他先向王文卿和宫南真一抱拳，大声道："两位，适才见两方酣战已久，想必都已累了，况且长白派的弟子又比玉真门多斗了几回，这样的话，必然有失公平，因而叫停，好叫大伙歇一阵，再比不迟，不知双方意下如何？"王文卿知他有意偏袒长白派一方，但对方多斗了几回，却也是事实，倘若非要继续斗下去，在外人看来，定会觉得玉真门乘人之危。想至此，于是点头同意。

那长白怪客适才正苦于应付，这时正好得机会喘一口气，趁机好好思忖对付璇玑阵的计策，当然乐得这一歇。台下群豪不免一阵议论，有的赞同，有的反对，一时间乱成一团。

哈里赤又接着道："诸位都来自五湖四海，均是成了名的侠客剑客，在下哈里赤可佩服得很呢！现下咱们大金国刚刚入驻中土，正是求贤若渴，广揽各路英才之际，在下倒有个建议，不知当讲不当讲？"

场下便有人大声嚷道："哈里赤，有话快讲，有屁快放，别耽搁了咱们比武夺魁呢！"

哈里赤一听，也不在意，又接着道："那好，我便讲一下，正所谓识时务者当为俊杰。当前我大金国兵多将广，已占领黄河以北大部分地方，想来不消多日，便可攻下江南，一统中原。我家主公皇帝面南背北指日可待啦！哈哈！哈哈！"他大笑几声后，又接着道："若大伙同意，便可立时加入大金国，各位都是武功高强之人，到时候战场上建功立业，以后飞黄腾达，那也是可期的，总比现下流落江湖要好上几千倍，大伙说是也不是？还望诸位……"

他还未讲完，泰山派李铁笛再也听不下去了，他忽地站起身，伸手一指哈里赤，破口大骂道："喂，哈里赤，休要在此花言巧语、妖言惑众，咱们可不会上你的当，大伙说，是不是？"在场群豪一听，便齐声叫道："李大侠所言极是，咱们中原人士，誓死不与金贼同流合污，叫咱们投降金贼，休想！"喊声此起彼伏，响彻上空。

哈里赤一见，顿时窘在当场不知所措，但这家伙反应神速，只片刻后便定下神来。他暗地里向身后一个金人使了个眼色，然后又高声说道："各位豪侠，还是好好考虑一番才是，错过了眼下这大好的时机，以后可没处去买那后悔药呢。"

群豪听到，几乎同时道："废话少讲，咱们来到此处，专为比试武功，别的事情一概休提。"又有人嚷道："叫咱们投靠金人，乃是痴心妄想，快快开始比武吧！"

就在这时，忽见人影一晃，从人群中飞出来一位，奔到那举着"中原武林一败涂地"的几名金兵身前，双手抓住那横幅，哧啦一声，将那横幅撕成两片。那人哈哈大笑："让你们这些金狗见识一下什么是中原武功。"说着，又向前一纵，意欲飞脚去踢那条"塞北武功雄霸天下"的横幅。

他身子刚纵到空中，便听到有人喝道："小子，休得逞狂，看我对付你。"随着话音，便从金人中间，忽地跃出一人，也是一记飞腿，正踢向那人，双脚相抵，又倏地向左右分开，这二人同时向后翻了个筋斗，又几乎同时稳稳地落在地上站定。围观众人一瞧，这才认出那手撕金国横幅者，乃是太行派的徐江末徐大侠，而另一位，则是个脑门倍儿亮、身披一件大红袈裟、左手持一把金丝拂尘的秃僧。这僧两只眼睛犹如金灯一般，显见其内功深厚，武功当也不凡。

徐江末不识这僧，又感到自己右腿隐隐有些酸麻，于是怒道："哪里来的秃头和尚？这般的厉害！"未等那秃僧答话，一旁的哈里赤抢着大声喝道："休得无礼，这位乃是咱们大金国座上贵客、西夏护国大禅师，道号沙无尘的便是。你个无名小辈，见到大禅师，不磕头行礼，还等什么？"

众人一听，才知原来这秃僧是西夏来者，又均知这西夏国与此地相距何止千里，不知为何，这僧人千里迢迢地却来投奔金国？于是纷纷投去迷茫疑惑的眼神。又听他法号叫作什么沙无尘，却是以前没有听说过的，但瞧他适才显露了一手腿上功夫，武功确也不弱。

徐江末听这哈里赤讲话无理，正要反驳他几句，却见那秃僧沙无尘已坐回原位。他涨红了脸，强忍住心中的怒气，暗自运了运气息，在右腿各处穴位周转了几遍，以助活血，过了片刻，右腿这才有了知觉。这时却听那哈里赤又接着道："诸位好汉，还是听从在下良言相劝，归顺了咱们大金国便了……"他还想往下说，就听场下群豪已是满腔义愤，纷纷开始怒骂喝斥。

突然，嗖嗖嗖，有三支袖箭从人群中射出，正对着哈里赤的头颈而来，迅捷无伦。哈里赤正说得滔滔不绝，唾沫横飞，哪儿会料到有人从旁暗算，待他发觉，那三支袖箭已飞至眼前。哈里赤啊的一声，眼见性命不保。正在这时，只听铮铮铮三声响过，从哈里赤身旁飞来三件物什，分别将那三支袖箭一一打落。哈里赤死里逃生，一转身便奔了回去，头上汗水直冒，大口喘着气，看样子吓得不轻。

众人再看那地面，只见三支袖箭旁散落着三片瓷片，原来适才金人之中有人瞬间捏碎瓷杯，发瓷片打落了那三支袖箭。这一切也只发生在一瞬之间，那捏杯发瓷片之人能于一瞬间完成这一连串的动作，足见此人武功造诣了得。众人又向金人望去，却发现那西夏秃僧沙无尘身前桌上少了一只瓷杯，这才知道，适才就是这秃僧所为。

那沙无尘哈哈大笑，笑音凄厉刺耳，听入耳中，惊心动魄。沙无尘笑罢，冷冷地道："凭尔等这点儿微末功夫，也胆敢在此撒野，真是胆大包天。你等这些无名小辈，都听好了，今儿若老老实实地归顺了咱们大金国，也就罢了，如若不从，你们一个也休想出这昊天寺！"

群豪一听，不禁都打了个寒噤，纷纷向四下里观瞧，但见一片火把照耀下，里里外外站满了拎刀持枪的金兵，有的正拈弓搭箭，箭头对准了他们。

群豪才知已被包围了，再找围观的一帮老百姓，此时已没了踪影。群豪一时大惊，李铁笛一撩袍子，从腰间拔出一支六尺来长的铁制笛子，向前一横，当先叫道："大伙齐上，与这帮金狗拼了！"群豪一听，如梦方醒，纷纷拔剑的拔剑、挺枪的挺枪，一齐呼喊着，向金兵冲杀过去。那弓箭手还未及反应，一阵刀枪闪过，一起便做了刀下之鬼。一时间，惨叫声大作。哈里赤叫道："快！快！将他们围住，一个也别放跑了！格杀勿论！"众金兵听到号令，一个个挺枪舞刀，又围拢上来。

那黄河派单家三兄弟手中各持一条大棍，在头前开路，太行派的徐江末与泰山派的李铁笛及他顾师妹紧随其后。群豪各自奋力拼杀，眼见便要杀出一条血路，奔下山去。

忽然，只听到刺耳尖嗓叫唤了一声，前面黑影一晃，一个秃僧手持拂尘挡在众人面前，正是西夏来僧沙无尘。李铁笛知道这秃僧厉害，大声喊道："大伙一齐上！"当先舞动铁笛来战沙无尘。沙无尘嘿嘿冷笑，见他扑到，手中拂尘一抖，以一招"金光万道"，急打向李铁笛身上数穴。那拂尘上的道道金丝，瞬间化作根根金针，好似一只大刺猬，向李铁笛击来。李铁笛大惊，不敢与他拂尘硬碰，急忙一侧身，向旁让开，同时一抖铁笛，猛向沙无尘腰间扫去。沙无尘见到，手腕轻轻一翻，手中拂尘忽地转向，又再次指向李铁笛手腕处。李铁笛一见，只得紧急抽回铁笛，这时就听一声娇叱，那顾师妹已挺剑向沙无尘身后刺到。

沙无尘听到背后金刃破空之声，也不回头，拂尘一圈，便卷向那顾师妹手中长剑。那顾师妹不及撤剑，长剑已被金丝拂尘卷住，只觉一股大力直传到剑身之上，同时又感虎口处一麻，长剑再也拿捏不住，立时被拂尘带得脱手。沙无尘微一用力，拂尘一送，那柄长剑倏地向着李铁笛疾射而去。李铁笛将铁笛向前一挥，欲将飞来长剑挡开，岂知那西夏僧这一掷之力太过迅疾，力道又大得出奇，竟然没能挡开，亏得李铁笛反应神速，一见不妙，急忙身子往后，使一个铁板桥，眼前唰的一声，一道剑光飞掠而过，好险！但总算躲过了这致命的一击。李铁笛吓出了一身冷汗，但他并未胆怯，大吼一声，又再扑上。

这时，单家三兄弟也冲了上来，各执大棍，联合李铁笛，围住了那沙无尘。沙无尘一声长啸，挥动金丝拂尘，指东打西，游走于四人之间，浑若无事，胜似闲庭。接着徐江末，顾师妹也重拾长剑，加入战团，合斗沙无尘。即便如此，仍斗他不过。这时金兵越聚越多，群豪虽然神勇，个个武功高强，但架不住对方人多势众，眼见便要束手就擒。

就在这万分紧急时刻，忽见从山下奔上来一个秃头和尚，手中持了一根明晃晃的方便铲。那老僧奔到那金兵跟前，突然将大铁铲在地上一撑，身子腾空而起，紧跟着便如一只大鸟，双脚踩着金兵的肩膀，飞奔而至。他后面还有两位，也是如法炮制，脚踏金兵而来。那老僧奔到沙无尘身前，大吼一声，道："邪僧休得猖狂，大和尚来也！看铲。"不由分说，挥方便铲，照准沙无尘的头顶就是一下子。

沙无尘耳听头顶风声飒然，不敢怠慢，连忙身子向前一纵，暂且避开方便铲的拍击，这才回头观瞧，急忙问道："阿弥陀佛，敢问这位师兄怎生称呼？从何处而来，为何在此与老僧我为难？"

那大和尚一听，朗声答道："阿弥陀佛，要问我是谁，你便听好了，大和尚我出家在嵩山少林寺，人送外号'无极和尚'的便是。你这和尚，又是哪个庙的？"

沙无尘一听无极和尚如此询问，简直鼻子快气歪了，但适才一交手，心中便对他有了些忌惮，便忍住怒火，答道："我乃是当今西夏护国大禅师，人送外号'沙无尘'。"

无极和尚大脑袋一摇，道："沙无尘？没听说过，不过我大和尚倒有一事不明，想来问你。"

沙无尘问道："有何不明之事？"无极和尚道："你既为西夏护国禅师，不好好地待在西夏国内，却因何千里迢迢地跑到我中土来，替那金狗卖命，却是为的哪般？"

沙无尘被他一问，一时无话可答，他愤愤地道："我沙无尘做事，从来不问为何。无极和尚，你今儿过来，便是成心找碴儿，帮助这伙反贼逃跑，是不是？"

无极和尚道："是又怎样，不是又怎样？"

沙无尘一听，怒道："我劝你还是明哲保身为好，要知道现下这里是谁的地盘，这群反贼不愿归顺我大金国，惹恼了几位大王，定要拿下他们去治罪。识相的，快快让开了，休要惹恼了咱们几位大王，便连你也一并拿了，到时候可别怪老僧我不念同门之情呢。"

无极和尚一听，哈哈大笑道："同门之情！嘿嘿，难道我无极便怕了你沙无尘不成？"说罢，一挺手中方便铲，沙无尘举起金丝拂尘，二人四目相对，各运内气，突然都是大吼一声，向前一纵，方便铲在半空中划过一道白光，金丝拂尘也掠过道道金缕，两位和尚话不投机，便斗在了一处。

无极和尚使的乃是正宗少林达摩杖法，属刚猛一路，一柄方便铲舞得呼呼挂风，招招击向沙无尘要害。沙无尘也不示弱，施展平生所学，一把拂尘在身体四周舞成道道金圈，那拂尘虽是细软之物，但经他将力道贯于之上后，霎时便变得硬如钢铁，再加上这沙无尘，外号"踏沙无痕"，能在沙漠上飞奔而不留痕迹，轻功占了一绝，只见他在无极和尚的方便铲之间，飘来飞去，显得十分从容。两人斗过二十余回合，不分胜负。

与无极和尚同时来到的另两位，却是一名老丐与一名老尼，此时不免有些着急起来。前面金兵越聚越多，若是再来了援兵，恐怕这些中原群侠难以撤离了。那老丐向那老尼说道："宁静师太，咱们一起上去相助这老和尚。"

那老尼正是宁静师太，言道："神仙老丐所言极是，跑了一程，也该舒展一下筋骨了。"说罢，从身边拔出一柄长剑，向前一纵，扑向沙无尘。那神仙老丐抡动一根竹杖，跟在后面。沙无尘被他三位围在当心。沙无尘以一敌三，将金丝拂尘挥动如飞，指东戳西，渐渐失了章法，一时间苦于支撑，不免落了下风。

其余金人见状，不知好歹地便欲上前相助，谁知刚凑到近前，便被击飞出去，不是头破就是肠流，倒在地上，眼见不活了。后面金兵见了，哪敢再上去送死，又不肯离去，一个个虎视眈眈地站在远处，向这边观望着。

那沙无尘硬撑了一会儿，终于架不住三位一等高手的猛攻，一步步地被逼得向后退去。群豪见前方闪出一个大空当，机不可失，李铁笛当先冲上，叫道："兄弟们，冲下山去。"刚奔了几步，但见前方黑压压一片，全是金兵，已无路可冲。一瞥眼间，见到左侧有一条山路，似乎正可通往后山，于是铁笛一挥，叫道："快，随我来。"一纵身，铁笛连挥，打翻了前面几名拦路的金兵，顺着山路冲将下去。

紧跟着，众豪侠一拥而下，势若猛虎。那些金兵哪里还拦得住，一眨眼工夫，便已奔出去数里地。起初还能听到后面金兵的叫喊追杀之声，到了后来，已变得声息皆无，只有空山寂寂。

第十五章

群英结义盟兄弟排座次
探寺遭遇盖天王斗三怪

信王听那单大雄讲述完毕，也不禁感叹道："多亏那三位老前辈及时赶到，才使众位得以逃脱金人的魔掌，不知这三位前辈如今怎样，心中实在放心不下。"

陆华春上前道："大哥，不必担心，我师父她老人家的本事，弟子我是十分清楚的。另外那两位，一位是少林派的无极和尚，另一位是丐帮掌门神仙老丐，这二位的武功也非同小可。他三人联起手来，对付一帮金兵，自不在话下，实在不济，抽身离开，更是易如反掌。"信王一听，这才略略放心。

李铁笛见信王独自在叹息，忙问道："信王殿下，为何这般叹气？"

信王道："兄弟有所不知，适才我几位趁着擂台比武的机会，本想着到后山的旁祠中去营救父皇与皇兄，不料那金贼太过狡猾，已早早地将他们转移到了别处，因而扑了个空，又与一伙金国的高手激斗了一番，这才且战且退。不承想竟与众位在此碰面，那也是不幸之中的万幸了。"

李铁笛一听，大喜道："噢，既然两位皇上都在山上，咱们这便杀奔回去，将两位皇上营救出来，岂不美哉？"

信王一听，摇头道："使不得，万万使不得，咱们适才营救扑空，早已打草惊蛇。那金人必定又将父皇他们转移到了另一处，还会设下更阴毒的陷阱等着咱们来钻，此番再去，必定凶多吉少，还是从长计议吧！"

李铁笛闻听，一拍大腿，往地上狠狠地跺了下脚。

单大雄一见，上得前来，向信王一躬身，道："咱们兄弟三位，自小学了些武功，身为大宋子民，正愁无处报效国家。既然今儿有幸碰到信王殿下，便心甘情愿地跟随着信王殿下，一起来营救两位皇上。"

信王一听，连连以手相搀，道："单大侠，不必客气，单大侠既有此意，哥哥我感激不尽，这便多谢了。以后咱们便以兄弟相称，称呼哥哥时，再不要加上什么王之类的言辞了。"

单大雄一听，喜道："好，我便第一个称呼您为大哥。大哥在上，请受小弟一拜。"

信王一听大喜，单二雄、单三雄也即上前见礼。其余豪杰纷纷表示，愿意跟随着信王，以助他一臂之力，共图救主大计。

陆华春一见，便道："咱们不如就此结拜为兄弟，大伙可否愿意？"

众人一听，均皆欢喜。于是在路边，捻土为香，一起拜了把子，发誓以后要有福同享、有难同当，共图营救皇上之大计，赴汤蹈火，在所不惜，云云。各人又将生辰八字说了，然后重新排定了座次。信王年岁最长，仍做大哥，武穆云年纪最小，为小弟，其余各位排次如下：

大哥：信王赵榛；二哥：马扩；三哥：李铁笛；四哥：陆华春；五哥：陈大和；六哥：赵邦杰；七哥：徐江末；八弟：冷云秋；九弟：单大雄；十弟：吴密；十一弟：吴松；十二弟：华无敌；十三弟：单二雄；十四弟：陆华秋；十五弟：单三雄；十六弟：武穆云。

老医师王一新因年事已高，不便参与其中，大伙仍称呼他为王老哥。众人拜罢，皆大欢喜，自此相互之间又近乎了许多。

大伙在山间就地休息。一夜无话，次日清晨，众侠醒来，用过早饭，聚在一块儿商议下一步的计划。信王道:"金人狡诡,定然有了防备,使营救变得更加的难了,好在咱们又多了十几位兄弟,大伙一起集思广益,总能想出好计策。"

马扩道:"大哥,众位兄弟,咱们昨晚这么一闹,金人必会加强了防备。这昊天寺,偌大一座寺庙,藏上千把来人,不算什么,倘若事先摸不透寺里的情况,而冒冒失失地前往救人,确实有些冒险。正所谓,知己知彼,要我说,咱们还是先把两位皇上所处位置摸清楚了,再行搭救不迟。"

信王道:"二弟所言极是,不知二弟有何妙策?"

马扩接着道:"大哥,众位兄弟,咱们二十来号人,若一起出入昊天寺,目标显得过大,必然会引起金人的注意。要我说,不如还按老办法,分作几批,扮成香客,分头混进寺中打探,然后再到约定地点集合,共商对策,大哥你看如何?"

信王道:"此计甚妙,事情紧急,无法详细斟酌。大伙进寺后,见机行事,免得夜长梦多,耽搁了大好的救人时机。"

众人齐声答应,于是各找相熟,结成队组,分头向昊天寺进发。大伙约好次日在昊天寺后面旁殿一侧的树林里会合。

武穆云照旧与师妹司马文君、陆家三兄妹,还有江南秀才冷云秋、吴家兄弟共八人,组成一队,他们扮作从汴梁来的商人,要到昊天寺烧香拜佛。为了防止被金人识破,武穆云特地准备了些墨汁,每人在脸上抹了少许,顿时各人脸色变得黢黑,好似刚从西域沙漠长途跋涉而来的。武穆云与陆华春还特意在头上裹了一条包头,远远望去,真像是两位西域来客。就这样来到寺前,那守卫的金兵见来了一帮异域客商,便放松了警惕,也不上来盘查,任由他们八位进了昊天寺。

这几日到昊天寺进香拜佛的百姓,虽不比以往那般的多,但陆陆续续也来了不少。金兵虽然凶恶残暴,但对当地百姓并不十分苛刻。武穆云等人进到寺里,脚刚踏进殿内,迎面便见到一尊高大的鎏金佛像,通体金光闪闪,佛像前摆着一张供桌,上面放好了香案,中间正点着三根粗大的信香,满屋香烟缭绕,一片肃静。

这时,一位中年僧人双手捧着一只木盘子,盘子上面放着一只盒子,慢腾腾地来到武穆云等人面前。武穆云从怀中取出几两银子，放入盒中。那中年僧人单手立在胸前，口中念道："阿弥陀佛，多谢施主。"说着，取过三支信香，交到武穆云手里。武穆云接过香，走到那香案前，就着一根香火，将三根香点燃了，然后恭恭敬敬地插在香炉之上，与其余几位一同在香案前跪倒，郑重地磕了三个头。

上香完毕，他几个正欲离开，忽见从殿侧一间屋子里走出来一个小沙弥，在那中年僧人耳边嘀咕了几句。那中年僧人一听，顿时脸色微变，张嘴欲说什么，但猛地想起武穆云等人还在身前，于是欲言又止，向那小沙弥使了个眼色，这才转向武穆云道："几位施主，请到下面用斋饭，老衲去去就回。"

这时，过来一个小沙弥，领着武穆云等人行到殿后一个厅堂内，见厅中摆了几张桌子，上面放置了几只方盒，方盒中盛着稀粥，旁边还有一只方盒，里面放了些馒头。武穆云等人于是就在寺院里吃斋，一边喝粥，一边倾听周围的动静。

待了一会儿，也未见那中年僧人回来，而适才领路的那个小沙弥此刻也不知了去向，厅堂内只留下武穆云等几位。陆华秋心急，于是喊道："小和尚，小和尚。"喊声在大厅中回荡着，并未听见有人应答。武穆云心知其中必有蹊跷，又想起适才那中年僧人的眼神，心中不禁起了极大的疑窦，便想着出厅去探个究竟。

大伙悄悄溜出饭厅，在寺庙中绕行，行到一处禅房门口时，忽听里面似乎传出呵斥之声，只听一个粗大的嗓门喝道："你几个秃子，老实交代，到底是谁放跑了那姓崔的宋国官员？"过了一会儿，就听一个僧人的声音答道："金国大老爷，贫僧可是冤枉啊！贫僧确实不知，适才咱们一直老老实实地待在寺院里，未曾离开过半步，怎的会跑到后面去放跑那姓崔的？咱们确实不知这姓崔的是如何逃脱的，这可不关咱们的事。"接着又听到另外几名小和尚的叫冤之声。那粗大嗓门迟疑了一下，似乎在低声自言道："这可奇了怪了，那地方可隐蔽得很，咱们又增派了人手去把守，怎的竟走脱了？难道会生了翅膀不成？"

武穆云一听，才知原来众宋俘之中，一位姓崔的官儿侥幸逃走了。毫无疑问，他定是受了徽宗皇帝的委派，下山往南京，去向南方皇帝送信去了。这可是意外之喜，适才听那金官口气，说是隐蔽之所，难道与二帝关押之地有关？本想再细听下去，忽听到从附近传来脚步声，武穆云向后一挥手，众人急忙躲入旁边一间闲屋内。

时候不大，脚步声渐近，有人大声说道："属下已派人到四下里找寻了一遍，未见那姓崔的宋人影子。"接着有人"啪"地一拍桌子，又是那粗嗓门大声叱道："都是些光会吃喝的饭桶！全给老子滚得远远的！别让老子再见到你们！"一阵急促而细碎的脚步声响起，想是那些金兵受了训斥，吓得一溜烟地全跑光了。

这时又听那粗大嗓门说道："法师，您看，这次崔勋的逃走，可对我大金国有何不利吗？"就听一个洪亮的声音答道："阿弥陀佛，花将军，不必担忧，据老衲推断，那崔勋定是携了那皇帝的书信，逃奔南方找援兵去了。不过将军可别忘了这件事，咱们大金国四殿下已提早赶往了南边，他可是一位足智多谋的将才，此番急着南下，正是料定那赵构定会近期发兵北上。另外咱们这位四殿下兀术，座下有一匹'千里追风驹'，可以日行千里、夜行八百。那崔勋慌忙之中，不可能寻到快马，待他寻到那赵构时，咱们四殿下早已纠集好人马，将赵构团团包围了。况且咱们金国兵多将广，摧营拔寨，犹如探囊取物，花将军过虑了！"原来是沙无尘与花骨朵。

那花骨朵一听，顿时舒了一口气，喜道："照法师这么说，倒是本将军杞人忧天了。好，借法师吉言，咱们便静等南方的好消息，到那时，本将军也好对大元帅有个交代。"沙无尘又道了声："阿弥陀佛。"两人一起大笑起来。

过了一会儿，又听沙无尘道："花将军，大元帅打算如何处置那些宋国俘虏，你可有耳闻？"花骨朵答道："此前我曾问过此事，大元帅说他现下还未想清楚。不过，可以肯定的是，不会继续待在这燕京城，可能要押往中京关押一段日子。"沙无尘道："那中京尽为我大金国的领地，可比这儿安全多了，大元帅真是考虑得周密啊！"两人又是一阵大笑。

花骨朵又接着道："即便如此，咱们还须在此地再待上几个月，那些山贼前几日劫狱未成，终归贼心不死，恐怕用不了多久，便会再来滋扰。"

沙无尘一听，便道："那又何惧？兵来将挡，水来土掩，区区几个小贼，何足道哉？有我沙无尘在，管叫他们有来无回！"

花骨朵一听大喜道："有大法师这句话，本将军大可放心了。不过，法师还要防备那三位成了名的掌门高手前来援手。前日我见大师与他们相斗，那三人的功夫着实不差，咱们须得早做准备才是。"

沙无尘听到，沉思半晌，才道："这三人各有所长，若一起联手，确实有些棘手。俗话说，愚者使力，智者使智，咱们到时候，不便与之正面拼斗，可以暗地做些手脚，多设机关陷阱，到那时……"他语音渐低，武穆云竖直了耳朵还是没能听清楚，忽听花骨朵笑道："大师果然好主意，妙！妙啊！就这么办，本将军这就着人去准备。"

不一会儿，脚步声渐渐远去，显见花、沙二位已离开。武穆云心想："这沙无尘果是阴险，要设陷阱对付咱们。不行，须得将此事通知那三位前辈得知才是，免得他们上了那些金狗的圈套。"他又想："听这两人适才的言语，金人待不了多久就会带着二帝迁往中京。燕京离那中京何止千里，路途遥远，到那时，救人便越发困难了。"武穆云心中着急，又挂念着义父的安危，心中盼望能早日得到他老人家的讯息。

一旁的司马文君见他满脸愁容、心神不定的样子，正要出言安慰，忽听见屋外又传来了脚步声，那脚步声甚轻，竟似怕被人发觉，与金兵那沉重的脚步有所不同，是敌是友，不得而知。武穆云示意大伙留意，脚步声渐近，似乎正是向着他们藏身之所而来，可以听到有几人正在小声嘀咕。其中一个女子的声音道："大师兄，看样子，这里面也没有人来过，咱们去吧。"又听一个男子清亮的声音道："师妹，别心急，咱们再仔细找找，看能否寻到些蛛丝马迹？"武穆云听那子声音好熟，突然醒觉，心中叫道："这人不正是那玉真门的大师兄林如晦吗？绝对没错。"

武穆云当即推开屋门，叫道："林师兄，一向可好！"

来者正是林如晦和玉真门的师兄妹，唯独少了一位黄娥儿，想是前日比擂受伤未愈，因而没来。那林如晦猛地听见有人讲话，吓了一大跳，待他认出是武穆云，这才松了一口气，双手一拱，笑道："我道是谁，原来是武师弟。好久不见，武师弟，怎的也到了这里？"

武穆云道："正是为打听二帝的下落而来，想必林师兄及众位也是为此事来的吧？"

林如晦道："正是。"又看到后面的司马文君、陆家兄妹等人，于是喜道："啊，几位也在，可巧得很！"转头又问武穆云道："不知武兄弟可打听出什么消息来没有？"

武穆云一边招呼他们进屋，一边将适才所听到的一一向他们说了一遍。林如晦一听，也大吃一惊，忙道："事不宜迟，咱们须早些设法营救二帝才是。"又道："此处非讲话之所，咱们赶快离开这是非之地。"武穆云点头称是。

大伙合在一块儿，正要穿过一座厅堂，忽然前后厅门同时打开，从外头涌进来一伙金兵，各执刀枪，堵住了去路。当头一名金将手持一对大铁锤，长得肥头大耳，张口大声喝道："嘿，你们几个反贼，今儿让本大王撞上了，还想往哪儿逃？识相的，赶紧跪地求饶，更待何时？"说着一抡大铁锤，双锤相击，迸出点点火星。

武穆云识出此人乃是盖天大王赛里，不慌不忙地上前一步，道："赛里，你待怎样？"

赛里听他说出自己名姓，微微一惊，随即镇定道："本王便要将尔等一个个活捉了去，到大元帅那里邀功请赏！"

武穆云道："慢！领赏请功先不忙，咱们有一事，想要当面询问一下赛里大王，不知可愿闻其详？"

赛里一怔，不明其意，忙问道："何事？快讲出来。"

武穆云道："我好像听说，你赛里大王帐下还有一个先锋官，此人骁勇善战，名字叫作什么……噢，国禄，对，就叫国禄，本人久慕他的大名，今儿有幸碰到阁下的队伍，不妨将这位国禄将军请出来一见，可否？"

那赛里一听，脸顿时变得煞白，忽地又转为蜡黄色，他嘴中支支吾吾，说不出话来，心中暗想："这小子凭空在我面前提起此人，是何居心？难道那日我杀死国禄，沉尸河中，竟被这小子偷瞧见了不成？不，绝不可能！"又一想："那日随我一起去的士卒，过后都被我一一杀死了，此事我做得隐秘得很，不可能出现纰漏，绝不可能被眼前这小子的一句话就吓蒙了。"过了好一阵，他才恢复了平静，对武穆云一阵冷笑，道："这位小哥，要找我家那位国禄将军，可抱歉得很，国禄将军前不久在战场上阵亡了。"

武穆云道："此言差矣，我听人跟我讲过此事，说的正好与赛里大王所讲的相反呢。"赛里一听，问道："怎的不同了？"

武穆云道："我可听说，国禄将军并非是在战场上战死的，却是被人偷袭害死的。"赛里一听，脸色更加地难看，他故作镇静，连连摇头道："一派胡言，绝无此事。"

武穆云见他嘴硬，继续道："赛里大王对此事不知，那也罢了。不过，我再提起两个人，赛里大王不会连她们也不认得吧？"赛里涨红了脸，怒声问道："什么人？休要唬我！"

武穆云笑道："大王先别发怒，那大宋的王贵妃与嫔妃于散花……"

他话一出口，那赛里心里便咯噔一下，颤抖着声音喝道："快闭嘴！休得乱言！"他此刻身子发抖，正极力忍住内心的恐惧，故作镇定地喝道："这小子一派胡言，成心要拿老子消遣来着。来人，上去将这小子剁成肉酱。"他身边的金兵一听，纷纷扑将上来，几十把大刀一起往武穆云头上招呼过来。

武穆云一见，笑道："做贼心虚，你既做得，又何必怕人说穿？"拔出腰间宝剑向身前一挥，只听当啷啷之声不绝，无数截断刀掉落到了地上。

众金兵一见，纷纷向后退去，大声呼道："这小子使的是宝刃，大王，咱们拿他不下。"赛里骂道："尽是些没用的蠢货！看本王的。"一抢手中双锤，直取武穆云。

武穆云见他面目狰狞可怖，显是气急败坏到了极点，于是伸手连摆，道："且慢，赛里大王，不如咱们做笔买卖，你看如何？"赛里一听，便止住双锤，低声道："你待怎讲？"

武穆云压低声音道："咱们此番来意，正是营救大宋朝的两位皇上。这一点，赛里大王比我还要清楚不过，只要大王你能暗地里助咱们一臂之力，我武穆云定将守口如瓶，绝不把那国禄的死因向外界透露半句，不知赛里大王可肯答应否？"赛里一听，喃喃地道："这个——"他向左右一望，命道："你们都给我出去。"他等手下都乖乖地退到门外，这才收了双锤，向武穆云一拱手，道："这位小侠，有话好说。"

武穆云还剑入鞘，向一旁的椅子一指，道："请坐下说话。"

赛里坐下，武穆云等人也即坐定。武穆云开口道："赛将军，恕我直言，咱们此番甘冒其险来到此处，为的便是打探大宋两位被掳皇上的消息。如您所知，如今大宋九皇子康王已在南京即位，现下这两位皇帝已是有名无实，关押与否对于大金国无甚价值。咱们实是想不通，为何贵国还要这般地兴师动众，一路将他们押往金国京城，实在是得不偿失、一桩赔钱的买卖啊。"

赛里一听，连连点头道："武壮士所言极是，本小王曾不止一次地劝说过大元帅，可惜他这人固执得很，不听小王我的，非得一意孤行，要将那宋朝的皇帝押往京城不可，咱们都在大元帅手下听差，有苦不敢言呢！这一路下来，晓行夜宿，可把咱们都折腾得不轻嘞！"

武穆云听他口吻，心中暗喜道："这家伙被我抓住了把柄，看样子，必能从他口中探听出二帝的下落。"于是问道："赛里将军，一切都好说，咱们眼下，最要紧的是要知道两位皇上的关押地点，还望将军明讲。"

赛里一听，苦笑道："不是本小王不肯帮你们，此事可为难得很。那宋俘的一切事情均由大元帅与他的两个儿子督办，不许旁人插手，连我这个王爷，如今也不清楚这宋国的皇上被他们押到了何处。"

武穆云听他说得诚恳，便信以为真，道："好吧，权且相信你所说的话，不过日后还要拜托将军多多留心，一旦得到可靠信息，烦请立时相告。"

赛里一听，满口答应道："那是自然，一定照办。"他心里明白，只要眼前这位小侠不将自己的丑事说将出来，便是相安无事。

武穆云又与赛里约好了联络地点，两人又设计了一番，故意在屋内打斗起来。外面的金兵闻听屋内有动静，急忙闯进来瞧，却见自家的赛里大王已被打翻在地上，生死未知，而那伙反贼已不知了去向，于是七手八脚地将赛里大王扶将起来。赛里一睁开眼，便假装嚷道："反贼何在？"有金兵应道："大王，反贼已溜了。"赛里眼珠一转，命道："那还愣着做甚？快随本王去追。"

武穆云他们离开昊天寺，便朝后山树林的方向行去，预备与信王众人会合。刚行至一处梅林之前，但见稀稀落落地长着许多株梅树，梅花已过了时节，早已凋落，枝叶却在，依旧十分茂盛，似乎还能闻到一股淡淡的梅香。众人正要绕过梅林，忽听从林中传出来一阵兵刃相碰之声，有时还夹杂着几声呵斥与怒骂，似乎有人正在打斗。

武穆云第一个冲入梅林，接着陆华春等人也先后进了林子。绕过几株梅树，眼前顿时现出一块空地，空地之上早已聚了许多人，中间正有几位在打斗。其中几位，武穆云当即认出，正是刚结拜过的兄弟，黄河派单家三兄弟、华山派的华无敌、太行派的徐江末以及淮河派的陈大和与他的夫人朱巧凤也在其中，想必这几位结为一组，到昊天寺去打探消息，不料在此遇上了金兵。再看那伙金兵，与他们相斗者却只有寥寥的三位，而且均不识得。又环顾场边，发现站着几位金国将官，其中一位身材高大，一看便识得是完颜花骨朵。花骨朵身后只有几十名金兵。但见花骨朵眯缝着双目，皮笑肉不笑地盯着场上，神态轻松，满不在乎。

再转过来去瞧场上的三位金人，武穆云与陆华春不禁互望了一眼，均各吃惊。这边黄河派、华山派、太行派、淮河派的几位一起联手上阵，才勉强与金国的那三位打了个平手，以多打少，竟然不能占得上风。武穆云还发现，己方的兄弟不断地被逼得连连防守，已完全处在了劣势之中。武穆云心想："这可奇了。难道对手会如此了得？怪不得花骨朵会这般的从容不迫，原来他早已成竹在胸了。"

武穆云不禁仔细观察那三位的招式，只见其中一位身材瘦小，好像林中的猿猴一般，手中拎了条齐眉大棍，在场上飞腾跳跃，身法十分迅捷。又见他棍法招式老练，招招致命。单家三兄弟正各执一条大棍与其棍对棍地酣斗在一处，虽以三对一，却丝毫奈何那人不得。而另一位生得十分粗壮敦实，一张大脸，张着血盆大口，露出满嘴獠牙，双手各执一条钢鞭，与陈大和夫妇的虎头双钩酣斗在一处。这家伙凶得很，一边打着，一边还不住地呼喝着。

武穆云见他功夫也甚了得，双铜挂着风声，指东打西，浑然没将陈大和、朱巧凤夫妇放在眼里，偶尔能听见这家伙叫唤道："喂，松上猿，咱哥俩比一下，看看到底谁先把对手打趴下。"

那长得像猿猴的汉子龇牙笑道："地里兽，你可别吹牛，我松上猿何时便输给你啦？"

又见另外一个身材瘦长的汉子，右手握一根特长的峨眉尖刺，正与华山派华无敌的一柄长剑以及太行派徐江末的一根大棍斗得正激。那人这时插口道："喂，松上猿，地里兽又在你面前吹牛了不是？我今儿倒要瞧瞧，他是如何第一个打倒这几个宋国小贼的。"

那地里兽一听，不悦道："泥中鳅，老三，你总是爱说风凉话，你还别不服，今儿若是你先将那二人打倒，我便将老二的位置让与你。"

那泥中鳅一听，一张瘦长的脸顿时露出一丝诡异的笑容，尖声道："好啊，老二，我便与你赌一把，你可要说话算数。我看便由大哥来做个证，如何？"那松上猿笑道："好，我便与你俩做个证人。"

他三人一边打斗，一边嘴里不闲着，浑没把眼前那几位中原武侠看在眼里。

武穆云与陆华春相互又望了一眼，同时抢进场内，其余人等也各持兵刃，加入战团。他几位一到，场面立时扭转，来自金国的那三位武功纵然高出一截，又怎能敌得过这十几位中原侠士的围攻，瞬间便被打得晕头转向，不住地向后败退。再看那边的花骨朵将军，原本皮笑肉不笑的一张脸这时已全无血色，他眉头紧锁，正欲命手下上来围攻，不过当他回头一望，又闭住了嘴巴，因为他只瞧见了一小群金兵在后面听令，人数少得可怜。花骨朵急忙向一名金兵交代了几句，那金兵答应着，骑马驰出梅林。

这一幕刚好被陆华春瞧在眼里，他凑到武穆云身旁，低声道："武兄弟，花骨朵派人去请援兵了，此处不可久留。"

武穆云点头，回剑挡开那地里兽抢来的一条钢鞭，又反刺松上猿的肩部，一招之间，便将他二位逼退数步，这才趁机大声喊道："众位哥哥，咱们快向山后撤离，以防金贼使诈。"说着第一个潜入梅林之中，司马文君紧随着也冲了进去，后面几位侠士也冲破金兵的围堵，陆华春舞动大刀断后。

花骨朵一见，便急道："小贼休逃，儿郎们快追。"忙指挥几十名金兵在后面追赶，无奈这些金兵武功平庸得很，哪儿还能追得上，只有那三位新来的汉子脚下功夫了得，紧追不舍。

众侠奔了一阵，见无法甩开对手，于是停下，与他三位激斗一番，将其打退，随后又再向山后撤退。

花骨朵见状，在后面发疯似地嚎叫道："你们这帮饭桶！快追上去！追上去！"蓦地里啊的一声，喊声戛然而止，只见他嘴中已多了一物。花骨朵伸手在口里一抓，只抓到满手稀烂，又觉满口苦涩至极，低头一看，却见满手尽是被捏烂的青梅子，不禁暴跳如雷，又是一阵咆哮。原来陆华秋随手摘了几颗梅子，听到那花骨朵正在后面乱喊乱叫，心中生气，便用力向后掷了过去，刚好送到那花骨朵的口中。

那金国帮手号称松上猿、地里兽、泥中鳅的三位，功夫果真了得，一路紧紧跟随，众侠曾几次停下与他们交手，均未能将其甩开。

武穆云心想："破裤子缠腿，这三位可追赶得紧呢！须先将他们打发了再说。"于是，在奔行之际，突然拔剑转身，向后面迎了过去，出其不意。那松上猿、地里兽、泥中鳅正自拼命地追赶，冷不丁瞧见一人手持宝剑，反杀奔过来，都吃了一惊。

那松上猿一举手中齐眉大棍，叫道："反贼，哪里走？"

武穆云道："你武爷爷今儿便送你几个金贼上西天。"说着，向前一纵，一招"扫荡群魔"，挺剑直刺过去。

松上猿抢大棍便欲横挡，却不料武穆云剑到中途，忽地手腕翻转，横向抹去，变成了一招"幻影留风"，一柄宝剑化成无数条剑影。松上猿一见，哪儿分得清剑中虚实，不禁心中发慌，挥过去的大棍立时止住，慌忙之间，身子向后急退，舞动大棍，欲在身前划成一圈棍花，以求自保。他使出此招，完全出于本能，以为只要将大棍舞得飞快，武穆云的宝剑便近不得他身，他如此想，可是大错特错了。

所谓棍有所长，必有所短。宝剑虽短，但这种利刃最擅长出其不意，迅疾灵变，削人手腕，乃之所长。那松上猿光顾着将手中大棍舞得正欢，不料双手手腕处同时一痛，"哐当"一声，手中大棍掉落在地，同时又觉双臂一软，低头一看，但见好好的一双手却只剩下一层皮与胳膊相连着——竟然被活生生地削掉，这时才感到撕心裂肺的疼痛。他大叫一声，昏厥倒地，人事不省。

地里兽见到此状，也大吃一惊，一指武穆云，失声叫道："你敢伤我哥哥！我与你拼了！"双手高举双鞭，便上来找武穆云拼命，就听身旁"嗷"的一嗓子，有一人连哭带喊地冲了过来。他定睛一看，正是三弟泥中鳅。泥中鳅平素最与那松上猿交好，此时见他被削断了双手，顿时红了双眼，发了疯似的冲将过来，舞动尖刺，拼命朝武穆云头上扎来，全然不顾什么招式。

陆华春也转回来助战，他怕武穆云吃亏，一挺手中大刀，忽地冲到武穆云身前，挡住了发了疯的泥中鳅，道："武兄弟，我来对付这条疯狗。"

武穆云道："好的，哥哥小心。"说着一挺宝剑，与地里兽斗在了一起。

这地里兽确实有两下子，手中两条钢鞭，钩、接、抵、压、挑、刺，耍得十分得体，看来得过名师亲传。若在平时，武穆云与他对敌，未必便能得到便宜，怎奈他适才亲眼见到同伴被打伤，气炸肝肺，头脑发昏，已然犯了兵家之大忌，一出手，便是连最得意的一套连环夺魂鞭的招式也偏了分寸，几手绝技均被武穆云轻轻巧巧地化解。他不禁心中纳闷："怎的鞭法不灵了？"这等情况以往从未有过，一颗心顿时急躁起来，拼命舞动双鞭，向武穆云身上招呼。

武穆云何等眼力，一眼便瞧出此人的致命弱处，心想："他殊死相搏，该如何胜他呢……有了！"手中宝剑倏地变得生涩起来，有几次，险些便被地里兽的双鞭碰飞。地里兽一见，顿时大喜，心想："还道我双鞭不行了呢，却原来仍是很厉害的，再加把劲，定会将这小子打倒在地，正好为我那大哥报仇雪恨。"不觉嘴角间露出一丝笑意。

武穆云一见，心想："狗金贼要上当了。"

这时，又见地里兽高举双鞭以一招"双风贯耳"，恶狠狠地向自己砸来，武穆云假装不支，叫了声："哎呀！不好！"转身便走。

那地里兽一心要为松上猿报仇，哪里肯放他走，双眼瞪得通红，大吼一声："小子，哪儿走？"舞动双鞭，上前便追，将到武穆云身后，双鞭带着风声，照准了武穆云的后脑便拍击下来。

武穆云在前正奔间，耳中听得身后动静，这时又听见双鞭砸到，却并不惊慌，猛地身子向下一蹲，手中宝剑平地里向后扫去，使的却是一招"下蹲扫剑"，招式虽属平常，威力却出其不意。那地里兽两眼光盯着武穆云的后脑勺了，没料到他会来这么一手，待到醒觉，已来不及。他双脚刚好跳离地面，武穆云宝剑已然削到，只听到哧哧两声，地里兽的双脚已然被齐刷刷地削掉。他扑通一声，便伏倒在地上，一声惨叫，昏死过去。

泥中鳅正与陆华春斗得激烈，他俩一个使刀，一个使峨眉刺。泥中鳅所使的峨眉刺比寻常的要大上一号，也长了一倍，简直像一柄长剑。他身手敏捷，时而如飞鱼走于半空，时而如泥鳅身子变得滑溜异常。陆华春刀法虽精，每次眼看要砍中对方，却都被泥中鳅以灵活巧妙的身法避了开去。陆华春也不禁暗赞这位泥中鳅功夫了得。他心想："还好现下是在陆上，若是换作了水中，我可万万不是他的对手。"

那泥中鳅本久居辽东，极少登陆中土，对中原武林也知之甚少，他与松上猿、地里兽三人横行于辽东已久，少逢敌手，被金人称为"金国三怪"，此番应了金国大元帅粘罕的邀请，这才千里迢迢地赶来，本想一出手，便可捉几个叛贼来炫耀一番，也赶上这三位倒霉，一上手便遇到武穆云等这些中原来的武侠，适才梅林里一番激斗，没能如愿以偿，已经令他三位在花骨朵将军面前失了面子，于是才穷追不舍，定要挽回些颜面不可。可令他们没想到的是，一交上手，便损失惨重。泥中鳅心想："不管怎样，这回一定要杀他几个，一来为大哥报仇，二来也好回去向大元帅交账。"

盘算已定，泥中鳅仿佛来了精神，他猛地向前一纵，手中峨眉刺连续刺出，以一招"灵蛇出洞"，指向陆华春胸前。陆华春见对手来招虽猛，但料定他中途必会变招，因而并未向旁躲闪，只是将大刀在身前一挥。果然，峨眉刺刺到中途，忽地往上一翘，在半空转了个圈，变成一招"乌龙摆尾"，反撩刺陆华春的咽喉。

陆华春身子并未移动，身后又上来了几位，却都是自己人。其中陆华秋关心大哥安危，急声叫道："大哥，小心了！"陆华春听在耳里，还是纹丝不动。后面的众侠心想："难道这金贼的第二招也是虚招？"眼见那长长的峨眉刺将到陆华春脖颈前，大伙不免为他担心。

果如陆华春所料，那泥中鳅刺在中途，突然向前一个跃冲，在半空陡然转身，暗度陈仓，峨眉刺忽然向下，猛地刺向陆华春的小腹。陆华春不待他的峨眉刺划转过来，忽地一侧身，一抖手中大刀，以一招"金猴摘瓜"，挥大刀，猛削泥中鳅的脖颈，此招乃是两败俱伤的招式。那泥中鳅此时双足还未落实，不及变招，但又不敢与陆华春拼个鱼死网破，于是急忙臀部使力，使一个千斤坠的功夫，不等双足落地，脚尖在地上一点，又使一招"猛龙过江"，峨眉刺转刺陆华春。陆华春见他攻来的招式之中，十招之间必有七八招是虚的，真乃是虚虚实实，真假难辨，若非他久在江湖，于各派的武功见识过不少，否则换作旁人，说不定就会被对手这虚中带实的招式所迷惑，败在其手下了。

众侠有心上来援手，又怕陆华春分心，纷纷为他捏了一把汗。正在这当儿，那一边，武穆云一剑削掉了地里兽的双足。地里兽一声惨呼传入泥中鳅的耳中。泥中鳅正挥刺格挡陆华春的一招"快刀斩乱麻"，听到叫声，心中一惊，微一迟疑，手中峨眉刺便慢了寸许。高手过招，性命系于一线之间，哪容得片刻差池。陆华春大刀便赶在峨眉刺之前，正扫到泥中鳅双目之上，顿时在他眼睛上划过一道血口子，连同双目一起。俗话道：双目连心，泥中鳅一声大叫，抛下峨眉刺，双手捂住双目，就地打滚。他那尖厉的惨叫声，回荡在旷野之上，久久不散。

武穆云等侠见这三位已然重伤，便不再理会，自顾自地向山后转去。几人脚下加紧，不一刻便又回到那片树林前，远远地望见几人伫立在当地。为首一位身着黄缎长袍，修长身材，面如冠玉，目若朗星，一绺垂须胸前飘洒，正是大哥信王赵榛。

武穆云抢上一步，一把握住信王双手，叫道："大哥，你们先到了！"

信王见他们安然无恙，自然高兴，不及细问，便道："回来就好，大伙都在林里等候多时，此地非久留之所，咱们边撤边谈。"说罢，领着众人进入林内。行过十几步，便见到几棵参天大树之下，横七竖八地倒着几位，正是其余几位结拜兄弟。

大伙见武穆云与陆家兄妹几人安然无恙地回来，纷纷站起身来，上前慰问一番。之后便收拾行囊，由信王领着，一路向山后行去。

武穆云向众人一望，不见了玉真门的王道长以及金门派的新任掌门赵风定。

那林如晦不见了师父，正自纳闷。信王道："王道长言道，身为修道中人，喜欢独来独往，乐得自在，因而先行离去，临行前让我转告几位道兄，说是要往燕京的万寿宫，将在那儿等着你们几位。"

林如晦等一听，便即告辞。信王见他思师心切，也不挽留。送走了玉真门弟子，大伙继续向山后进发。

此时已近黄昏，山道越发变得狭窄难行。行至一处斜坡上，信王便停了下来，他转过头，向身后望了望，但见四下里一片灰蒙蒙，空山寂寂，偶尔能听到几声鸟儿鸣叫。信王不禁长叹一声，心中思索："这儿距父皇与皇兄所囚之所近在咫尺，眼见有机会再相见，谁道老天偏偏爱捉弄人，最可恼的是那帮金国贼子太过狡猾，偷偷将父皇等人转移到了别处……"他挂念着父兄的安危冷暖，不禁暗自忧伤。

众侠见状，纷纷上前安慰。武穆云道："大哥，你也不必太难过了，好在兄弟我已亲眼见过两位皇上一面。只可惜，兄弟我本领低微，不能将两位皇上营救出来。所幸咱们已得知他们的所在，只要大伙齐心协力，就不愁救不出两位皇上。"

信王一听，伸手拍了拍他的肩膀，笑道："武兄弟，也不要太自责了，所谓谋事在人，成事在天，老天爷不想我父子兄弟相见，那也怪不得谁了。此事还须从长计议才是。"顿了一下，他又道："大伙累了一天，应该休息一下，我看此地地形不错，一时半会那金贼难以寻来，今晚咱们在此休整，明儿一早再商议对策。"

吴家兄弟便忙着为大伙准备晚饭，直到众侠吃饱喝足，这才休息。一夜无话，次日大伙醒来，往四下里一望，原来正身处在一片茂密的山林之间，向下面一望，也是林木繁茂，一眼望不到头。用罢早饭，大伙又聚在信王身旁，一起商议营救之策。

陆华春首先开口道："经过咱们昨夜这一番闹腾，金人损兵折将，恐怕那昊天寺的防备会更加严密，闹不好还会增加兵力，若想从容出入寺庙，可谓难上加难。"

马扩接口道："陆兄弟所料，我十分赞成，当下咱们最要紧的还是要打听清楚两位皇上的具体位置，以便接下来的行动得以实施。"他边说边转向武穆云，又道："此番还须武兄弟多受累，再去一趟这燕京城，找到那盖天大王，或许从他口中，可得知一些消息。"信王一听，也表赞同，道："那就烦劳兄弟再受累跑一趟，咱们原地等候听信。"

武穆云一听，当即站起身，道："信王大哥，兄弟我义不容辞。"当即收拾好行装。司马文君当然要一同前往，再加上陆家兄妹三位，还有那江南秀才冷云秋。

这时，董扬花上前对信王道："大哥，妹子对这燕京城十分熟悉，愿一同前往。"信王略一思虑，便欣然答允，于是凑足了七人，泰山派的李铁笛、太行派的徐江末、华山派的华无敌，自告奋勇愿往寺外作为接应，信王点头同意，于是一行十几人离了信王与弟兄们，一路下山去。

一路上还很顺利，并未遇到金兵拦阻。将到昊天寺附近时，李铁笛、徐江末、华无敌便留下来，武穆云等继续前行。又来到那片树林旁，武穆云叫大伙先藏好，他一人摸到林外，向昊天寺大门处张望，这么一瞧，所见情景却令他大为惊讶。只见两扇朱漆大门关得严严实实，门口原本站岗放哨的金兵此时已没了踪影。陆华春也凑了过来，两人互望一眼，均感意外。

武穆云小声向陆华春道："陆兄，看来这儿情况有变，咱们莫急着过去，先瞧瞧形势再说。"陆华春点了点头。两人俯低了身子，不敢贸然行事，生怕中了金人的埋伏。

又过了一会儿，就听吱的一声，那昊天寺大门被人从里面推开了。接着又听到有金属撞击的声响，门里出来了一个小僧，肩上挑了两只铁桶。武、陆二人一见，心里更加吃惊。

武穆云向陆华春道："陆兄，明明昨日这里还是满院的金兵，怎的此刻却一个也瞧不见了呢？不知金人在搞什么名堂？"又见那小僧嘴里嘟嘟囔囔地，似在咏颂着什么经文，肩上扛着那对大铁桶，一步三摇地顺着寺旁小道，径直往山后去了。

武穆云向陆华春一递眼色，两人一前一后，从侧面包抄上去。两人施展起轻身功夫，几个起落便奔到那小僧身后。他二人身法轻捷，那小僧并未察觉，。又转过一条山坳，武、陆二人同时抢上，拦在路中间，挡住了那小僧的去路。

那小僧正自优哉游哉地上山，一抬头，突然发觉面前多了两名汉子，不禁吃了一惊，当啷一声，抛下扁担，扭头就跑。武穆云哪容他逃脱，一个箭步冲了上去，抓住了那小僧的一只手臂，向身边一带。那小僧"哎呀"一声，叫起痛来，也止了脚步，口中呼道："二位爷，不关小的事，小的是寺中的小和尚，上山挑水吃来着。"

武穆云一听，与陆华春相视一笑，道："这位小和尚，莫要害怕，咱们截住你，只为打听一件事情，别无加害之意。"

那小僧一听，这才定了定神，又上下打量了武、陆二人几眼，满脸恐慌之色，道："不知二位施主有何指教？"

陆华春向他一拱手，道："敢问这位小和尚，是在这昊天寺出家的吗？"

那小僧连忙腾出另一只手，在胸前合十道："阿弥陀佛，正是。"

陆华春又问："这几日，有两位大宋的皇上被关在了寺内，请问可有此事？"

那小僧一听，犹豫了一下，这才开口道："贫僧倒有耳闻，只不过未曾亲眼见过，只因贫僧年少职微，寺中大事无法得知。"他顿了一下，又接着道："不过，这几日倒是听寺内几位大师兄背地里议论此事来着，说什么那金人押了许多大宋的官员和宫女到了本寺，其中还有当今大宋朝的两位皇帝。我一听，便吓了一大跳，你想，咱们昊天寺地处燕郊，也不是什么太有名的寺院。自从金兵来了以后，便沦为他们的营地，平日里端茶倒水、烧火做饭，净干些伺候人的活，稍有差池，还少不了被这些金兵军官责骂。不过现下好了，昨天晚上，那些金兵不知怎的，竟一个个不声不响地收拾了铺盖卷，离开了咱们昊天寺，不知他们要到什么地方去。至于其中是否有那两位大宋的皇帝，贫僧并非亲眼所见，可就无可奉告了。"

武、陆二人一听，又相互对望一眼，对这小和尚之言毫无怀疑，看样子，这昊天寺的金人确已走光，而两位皇上也不知了去向。

武穆云弯下腰，拾起掉落在地上的扁担与铁桶，重新帮小和尚扛在肩上，然后略带歉意地道："多有打扰，还望别见怪，这就告辞。"

两人又回到树林里，大伙商议了一下，决定先派人将此事告知信王，以便他早做准备。陆华春转头对他妹子陆华影道："妹子，你回去一趟，将此事告知大哥。"

陆华影领命，返回去给信王送信，其余等人决定去找那位盖天大王。武穆云道："我曾与那位盖天大王约好，若有事找他，可往燕京城的烟花之地怡香院。"于是大伙一路打听着道路，直奔燕京城而来。

等到得城门外，大伙顿时傻了眼，但见城门外，里三层外三层，站满了金兵，一个个挎刀拎枪，还不时有金兵在城墙外来往巡视，看来金人加强了戒备。再瞧城门口处，有几名金兵在对来往百姓进行盘查。众侠无法，只好远远地停住，商议进城之策。

陆华秋开口道："金贼加强了防备，硬闯是行不通的了，须得再想别法。况且咱们各位都与金人打过交道，极易被他们认出，到了那时，可麻烦得很嘞！"说着转头看着武穆云。

武穆云低头想了一下，又摇了摇头，又将目光转向陆华春。陆华春并不答言，却瞧向一旁的女侠董扬花，似乎已经想好了进城的妙计。董扬花见陆华春望向自己，已明其意，于是开口说道："陆大哥，武兄弟，本姑娘愿意上前一试，或许可以助大伙进城。"

武穆云半信半疑，尚不相信她能助大伙进城，但见董扬花说得这么肯定，知她必有把握，于是道："还请董女侠多加小心。"

董扬花点头答应，她整了整身上的衣衫，又将满头乌发盘起一个发髻，还在上面插了支玉簪。这时，司马文君取出随身携带的几件饰物，帮着她戴在身上，董女侠顿时摇身变成了花枝招展的模样。

当下，董扬花头前开路，众侠后面跟随。将到城门前，只听到一声大喝："干什么的？统统下马检查！"随着话音，迎面走过来一胖一瘦两名金兵。

那头前的胖金兵肥猪般的大嘴一撇，斜着眼扫了董扬花一眼，顿时咧开一张肥嘴，露出满口的黄板牙。他往嘴里咽了口唾沫，声音变得温和道："原来是位漂亮妹子，来咱们燕京城有何贵干？"

董扬花早料到他会如此问话，于是将心中盘算好的计策抖将出来，她上前一步，向着那胖子稍稍一屈身，道了个万福，然后轻启薄唇，柔声道："小女子向官兵大老爷请安了。"

那胖金兵一听，脸上早已乐开了花，连声道："不，不必客气。"又道："不知这位小妹子，要去往城内何处？"

董扬花答道："哎哟！大爷不知，那也有情可原，咱们便是千里迢迢从东北来到此地，所为的，便是去投奔我那日思夜想的情郎哥哥。听说他就在燕京城中，别人都管他叫作什么盖——对，盖天大王，请问官爷，你可识得此人吗？"

那胖金兵本来瞪着一双色眼，突然耳中听到"盖天大王"四字，顿时脸色大变，一张肥脸霎时变成了暗紫色，又从紫转为绿，身子微微发抖，牙齿上下打战，哆嗦着道："我——我，这位原来是少奶奶驾到了，小的不知，实在该死，小的实在该死，我这就带少奶奶去见咱们大王千岁去。"说着，低着头、弯着腰，上来将马缰从董扬花手中接过来，又服侍她重新骑上马，亲自在头前牵马引路。

那胖金兵朝后面扫了一眼，见是几个武林打扮的汉子，也不敢多问，还以为是这位少奶奶随身带来的保镖随从呢。另一个瘦子金兵一见，也不甘示弱，抢到董扬花坐骑的另一侧，以示护驾的忠心。这两位心中的打算便是，将这位大王的少太太伺候满意了，她若在盖天大王面前给美言几句，日后升官发财，自不在话下。如若一个不小心，惹恼了这位女煞神，那可是吃不了要兜着走啦。搞不好，那杀人不眨眼的盖天大王一恼之下，乖乖！他二位头上这两颗脑袋可就保不住了。

武穆云见此情景，心想："正好由这两个傻蛋头前带路，可少了一路上许多麻烦之事。"

果然，又碰到几拨巡逻的金兵从身边经过，都错将众侠当成了某位将官的家属了，哪儿还敢上来盘查。一行人在燕京城中东转西拐，不大工夫，便行到一座营寨之前。但见那营寨四外均由高大的栅栏围住，里面大大小小尽是营帐，参差不齐，营门口有持枪的金兵把守着，见到那胖、瘦两个金兵时，便上前敬礼道："哟，原来是两位把总，要见咱们大王吗？"

那胖子鼻子哼了一声，向后一指，道："这几位是咱们大王的亲戚，从大老远辛苦赶来，为的便是要见咱们大王本人，你等快快引路，带他们前往大王那儿。"

那些金兵一听，向后一望，但见后面几位，男的英武，女的俊俏雍容，绝非泛泛之辈，不敢怠慢，当即答应一声，将几位让进营内，随即头前引路，直奔中军大帐而去。

约莫行了一盏茶的工夫，已来在帅帐之前。帐前有两名金兵左右把守，见到众位，忙上来询问。那胖金兵低声问道："大王可在帐里吗？"一名金兵答道："大王正在歇息，外人不可打扰。"那胖金兵又道："这后面几位是大王的亲戚，大老远来见咱们大王的，还望给通禀一声，以免耽搁了相见。"那金兵一听，向后面一张，连忙伸了伸舌头，说道："不早说，我这就进去向大王禀报。"说罢，便转身走入营帐。

时候不大，就听有人打着哈欠，一路哒哒地行来。人影一晃，已在营帐之前，正是那位名叫赛里的盖天大王。武穆云紧上前几步，叫道："大叔，不认得小侄了吗？咱们从家乡来看你来啦。"

那盖天大王睡眼惺忪地向武穆云滴溜溜转了几下小眼珠，脸色微变，随即又恢复了常态，笑道："啊！原来是侄儿来啦！可好得很呢！"董扬花假装娇媚之态，上前道了个万福，娇声道："大王，小女子拜见大王千岁。"

盖天大王又是一愣，随即会意，当即抢上一步，一把拉住董扬花白嫩的小手，笑道："哎哟，这些日子，可把本王给想念死了，快，快进帐内说话。"说着，便拉着董扬花往营帐里去，还不时贼溜溜地向她瞄去，嘴里发出啧啧赞叹。

到了帐中，盖天大王在居中一把虎皮交椅上一坐，众人分坐左右。这时有金兵端上茶果点心，又在各人面前的茶杯里倒满了茶水。那盖天大王大手一挥道："都下去吧，没要紧事不要进来，以免妨碍咱们谈话。"那些金兵应了，慢慢退了出去。

待金兵走出帅帐，盖天大王这才向武穆云低声道："你几个忒胆大了！竟敢明目张胆地在咱们眼皮子底下出入，可连命也不顾了吗？"武穆云知他并非危言耸听，低声道："事出紧急，不得已而为之，特有一事要向大王问询。"

那盖天大王眼皮眨了眨，问道："不会还是为那两位皇帝的事吧？我这几日，刚好也听到了一些消息，正好告知几位。"武穆云一听，大喜道："请速速讲来。"

那盖天大嘴一张："几位此番若是专为来燕京城找寻那两位皇帝，那可是要竹篮打水一场空了！"陆华春一听，急道："此话怎讲？"

盖天道："不瞒几位，那些宋人俘虏早在一天前，便被押着出了燕京城，往东北方向的中京去了。这燕京城内，如今已无一个宋俘。"武穆云一听，这才醒悟，自言道："怪不得，咱们去到那昊天寺，寻不到金兵的踪迹，却原来都已出了城，往北去了。"当即问道："你可知他们走的是哪条道路？"

盖天一听，头摇得跟拨浪鼓似的，连声道："这个，这个，本王可就无从得晓了，只知道本次负责押解的将官，乃是元帅的两位公子野马与斜保。另外几位，想必你也识得，其中便有那武功极高的沙无尘国师。"他说罢，向众侠望了望，接着道："不是我瞧不起几位的武功，凭区区您几位，要想在中途拦截救人，恐怕只比登天还难。"

武穆云等人一听，知他并非大话唬人，没有与他争辩。既然二帝已然北去，待在燕京城中已无意义。武穆云当即起身，向盖天大王一抱拳，谢道："多谢盖天大王告知消息，此处非久留之所，告辞。"

那盖天一听，也不拦着，正欲起身相送。陆华春突然想起一事，忙止住各位，他向盖天大王道："慢！"盖天大王一愣，问道："陆壮士，有何指教？"陆华春道："还请大王辛苦一趟，护送咱们出得城去，免得中途多生枝节。"

盖天一听，觉得甚有道理，当即点头答应。他大声呼道："来啊。""哗啦"一声，门帘掀处进来几名金兵，一起拜倒在地，大声呼道："大王有何吩咐？"盖天道："本王今日要陪着几位亲戚出城去赏玩一番，你等快去准备马匹行装等物什。"那金兵答应一声，便欲出帐。又听盖天道："慢，还要些牛羊肉等食物，以备途中吃用。"那金兵应了，出帐准备不提。

一切准备完毕，由盖天大王头前带路，武穆云等人在后面跟着，出了营寨，一行人慢慢腾腾地向城门方向行去，一路上倒还顺当。那些金兵见这位盖天大王阴沉着脸，哪里还敢惹他，早早地避开了。如此便来至门前，抬头一望，不禁都怔住了。但见城门口处，旌旗招展，一队队金兵排列齐整，各持刀枪，严阵以待。当中是一位金国将官，骑着高头大马，手中拎了条大枪，一副威风凛凛的样子，挡住了城门出口。

盖天大王识得这位金国将领，此人乃是燕京城门守备，名叫完颜旦，手中一条大枪，有万夫不当之勇，于是不敢怠慢，一催坐骑，当先上前，口中嚷道："原来是完颜贤侄，怎的今儿有暇，亲自守门来着？"

完颜旦一看是他，当即将手中大枪挂在马鞍桥上，飘身形，跳下马来，紧走几步，躬身道："侄儿拜见王叔，王叔不在帐中歇息，怎的亲自来到这里，是要出城吗？"

盖天大王一捋本不很多的胡须，笑道："正是。"他向后面一指，接着道："这些是我在东北的一门远房亲戚，特地大老远来看望本王的。我嫌燕京城内太闷，便想带他们出城去踏踏青，也好趁此机会舒展一下我这把老骨头，不想事也赶巧，在此与贤侄你遇上了，呵呵！"

那完颜旦一听，伸颈向盖天身后众人一望，见有男有女，均作武林人士打扮，不禁眉头微皱，心下生疑。但他身为晚辈，职位又比盖天大王低了许多，不敢冒犯，怔了一下，便即道："既是王叔的亲戚，那也是侄儿的亲戚，侄儿恭送王叔出城就是。"说罢，手一扬，"呼啦"一声，金兵左右一分，中间闪出一条道路来。

盖天大王一见，心中暗喜，手中皮鞭在马臀上一挥，那马四蹄蹬开，直向城门而去。武穆云、陆华春等人也连忙催动坐骑，紧紧随在后面。完颜旦送出城门一程，这才与盖天大王作别，自回城里去了。

盖天大王见他行远，这才长出一口气，转头对武穆云道："适才好险，亏得我与他有些私交，他才没找麻烦。"武穆云问道："这个完颜旦只是大王手下的一名把总，大王为何还要惧他三分？"

盖天一听，道："武壮士，你有所不知，这位完颜旦现下虽只是一名把总，但他可跟咱大金国皇亲沾着亲，后台硬得很嘞！"武穆云一听，知道此中细节不便多问，于是谢道："此番多谢大王相助，这就告辞。"

盖天大王也不挽留，向众位一抱拳，圈转马匹，自向北去了。武穆云知他心意，要避开完颜旦，另寻他路进城，当即与众侠寻着道路，前去与信王等兄弟会合。

此刻信王正等得心焦，见他们回来，这才放心，急问端详。武穆云便将诸般情由一一道来。信王听完，不禁十分吃惊。他静立半晌，怔怔地发呆，心中浑想不到金人行动会如此迅速，提前将父皇与皇兄诸人押往中京去了。

最后，信王叹了口气："真是万事难料！这定是因咱们前日在昊天寺大闹了一场的缘故，使金人起了疑心，他们不敢在此久驻。唉！想那中京之地，迢迢千里，中间又隔了千山万水，据说还有沙漠与沼泽，咱们不识得道路，正所谓差之毫厘，谬以千里，一旦走错了路，恐怕永远也难以追上啦！"众人一听，都低下头去，苦思良策。

便在此时，忽听山腰下传来一阵马蹄声，似乎正向山上而来，隐约又听见有无数声音在喊着："莫放跑了宋朝奸细！""儿郎们，冲上山去，活捉宋贼者，大王有赏哪！"

众侠一听，均各吃惊。武穆云心道："不妙！难道是那盖天背地里遣人上山来捉我等？"又一想："不能！他既要捉拿我等，适才在营中便动手了，又何必送我等出城呢？此事定有蹊跷。"于是一纵身，攀上了一株大树，向山下眺望。却见青山叠嶂之中，有无数身穿金国戎服的官兵，正吆喝着向山上冲来，确信是金兵无疑。

武穆云大惊，急忙溜下大树，将所见向信王告知，信王等人也均各吃惊。信王问道："金兵约有多少？"武穆云答道："约莫在五百人。"

信王道："敌众我寡，只可智取，不可硬拼。"他又向山下望了一眼，见左首处有一片洼地，正好夹与两山之间，地形狭长，洼地两侧都是陡峭的崖壁。信王心想："若在此把守，可说一夫当关，万夫莫开。"不禁心生一计，招呼武穆云、陆华春等几位过去，将所想计策讲了一下，众侠皆赞同。事不宜迟，当即准备，不到一炷香的工夫，一切安排妥当，只等金兵上来。

那攻山之人是一伙金兵，为首之人的确不是盖天大王，而是镇守城门的那位完颜旦。适才盖天大王领着武穆云等人出城之时，他就怀疑上了，只不过碍于盖天大王的情面，不便当面盘查。自与盖天大王分手后，他并未立即回城，而是偷偷地在后面盯梢。待到那盖天大王与众侠分别，向北离开后，这家伙心中更加起疑。直到看见众侠取道向山上奔去，完颜旦心中立时雪亮，心想："果然不出所料，这些都是宋国来的反贼。"于是派人调来一队城内的士卒，一声号令，亲自指挥着向山上攻来。

完颜旦一抖手中大铁枪，大声喊道："儿郎们，冲！活捉了这帮反贼，大元帅大大有赏！"那些金兵一听，顿时来了精神，纷纷向山上抢去。将至半山腰时，猛听到有人大喝一声，"呀呔！"在前面阻住了道路。

完颜旦奔到队伍前头，未及抬头，先喝一声道："什么人如此大胆，竟敢拦住大金国的队伍？"举目观瞧，但见山谷口处正站立着一大汉，粗壮身材，黑面阔口，一脸络腮胡，犹如一尊铁塔。又见这大汉双手各持一柄黑黝黝的板斧，斧刃磨得锃光瓦亮，在日头下霍霍放光。那大汉将双斧在身前一错，两斧相交，迸出无数火星，大声喝道："来人听好了，此路是我开，此树是我栽……留下买路财。"

完颜旦一听，差点没背过气去，他大喝一声，破口骂道："大胆毛贼，竟敢光天化日之下，孤身拦截你家将军，可长了几颗脑袋？"说着，一抖手中大铁枪，上前便是一招"平心刺枪"，分心刺向那黑大汉。

那黑大汉一见，叫了声："来得好！"双斧向来枪杆上一格，斧枪相碰，发出震天般的响声，只震得二人不住地后退，手中各自兵刃忽地向外荡开。两人脸上均现出诧异神色，暗自敬佩对方神力。

完颜旦心中更加诧异，心想："瞧这黑汉子，身材并不算高大，怎的会有如此神力？想我完颜旦在大金国，也可算得上一等一的神力男儿，想不到刚来这中土之地，便遇到这么一个厉害的对手！"这时他才感觉到双手虎口处一阵酸麻，再不敢大意，当即运足了气，拧枪又是一招"青蛇摆尾"，大枪直刺黑汉子的小腹。他的大铁枪犹如一条长蛇，招数狠辣，端的是迅捷无伦。

那黑大汉也是一样的想法，这时见完颜旦又挺枪刺到，不敢再与他硬拼，将身子向旁猛地一侧，让过大枪来势，双斧忽然在枪杆上一搭，同时双足用力，身子向前一纵，斧随身走，双斧直削那完颜旦持枪手腕。完颜旦一见，又是心惊，眼见对手斧刃便要砍中左手，撒枪已然不及，只好撒开持枪杆的左手，单以右手握枪，却使出了一招"织女穿梭"，大枪在身前一跳，猛向那黑大汉当胸刺去。那黑大汉一见不妙，改使一招"霸王举鼎"，双斧向上一架，同时身子向后急纵，便架开了完颜旦大铁枪的直刺，同时耳听当当数声，斧枪连续相碰。一瞬间，双方持续交换对攻了两招，又倏然同时向后面跃开。

站定之后，相互凝视片刻后，又同时大喝一声，挺枪举斧又斗在了一处。那后面的金兵同声呐喊了起来，使劲地为自家将军打气助威。相比之下，那黑大汉则显得孤立寡与，但这并不影响士气，他两柄板斧上下翻飞，指东打西，越战越勇，口中也不闲着，不时叫道："看招！好小子！认栽了吧？"惹得完颜旦恼怒异常，不住地催动手中大枪。

他开始施展平生最得意的"少林十三夺命枪"，一招紧似一招，一招快似一招。那黑大汉被攻了个措手不及，不断地向后倒退，两只板斧在身前舞得密不透风。但无论他怎样拼命，却无法抵挡完颜旦凌厉的攻势。眼见便要被大枪刺到，只得双斧虚晃，一个箭步向后跃开，发足向后面山谷中逃去。他边逃边嚷："喂，金国小子，有种的便追你家爷爷，咱哥俩再斗上五百回合！"

那完颜旦正打得起劲，哪里肯放过，撒腿在后面就追，口中呼道："好个黑小子，往哪儿跑？你家爷爷今儿不活捉了你，誓不罢休！"那些金兵哪敢落后，争先恐后地涌入山谷之中。

转过一个山坳，但见前方山路越发狭窄。完颜旦一边追赶，一边向前观看，但见前方一个黑点时隐时现，正是那黑大汉。他高声叫道："小子，哪里跑！"从背上取下一张硬弓，又从背后箭囊里抽出一支羽箭，搭弓瞄准了黑大汉的背影，"嗖"的一声，一只羽箭射将过去。完颜旦何等神力，只听到羽箭发出呜呜的破空之声，眼看便要射中黑大汉的背心。谁知前面正好出现一处拐角，那黑大汉身子一晃，便不见了踪影。当的一声，羽箭射到崖壁之上。

完颜旦心中叫一声可惜，这才注意到两旁尽是陡峭的山岩，他不禁一惊，适才只顾追赶了，全未留意四周情景，浑没想到自己不自觉间闯进了一处险地。

他自幼熟读兵书，深知穷寇勿追以及绝山低谷的危险，不禁又回头一望，顿时连连叫苦，手下一帮士卒也连滚带爬地尾随而至。完颜旦心知不妙，急忙转身向回奔去。

那些金兵正奔得急，陡见他们的头儿又奔了回来，并且双手连挥，示意回撤，不明其意，只好照办，于是前队变后队，掉头向后撤。哪料到这山谷地势如此狭小，加上命令一时难以传达，顿时乱作一团。完颜旦心中焦急，在后面大声喊着："儿郎们，快撤出山谷去，小心中了贼子的埋伏！"

一个"伏"字还未说完，头顶传来一阵咕噜噜的响声，完颜旦抬头一看，直吓得他目瞪口呆。但见无数块巨石正从两侧山崖上滚落下来，带动岩壁上的碎石纷飞，好似下了一场石雨。

完颜旦叫了声："我的老天爷啊！"再也顾不上那群金兵，又掉转头，继续沿山谷向深处冲去。身后传来一片哭爹喊娘的惨叫声，自然是金兵被大石砸中时所发。

完颜旦吓得面如土色，拼命地向前飞奔，渐渐地，巨石落地所发出的轰隆声以及金兵的惨叫之声变得越来越微弱。直到此时，完颜旦才放慢了脚步，他定了定神，四下里一望，却发觉自己仍处在谷中，四面尽是高耸陡峭的崖壁，前面有一条小路，却窄得出奇，只可容下一个人通过。他正欲奔上小路，猛地听到一声轰鸣，眼前尘烟滚滚，无数山石又从天而降，将前面的小路堵得严严实实。完颜旦这一惊非同小可，正要再往后奔逃，谁知刚迈了几步，又是一阵乱石雨，前方转眼又多了一堵石墙，将撤路堵住。前后石墙高几丈，即便武功再高、轻功再强，也绝难飞跃过去。

完颜旦被困在石墙之间，倒是冷静起来，稳定一下心神，向四周倾听了一会儿，心想："这必是那伙宋人干的，我须得尽快出去。"他将大铁枪别到了背上，来到乱石墙跟前，双手攀住一块岩石，手脚并用，慢慢地向上爬去，每上一步，都须格外小心，生怕一失手，上方的巨石滚落下来，将他瞬间砸成肉饼。

正爬行间，忽听头上有人哈哈大笑，完颜旦抬头一看，却见在上方不远处的山崖顶上，正站着十几人。当先一位黄袍白面，相貌堂堂，手握金剑，正自张嘴向他笑着。完颜旦不识得信王，却瞧见了信王身后的那个黑大汉，正是适才追赶之人。

完颜旦不禁勃然大怒，开口道："上面是何人？竟敢如此大胆，陷害本将军于此！"

信王止住笑声，并未答话。那黑大汉正是赵邦杰，他抢着答道："好狂的金贼！死到临头，还敢嘴硬！识相的赶快抛下兵刃，在地上磕几个响头，向爷爷我求饶，或许可以饶尔的狗命。"

那完颜旦一听，在地上啐了一口，然后说道："大胆毛贼，适才是你侥幸才得以逃脱，现下又要劝本将军投降，没门儿！除非你将本将军杀了。"

信王冷笑一声，朗声道："这位金将，识时务者为俊杰，你还是考虑清楚了再拒绝不迟。"

完颜旦不加理会，继续奋力向上攀爬。赵邦杰对信王道："大哥，这真是好言难劝该死的鬼，时间紧急，不容耽搁，快放火烧死这金官。"

信王一听，有些不忍，犹豫一下，终于还是点了点头。

赵邦杰道："大伙扔柴火。"当先扔下一捆干柴，众侠七手八脚，将一捆捆柴草扔下崖去，瞬间便在完颜旦四周围成了一座柴火垛。紧接着几支火箭划向谷底，干柴遇到火箭，瞬间便燃烧起来。再看完颜旦，已被笼罩在一片火海之中。

信王见状，将手一挥道："咱们去吧！"率众侠一路循着山道，向东北方向撤去。走了一程，武穆云禁不住回头一望，但见后面的山谷中火光四起，心想："这完颜旦定是已被烧死了。"正想间，忽感脖颈上一凉，伸手一摸，湿漉漉的，抬头一望，天色不知何时已变得阴暗起来，原来下雨了。

片刻后，瓢泼大雨倾泻直下。众侠无法再行赶路，只得暂时到近处石崖下避雨。陆华影清脆的声音叫道："这雨来得好快！不好，这大雨一来，岂不便宜了那金贼啦，雨过火灭，恐怕一时烧不死他。"众侠一听，才记起此事。信王道："老天爷不让他死，咱们也没法子，这就看他的造化了。大伙还是赶路要紧。"

行过一个时辰，雨小了许多，山林中的雾霭，经过大雨的洗礼，已烟消云散，周围一切都变得清澈起来，空气也格外清新，鲜花更加娇艳，不时有小鸟在林间发出婉转的鸣叫。附近突然传来一阵悠扬的笛声，众侠四下一看，原来是那位江南秀才冷云秋在吹着铜笛，正欣赏间，忽听又有另一支笛子吹奏同一首曲子，两笛交相呼应，顿时将笛曲变得浑厚悠长。众侠一望，乃是李铁笛吹奏一只铁笛。两件杀敌的兵刃，此刻变成悠长的管弦。信王见了，不胜感慨。众侠沉浸在笛音之中，全然忘却他们刚刚经历过了一场殊死搏杀。

这正是：

> 昊天寺外青峰奇，
> 中原将儿斩荆棘。
> 巨石砸扁金戈马，
> 野火烧尽铁蹄痕。

第十七章

雪夜擒金将轻过北长城
河岸遇伏击血战松江鬼

秋去冬来，不觉间北国大地已被满目枯黄之色所替代，燕子已经南飞，只剩下成群的麻雀，还兀自在田野间叫个不停。

这一日，在靠近北方边塞的一座小镇上，来了二十几位武林人士，他们骑在马上，身上沾满了尘土，一眼便知是从远道而来。这伙人行到一家饭铺门前，纵下马来。早有饭铺的伙计迎将上来，口中叫道："几位客官，快请进小店吃饭歇息嘞！"

来人之中，当头的是个高大的汉子，头戴虎皮毡帽，身披黄缎锦袍，脚蹬翻毛皮靴，腰间还挂了一把金光耀眼的宝剑。这汉子向店小二一抱拳，道："正要叨扰。"说着，将马缰交给店小二，迈步走入饭铺。随行的一众男女，也跟着进了店。

此店的主人是个干瘦的老头儿，一见来了这些食客，不禁面露喜色，赶紧张罗。不一会儿，一碗碗热气腾腾的茶水，端到了桌上，请客人们喝茶暖身。这是冬季的一个午后，但外头仍是寒冷，好在店铺里已生了炉火，里面暖烘烘的，倒是舒适。

那为首的黄袍汉子将毡帽取下，放到桌子上，伸手捋了几下散乱的头发，这才转向身边一个年纪稍轻的汉子，说道："武兄弟，咱们这一日一夜的赶路，连一顿热饭也未来得及吃，今儿大伙可要吃饱喝足，再睡它一觉，明日再赶路不迟。"那年轻汉子一听，忙应道："信王大哥所言极是。"

这时，又一位年轻的汉子接口道："我举双手赞同。店家，快做些热汤热菜来，给咱们吃用啊！"那店家在后厨应道："几位客官莫急，这就上菜上饭哪！"但见伙计一手托着一只大木盘，上面摆满了热腾腾的饺子，后面跟着那名店家，也是双手各端着一只木盘，四盘饺子便摆在众人桌前。大伙一见，胃口大开，纷纷抄起竹筷。

这些客人正是信王等人。那一日，信王等众侠出了燕京城，一路北上追寻二帝，历经数月之久，夏过秋至，秋去冬来，眼看着路边的大树叶子，由绿变黄，直至凋落，便是呼啸的北风接踵而来。众侠此时更换了棉装，又去市镇上新置了马匹，以便路上换乘。又行了几日，天上时而会飘下鹅毛般的雪花来，一连数日不见有停下的迹象。四野便笼罩在茫茫白雪之中，道路变得愈发难行，一日里只能走十几里地。众侠心中焦急，一路上人烟稀少，村镇大多经过战乱，房屋毁坏，路上尽是逃难的百姓。

信王见众人已吃饱了饭，向店家算清了饭钱，随口问道："这位店家大哥，在下有一事相询，不知当讲不当讲？"那店家收了银两，道："客官有话请说。"信王问道："向您打听一下，前些日子，可曾见过一伙金兵押了许多宋人打此处经过？"那店家一听，脸色微变，四下里一望，见店中并无旁的客人，随即放心。他疾步走到大门口，将店门关严，这才走到信王近前，低声道："客官要打听的，可是一队金兵押解着百来名宋国宫女的事吗？"

信王一听，喜道："店家可曾见过他们？"

那店家道："见过的！见过的！"他顿了一下，双眼又四外望了望，这才接着道："那可是半月之前的事了。记得那日一大早，我刚打开店门，还未及挂好门闩，便听到镇西头一阵人喊马嘶，镇中百姓被吵醒，纷纷出来观瞧。时候不大，就见一队金兵趾高气扬地开了过来。我觉得好奇，便也凑上去看热闹。却见那队金兵少说也有几百号人，都骑着高头大马，手中端着铁家伙，凶神恶煞一般。在这些金兵中间，围着十几辆骡车，车窗均用黑色帷布遮得严严的，瞧不见里面的情景。骡车行得很慢。镇里百姓见来了这么多金兵，起先十分害怕，后来见他们只是路过，便打消了恐慌，纷纷围观，有的还对那些骡车指手画脚，议论纷纷。我感到奇怪，再凑近一瞧，原来那些骡车后面，竟然还跟着许多身穿艳丽服饰的女子，有老有少，都是宋人打扮。我心下生奇，心想：'怎的金人押了这么多女子过来？应该是要送给北面的金国大王做妃子吧！'这时那些女子已行到眼前，我仔细一瞧，更加诧异——她们的相貌都十分俊美，就连那些年岁稍大的，也是非一般的端庄雍容。看来这些女子绝不是来自普通百姓之家，但瞧她们身上，衣衫不整，大多都已破旧，布料却是极为华贵的绫罗绸缎。我正纳闷间，有金兵大声呵斥道：'混账！快闪开道路！别耽误了爷爷们赶路！'围观百姓一阵大乱，纷纷避让。我赶紧躲回小店，闩上门，正自心神不安，就听有人砸门，一个金人嚷道：'开店的，快开门！'我赶紧又打开店门，只见两名金兵正瞪视着我。一个向我一指，道：'咱们大将军要吃饺子，你，开店的，快将上好的饺子煮好端过来。'我这才缓过神来，连忙答应着，一溜小跑地去取饺子，将店里所有的冻饺全部拿了出来，煮了十几大盘子，送到金人那儿去了。唉！这些狗娘养的，白吃了咱们的饺子，连个铜子儿也没给呢！"

信王听他讲述完毕，于是便问道："请问这位大哥，这伙金兵，后来是朝哪个方向去了？"

那店家想了一下，这才答道："我与伙计送完了饺子，便回到店里，闩好了门，再也不敢上街。到了次日清晨，听街上已无动静，才小心翼翼地打开店门出来查看动静。你猜怎么着？敢情这些狗娘养的金兵，昨晚便悄悄地顺着大道向北去了。我猜他们必定是过前方那片山峦，然后翻过那处的一道城墙，最后进到那片沙漠不毛之地。"

信王一听，忙问："此话怎讲？"店家答道："客官有所不知，那城墙外的大沙漠，咱们当地百姓都管它叫作死亡之地。方圆八百里，不见人烟，以前有许多人想穿越过去，每次不是被狼吃了，就是迷了路，再也回转不来。"

信王一听，道："有这等地方？"他略微迟疑，随即起身向那店家一拱手，道："多谢店家大哥指教，咱们这便告辞。"说完，领着一众兄弟出了饭铺，上马寻道向北而去。

那店家见他们果是要北上，不禁喃喃自语道："又是一伙不要命的主！"

信王诸人正向北飞驰。信王心急火燎，边骑马边对身边的武穆云说道："武兄弟，听那店家所言，父皇他们已离开此处半月有余，咱们须得日夜兼程，方可有希望追上。若是赶在他们进入大漠之前，或许还算幸运。一旦金人进到大漠深处，那可难寻得很呢！"

武穆云点头道："大哥不必过忧，以咱们的行速，轻装快马，自然可比骡车快上不知多少倍。小弟现下只担心咱们走错了方向。"

信王一听，点头称是，继续向前赶路，越到北边，天气越发寒冷。又赶上了雪天，道路湿滑，行速变慢。

这一日，便来到一条大河之前，远远望去，见河面白茫茫一片，蜿蜒伸向东南。此刻河面早已结冰。马扩与赵邦杰当即跃下马来，下到河面之上，试探河冰的厚薄，见那冰冻得十分厚实。赵邦杰还在冰上使劲跺了几下，冰层纹丝不动。他向后面一招手，嚷道："大哥，兄弟们，冰冻得很实，正好踏冰过河。"

信王抬头向对岸一望，但见白皑皑一片，远处山峦高低起伏，于是说道："大伙先行过河去，到对岸稍作休整，再赶路不迟。"众侠答应一声，纷纷跃下马来，牵马过河，缓慢地向对岸行去。

刚行到河中央，猛听得对面一片干枯的芦苇荡中喊声大作，一阵沙沙之声过后，从芦苇中钻出许多脑袋来。信王等大惊，停步细瞧，却见一个个身穿金国戎装，手持刀枪，一伙金兵陆续从芦苇中张牙舞爪般冲杀过来，还不断地叫嚷道："冲啊！杀啊！活捉宋国的奸细啊！"众侠各拔兵刃，护在马前。此刻退回河岸，已然不及。

众侠只得在河中央原地围成一个圆圈，各人面向外，让马留在圈内，组成一个临时的阵营。眼见那伙金兵直扑过来，为首的金国将领生得十分臃胖，黄面皮，小脑袋，圆肚子，远远望去，活脱脱一个大葫芦。这人手中握着一把钢叉，瞪着一双小眼睛，叫嚷着向这边冲来。

武穆云一见，当先迎将上去，一挺手中宝剑，一招"扫荡群魔"，拦腰向那金将削去。那金将正奔得急，猛然间见到眼前银光一闪，一把锋锐的宝剑已递到身侧。他大惊失色，不及收步，眼瞅着自己的肚子便要递到对方的剑锋之上，急切之间，一提手中钢叉，向着那剑刃上格去。耳中只听得咔咔两声，那金将忽感手里的分量轻了许多，心下惊疑，急忙向旁一跃，站稳身后，这才往手上瞧去，顿时大惊，叫道："我的钢叉！怎的没了头啦？"原来适才剑叉相碰，钢叉的叉头已被武穆云的宝剑削落在地。

这仗还如何打？金将怔在当地，但见已有几位手下被对方打倒在河冰之上，又见对手一个个剑明枪亮，好汉不吃眼前亏，当即叫了声："撤。"金兵听到指令，急忙转身，向后便退。信王金剑一指，道："追！"众侠随后追赶。怎奈冰上行动不便，还是眼睁睁看着金兵逃走了。

过了河，继续向北而行，行出去十几里的样子，信王正要勒马叫大伙原地休息，忽见断后的赵邦杰急匆匆赶上来，气喘吁吁地向信王道："大哥，不好啦！适才那伙金兵又追上来啦！领头的还是那个葫芦胖子！"

信王一听，眉头一皱，道："噢！这家伙尚不死心，定要缠住咱们不放。"武穆云道："大哥，不如咱们在此等他，然后将这伙金人一并打发了，再行路不迟。"信王一想，便道："此法不妥，料想这一伙金兵无甚本事，不足为患，与之动手，耽搁时日。适才这些金兵已见识了咱们的厉害，料想他们不敢轻举妄动，暂且让他们跟着好啦。到了长墙边上，还要指望他们帮咱们过去呢。"

众侠一听，不明其意，但知信王足智多谋，此番安排定有他的道理，便不再反对。停歇了一阵，又继续上路。有几位扭头向后观瞧，便见后面远处，一伙金兵缓缓而行。众侠见到，不觉暗自好笑，又想起那位金将的长相，便低声议论。不多时，信王在前面说道："大伙原地再休息一会儿。"队伍停住，众侠下得马来。

司马文君看到地上白雪，灵机一动，突然笑道："影影妹子，不如咱们垒个大葫芦，再画一个小脑袋你看怎样？"

陆华影一听，大喜。大伙七手八脚，滚动雪球，做出一个雪人来，脑袋小小的，肚子圆圆的，腿儿细细的，活脱脱一位葫芦金官。

信王过来观瞧，一见那个雪人，不禁也乐了。这些日子，他心中一直挂念着被掳的父皇与皇兄，常常一个人苦闷，此刻得以畅怀一笑，抬头一看，自语道："天，又下雪了！"众侠这才发现，天空中又飘起鹅毛般的雪花来。信王道："大伙上路吧。"众侠纷纷上马，向前继续赶路。行出有几百步的样子，忽听见身后传来一阵杀猪般的号叫声，众侠一听，便知是那葫芦金官在高声叫骂。

如此又向北行了一日。突然之间，前方的山势变得异常陡峭。信王回头向众人道："大伙注意了，前方那座山峰之上，有一堵城墙，估计会驻扎金兵把守，咱们须得设法冲过去。"

陆华秋道："大哥，不如咱们从旁边绕远过去。"陆华春一听，道："二弟，不懂勿乱插话，你可知这堵城墙长得出奇吗？它东接大海，西至大漠边塞，连绵万里，绕是绕不过的。"陆华秋一听，连忙伸了伸舌头。

这时信王道："陆兄弟所言却是实情，咱们要通过前面的城墙，此事还须着落在葫芦金官身上。"于是便将计策与大伙说了，众人一听，无不拍手赞成，于是行到一处山脚去准备。

众侠在附近寻到了许多的柴草，捆成十几个草人，分别绑到马背之上。又在草人身上，套了一些花花绿绿的衣裳，扮成众侠的样子。待一切准备完毕，向后面一望，见到那伙金兵已相距不远。信王于是派马扩、赵邦杰一前一后，赶着那些马匹，掉头向山谷里行去。余下众人则隐蔽在道边的树丛中，准备好十几根绊马绳索，只等那位葫芦金官上钩。

果然，时候不大，便听见有人哼着小曲儿，从小路上蹒跚而来。为首的正是葫芦金官。他骑在一匹黄骠马上，到得近前，哼曲戛然而止，却听有人嚷道："儿郎们，都给我把眼睛睁得大大的，前方不远处便是塞北城防。城墙上全是咱们的弟兄，用不了多时，咱们就可将前面这拨宋寇一网打尽。到那时，看老子不先抽他百十来鞭子，以解爷爷我心头之恨！"信王向众人一挥手，示意大伙准备。

马蹄嘚嘚，人影晃动，信王低声道："上绊马索！"十几条绳索同时从地上弹起，缠向金人的马腿。金兵猝不及防，一刹那，头前的马匹均被绊马索绊倒，人仰马翻。后面的金兵看不到前面的情形，继续向前，不少金兵受到后来的马足踩踏，当场一命呜呼。更有未受伤者，哭爹喊娘，倒在地上，呻吟不止。

那葫芦金官行在最前头，便得幸免。这时赶紧掉转马头，回来查看，忽见眼前人影一晃，一个黑大汉手持双斧，向他一龇牙。

葫芦金官大怒，骂道："好小子，原来是你在捣鬼，看你家葫芦虎将军如何擒你！"下意识地伸手去马鞍桥上一摸，要摘下那杆钢叉，岂知拿在手中的却是一个只有半截叉头的叉把，这才记起，这叉已被人用剑削断。葫芦虎没了应手的家伙，只好随手夺过身边金兵的一条长枪，向黑大汉刺去。

那黑大汉乃是赵邦杰，他一见对方大枪来势迅猛，急忙举双斧招架，两人便斗在了一起。那葫芦虎本是使叉的好手，对大枪并不在行，两个战了十几个照面，赵邦杰突然虚晃一斧，拨马便走。

葫芦虎大枪一举，催马紧追，追到跟前，举枪照准赵邦杰的后心猛力一刺，口中喊道："小子！今儿便死在这儿吧！"眼见就要得手，忽觉底下坐骑一个跟跄，葫芦虎肥大的身躯直往前倒去，重重地摔在了地上，只跌得他满口流血，眼前金星乱闪。

葫芦虎支撑着刚要站起，不料脖颈上一凉，有一物什抵在了上面，有人在他耳边喝道："老实点儿！不然，爷爷一斧子结果了你！"那葫芦虎睁开眼一瞧，见脖子上多了一把锋利的斧子，持斧之人正是那个黑大汉。他张嘴正欲怒骂，忽然想起脖颈上的利斧，急忙闭上了嘴巴。"给我绑了！"有人拿来绳索，三下五除二，将这位葫芦虎捆了个结结实实。葫芦虎将军惊魂未定，回头一看，自己的手下大多倒在了地上，手脚也被绳索缚住，自感大势已去，再也不吭声了。

信王走到葫芦虎面前，冷冷地道："请问尊驾贵姓？是金兵哪一路的？"

葫芦虎见问话之人相貌堂堂、气度不凡，答道："咱家名叫葫芦虎，现如今任大金国四太子殿下的一名巡视官，适才路上见到尔等形迹可疑，一路追赶至此。不料想，一时大意，落入尔等设下的圈套之中，要杀要剐，悉听尊便。我葫芦虎若叫个疼字，便不是好汉。"

赵邦杰一听，将板斧又向他脖子肉里深了一寸，威严道："好小子，死到临头，还敢嘴硬。"那葫芦虎把眼一瞪，怒目注视着赵邦杰。

赵邦杰一见他这副架势，不禁笑道："兔崽子，真急了！还敢咬人不成？"信王道："葫芦虎，今儿咱们也不想为难你，你只须听从吩咐便是。"

葫芦虎一听，将信将疑："此话当真？"

信王道："我姓赵的从来不打诳语，只要你能助咱们过了前面那城墙，我保证放了你。"他突然语声变得严厉，道："如果你敢使花样，可别怪我手下不容情。"

那葫芦虎本来想到，此番落入匪人手上，那可是九死一生，不料想，对方竟要放了自己，他不禁心中大喜。不过他也不是三岁的小孩子，眨了眨小眼睛，道出了条件："好汉只管吩咐，只要我葫芦虎能办得到的，一定鼎力照办。不过，随我来的一帮手下，也须一并放了回去。"

信王没有反对，赵邦杰却道："这金贼，倒还有些义气！"

众侠当即在那伙金兵中间选了十几名腿脚未受伤的，押在队中，又找来了十几套金兵的衣裳，各自穿戴起来，扮作金兵模样，这才押着葫芦虎及那十几名金兵，一路行进。只行了约半里地，便见前方有一堵大墙阻在面前，大墙正中央有一座堡垒，高约三丈，上面悬挂着金国的旗帜，显然正是金兵在此把守。

信王向后一挥手，道："大伙小心！按原计策行事。"众侠应了一声，从腰间拔出匕首，各人执住一名金兵，将匕首暗抵其腰间。那葫芦虎乃是头领，武穆云与陆华春一左一右地押着他，行在最前头。

刚到那长墙近前，便从墙垛上探出几个金兵的脑袋来，向下喊道："干什么的？快快停下，否则，老子要放箭了。"

众人止步，武穆云将手中的匕首在葫芦虎腰间一顶，低声道："快，向上面喊话，说你是来巡查的，叫他们开门，放咱们过去。"

葫芦虎一惊，急忙向上面喊道："兄弟们，别放箭！我是葫芦虎，此番奉了大元帅的命令，来犒劳诸位的。"

那墙头上的金兵一听，顿时欢呼起来，有人识得葫芦虎，用竹竿挑了一只灯笼，放了下来，在葫芦虎脸上一照，便即叫道："对，不错，正是葫芦虎将军！稍等片刻，咱们这就开门放你进来。"

时候不大，便听到大门一阵响，闪出十几名持刀拎枪的金兵。葫芦虎被武、陆二人押着，迎了上去。那金兵在昏暗的灯光之下，哪能料到葫芦虎已被人控制住了，打开城门，几十号人一股脑儿地涌了进去。

此时，门内早候着一个小头目，他一见到葫芦虎，便上前跪倒磕头："末将参见……""参见"二字还未吐出，便闷哼一声，身子慢慢瘫倒在地上。顷刻间，附近十几个金兵全都被点倒在地上。

葫芦虎一见守卫的金兵全都被制住，向信王道："你们既已得手，便放了我吧。"信王正要开口叫放人，陆华春抢先拦住，道："大哥，暂时还不能放了他们。这伙金兵已知悉了咱们的来历，倘若他们走脱了，到前面去通风报信，让金人有了防备，恐怕对营救之大计不利！"

信王一听，连忙止住。那葫芦虎一听，顿时如一只泄了气的皮球，瘫倒在地上。信王道："你不必担心害怕，到了前面，自会放你。"

众侠将适才点倒的金兵连同葫芦虎的手下一并捆绑了，提到一间空屋内，又在这些人身边放了一些食物，然后带了葫芦虎，继续向北行路。

行出去一日，大雪便停了，但天气依旧寒冷，众侠骑马踏雪而行。他们行得极慢，不过一路没再遇到金兵，倒是葫芦虎经常叫嚷着，求信王放了他去。信王听了，也不去理会。

如此又向北行了数日，所经之处，寒风彻骨，漫山遍野银装素裹，众侠备足了防寒衣裳，加之他们都身负武功，并不觉得如何寒冷。那葫芦虎前几日还絮絮叨叨，此刻却变得静悄悄，经常垂丧着头一个人发呆，看来他已打消了回去的念头，死心塌地要随众侠北去。他对这里的地形十分熟识，渐成众侠的向导。

这一日，已行至午后，天气晴朗，难得的一个好天气。远远望去，前面现出一片旧城堡垒来。那城堡大半被大雪覆盖，隐约可见枯台陋榭，众侠均觉稀奇。这时听见信王"吁——"的一声，止住了坐骑。他先向前方凝望半晌，一言未发。武穆云催马上前，问道："大哥，前面有何古怪？"信王先是点了下头，接着又轻轻摇了摇头。他又向古城堡左侧望去，见一条小河绕过旧城堡垒，河底已干涸，河岸上生满了枯黄的蒿草，有些被积雪所覆盖，有些则裸露在外面，弯弯曲曲，直延伸向远方。旧城堡垒右首，则是一片树林，枯枝上挂满了积雪。

信王眉头紧锁，转头问陆华春道："陆兄弟，兵法上有九伏之法，你可知是哪九种伏法吗？"

陆华春一听，不假思索地答道："所谓九伏法，乃是专为路上埋伏、袭击敌方的巧计。一曰山伏，必伏于山崖、关隘之间；二曰土伏，伏于古城旧垒；三曰草伏，草蓄荒郊，则是最佳的场所；四曰林伏，藏林修竹为上佳之选；五曰夜伏，天色昏暗，夜色晦暝；六曰烟伏，山中烟雾较优；七曰水伏，借助水上菜荷，藏于其下；八曰屋伏，桥梁枯洞、屋，是以为伏地；九曰伪伏，以旗帜等设伪装，以迷惑敌方也。"

信王一听，连连称赞，余人也听得有趣，马扩道："大哥的意思是，前方必有伏兵出没。我观察了一阵子，未见有丝毫动静，我看未必便有伏兵藏在那里。"

武穆云心下想："到前面侦察一番，不就明了。"于是开口道："大哥，让小弟先骑马到那树林里探查一番，可保万无一失，大哥再领着大伙一起前去不迟。"马扩一听，乐道："武兄弟所言正合吾意。我这个当哥哥的，便舍命陪兄弟走一趟。"说着拎起镔铁大棍，便要奔进那树林。

信王手一挥，止住他，道："二弟，慢！所谓林燥而易燃，不可搜，等会儿再说。"马扩一听，"嗯"了一声，立在一旁。便在此时，一阵北风呼啸而过，接着鸟雀鸣叫，打破了四周的寂静，无数鸟儿闪动着翅膀，飞出了树林子。

陆华春一见，忙说道："大哥，寂林无故惊鸟雀，其中必有蹊跷，咱们还是小心为好。"信王点头道："正是！"

众侠正凝神观瞧，不料那葫芦虎忽地张大了口，大声叫嚷道："喂，我是葫芦虎，弟兄们，快来救我呀！"他这一嗓门，运足了气，震得树上挂着的积雪，簌簌落下。众侠一听，不禁大惊。武穆云就在葫芦虎身边，急忙伸手去捂他的嘴巴，但手伸到半截，又停了下来。

武穆云陡然发现，在远处的树林、旧堡垒、河中芦苇蒿草之中，人影攒动。片刻后，蹿出无数手持刀枪的金兵，向众侠冲杀过来。因相距甚近，转眼即至，于十几丈处，一字排开阵形。中间闪出几位来，居中的是一位金国将官，生得体阔膀圆，座下跨一匹黑马，手中持了根丈八蛇矛枪，一身盔甲鲜明，显得十分威武。众侠识得此人便是金国将领哈米忽秃。

再看哈米忽秃身旁，有一匹骡子，骡背上端坐着一位，体态肥胖，却穿了件僧袍，背后背着一对明晃晃的乾坤圈。这僧面色灰黑，一只眼睛上缠了条黑带，原来是个独眼龙。非是别人，正是老对头——金国雇用来的高手东风善。信王心想："不是冤家不聚头，看样子，今儿定然有一场恶斗。"

他又惊奇地发现，在东风善左右站着七位相貌怪异之人，似乎还有一个女子。他们的穿着与中土大为迥异。那女子长得娇媚，衣衫也较艳丽，站在七人中间十分显眼。而另外六个汉子，或傻，或丑，或哭，或笑，神态又各自不同。信王心想："难道这又是金人请来的高手？瞧他们的模样，以往从未见识过，不知是何来路？"

信王指挥众人排好了阵式，严阵以待，随时出击。信王居中站立，左右分别是武穆云与陆华春。他先开口说道："本王当是谁呢！原来是一帮老朋友，迎接不及，真乃失敬，失敬之至！"

那哈米忽秃哼了一下，大嘴一撇，一抖那条丈八蛇矛枪，大声说道："姓赵的，果然又是你几位，看来你还不错嘛！"他稍微停顿了一下，又接着道："听说你手下前些日伤了咱们这位东风僧兄，还有另外三位，正所谓血债自当以血来还。今儿我哈米忽秃，管叫你们几个小毛贼有来无回！哈哈！哈哈！"他笑得狂傲至极，听在众侠耳里，真是说不出的刺耳难听。

信王一听，冷冷地道："哈米忽秃，中原有句话，牛皮不是吹出来的，休要拿大话压人！你在金国也算得上一个响当当的人物，何必在河泥中埋伏偷袭呢？光明正大地出来，一决高下，那才是大丈夫的行径！"

哈米忽秃无言以对，不禁恼道："好！好！你姓赵的既如此说，咱们刀剑下比输赢。"

话说到这个份儿上，不动武是不行的了。双方都在考虑，该派谁第一个出场迎敌。这时，就听有人大叫一声，众侠举目一看，见到金人队伍中跳出一个瘦矮的汉子，皮肤黝黑，相貌奇丑无比。这丑鬼手中拿了一条链子锤，但见他手一抖，哗泠泠，一阵脆响。他伸手指信王等人，大声骂道："好不识相的宋国贼子！竟敢连伤我金国三位兄弟。今儿我们松花江七鬼，便要来向尔等索命！"他本来样子就难看，这么一发怒，更显得阴森恐怖。

未等信王答话，就见马扩一晃手中镔铁大棍，催马冲了上去，棍指丑鬼，厉声喝道："好个不知天高地厚的丑鬼！竟敢跑到这儿大放厥词！也不怕闪了舌头！还是先尝尝你家爷爷大棍的厉害吧！"说罢，举起大铁棍，一招"飞龙上天"，身子向上一纵，接着是一招"力劈华山"，抢棍便砸。

那丑鬼一见，也不招架，向旁一侧身，让过大棍来势，哗泠泠又一抖手中链子锤，倏地链子锤带着风声，猛向马扩当胸击来。马扩一见大棍砸空，急忙就势圈转，向身前一截，正好截住那链子锤，锤棍相碰，火星四射，只震得各人耳朵嗡嗡直响。二人相互退后，又同时纵上前，斗在了一处。那丑鬼使的乃是一路少林链子锤法，属刚猛一路。链子锤不时砸起地面上的积雪，雪屑四溅。不一会儿，身周便多了一个大圆盘，里面还散布着点点浅窝。马扩则挥动镔铁大棍，施展其平生本领。

二人战了四十余回合，鬓角都冒出了汗水，却打了个平手。那丑鬼只想着要为金国三怪报仇，一边打着，一边怒吼不休，战到后来，但见他咬牙切齿、面目狰狞，一双贼眼瞪得通红，似要喷出火来，叫人不寒而栗。

场中二位正斗得急，忽听金人队中有人大吼一声，接着人影一晃，跳出来一个矮胖汉子，双手各持一面小旗，冲到场中间，叫道："二哥，我来助你打败他！"手中小旗一挥，就要直扑马扩。

"金贼休得猖狂！"伴随着几声怒斥，从这边冲出来三位，手中各持一条大棍，横眉立棍，挡住了那矮胖金人的去路，正是黄河派的哥仨。

单大雄朗声喝道："来者何人？咱们黄河派从来不杀无名之鬼！"矮胖金人手舞小旗，细着嗓子，笑道："哎呀！你怎知我的名号，我正是大金国粘罕大元帅请来的七鬼排行之三，外号瘟鬼的便是。我说黄河三雄，今儿你三个遇到我，恐怕正到了寿终正寝的时候，不如痛痛快快地随了我的名号，改称黄河三鬼吧！"

这家伙口无遮拦，可惹恼了黄河派的三位。单大雄一举大棍，高声骂道："无耻小鬼！竟敢在爷爷面前装起大瓣蒜来啦！招棒吧！"大棍在身前划了一道圆弧，猛击那瘟鬼头顶。

却见那瘟鬼好似没看见，不紧不慢地将身子稍稍偏了一下，眼见大棍便要击到脑门，倏地一下，神不知鬼不觉地已转到单大雄的左侧。瘟鬼刚要举双旗击打单大雄的肋下，却不料耳边风声飒然，他耳音极佳，知道有兵刃袭到，更不回头，来个"旱地钻洞"，只见这瘟鬼一个矮胖的身子，平地里向前一纵，刚好双足先落在地上，又躲开了背后袭到的大棍。他心中正自得意，一抬头，不意间，见到眼前棍影晃动，一条黑漆大棍拦腰扫到。那瘟鬼大惊，万料不到这黄河派的三位相互配合得如此默契，真称得上天衣无缝。当即不及细想，急忙又使一招"旱地拔葱"，身子凌空而起，趁机向下方一瞧，便瞅准了那三人所站方位，双手中的小旗忽地抖了开来，呼啦啦，一阵响过。黄河三雄正要追上夹攻，不料面前黄绸乱动，那瘟鬼却没了踪影。

武穆云在一旁大声叫道："单家哥哥，小心了！"话音未落，正在黄河三雄一怔之际，就见从黄旗之中，不知何时竟冒出一支黄色喇叭筒出来，"噗"的一声，从筒中突然喷出一股黄烟来，直喷向那单二雄的面门。单大雄在一旁瞧得分明，正欲舞棍上来阻隔，已然不及。就听单二雄"阿嚏"一声，竟打了一个响亮的喷嚏。随即身子一晃，撇下大棍，两眼一翻，仰天摔倒，当时人事不省。

单大雄、单三雄一见二雄摔倒，尚不知死活，顿时急了，双双抢上，抡起大棍，便欲上前找那瘟鬼拼命。哪知刚奔到他近前，鼻中便闻到一股刺鼻的气味，二人同时身子一栽歪，头晕目眩，只得用大棍在地上强撑着，这才不致摔倒。

武穆云与陆华春，一个持剑，一个挺刀，正要抢上救援，不料眼前人影一晃，分别被两位阻住了去路，抬头观看，但见阻住武穆云之人，是个满脸哀哭之色的汉子，身材一般，一张长脸，面色灰白，好像天生就生了一副愁容，丝毫看不出半点儿喜色。这人手中拎了一根丧门棍。阻住陆华春的却是一个满面喜容的汉子，长方面孔，微有些胖，一脸的红光，看样子此人营养不错，一对小眯缝眼，一双胖手之中，正握着一对判官笔。

武穆云正要举剑来斗那丧门鬼，就听身旁有人叫道："武兄弟快去救助单二弟，这丧门鬼交与为兄对付便是。"

武穆云收招回头一望，却见乃是号称"华山无敌剑"的华无敌，这时已奔到他身边，手中持了一柄如秋水般的宝剑，说话之间，已挺剑刺向那丧门鬼。那丧门鬼一见，龇牙一笑，尖声叫道："好小子！啊！又来了一个！好啊！你家丧门鬼爷爷便一并收拾了！"一挺那丧门大棍，与华无敌便交上了手。这一边，陆华春一把大刀，也与那笑面鬼的一对判官笔斗在了一处。

再看那边，马扩舞动着镔铁大棍，与那丑鬼打得正欢，二人你来我往，斗了不下六十余回合，难分胜败。

正在这时，忽听金人群中一声娇喝："二哥！莫急！七妹过来助你！"随着话音，只见人群里丽影一晃，场上便站定一位艳俏女子。却见她年纪在二十岁左右，打扮得花枝招展，一脸的浓妆艳抹，倒有些姿色。更为惊奇的是，这女子手中竟持了一根长长的竹竿，下粗上细，竹竿顶头，还拴了细索，远远望去，似是一根钓鱼竿子。

众侠一见，不禁都是一怔，从未见过如此怪异的兵器。大家均想："怎的这金国女子拎了根钓鱼竿来了？难道要去河里钓鱼不成？"但知这鱼竿绝非是用来钓鱼用的。

就见那女子冲到马扩身旁，倏地将手中长竹竿张开，向身后一悠，叫了声："看钩！"接着猛向前一抛，便见一条细长的钩索从后面向前飞去，钩索银光一闪，直击向马扩面门。马扩正与那丑鬼酣斗中，哪会料到背后有人出手会如此迅疾狠辣，忽见眼前银光一闪，情知不妙，正欲向旁纵开闪避，就听身旁有人喝道："女鞑子，不得逞凶！"

只见红影闪处，同时冲过来两名女子，一位手持长剑，另一位却右手反握着一把短刀，接着当的一声，长剑在那钓竿细索上一格，将钩索格开，便解了马扩之围。马扩转头一望，见是尹翠翠与董扬花双双赶到，正好阻住那女鞑子，便即放心，大声谢道："多谢两位妹子相救之恩！"还是回头去对付那丑鬼。

尹翠翠挺剑，一招"平水分月"，一剑招瞬间化成数招，剑影飘忽，急刺那金国女子身周。董扬花护在尹翠翠身边接应，这时却开口道："马大哥不必客气，这女鞑子便交在咱们姐妹俩手里了。"话毕，一声呵斥，手中短刀，已指向那女鞑子的身侧。两位女侠左右夹攻。

这时，听见那哈米忽秃高声喊道："金狐狸妹子，小心了！"他倒是对这位金狐狸十分关心。那金狐狸一见对方攻势凌厉，哪敢怠慢，身子向后一纵，先躲过尹翠翠刺来的一剑，同时猛地甩动手中竹竿，在半空兜了个大圈子，呼的一声，竿上细索向外急荡开去。众人这时才得看清，原来那细索头部系了一只挠钩，呈梅花状，在日光下发着银光，果是一件凶利之器。就听她娇吼一声，双手往前一递，唰的一下，那银挠钩带着细索，忽地向尹、董二女飞去。尹翠翠一见，正要举剑来削那细索，想着将之一剑削断，这样便毁了那金狐狸的凶器，任凭她多大的本事，手中没了兵刃，也无能为力。眼看长剑将要碰到细索之上，猛地里，那金狐狸持竿的双手用力向回一拉，那竹竿十分有弹性，立时被拉得弯曲了起来，霎时竿上的细索倏地挂着疾风，猛向回抽去，银光闪过，那细索上的挠钩，便如离弦的箭，还呜呜挂着疾风，倏然飞回来，所经路线，恰好便可勾住尹翠翠的右肩。这竹竿回弹之力何其快，尹翠翠哪还能反应过来，眼见肩部便要被飞来的挠钩勾住，而尹翠翠也非得因此而受重伤不可。

就在这紧要关头，人影一晃，有人大喝一声，接着当的一声，不知何时从旁边伸过来一条大枪，将那银挠钩挡了一下，那银挠钩被大枪这么一挡，余势未衰，只不过改变了方向，紧贴着尹翠翠的肩头掠了过去。"好险！"尹翠翠这才知道这位金狐狸不是白给的，自己适才险些着了她的道儿。回头查看相助之人，却是那陆华秋，心中感动，向他一笑，以示谢意。

这时董扬花也凑了上来，问道："尹姊姊，觉得怎样？"

尹翠翠笑着答道："没事，女鞑子太厉害，董妹妹，咱们一起上！"

"好！"董扬花答应一声，舞动短刀，与尹翠翠双双欺到那金狐狸身前，前后夹攻。两人均知这金狐狸挠钩的厉害，但它属于长兵刃，必须前后荡开了进攻，攻对手一个出其不意，而近距离施展起来较弱。于是尹、董二女侠便展开了近身战，这正是那金狐狸所不愿看到的，她连试了几次，想摆脱对手的纠缠，均未得成功。金狐狸一见无法，只得一只手持竿，另一只手抓住细索，以手舞动银钩，与尹、董二女侠相斗。三女走马灯似的，在场中只斗了个平手。

这时，那瘟鬼已被淮河派的陈大和与朱巧凤围在当中。那夫妇俩都使虎头双钩，那瘟鬼手中两面小旗左打右击，一时无法腾出手来去取药筒偷袭。斗了一阵，那瘟鬼有些不耐烦起来，手中小旗发出呼呼风响，他加快了招式，恨不能一下子便将陈、朱二位逼退一旁，他则正好趁机取出药筒，以便故技重施。

那陈、朱夫妇俩早瞧出了端倪，哪容他有分手之暇，四柄虎头钩左右夹击，将这位瘟鬼圈了起来，好似在他身周罩上了一圈银光，叫他毫无喘息的空隙。一时把个瘟鬼累得呼呼直喘，若不是陈大和与朱巧凤夫妇忌惮药筒的厉害，早就加紧招式，将之毙于虎头钩下了。

金人中间有人大声说道："水鬼老弟，你看场上这几个宋寇功夫怎样？"问话之人的声音十分清脆，听声音当为一名男子。

众侠循声望去，果见那讲话之人是个长相十分怪异的金人。瞧其面相，脸上轻抹脂粉，淡描双眉，生了一张长脸，却十分白皙。这人身上穿了一件绿色的绸缎棉袍，袍子四角还绣了几朵梅花。瞧此人举止，似乎造作得很，酷似一位少妇，但唇上却生了两撇小胡子，颧骨高耸，脸上的骨骼轮廓明显，显然又是一个汉子模样。

这人正对身旁一个瘦小的白面汉子讲话。就听那瘦白汉子答道："花鬼大哥，小弟不才，现下还分不太清楚这几位的武功家数，还请大哥指点一二！"

那花鬼笑道："指点不敢当，四弟何必过谦呢！四弟在水里的本事，那就高明得很，因而四弟才凭此得了个水中鬼的绰号，连我这当哥哥的只恐也要甘拜下风了！"这时，那花鬼瞧了瞧场上，见场面已近胶着之态，于是又道："四弟，咱们也别光看热闹了，不如一起上去，助哥几个一把力。"说着，竟从背上取下一柄折扇来，唰地打开了。见这扇子个头可不小，长约三尺，扇骨乃纯钢所制，扇面为丝绢织物，上面还画了几朵花。

那水鬼一听，笑道："那是当然！"将手往腰间一摸，手中立时多了一把细长的尖刺，比一般的峨眉刺要长了一倍。就见他手一抖，长刺在手掌心里转了几个圈儿，好似杂耍。这二位一起，便欲纵上偷袭。

这一切早被众侠看在眼里，当即便跳出来二位，上前将那二鬼拦住。

这二位非是旁人，一个便是江南铜笛秀才冷云秋，而另一个则是来自太行派的徐江末徐大侠。这二位一个使笛，一个使棒，上去不由分说，便与那花鬼与水鬼斗在了一起。

这时冷云秋已将铜笛交在了左手，右手也从背上拔出一把折扇来，唰地展开了，阻在那花鬼跟前，笑道："今儿便领教一番你这花鬼折扇的功夫！"那花鬼一见对手也使一把折扇，只不过他那把折扇，可比自己这把要短了许多。又见对手还多了一支铜笛，知他并非善辈，不敢小觑，于是将手中钢制折扇一合，顿时化作一条长棒。他双手持着扇棒，对准了冷云秋当胸戳来。冷云秋一见，叫了声："来得好！"左手铜笛向身前一横，来挡对方的招式，右手折扇一合，以扇尖来点那花鬼的手腕。那花鬼一惊，忽地抽回钢制长扇，途中忽然又将长扇打开，手腕一转一圈，以扇代刀，斜削向冷云秋腰部。冷云秋见对手招数怪异，而折扇上的功夫更是了得，也不禁暗自佩服。此时离得近了，便瞧对方那长扇，非但是纯钢制得，根根扇骨都打磨得锋利无比。冷云秋不禁心道："若是不小心，被它碰到，那可不是好玩的！"因而便加了一百二十个小心，将铜笛紧护在身前，脚下使劲，向后纵跃。

那花鬼这连续三下削击都走了空，他咦的一声，心中颇感意外，不过招式不减，双脚凌空而起，如鹰击长空，长扇在空中飞舞，自上而下，猛击冷云秋头顶。冷云秋见对手攻势猛恶，急忙一个侧空翻，向旁躲开，同时手中铜笛上撩，扫向对手脚面。那花鬼虽身在半空，双足却是灵活，这时急忙收腿，手中钢扇在空中转了一个圈，又折回来，收扇出击，合而为一，长扇立时又变回了一条短棒，又再次向冷云秋头顶击来。

这二位你来我往，且所使又都是同一种兵刃，打斗起来，场面十分好看。相比之下，那太行派的徐江末与那水鬼之间的打斗，则更加惊心动魄。那水鬼好似一条泥鳅，纵来往去，身法十分灵活。手中尖刺的招数，则更是诡异莫测。徐江末一条大棒虽然沉猛，但灵活不足。这二人就好似一头呆熊对斗一条蟒蛇，呆熊力大，蟒蛇诡秘，渐渐地，徐江末落在了下风，他一见无法，只好使出平生绝学——三十六招雨打沙棍法来，顿时一条大棍，在空中乱晃，棒尖霎时又化成了无数小圆点，似乎每一点，都指向那水鬼的要害，真个是虚虚实实，令人防不胜防。

那水鬼一见对方变换了招式，不明其路，一时不知所措，好几次险些被大棒戳中要害。他明知对手力大棒沉，若一个不小心，被大棒点中，非骨断筋折不可。这小子也真有两下子，当即身法一变，整个身子好似漂在风中的一团飞絮，周身毫无着力之处。这一下，形势又变，徐江末正要得手，大棒加紧，接连向水鬼身上猛点。谁知这一回，棒法竟然失灵了，明明见棒尖可以点到那水鬼身上，但刚触及皮肤，徐江末忽觉情形不对头，只觉棒尖好似戳到了空气之中，毫无阻隔，他顿时大吃一惊。原来那水鬼已练成了一套移筋错位的功夫，可以于瞬间将周身的骨骼，向旁侧偏移寸许，因而徐江末每次只能点中他的皮肉，而非筋骨，这样便伤害不大，难怪徐大侠还疑心对手是否在身上涂抹了滑油呢。这二人正在斗法，不知不觉间已过了二十几个回合，双方互有攻防。

一旁观敌料阵的金国大将军哈米忽秃有些沉不住气了，本来他还指望着新请来的这七名高手能一出手便克敌制胜，最少也能擒住个把宋寇。没料到这七位没给他争气，除了那瘟鬼施用毒粉毒倒了黄河派的三雄，但却没有擒住。那哈米忽秃一边在场边观看，一边不停地来回遛马，显得极不耐烦。

一旁的秃僧东风善见了，便凑过来，在哈米忽秃耳边道："大将军，贫僧看这情形不妙啊！"哈米忽秃哼了一声。过了一会儿，他问东风善道："太师，你说该怎么办？"

东风善正等着他这句话，一听之下，当即答道："要贫僧说，临敌之际，全凭当机立断，若是错失良机，后悔晚矣！大将军何不下令，让士卒们往上冲杀一阵儿？贫僧见那信王一共才几十号人马，必定经不住咱们这一冲，先擒他几个回去，也好向大元帅那里交代。"

哈米忽秃一听，眼珠转了转，当即一拍大腿，下定决心道："有理！就如此办！"当即传令道："儿郎们，大伙听好了，这些宋国的贼寇是我大金国的死对头。待会儿，有哪位勇士活捉了一个，大元帅那里必有大大的犒赏。若捉不到活的，死的也可以，大伙听我的号令，往前冲啊！"他将丈八蛇矛枪向前一指，发出了进攻的号令。那些金兵听得有银子赚，霎时红了眼，挥刀舞枪地冲杀上来。

信王早已料到金人会有这一手，一见敌方阵营中动了起来，当即大声呼道："弟兄们！金兵要进攻了！大伙快将他们阻住！"他同时又对身边的武穆云低声道："武兄弟，你与另外几名兄弟负责将黄河三雄照顾好。"武穆云点头道："大哥放心吧！"王一新也赶过来帮忙。

这时，场中打斗的双方已经停手罢斗。陆华春奔到信王跟前，道："大哥，怎么办？"信王道："金人的目的，便是要以多取胜，咱们现下别无选择，只能强行突围出去。"

陆华春道："正是！"他回头一望，见金兵已经冲杀过来，又向信王道："大哥，兵法云，林密适合隐遁，前方那片树林正好可以帮助咱们。"信王一听，大喜道："对，正该如此。"

当即，众侠在信王的指挥下，各拿应手的家伙，一齐发力，向着金兵猛冲过去。黑面大汉赵邦杰舞动两柄板斧，头前开路。马扩拎镔铁大棍紧随其后，武穆云、司马文君以及王一新、徐江末等，一起护住黄河三雄，信王与陆家兄妹断后，大伙齐心协力，终于杀出了一条血路，且战且退，渐渐靠近那片林子的边上。

那独眼秃僧东风善在后面瞧得清楚，于是大声咆哮道："儿郎们！快阻住他们！莫叫宋寇逃入林子里去了！"这时早有几十名金兵弓箭手，弯弓搭箭，发射羽箭，嗖嗖嗖，箭如飞蝗，直飞向众侠身后。陆华春与陆华秋一见，急忙挡在信王身前，挥刀枪一阵拨打羽箭，将射过来的羽箭都尽数打落到了地上，幸亏这时距离金兵较远。羽箭射到时，已是强弩之末，并未伤到他们。大伙终于退到树林里，林里无路，众侠只得下马步行。但繁密的树枝以及树上挂着的积雪，还是帮了他们的忙。不待金兵追上来，他们已成功穿过了树林。前面现出一条道路，众侠毫不迟疑，纷纷跃上马匹，转瞬间便消失在茫茫雪原之间了。

　　信王等众侠奔出去十几里地，回头一瞧，后面除了白茫茫一片，已没了金兵的踪迹。此时已近黄昏，料想金兵难以再追上来，众侠这才放心。于是放慢了行速，欲寻村寨借宿，却发现此地荒无人烟，哪里还有人家？这时起风了，又飘起了雪花。众侠一商议，天黑不便行路，决定先找一处避风的所在，原地休息一晚。

　　大伙好不容易才在附近寻到一处避风的场所，于是将带来的帐篷支起，暂避风雪。不敢生火，怕被金人发现，只草草地啃了些干粮。大伙就着雪吃饱后便在帐篷里休息。信王又派人轮流放哨。那受伤的单家三雄，此时已由王老医逐一施治。王一新本是医毒的好手，单大雄与单三雄由于受毒不重，稍加医治，便即好转。唯有那单二雄中毒甚深，虽经王老医精心治疗，但一时间难以痊愈，须得调养一段时日，方可排清体内毒气。信王见他已无性命之忧，不禁大为宽慰。

一夜无话，次日众侠醒来，见天已大晴，于是打理行装，继续北行。信王向四面一望，问道："莫非咱们已到了那沙漠之上？"

马扩上前道："大哥，我以往听说，燕京以北便是一片广阔的沙漠，人称它为'弓上的弦'，说它浩瀚广阔，几日几夜也走不到尽头。而且，我还听说了，一旦进入其中，还会遇到灵怪出没。但若去往中京，它却是最好的捷径；倘若舍近求远，绕道而行，那可非数月不能抵达中京了！"

信王一听，便道："既是人烟稀少的不毛之地，咱们不妨铤而走险。想那金兵也会害怕，不敢贸然追赶，岂不正合咱们的心意？"

赵邦杰一听，笑道："大哥考虑得甚对，咱们便走一趟这魔鬼沙漠，若那哈米忽秃果敢追来，咱们便在前面摆一个鬼阵，吓他龟孙子一下，保准这些龟孙子吓尿裤子！"

他虽随口这么一说，但却提醒了信王等人。信王道："别看六弟平日里做事鲁莽，适才之言却说得十分在理，这倒给咱们提了个醒，此事须得在路上好好斟酌一番。"信王将手向前一指，大声道："大伙进这魔鬼沙漠。"说罢，一马当先，座下枣红马向前一扬蹄子，轻快地踏雪而奔。武穆云紧跟在信王身后，其他众侠相继起程。只顷刻间，便在雪地之上留下了一串串长长的马蹄印儿。

从早晨旭日东升，一直驰到日照当午，众侠停住稍事休息，然后又继续上路。一路上很顺利，没见到哈米忽秃的追兵。想来这家伙也忌惮魔鬼沙漠的厉害，绕道而行了。大伙正自庆幸，又向前行了约五里地的样子，忽然天色大变，刮起了北风，气温骤降，彻骨冰冷的寒风一阵阵袭来，卷起地上的积雪、沙子，铺天盖地地向众人身上、脸上招呼过来，只吹得大伙睁不开眼睛，口、眼、鼻尽是雪与沙子。本来阳光明媚，此时也不见了日头，仿佛已到了黄昏时分，四外里灰蒙蒙一片，分不清东南西北。

信王与大伙一商议，决定先寻一处洼地暂避风沙，等风停了，再行不迟。众侠摸路前行，终于寻到一处沙丘背风的地方。风刮得太猛，帐篷已无法支起。大伙将马儿聚拢在一起，以防被风惊跑了，这才围拢在一块儿，将嘴鼻都遮住了，耳中能听到四处风的吼声，似鬼哭，似狼嚎，有时又像是有人在低声呻吟，不断有大风卷着沙土撞击在身上、脸上，犹如被刀割斧砍一般的疼痛。只听赵邦杰嚷道："乖乖！这魔鬼老子要大驾光临了！"

半夜时分，大风才渐渐减弱，天上却又下起雪来。那雪越下越大，片片飞雪似鹅毛，密密麻麻，顷刻间又将大风刮得裸露出的砂石覆盖上。不一会儿，众人身上也均落了一层厚厚的积雪，远远望去，好似一个个蜷缩在一起的雪人。好在大伙都穿得很厚实，又各怀武功，一般的严寒也奈何他们不得。

一直挨到天色渐明，雪停了，信王首先起身，抖落身上积雪，大伙也相继站起来，各自巡视马匹，见那马儿也冻得可怜，个个打着哆嗦，四蹄不住地在雪地上乱蹬乱跳，烦躁不安。幸喜这些马匹骨骼均很健壮，都皆无碍，众人收拾完毕，继续赶路。

正行时，忽听赵邦杰一指北面，失声叫道："前方有一队人马！大伙快看！"众侠一听，急忙顺着他所指的方向定眼观瞧，果见在一片白皑皑的雪天交汇处，隐约现出一纵人马来。其中似乎还夹杂着十几辆辘车，正缓慢地向北行进。虽然辨不清这路人马的来路，但可以断言，必是押送宋人的金兵队伍。

信王一见，大喜道："正是父皇与皇兄的车队，咱们终于赶上了！"催马便向着那方向驰去，众人紧随其后。

从眼中所见，那前方金兵距离此地，也不过一二里地的样子。岂知奔了两个时辰，直跑得各人的马匹冒出汗来，抬头再看，却见前方那队人马仍然相去甚远。

"这可奇了！"信王勒住了马头，待大伙赶上来，这才说道："我瞧情形不对劲！"

这时众侠也都觉察到了异样。马扩道："不好！大哥，咱们上了魔鬼沙漠的当了！那前方金兵人马实是一团幻影，实际之人并不在那里，即使咱们再追赶几日几夜，累趴下了，也未必追赶得上！"

信王这才醒悟，跃下马来，道："二弟所言不假，这老天爷也会和咱们开玩笑，弄了一队假金兵来蒙事，咱们偏不上他的当。"

大伙一听，均笑了起来，纷纷跃下马来。经过适才这阵急奔，都已感疲惫，只是四周除了沙子与积雪，别无他物，否则生上一堆火来，也可抵御严寒。

信王双眉紧蹙，心中忧虑重重。武穆云知他心中挂念皇上等宋俘的冷暖，上来安慰道："大哥，不必过虑，吉人自有天相，想二位圣上定会设法渡过难关的。"陆华春等也过来相劝，信王这才收住愁容，又与大伙说了一阵子话。之后，众人纷纷跃上马匹，辨明方位，继续上路。对于那前方的幻影，再也不看上一眼。

又行过约两个时辰后，转过一座小雪丘，忽然眼前一亮，却见前方现出一片绿洲来，一条小河自东向西蜿蜒盘绕而下。河对面长满了树木荒草，均被大雪覆盖了厚厚的一层，依稀可见下面的枯黄枝叶。

信王一见大喜道："此处果是一块好地，咱们过了河去，让马儿也吃些枯草，休息一番。"

众侠齐声答应，驱马便欲过河，刚行了几步。信王突然勒住了马，手一拦道："慢！不知此处有无凶险？咱们还是小心为是。"他转头对武穆云与陆华春道："两位兄弟辛苦一趟，先到对岸巡视一番，查看有无敌情，大伙再过去不迟。"

武、陆二人答应一声，各自拔出兵刃，驱马向小河边奔去。信王又对马扩、赵邦杰道："二弟，六弟，你两人向四外驰马行一程，看一看周围的形势。""是！"马、赵二位答应着，驰向左右高地，向四野里眺望一番。信王吩咐完毕，招呼余人不要下马，原地待命。

只听陆华春在河对过高声叫道："大哥，这儿好得很！没有他人来过。"这时马、赵二人也巡视回来，均说并未发现敌情。信王一听大喜，当即率领众侠来到河边。此时河水已冻得结实，马儿踏在上面，发出叮叮之声。过河后，见到许多枯草，马匹埋头吃起草来。

众人也捡来了柴火，在河边生起一堆火。大家围坐在火堆旁，烤火取暖，以解连日来的疲乏。那吴家兄弟取来一口小锅，支到火上，将雪块在锅里融化，烧开了，让大伙喝。一口口热水灌下肚中，顿时觉得浑身暖洋洋的，说不出的舒服。单二雄也由他哥哥搀扶着，坐到了火堆旁。他身上毒气已消，只是体力不济，尚需时日静养。

马扩开口道："大哥，我看此处荒凉得很，二位圣上未必由此经过。"

赵邦杰一听，反问道："那适才所见到的幻影，又作何解释？总不会是凭空而来的吧？"一旁的尹翠翠插言道："不知咱们距那中京尚有多少路程？"

信王道："应该不会太远了，咱们稍后再紧赶一阵子，说不准便会走出这该死的沙漠。"众侠一听，均大喜，又说了一阵子话，见那些马匹也已经吃足了草，这才起身赶路。

他们刚离开河边，转上一片雪岗，就听身后传来嘈杂之声。众人回头一望，却见后面远处有一伙金兵，正叫嚷着踏过河冰，向众侠扑来，显然是那哈米忽秃的追兵到了。

信王一见，便道："大伙快随我向北撤！"此时马匹已吃饱喝足，体力正佳，在雪地上飞奔起来，转眼便将后面的树林抛得没了踪影。奔行一阵，立马回望，但见雪天一线间，有无数黑点正自闪动，正是那哈米忽秃的追兵，看来他要穷追不舍。众侠不敢稍停，继续快马加鞭。又行了十二三里的样子，只觉马蹄下的积雪渐渐增厚，而马儿的行速也变得缓慢了许多，但后面的追兵却离得越来越近了。

信王心中焦急，一抬头，不禁又是一惊，但见前方一片白茫茫的雪地上，有一群人正相向而来，隔得太远，看不清到底是哪一路的。待离得稍近些，这才看清楚，原来也是撑着金国的大旗，且队中有乘马的，也有步行的，各人身上服饰又各不同，似乎还跟随着不少女子。

信王一见，猜出正是押解宋俘的一队金兵。眼下前后都有金兵，情况不妙。他想："若是被两路金兵前后夹攻，我等腹背受敌，可是糟糕透顶！还是突围要紧，然后再想救人之策。"就在这时，前方那队金兵显然已有所察觉，在原地停了下来。不一会儿，见到几名金兵骑着马向这边驰来，看来是要探明情况的。

信王一见，机不可失，于是大声道："大伙随我向西北方向撤退。"说罢，一紧马缰，那枣红马腾空而起，改向西北方向飞奔而去。众侠纷纷策马扬鞭，跟了过去。

耳旁只听到有金兵在大声叫喊着什么。众侠侧头一瞧，见到几十名金国骑兵，已开拔从斜地里包抄过来。看来，前方的金兵已察觉出这伙人跟他们并不是一路的，想要赶到前面去拦截。武穆云、陆华春、马扩、赵邦杰以及李铁笛等十几位一见，拨马便迎了过去。两队人马在雪地上交上了手，一番恶斗。瞬间，便见到十几匹战马落荒四逃。而雪地之上，也倒下了十几具金兵的尸身。

信王等人趁机冲出了包围，折而向北去了。武穆云等十几位又冲杀了一阵，见自己的队伍已经突围出去，于是且战且退。那队金兵见围堵不成，又折损了许多兵卒，无心恋战，追赶一气，便收兵回去了。

武穆云等追上信王等人，大伙合兵一处，奔出去五六里地，这才放慢行速，往后一看，不见了金兵的影子，大伙稍稍放下心来。信王道："金人必定稍后即至，咱们以寡敌众，终须想出个法儿来应对才是。"

陆华春道："大哥说得很对。兵法云，兵来将挡，水来土掩，以兄弟我之见，不如咱们在此处摆一个雪人阵，与那金人决一死战。"

信王一听，道："此计甚妙！咱们借此阵迷惑金兵，可得以取胜，又可挫挫他们的锐气。"

众人下马，便动手准备起来。就在附近选了一块地方，此处积雪甚深，就地取材，不一会儿，便堆起三四个雪人，均有一丈多高，一个个腰圆膀阔，憨态可掬，惹得几位女侠在一旁笑个不停。人多好办事，一盏茶的工夫，一座按照五行八卦之法排列的雪人大阵堆垒完成。在远处一看，只见一个个雪人在北风中昂首挺立，雪亮的身子发出刺目的光芒，仿佛一个个大宋武士，在保卫着这广袤的沙漠绿洲。

接着，信王与陆华春商议，在雪人身上凿出许多窟窿，里面布设机关销楔，还可以藏身，外面仍旧用雪块封好。外人绝对想不到，这荒滩之上的寻常雪人，竟会在里面暗藏着许多武林侠客。

一切就绪，信王便与大伙分了一下工，由他率着马扩、赵邦杰、武穆云、司马文君等人在外面应付金兵。陆家兄妹以及太行派的徐江末、泰山派的李铁笛与他的顾师妹、淮河派的陈大和与朱巧凤夫妇，再加上华山派的华无敌等诸侠，都被安排藏到雪人之中，一旦与金兵动手，便出其不意，打他个措手不及。

安排妥当，在原地等着那金兵到来。果然不到一刻钟，便见远处漫地白雪之上，有点点黑影在晃动，向这边而来。那些黑影越来越近，终于看

靖康侠影录·上部·万里寻君

清，正是金兵到了！又察觉他们人数比适才多了一倍。想见那哈米忽秃已和前方的金兵会合，因而声势大振，个个挺胸叠肚，口中吆喝着，向雪人阵冲来。

将到近前，迎面正好碰到信王一众。这时，金人中间突然蹿出一位，见此人头小肚大，活脱脱一只大葫芦，手中提了一根长枪，正是那位葫芦虎将军到了。

那葫芦虎奔到信王面前，伸手点指，大声骂道："不知好歹的宋国小贼，竟敢欺负到你家葫芦爷爷头上来啦！今儿爷爷若不好好教训尔等一番，便返回金国去，永不出来。"说着，一挺手中大枪，怒目而视。

未等信王开口，赵邦杰开口道："喂，姓葫芦的，昨日咱们一个没留神，让你小子给溜了。怎么？苦还未受够，今儿又送上门来了，要求大爷我再扇你几个大嘴巴子才过瘾吗？"

那葫芦虎一听，吐了一口痰在雪地上，恶狠狠地道："昨日是爷爷我没留神，才着了你们几个小贼的道儿。今儿你几个势单力薄，又撞在爷爷我手里。定要逮住你几个，好好惩治一番，方解我心头之恨！"不由分说，一纵上前，将手中大枪一举，照着赵邦杰就是狠命一刺，赵邦杰双斧一交，迎将上去，二人又斗在了一起。

信王向金兵队中望去，见中间两匹黑白马匹之上，端坐着两名金将，他立时认出，其中那满头红发者乃是粘罕之子野马，旁边那位满头黄发者则是粘罕的二子斜保，野马与斜保身边还有一位秃头老僧，脑门锃亮，身披大红袈裟，左手持了一把金丝拂尘，两只眼睛犹如金灯，正是来自西夏的秃僧沙无尘。沙无尘身后还有一位，也披着袈裟，体态肥胖，看不清脸，但从身形上推断，当是东风善无疑。这时，一名手持丈八蛇矛枪的金将催马赶了上来，立在野马与斜保身后，双目瞪视信王，满脸的怒容，却是那大将军哈米忽秃也到了。

再往后看，信王不禁有些激动。但见大队的金兵围住了十几辆骡车，寸步不离，骡车后面还跟着许多女子。信王识得她们的服饰，一色的宫女装束。他已断定，那些骡车之中，定然会有他要找寻的父皇与皇兄，起码也会有其中一位。信王心头一热，便欲张口喊叫出来，但还是忍住了。

野马一指信王，高声道："呔！姓赵的，胆子不小啊！就凭你身后那几位，合在一起不足二十人，还想从咱们手里劫走宋俘！真是痴心妄想！识相的，还是乖乖地下马投降，求爷爷饶你不死吧！"他一说完，立时引得金人一阵哄堂大笑。

信王听见，也不理会，任由金人奚落。他转过头，将视线转到赵邦杰与葫芦虎的打斗上，见他二位棋逢对手，板斧与大枪相交之声不绝于耳，真是好一场厮杀。

金人正笑间，忽然从金兵后面传来一个女子的叫声："榛哥哥，我是你多福妹子啊！榛哥哥，快来救我！"声音凄婉，内含无尽的伤痛与无助。

这声音好似一把利剑，直插入信王心里。信王不由得打了个冷战，举目循声望去，只见红红绿绿的一片，分不清哪位是喊话之人。单凭声音推断，正是自己的妹子赵多福，即多福公主无疑。

信王不禁热泪盈眶，失声叫道："多福妹子，我正是你榛哥哥，妹子你可受苦了，待哥哥过去救你出来。"说着，拔出腰间金剑，一边叫道："金贼，我赵榛今儿与你们拼了。"一边催马，便往金人队伍中冲去。

武穆云与陆华春正随在信王左右，唯恐信王有所闪失，双双拔出兵刃，抢到信王前面，一个舞剑，一个抢刀，直取野马与斜保。

那野马与斜保一见，不禁笑道："来得正好。"分别从马鞍桥上摘下双铜与铁饼，当即与武、陆二位战在了一起。沙无尘、东风善与哈米忽秃并不上去帮忙，而是远远地在一旁观战。

信王见武、陆二位兄弟已替自己出手，便站住不动。此处离金兵更近了一些，正好看清对手阵式。但见金兵围住的骡车后面，一群身穿宋装的宫女正聚在一起，相互偎倚着取暖，她们身上的衣衫那么单薄。信王看在眼里，不禁暗骂金人太过残忍。

信王正瞧得心酸。哈米忽秃突然将丈八蛇矛枪向半空中一举，大声叫道："儿郎们，冲啊！先活捉了这个叫赵榛的信王，再去大元帅那里领赏啦！"金兵一拥而上，直扑向信王而去。

信王连忙拨转马头，向众侠叫道："大伙快进雪人阵！"喊罢，一马当先撤向雪人阵，众侠紧随其后。赵邦杰、武穆云与陆华春听见，不敢怠慢，各自虚晃一招，拨马就走。那葫芦虎、野马与斜保正杀得性起，哪里肯放过，各持兵刃，与哈米忽秃率领的金兵一道，随后追赶。

哈米忽秃的叫声响起："儿郎们，莫放走了宋国的信王！"众金兵刚追到雪人阵前，忽见信王诸人的身影在雪人中间一晃，便没影了。

哈米忽秃愣了愣神，左右望了望。这时野马问道："大将军，这姓赵的躲到哪里去了？"哈米忽秃腆着草包肚子，瞪大了一双鸡痘眼，又向一个个雪人四下里一瞧，哪里还见一个人影儿。他不禁大奇，正想发话询问，忽听身后有人哈哈大笑，转头一看，发笑之人正是那西夏僧沙无尘。沙无尘晃了晃手中的金丝拂尘，另一只手又捋了捋胡子，神情自若。

哈米忽秃知他定有计策，笑着问道："高僧，因何发笑？"

沙无尘道："大将军不必担心，此乃宋人设下的陷阱，他们以为摆了一个雪人阵，便可轻易地将咱们阻住了，真是笑话！待我老僧瞧上一瞧，便可寻到破阵之法。"说罢，往前一催坐骑，围着那堆雪人，前后左右巡视了一番，口中喃喃自语道："西北，乾卦也，曰天阵；西南，坤卦也，曰地阵；东南，巽卦也，曰风阵；东北，艮卦也，曰云阵，取艮为雾也；东方，青龙之兽也，曰龙阵；西方，白虎之兽也，曰虎阵；南方，朱鸟之兽也，曰鸟阵；北方，玄武之兽也，曰蛇阵；中为中军阵，太极之位……"沉思一会儿，又听他念道："四象为正，四兽为奇，四象四兽各以六阵相从，中四阵为馀奇，大将所握，南正手，北正足，中立身，前奇首，后奇尾……"一路念诵下去，说的乃是诸葛亮八卦阵的口诀。

那哈米忽秃大草包一个，哪里听得懂，心中疑惑，心想："这老僧不会是假装神仙大仙来蒙事的吧！"

这时，沙无尘突然将手中金丝拂尘一摆，叫了声："有了！"转头对哈米忽秃道："忽秃将军，看我的手势出击，今儿定要活捉了那姓赵的。"

那哈米忽秃正在糊涂着，所谓有病乱投医，便即点头道："老僧既有把握，请指点便是。"沙无尘从身边取出一张黄纸，在口中念叨一番，然后在黄纸上画了不知什么符号，接着拂尘一扬，暗运内力，将那张黄纸往前面抛去。那纸被他浑厚内力一送，竟稳稳地飘向雪人阵中去了。那东风善在一旁瞧得仔细，不禁暗赞他内功了得。

沙无尘又抽出一面杏黄旗，抖开了，向前一指，口中念着咒语，转头向哈米忽秃道："成了，大将军快下令，命将士们冲入阵中。"

那哈米忽秃正等着这句话，未等沙无尘讲完，便一拍坐骑，第一个杀入雪人阵中。后面紧随着野马与斜保以及那秃僧东风善。那葫芦虎这时也叫嚷着冲入雪人阵里。

进到阵中一看，四下里全是堆垒起来的雪人，足有一丈来高，在日光下，晶莹剔透，闪闪发光。那几位骑马在雪人堆里东突西撞。"喂，大和尚，怎的是你？""啊！阿弥陀佛，怎的不见了宋人的影子？"说话者正是哈米忽秃，他刚好骑马兜了一圈，又迎面撞见了沙无尘。

哈米忽秃心中起疑："这老僧适才信口雌黄，扬言一出手便可破得此阵。此刻看他的样子，似乎也没了计策。我还以为他果有那般高的能耐呢！却原来与江湖行骗的是一路货色！"心中虽这么想，嘴上却没说出来，正要圈转马匹，向另外方向搜寻。忽感身后有动静，急忙转身来看，却未见有人。

哈米忽秃心中生疑，一提手中丈八蛇矛枪，对准身后一尊雪人的肚子，用力刺将过去。枪尖扎入雪人之中，只感松软无比，分明是刺中了积雪，于是便不假思索地想往回抽，不料，他连使两遍力，那大枪却纹丝不动，仍牢牢地深入雪人之中，好似被箍住了一般。哈米忽秃大惊失色，这次已使足了力气，再次用力回拉，他座下的马匹也四蹄撑开，似乎在帮着主人一块儿使劲。岂知事与愿违，那丈八蛇矛枪犹如生了锈，长到了雪人身上似的，怎么也拔不回来了。哈米忽秃大怒，他大吼一声，便吃奶的力气也用上了，双臂一使力，"嗨——"奋力一拉，就听扑通一声，连人带马都摔倒在雪地之上，原来这次用力过猛，那插入雪人中的大枪，却不知怎的，一下子松开了，哈米忽秃被闪了一个大筋斗，直跌得眼冒金星，被几名金兵扶将起来，口中大声骂道："哎哟！老子今儿撞上邪了！"顾不得疼痛，抓起地上的大枪，东戳一下，西扎一枪，想要把周围的雪人一个个全捅漏了。

便在此时，忽听有金兵大声惨叫，哈米忽秃回头一看，就见七八名金兵已血溅当场，死尸倒得横七竖八的，地上的积雪，已被鲜血染红了一大片。沙无尘、东风善闻声，纷纷围拢过来观瞧。

金人们大眼瞪小眼，莫名其妙，均不知为何会如此，各人心中一般的想法："莫非在这沙漠之上遇到了妖怪？"正迟疑间，就见远处的雪人堆中又一阵大乱，一名周身是血的金兵踉踉跄跄地跑过来，禀报道："大将军，大，大事不好！那些女子被几个飞贼给放跑了！"

哈米忽秃一听，好似晴空打了个霹雳，一时间目瞪口呆。还算他反应得快，片刻后清醒过来，蛇矛大枪一举，叫嚷道："快！快！给我追！都要追回来！"领着金兵正要奔出雪人阵，去追赶逃散的宋俘。哪料到，那雪人阵会变戏法，当哈米忽秃等人冲过一个雪人的阻挡，前面陡然又出现一个雪人，挡住了他们的去路。

他连忙拨转马头，绕了过去，一抬头，又是一个雪人。哈米忽秃也不去理它，一拨马，又绕了过去。谁知，前方又现出一个雪人来，哈米忽秃这一下可慌了神。他回头一看，却发现跟在他身后的那些随从此刻却没了踪影，四周全是高高矮矮的雪人。

哈米忽秃正在发窘，猛听到左近处兵刃相交，随即便有金兵的惨叫声传了过来。突然，前面两个雪人中间人影一晃，有一人手持一条大枪，大呼小叫地向这边冲来。哈米忽秃一看，正是那位葫芦虎将军。再看这位葫芦虎的模样，连哈米忽秃也给逗乐了。就见他头发散乱，小脑袋上肿起一个大包，胳膊上被血水染红了一大片，脚下的靴子也跑丢了，满脸血污，正张牙舞爪地叫嚷着。

葫芦虎一见到哈米忽秃，便道："大将军，不得了了！那些宋国女子全跑得一个不剩了，这可如何是好？"哈米忽秃一听，心中焦躁，不过转念又一想："那些女俘，都是由那大元帅的两个儿子野马与斜保一起押解的，本王只不过是半道与他们撞见，这才助他们一臂之力。即便大元帅责备下来，也与我毫不相干。"他想到此处，立时挺直了腰杆，笑道："葫芦老弟，不必担心，本王自有应对良策，此事绝不会连累到老弟你头上。"

两人费了半天的劲儿，终于摸到雪人阵外面。抬头一看，却见日头将要落山，四下里空荡荡的，远处只剩下十几辆破骡车，兀自还停在半山腰上。原本车里车外的宋俘均没了踪影。骡车四周倒毙着许多金兵的尸身。回头一望，那一堆堆雪人还耀武扬威地矗立着，北风刮过，发出呜呜的声响。哈米忽秃跳下马来，长叹一声，颓然坐倒在地上。

这时，从东南角转过来一队人马，领头的却是那野马与斜保。见这二位头发散乱，模样狼狈至极。后面那几位，情形大体相似。想见他们适才也经历过一番恶战，才侥幸逃出。

那野马奔到哈米忽秃跟前，哭丧着脸道："哈米叔叔，咱们适才与那宋贼好一番恶斗，这才突围出来。这雪人阵果然厉害，不知这些宋人是如何摆出来的？"

哈米忽秃一听，连连安慰道："出来就好，我适才可真为二位贤侄担着心嘞！咱们这便凑足人马，定要追上那姓赵的宋寇，不报此仇，誓不为人！"

野马与斜保大喜，又将逃散的金兵重新聚拢了来，一点人数，足足少了一半，再加上已逃掉的宋俘，此役可谓损失惨重。

葫芦虎便操起大铁枪，向着身旁一尊雪人身上一通乱扎，那雪人被刺了几个大窟窿。沙无尘听到声音，察觉有异，过去查看，但见那被刺穿的雪人中间竟露出一个黑洞来，里面竟然是空的。沙无尘飞起一脚，踢向那雪人腰部，扑通一声，雪屑纷飞，硕大的一个雪人应声而倒。

众金人围过去一瞧，那雪人竟是空心的，显然事先已被人掏空。野马与斜保心知有异，接连推到了五六个雪人来查看，均是空心的，且里面十分宽敞，足可躲进一两个人，怪不得适才不见了宋人的踪影，原来都躲进雪人里了。再仔细一查看，又见每个雪人的面部都被凿了几个小孔，想必定是作为观察外面的动静，以及呼吸之用。

哈米忽秃气急，双脚左右开弓，将几个雪人踩得粉碎，恨恨地道："贼老子！这些宋贼果然狡猾得很！"随后他大手一扬，道："追，雪地上留有足印，咱们顺着足印，一定能追上他们。"说罢，纵身跃上马匹，手中鞭儿连挥，领着残兵败将，一路向北追赶而去。

第十九章

父女义胆拔刀春山遇难
信王不敌兄妹聚而又散

　　再说信王等人巧设雪人阵，将金兵围困住，乘机救下了大宋被俘的宫女百十号人，遗憾的是，里面没有二位皇上，但好歹也算是一场胜仗。众侠兴高采烈，保护着众女子折而向东，想着先去到海边，然后再寻船只，将她们送往南方。

　　所救女子中间还有一位公主，乃是信王的妹妹，适才向信王喊话之人，她名叫赵多福，便是多福公主了。兄妹俩得以相见，心中自然有说不出的酸甜苦辣。于是多福便将她如何被金人掳去，路上如何乔扮成宫女，这才躲过了金人狼爪，一路支撑到现在，种种情景一一向信王说过。信王一听，不禁心中感慨，又询问父皇与皇兄的诸般情形。多福告诉信王，她也只与父皇和皇兄见过一面，以后便各走各的，无法彼此联络。

　　兄妹俩正谈得起劲，马扩驰马上来道："大哥，后面金人又追上来啦。咱们如此走法，用不了多久，肯定要被金人追上！您快想个主意吧！"多福一听，脸色大变。

信王也感事态紧急，他一拉多福的手，道："妹子快随在我身边，千万别走散了！"多福点了点头，又向信王走近了一些。信王又将一把宝剑交到她手里，用以防身。

只一眨眼的工夫，便见后面雪天一线间，一队金兵蜂拥而来，正是那哈米忽秃带领的残兵败将。信王道："马兄弟、赵兄弟，你二位带着姐妹们先行赶路，我与众位兄弟在后面抵挡一阵，随后咱们在前面会合。"

马扩与赵邦杰点头答应，带着那百十来位孱弱女子，向东继续前行。她们没有马匹，因而行速甚慢。信王则与众侠收住马缰，原地等着金兵到来。金兵越来越近，领头的正是哈米忽秃。信王心中暗想："说不定，待会儿又是一场恶斗！"

便在此时，忽见天色大变，紧接着一阵疾风刮过，天空顿时乌云密布。那风越刮越猛，不断卷起雪沙，直往众侠身上乱撞，连马匹也有些晃晃悠悠，站立不稳了。天上的乌云越聚越多，本来阳光明媚的晴天，一瞬间变得昏暗起来，远处金兵的身影也瞧不见了。

风越来越烈，渐渐变成了咆哮，地上的雪沙不断被卷起，打在众人的脸上，好似刀割斧剁般的疼痛。信王当机立断，大声喊道："兄弟们，天助我也！咱们快赶上前面队伍，金兵一时半会儿难以追来。"说罢，硬生生地将马头拨转方向，带着众侠向东驰去。

风太猛烈，座下的马匹极不情愿地被驱赶着前行，每前进一步，都要花费很大力气。约行过半个时辰，终于追上马、赵二人，众人又聚到一处。回头一望，天地之间灰蒙蒙一片，已被雪沙笼罩，哪里还有金兵的影子？机不可失，大伙强行跋涉，虽然行得很慢，但总胜过与金兵厮杀。

强风暴持续了约两个时辰，渐渐退去，天上的乌云慢慢散开，日头重现，大地又是洁白一片。强风过处，有些地方的积雪被刮走后，露出原来的黄色砂砾来。

金兵还没有出现，信王建议趁此机会，大伙快些赶路，将金兵甩得越远越好。众人均觉有理，众侠将所乘马匹让与宫女病弱者乘骑，自己步行。如此又往前行了五六里的样子，陡然间，远处现出一座大山来，山峦高耸，山脚下林木繁密。原来不知不觉间，众人已行出了沙漠之地。众人一见，无不欢喜，那些宫女则更加兴高采烈。

众人直奔向前面的大山，正在这时，从东南与西北方向，同时开过来两队人马，均是骑兵开道，马行神速，转眼便到眼前。众人大惊，停住观瞧。只见东南面所来的队伍，为首的正是那哈米忽秃率领的残兵败将。再瞧西北方面，当先有一面大旗迎风飘摆，上面隐约可见两个大大的金国文字，信王识得，惊叫道："不好，金国四太子兀术的大军到了！"

众人一听，好似晴空打了个霹雳，顿时呆在了原地。正是怕什么来什么！大伙都知道，这兀术乃是金国第一位勇士，手中一柄大斧子，更有万夫不当之勇。且此人有勇有谋，实是个难对付的主儿。为今之计，便是要尽早躲入山脚下的林子里暂避一时，怎奈还要照顾一帮宫女，行动受制。正自慌乱无计间，忽听见山脚下一阵锣响，接着便是锣声骤起，紧接着大旗竖了起来，从山脚深处涌出一哨人马，转眼间便到了近前。从他们举着的大旗可以清楚地判断，这一伙绝非金兵。

哈米忽秃与兀术率领的队伍已将信王等人困在当中。哈米忽秃咧开大嘴，高声叫道："赵榛，我看你还往哪处逃？"

兀术唤停座下乌骓马，朗声笑道："哈哈！原来是宋国的信王阁下，想不到在这儿撞见了！这真是踏破铁鞋无觅处，得来全不费工夫！赵榛，你死到临头，还不速速下马投降——"

信王未等兀术说完，便冷冷地道："完颜兀术，休要大话欺人，我赵榛誓死不做卖国贼！要我投降你们这些蛮夷，却是休想！"

那兀术听到他这番言语，并不着恼，反笑道："果然有骨气！佩服！佩服！不过赵榛，我还要提醒你几句，我可以给你个机会，若你将身后那些宫女乖乖地交给本帅，本帅一高兴，兴许便饶了你这次。怎么样，做笔交易如何？"

信王一听，一举手中金剑，厉声道："那更是妄想！除非你把本王杀了！"

兀术还未答话，葫芦虎抢着叫嚷道："四元帅，别跟这小子啰唆了，咱们还是快快动手。要我说，先擒了这个信王，然后将这伙宋匪都抓获了，回去再慢慢审讯发落不迟。"

他抖动手中大枪，便欲上前动手，却听见有人在远处大喝一声："金贼休要猖狂！某家来也！"

葫芦虎听见喊声，举起的大枪又收了回去。他转头向北一望，但见一哨人马正如飞般向这边奔至，转眼间便来在近前。为首的一位中年汉子，长得极为威武，一身的武林人士打扮，手中持了一杆长枪，座下骑一匹黄马。在这中年汉子的身后，跟着一位年轻姑娘，一身的红装，手中也拿了一条长枪。见这位姑娘，头上还罩了一块蓝帕，脸若银盘，白里透红，一双杏眼圆睁，眉目间稍带一股杀气。众侠一见，当即认出，正是那日在燕京昊天寺门前打把式卖艺的穆家父女。

父女二人的出现，大出众侠的意外。再瞧穆家父女身后，跟着十几名年轻力壮的汉子，一个个穿戴整齐，手中持刀拎枪，显然是有备而来。

信王赶上一步，剑交左手，双手一抱拳，道："啊！原来是穆英雄、穆姑娘二位，久闻大名！失敬！失敬！"

穆春山见到一个身穿大宋服饰的汉子出来向他施礼，不禁一怔，于是问道："不敢当，请问阁下是哪一位？"

信王正要答话，葫芦虎听得有些不耐烦，抢着搭话道："他就是宋国的信王，叫作赵榛。谅你也不认得！喂！我说姓穆的，你领着一伙人来在四殿下面前，口出不逊，难道要造反吗？"

穆春山一听，他怔了一下，并不理会葫芦虎，随即向信王一躬身，道："哎呀！原来是信王殿下，草民有眼不识泰山，这可失礼了。大敌当前，不便下马跪拜，还望信王殿下莫怪。"一转头，对身后的穆梨花道："乖女儿，还不快上前来，给信王殿下请安。"

穆梨花就在马上向信王道了个万福，轻启薄唇道："小女子穆梨花，问候信王殿下。"

信王连忙还礼道："不敢当！我乃落魄之人，行走江湖，全仗各位武林豪杰相助。哪敢自称什么殿下、王的，万不敢当！"

这三人竟在金人面前互致问候，顿时惹恼了哈米忽秃，他大喝一声，道："喂，我说你几个，客气够了没有？还有你，姓穆的，看来是铁了心要与咱们作对，好好好，本王正要铲除你们这些山贼，今儿是你自己送上门来啦！来来来，上来与本王比画比画！"说着就要动手。有人从旁嚷道："大将军，杀鸡焉用牛刀！看我的。"一骑飞出，正是那位葫芦虎。只因他前次被武穆云削断了钢叉，而临时改使了大铁枪。

葫芦虎叫嚷着来斗穆春山。穆春山见来了一头怪物，但见他手中那杆大枪分量不轻，料定此人还有两下子，于是问道："尊驾是谁，怎生称呼？"

葫芦虎傲气十足地答道："我乃大金国征南大将军之一，名字叫作葫芦虎。喂，你叫什么名字？"

穆春山一听，笑道："我叫穆春山，在此占山为王已有个把年头。今日听说有金兵在此逞凶，路见不平，便出来管管这个闲事。"

葫芦虎一听，也笑道："噢！原来是个占山的响马！看招！"他一抖大枪，一招"飞云遮雾"，照着穆春山就是一枪。穆春山乃是使枪的行家，家传一路梨花枪，变幻莫测，神出鬼没，方圆几十里，从未遇到过对手。不过他占山为王，专劫富豪劣绅，对一般老百姓却秋毫不犯。有时见人遇到难处，还要救济一把，因而在此处名声甚好。他只有一个女儿，名叫穆梨花。那日，父女俩一起去赶昊天寺的庙会，一时心血来潮，便打起把式、卖起艺来。本想借此机会，显露一下武功，不承想竟会遇到金国四少过来捣乱。他父女不愿暴露身份、多生事端，亏得后来来了少林神僧无极和尚、丐帮的神仙老丐相助，这才脱离险地。

兀术身后的不雪兀术一双贼眼，早就瞄上了穆春山后面的穆梨花。那日在昊天寺，他偷鸡不成，反蚀把米，被神仙老丐着实教训了一番，自此便害上了相思病，整日跟人打听穆姑娘的消息。派出去的手下每次都是空手而归，免不了要挨不雪兀术一顿臭骂。过了几日，又不死心，便去央求他父王兀术帮着打探，发誓非此女不娶。如此又过了数月，岂知今儿竟意外得见，这怎能不令他心痒难搔？两只贼眼直盯着穆梨花，一刻也不离开。

这时，不雪兀术凑到父王兀术耳边，低声嘀咕道："父王，这位女子便是孩儿日思夜想的美人儿，求父王将她捉拿，赏给孩儿做媳妇吧！"那兀术一听到儿子央求，又向那穆梨花一望，果有几分姿色，当即满口答应，便吩咐下去，不可伤着那穆家父女二人，要捉活的。

葫芦虎身在阵前，对这等事情并不知晓，他一条大枪上下翻飞，恨不得一枪便在穆春山身上凿十几个窟窿。那穆春山枪法何等了得，几招过后便瞧出葫芦虎在使枪方面是个外行，不想与之太多周旋。他突然加快枪法，一招"海底拾贝"接着一招"铺天盖地"，大枪枪头突然闪出无数花点，点点如缤纷梨花。葫芦虎哪见过如此神奇的枪法，一时无措。他张了张口，一时间竟忘了挥枪来挡格。眼见就要被穆春山一枪扎个透心凉，便在此时，人影一晃，从金兵中蹿出来一位，丈八蛇矛枪一挺，格开了穆春山刺到的一枪，这才救了葫芦虎一命。

救人者乃是哈米忽秃。他手持丈八蛇矛枪，横枪在身前，向穆春山赞道："梨花神枪，果然名不虚传，今日一见，佩服！"他倒非客气，适才见那穆春山枪法了得，也自叹不如。

穆春山适才被哈米忽秃伸过来的蛇矛枪一格，立感对手力大枪沉，知他绝非等闲，不敢小觑，于是问道："尊驾是哪一位？怎生称呼？"

哈米忽秃答道："我乃大金国征南大将军哈米忽秃是也！咱俩都是使枪的，今日难得一聚，我倒要领教阁下的高招。"他明知没有取胜的把握，但在那四太子面前，说什么也不能屈人一等。

穆春山不禁一惊，心想："这金贼果然好眼力，适才我只显了几招，便被他一语道破，看来这人在枪法上确有些造诣，我须得小心才是。"于是一挺手中大枪，道了声："那便得罪了！"出手便是一招"引蛇入洞"，大枪圈了一个弯，分心便刺。那哈米忽秃叫了声："好！"用丈八蛇矛枪向外一格，斗在了一处。

穆梨花在一旁为她爹爹观敌料阵，见那哈米忽秃果然有两把刷子，手中一杆蛇矛枪，上下翻飞，指东打西，变幻莫测，且招式凶狠毒辣，心想："这也就是咱们梨花枪与他对敌，若换上旁人，说不定几招下来，便已吃不消了。"那穆春山几年来少遇强敌，今儿棋逢对手，不禁抖擞精神，全力迎战。哈米忽秃开始时还咬牙切齿，直至气喘吁吁，额头上也冒汗了。金兵一个个摇旗呐喊，拼命为本队将军助威。

就在这时，一个金国少年却悄悄拨转了马头，慢慢从侧面移向穆梨花。那少年脸上显露出垂涎欲滴的神色，双手一张一合，似乎随时就会扑将上去抓人。这一切早被旁人瞧在眼里，未等那少年察觉，众侠之中已蹿出一人，瞬间欺到那少年马前，将之拦住，单刀点指，怒道："不雪兀术！你想干吗？要偷袭不成？"

那金国少年正是不雪兀术，他见形迹已然暴露，于是一不做，二不休，手中一条皮鞭连挥，大声道："你是哪位？胆敢管本小爷的闲事！可是活得不耐烦了？"说着，挥动皮鞭，劈头盖脸地向那人抽来。

那人正是陆华春。陆华春见不雪兀术皮鞭抽到，也不慌张，大刀向上一撩，将不雪兀术的皮鞭挡了开去。接着刀头一转，刀尖急点不雪兀术手腕要穴，真个是迅疾无比。不雪兀术武功本来平平，眼见陆华春的刀尖便要点到他的手腕上，搞不好，他的一只手非被削掉不可。

这一下可急坏了一人，他大喝一声，身子倏地从马背上腾空而起，向前扑出，瞬间便飞至不雪兀术身前，右手猛地往前一探，竟来抓陆华春持刀的手腕。陆华春不禁一惊，急忙撤回大刀，同时挥刀在身前一护，这才看清对方来路。那人身在半空的当头，一声马嘶，从后面跑过来一匹浑身黑透的乌骓马，恰好停在那人身子下面。那人从半空下坠之际，正好又坐回到马鞍桥上，真是匪夷所思，周围人等都看得目瞪口呆。

陆华春趁此机会，退后一步，向着来人脸上一望，见他生得方面大耳，鼻直口方，一双三角眼，双目如电，长了一只鹰钩鼻子，脑门锃亮，显得神气十足。头上戴一顶狐皮帽子，身披狐皮大氅，里边还套了件翻毛的锦缎背心。正是那金国四太子兀术。

陆华春又望了望兀术座下那匹乌骓马，但见此马高大健壮，精力充沛，堪称得上宝马良驹。又见兀术从马鞍桥上摘下一柄车轮似的金斧来，斧杆足有碗口粗细，乃是纯金打造，在日光下锃光瓦亮，耀眼夺目，一看便知斧大且沉，少说也有一二百斤的分量。不过在这位兀术手里，却犹如一根擀面杖，竟毫不费力。看样子，此人力气大得出奇。

陆华春一见，便知自己非这兀术的对手，但事已至此，不能临阵退缩。陆华春一咬牙，心一横，朗声说道："阁下可是人称'金国第一勇士'的兀术元帅吗？今日一见，果然出手不凡，在下陆华春佩服之至！"

那兀术一听，大嘴一撇，斜眼向陆华春身上一睨，傲气十足地道：

"小辈，你也敢跟本王比试过招吗！"说着，双手一挺金斧，顿时漫天金光乱闪。陆华春拨马退后一步，朗声道："我陆华春不才，今儿倒要领教阁下的几手高招，请！"说罢一招"仙人指路"，亮了一个架势。

兀术仰天哈哈大笑，道："无名的小辈，竟敢口出狂言，今儿非让你见识一下爷爷斧子的厉害不可，叫你也知道知道什么是天高地厚。"说着，抬起金斧，一招"力劈华山"搂头便劈。陆华春举刀正要招架，忽从身旁探出一条镔铁大棍来，有人叫了声："开也！"只听当的一声巨响，直震得耳朵嗡嗡作响。接着嗖的一声，那大棍便带着风声，向斜地里飞了出去。再看那兀术手中大斧，也只是向上荡开了一尺开外。

有人大声叫道："好厉害！哎呀！我的大棍呢？"陆华春侧目一瞧，见适才举棍上来助他之人，正是二哥马扩。这时却见马二哥双手的虎口处已被震裂，正流出血来，而手中大棍早已不知了去向。陆华春急忙举刀催马，护在马扩身前，以防兀术乘机攻击。

却见那兀术又仰头大笑道："真是一帮乌合之众！还抵不住爷爷一斧！你两个快快逃命去吧！换一个本事大点儿的，再和爷爷比过。"

马扩与陆华春虽听得惭愧，但心中却知此乃实情，他们两人合在一块儿，也未必是兀术的敌手。再瞧那一边，老英雄穆春山与哈米忽秃正斗得激烈。

这一旁，不禁惹恼了另一位侠士，正是那太行派的好手徐江末，号称"徐大棒"的那位。他一挺手中白蜡杆子，一催马，迎上前去，不由分说，举棒便砸。那兀术一见，鼻子哼了一声，双手举金斧向外一格，也不见他如何使力，便听见"当——"接着，半空中已多了一根白蜡杆子，翻着筋斗直飞向后面远处，正是那徐江末被磕飞的大棒。

徐江末大吃一惊，心中怦怦乱跳，低头一看双手，满手是血，也受了伤。那金国兀术连败二侠，金兵士气顿时大振。不雪兀术更是嚣张，立在他父王身后，挺胸叠肚，一脸的得意之色，一双贼眼却始终不离穆梨花左右。

接下去，泰山派的李铁笛、淮河派的陈大和，以及陆华秋等，均在一招之间，便即败在兀术手下。全都是兵刃被震飞，双手虎口被震裂，流出血来，大败而归。信王一见，不禁双眉紧锁，情知事态不妙，暗自思考脱身之策。一瞥眼瞧见身后那百十来名宫女以及随在身后的多福妹妹，心中不禁一寒，心道："想我堂堂一国信王，怎能临危之际舍弃大批同胞而不顾，独自逃生呢？对！必须坚守到底，才是活路。"想着，便不禁重新振作起精神。

这时，武穆云上前，向信王道："大哥，这兀术太过凶悍，恐怕咱们单个儿绝非其敌手，不如兄弟我先与陆家两位哥哥同时上去斗他，或许可以战上一战。"

信王点头同意，武穆云拔出宝剑，陆华春托着大刀，陆华秋握着镔铁大枪，三人呼喝一声，同时抢到兀术马前，分三面将个兀术围在当心，刀剑枪轮番向他身上招呼。

那兀术一见，哈哈大笑道："来得好！再来几个，本王也不在乎！"抢起手中金斧，东架西扫，势如旋风，立时将武、陆三位阻在一丈开外，近身不得。

那司马文君一见，也催马上来助阵。她与武穆云分别由东西方位进攻，陆家兄弟则由南北方位夹击，武穆云一招"秋风扫叶"，横扫兀术面门，兀术正要挥斧来挡，武穆云早已撤剑避开。而另一面，司马文君却以一招"落井下石"，挥剑扫向乌骓马马腿。兀术眼观六路，耳听八方，一见之下，急挥金斧向后一撩，司马文君一拨马又让开了。这时，兀术却听到风声飒然，知道有人偷袭，也不回头，"二郎担山"，大斧在肩上一扛，当的一下，分别将陆家兄弟欺来的一刀一枪挡开，由于他这次没怎么使力，因而陆华春与陆华秋手中的兵刃才没致脱手，不过两人已感手心发麻，知道这位兀术果有神力。以后便更加谨慎，再也不敢硬碰硬，而是改变了战术，与他打起了游击战。

这五位你来我往，在雪地之上混斗在一起，那兀术被四侠围住，面不改色，从容自若，但他已瞧出面前这四位机敏，不像先前那几位，只知一味地硬拼，因而不再小觑这几位，将金斧抢圆了，挂着风声，这一路打下去，便斗过了二十余回合，未分胜负。

信王一见，机不可失，正想如何带领众人向东撤离，忽听那边一声大叫，扭头一看，见到那哈米忽秃在马上身子一栽歪，险些掉落马下，就见他肩膀上已被鲜血染红了一大片，分明是已受伤。

哈米忽秃一拨马，正欲奔逃，穆春山哪里肯放，大枪一举，一招"直取华山"，大枪倏地向哈米忽秃背脊刺到。枪到中途，忽听金兵中有人大声呼道："快！快放箭！"一排羽箭射将过来。

穆春山大惊，急忙撤回大枪，以枪拨打羽箭。这时穆梨花也催马赶到，帮着父亲拨打雕翎。只见金兵发箭如飞蝗，一排接着一排，瞬间父女俩身周，便散落了一大堆羽箭。正所谓，没有不透风的墙！那穆春山一个不小心，被一支羽箭射到胳膊上，顿时鲜血直迸，受伤的胳膊便渐渐使不上劲来，手中大枪拿捏不住，忽地往下一沉。这时又有几支飞箭射将过来，不偏不倚地击中他胸部。穆春山大叫一声，仰面摔倒。

众侠见到，急忙上来救援。马扩、赵邦杰各舞棍斧，在前面拨打雕翎，信王等人七手八脚地将穆春山抬到后面。只见他胸口处插着三支羽箭，入箭处不断渗出黑血，显然这些羽箭都带有剧毒。又见他呼吸微弱，命在顷刻。

那穆梨花在一旁，不住地唤着："爹爹！爹爹！"过了好一阵子，穆春山才微微睁开双眼，他先望了望身旁的穆梨花，缓缓伸出手来。穆梨花连忙握住父亲的手，哭道："爹爹！你感觉怎样？"

穆春山见到女儿，脸上顿时露出一丝微笑，轻轻说道："乖，乖女儿，爹爹我，我恐怕是不行了！只是以后撇下你独身一人，爹爹我实在是不放心。"穆梨花一听，哭道："爹爹，你不会有事的，你一定会好起来的。"

穆春山道："乖女儿，别说傻话了，人都是要死的，唉——"他转头，望见了信王，顿时眼睛一亮，道："信王殿下，你好。"

信王伸手握住他的另一只手，轻轻说道："穆英雄，你有何吩咐？"穆春山颤巍巍的手，指着穆梨花，道："我，我恐怕是不行了，我身边只有这个女儿，我放心不下，以后要拜托信王殿下多多照顾她，我……"一口气没喘上来，就此与世长辞。

信王与众侠不禁都流下泪来，那穆梨花更是哭得昏死过去。尹翠翠、董扬花等女子忙着上前救治，掐人中，拍背，忙活了好一阵，这才见穆梨花悠悠醒转，她放声大哭道："爹，爹，爹爹。"穆春山却一动也不动，再也听不到女儿的呼唤了。

这时，金兵又发起了急攻，先是弓箭手一阵羽箭，一队队金兵个个手持刀枪，嚎叫着扑将上来，霎时四面八方全是金兵的影子，将众侠及众宫女护在当中。那哈米忽秃忍着伤痛，咬牙切齿地叫道："儿郎们，别放跑一个宋贼，有反抗者，格杀勿论！"

金兵如潮水般涌将过来。信王率着众侠，保护着众宫女，且战且退。金兵人数太多，众侠虽然拼尽了全力，可还是不时有大宋宫女被金兵或再次掳去或为刀枪所伤，顿时哀哭、呼号之声响成一片。有些宫女不愿再次沦为阶下囚，奋力反抗，但她们孱弱的身体又怎能敌得过那些金人的刀枪，于是纷纷做了刀下冤魂。一时之间，雪地上横七竖八地倒了一地。

又过了一会儿，金兵越聚越多，信王等众侠所围成的保护圈终于被金兵冲破。那些宫女一时间大乱，没命地四散奔逃。多福公主一直随着信王左右，这时慌乱之中也不知了去向，不知是死是活。

信王四下里搜寻，未见她人影，不禁心中焦急，于是大声呼唤道："多福妹子！多福妹子！"可四下里喊杀声响成一片，哪里还能听见她的回音。一时间，雪地上到处是四散奔逃的宋朝宫女，后面跟着如狼似虎的金兵。穆家父女从山上带下来的十几名汉子，这时也没了踪影。

信王一见，也顾不上多福公主了，他大声呼道："弟兄们，大家向东北方向撤，进山躲避。"当先拨转马头，手舞金剑，头前开路。武穆云、司马文君、陆家兄妹等左右相护。后面跟着众侠，一起合力冲出金兵的包围，一路飞驰。驰出一阵，渐将追赶的金兵甩在后面。

此刻已近黄昏，天色渐暗，又行了一阵，终于进到山谷之中。这时天色已全黑，月亮还未升起，伸手不见五指，后面再也听不见金兵的追杀之声，也见不到有火把的照耀，众侠这才放心。

信王道："金人必定担心深夜追赶太过凶险，因而早早地安营扎寨。"众人寻到一处树林暂时歇息，不敢生火，怕金兵发现，只将随身带着的干粮就着雪团，胡乱吃饱了肚子。信王一清点人数，众兄弟们一个不少，唯独不见了他的妹子赵多福，还有那穆梨花，也在混战之中走散了。

信王道："这金国四太子诡计多端，武艺又高强，咱们均非他敌手，我猜测明天他定会循着足印寻上山来，咱们须得想个应付的法子，叫他知难而退，不再追赶才是。"

华山派的华无敌平日里少言寡语，这时却开口言道："大哥，小弟倒有个妙计，不知是否可挡得住那兀术。"

信王一听大喜，道："华兄弟，快快说说，是何妙策？"

华无敌开口道："兵法有云，虚者实之，实者虚之。既然这兀术必要循着足印来此，不如咱们利用这些足印大做文章，借以迷惑一下金人，叫他辨不清咱们的去向，岂不省事？"

信王一听，顿时醒悟，大喜道："华兄弟真乃妙策！咱们就这么办。"

众侠闻听，均觉有道理。赵邦杰咧开嘴大笑道："虚虚实实，真假难辨，咱们在雪地上多留几串足印，叫龟儿子金贼去兜圈子吧！"

事不宜迟，众侠当即筹划起来，先将可能途经的路线进行筛选，选出最可行的几条出来。信王便分派人马，分别派出五队出去，各沿不同的路线行走，待行出去几里地后，再设法从别处折出，到前方约定地点集合。如此整整忙活了大半夜，这才一切就绪，信王又将一切细节处置妥当，专等明日金人过来上当。

众侠不待天亮，又即动身。他们这次另辟蹊径，顺着一条极其隐蔽的小道，一路曲曲折折，向北行去。他们行得极慢，一边走一边将身后马匹留下的蹄印，用沙土和树叶掩盖好，叫金人难以察觉。

如此又行了二里地，信王这才道："好了，咱们先在此歇一歇。"

众侠停马，信王向武穆云与陆华春道："两位兄弟辛苦一趟，徒步往回去探听一下金人的动静，咱们在此等候。"

武、陆两人领命，于是施展轻身功夫，一路在林间纵跃飞奔。这时天色已大亮，过不多时，就见武、陆二人又返了回来，向信王汇报说金人已经顺着几条错路，分别追赶去了。

信王与众侠一听，这才松了一口气。信王道："纵使这金国的四太子机智百倍，他已猜出咱们是在迷惑他们。但要他短时内判断出咱们的去向，恐怕还做不到。兀术定会顺藤摸瓜，一条一条地去寻，这便为咱们赢得了时间。大家全力前行，料想不消多时，便可翻过前面几座大山。"

马扩道："对，让金贼们在雪地里空转悠去吧。"

果然，再往前，不再遇到金兵的阻挠。如此只行了半日，便觉地势渐渐平坦，原来已进入草原之上，四外枯草连天，一望无际，已离那中京不远了。

路上的金兵队伍却又多了起来。为了避免与金兵发生正面冲突，众侠只得白日里休息，晚上赶路。这一日，便来到一座城池之前，抬头一看，但见那城墙足有二三丈高，在城墙里现出一座高大的宝塔，气势恢宏，蔚为壮观，城门上方写着三个大字："阳德门"。门口处有一队金兵，正在站岗放哨，对过往的行人进行盘查。

信王一指这城池，道："这便是大辽国契丹的旧都，如今败落成为金国的陪都了。"

众侠一听，才知已来到中京城。不过从外表上看，倒有些像汴京城。来到城门外，上来两个金兵，将他们拦在门口。一个扯着嗓门问道："干什么的？快下马，咱们搜查一下。"又一人叫道："将兵刃都交出来，咱们城内不准携带兵器，难道你们几个不知道吗？"众侠一听，均皆吃惊，正要与之理论。

这时，马蹄声嘚嘚，有两乘马从城内驰出，径直来到众侠近前。马上乘者翻身跃下，众侠一看，原来竟是两名道士。其中一个老道手拿拂尘，向着一名金兵一拱手，说道："无量天尊，这位金爷，小老道乃是本城玉清观的观主。这几位是本观特地请来表演武术把式的，均来自外省，不晓得本城的规矩，还望金兵老爷莫见怪。"

那金兵眯着眼，打量了那老道一下，于是道："原来是玉清观的观主，嗯，好吧，今儿就卖你一个人情，这些人便交与你了，可别惹出什么乱子来，否则吃不了兜着走！"那老道当即拱手称谢，随后向信王等一招手，领着众侠涌入城中。

那老道头前领路，在中京城内左拐右绕，行了大约一个时辰的样子，便来到一座道观之前。但见观门上方的牌匾上，书写着三个大字："玉清观"。左右各有一副对联：上联写道："玉树临风"。下联："清净雅俗"。观周院墙四四方方，里面殿宇齐整，古松郁郁葱葱，在北国之地也算得上一座圣地。

刚行至近前，只见观门口正站立数位，信王一眼认出，其中一位正是玉真门王文卿，当即翻身下马，上前拱手道："哎呀！原来是王道长，数日不见，别来无恙！"

那王道长一见到信王，当即也是双手一拱，还礼道："无量天尊，信王殿下，你可来了，快到里面坐下说话。"信王此时才明白，原来是王道长事先安排好的，否则要进这中京城，势比登天还要难。

大伙进到观内，见玉真门弟子均在，故人重逢，自然有说不完的话题。信王便将那日分别以后的种种情景，一一向王道长述说了一遍。王道长听后，开口道："无量天尊，信王殿下，自那日与殿下分手后，咱们便一路打听二位皇上的下落。前些日探知，已行往金国中京去了，于是择路赶来。亏得这里有我的一位道兄在此。"他一指那玉清观的观主，介绍道："这位便是风清道人，在此隐居多年，咱们玉真门自打到了城内，便暂居在此，等着殿下的消息，果然被老道猜中了，你看今天咱们又见面了。真是可喜可贺啊！"

信王听罢，急忙领众侠向风清道长道谢。这时，观中小道士端来茶水斋点，大伙边吃边聊。武穆云瞧见那金门派的新掌门赵风定也在其中，于是上前与他叙旧。

信王又将与妹子赵多福中途聚而又散之事，向两位老道讲述一遍。两位老道一听，均觉可惜。王文卿道："无量天尊，真是可惜，不过殿下只管放心，明日我便传信下去，委托各处道友帮着寻找令妹的下落。"

信王甚是感激，又说起二位皇上之事。那风清道长言道："据观中弟子多方打探，现已探知，两位皇上已到了这中京城内，只不过具体位置还不很清楚。"

信王一听，连连感谢："道长高风亮节，小王不胜感激。既然我父皇与皇兄现正关在城中，还请两位道长鼎力相帮，营救他们才是。"

王文卿与风清道长同声道："无量天尊，那是自然。"

风清道长道:"殿下只管放心,早先便得知皇上已信道多年,按理说,这也是咱们分内之事。皇上既有难,咱们自然不会坐视不管。"信王听后,又是感谢一番。

便在此时,忽见一个年轻道士急匆匆地从门外进来,向那风清道长禀告道:"师父,弟子被师父派去打探大宋皇上所押的地方,现已探明……"他抬头望了信王等一眼,不再说下去。

风清道长道:"这些都是自家人,但说无妨。"那年轻道士一听,这才继续道:"范大人讲,他已获悉,两位皇上确已到了中京城。现下已被关在一处叫作相府院的地方。"

信王在旁一听,问道:"道长,这相府院,是何所在?"

风清道长答道:"据老道所知,这相府院原是辽国相府居住之所,距咱们玉清观不太远。在玉清观的西北头,中间隔了几条街,会武之人不消半个时辰,便可抵达。"于是又将那相府院中的种种情况与信王一一说明,信王听后大喜,连声道谢。

众侠听说已查知皇上的所在,纷纷摩拳擦掌,要前往营救。

信王道:"知己知彼,战无不克,要去那相府院救人,须先将里面的情况打探清楚再说。"

王文卿道:"信王殿下所言极是,趁着这几日金人正忙着开什么武斋会的当口,正好下手。"

信王一听,便问道:"这武斋会是怎的一回事?"

那风清道长答道:"说起这武斋会,它可是咱们中京的一个老节日了。每年腊月前后,都要举办一次。届时,各处的武林人士纷至沓来,一起比武切磋。听说凡是最终的胜者,便被封为征南的先锋官,这本是大辽的传统旧俗,自打金人来了之后,觉得有用,便沿袭了下来。"

赵邦杰一听,便抢话道:"大哥,咱们也去凑凑热闹吧!好歹打趴下几个金贼,出口恶气。"

信王看了他一眼,道:"兄弟的相貌,金人皆知,倘若贸然前去,恐怕没等到了台上,便已被金人识出捉拿了。"

余人一听皆笑。赵邦杰听信王言之有理,便缄口不再言语了。

信王道："金人举办武斋会，乃是天赐良机。咱们正好趁机前去相国府救人，再派几名弟兄到那武斋会去打探动静。"众侠一听，齐声答允。

信王又将武穆云、司马文君、陆家兄妹以及江南铜笛秀才冷云秋叫到身边，嘱咐他们几个乔装改扮一番，之后混入人群里，前去武斋会探听消息。武穆云等领命，下去收拾打扮。当夜无话，次日一早便出了道观，一路打听，向那武斋会方向而去。

这里原来有一个小校场，坐落在山脚下，乃昔日辽人练兵比武的场地。金人来了后，仍将它保存完好，四周又建了闹市，故而每日里来此烧香拜佛、溜达的人不断。这几日，金人在此举办武斋会，更是吸引了十里八乡的百姓来此观看。一时间，聚来了笙歌管弦，引来了三教九流，买卖铺子生意因而变得红火起来，使得本来十分清净的一座古刹，如今变成了大杂烩。

到了寺庙附近，已是人声鼎沸，老百姓摩肩接踵，一派节日景象。远远地便见到一座宏伟的寺院立在半山腰上，一条山路笔直通过。武穆云等几人好不容易挨到寺院之前，一打听，才知那武斋会便在寺院右首位置，于是折而向东，才走了百余步，便能听到呐喊声、助威声、嘈杂声不断传来，原来有人已在那儿交上了手。

学武之人最爱凑这个热闹，武穆云等几位正当英年，血气方刚，当即奔到那校武场近前。但见里里外外已聚集了不少人，一个个兴高采烈，注视着前方一块四方擂台。几位侠士挤进人群，抬头望去，好大的场面！

小校场中间空出一块平地来，正中央立着一面金国大旗，迎风飘摆，旗下摆设了许多桌椅，桌前端坐之人，都是金国将官模样。他们面前的桌上摆满了各色珍馐美馔、新鲜水果。几位金国将官正在高谈阔论，仔细一瞧，却都是认识的。但见为首一位，是一个高大将官，全身金盔金甲，红光满面，体态端正，一绺花白胡须在胸前飘洒，正是那金国大元帅粘罕，不过粘罕此刻双眼有些发红，显是憋了一肚子火气，无从发泄。粘罕身边端坐一将，生得虎背熊腰，正是那金国的大将军完颜花骨朵。花骨朵一边谈笑，一边大口地嚼着美味，显得十分惬意。

再看花骨朵身旁，却坐着几位女子，模样极为俏丽，一个个穿红戴绿，涂脂抹粉，但在她们的眼神里，却难掩一丝淡淡的哀愁，坐在那儿一动也不动，好似木雕泥塑。

再往一旁望去，有一行人立刻引起了武穆云的注意，只见这些人中有男有女，那男子之中，为首的是一位老者，头上绾着发髻，身上却穿一件宋人才有的黄色袍子，破旧不堪。他须发皆白，由于长期未经梳理，显得有些凌乱。瞧他面容，极为憔悴苍老，两腮也深陷进去，带着一副愁苦之色。在那老者身旁，还坐着一个年纪稍轻的男子，也同样穿着黄得发白的袍子。见他头发散乱，头顶也绾了个圈儿，一脸的胡子拉碴，满是污垢。瞧这年轻男子的面色，与那位老者相仿，满脸的哀愁，似乎内心藏着说不尽的苦楚。

这一老一少，武穆云是认识的，正是大宋国的徽宗与钦宗皇帝，只是没料到仅隔数月，两位皇上竟会变得如此消瘦，比之在昊天寺那会儿，不知要苍老多少。武穆云又转目向皇上身边瞧去，只见那里聚着十几个衣衫褴褛的年轻公子。他们正矜持地坐在那里，双目都一眨也不眨地瞅着两位皇帝。这些公子身后，穿红戴绿，是一群女子，除了几个上了岁数的，其他的都很年轻，均在二十岁左右，其中竟还有两三个小女孩。但瞧这些女子的神情，无一例外，都是愁容满面。她们身上的衣衫，所用布料虽是绫罗，却已看不出本来面目，变得发黄破旧，且又如此单薄，已抵不住冰冷北风的侵袭。她们不住地瑟瑟发抖，只得相互簇拥着取暖。

武穆云想："看样子，这些女子定是皇上的家眷了，想她们以前，居住在汴京皇宫之中，茶来伸手，饭来张口，穿绫罗，戴珠玉，那时是何等的风光快活，如今一旦沦落为阶下囚，任由金人侮辱摆布，这真是此一时、彼一时呢！"

正想间，忽听有人尖着嗓门叫道："安静！安静！"这时，场边渐渐停了喧嚣，目光全集中到台上，原来在台上说话的金人是一个干瘦的老头。武穆云认出他就是哈里赤，想不到今天又跑到武斋会当主持了。

哈里赤接着道："诸位，适才咱们大金国的无敌勇士额鲁观为咱们表演了上乘的武功绝技，举手间便接连打败了几位武林好手，这真是可喜可贺！"哈里赤顿了一下，接着道："场外还有哪一位不服气的，便请上来比画比画。若能打败咱们的金国大勇士，除了重赏外，还将封他为大金国的首位征南先锋官，以后升官发财，指日可待啦！"

又有几个不知道天高地厚的财迷，不顾死活地嗷嗷叫嚷着奔上台去，向那额鲁观挑战。一上去，没几个照面，便被那位身高马大、背阔腰圆的额鲁观摔出场去，顿时跌得头破血流，个个夹着尾巴逃之夭夭了。

完颜花骨朵大声赞道："好样的！额鲁观，本王便封你为征南先锋官……"他话音未落，就听场边有人大声叫道："慢！大将军，本将不服，欲向这位额鲁观兄弟讨教一二！"说话间，便见从台下忽地一下，蹦上来一个汉子，一身的金国武士打扮，瞧装束，看得出此人级别不高。中等身材，长得好似一个圆球，满脸、满身的肥肉，小眼睛，塌鼻梁，腰长腿短。

这人跳到额鲁观身前，叫道："额鲁观，在下多昂木。咱们二人过过招，看谁的本事大。"额鲁观适才听那花骨朵要封他为征南先锋官，正在心中美着，忽然从外面跳上来一个矮胖子，口口声声要与他比试，见他也是从金国来的，便气不打一处来，没好气地说道："你就是多昂木，瞧你一身的肥肉，能有多大能耐！也敢上来与咱们比画！"

多昂木一听，也不与他计较，突然身子往上一蹿，平地里蹦起五六尺高，挥拳便向额鲁观面门击来。额鲁观大吃一惊，从来没见过如此打法，连忙双手在头前一架，想要挡开多昂木的拳头。岂知多昂木此下为虚招，拳到中途，立刻转向，以胳膊肘为轴，小手臂突然转了个圈，拳变掌，啪的一声，一掌结结实实地拍在额鲁观右肩上。额鲁观一个踉跄，好在没摔倒在台上。他立即站稳身子，大吼一声，双臂齐摇，发疯似的向多昂木扑去。多昂木一见，忙施展灵巧身法，左一蹲，右一溜，都轻巧地闪了开。额鲁观一见，急得在台上团团转，好似一只大狗熊在追撵着一头小野猪。两人在台上斗起法来，你追我赶，动作滑稽可笑，惹得围观的众人开口大笑。连那粘罕与花骨朵见了，都觉这二人在台上如此表演不太雅观，但又不便上去阻拦，只得耐着性子观看，心中直盼望着这两位赶快收场。

就在这时，忽听校军场外有人大笑，笑声响亮，声震屋瓦，众人一惊，纷纷转目瞧去。额鲁观与多昂木听到笑声，也停手罢斗，双双跳出圈外，不明发生何事。笑声一过，接着有人大声道："大元帅，好快活啊！怎的这等好事情，也不事先通知咱们兄弟一声？"随着金兵头前开道，围观百姓向两旁一闪，当下驰进来一伙人，为首一位身长体阔，手持一把金光耀眼的金斧，座下乌骓马，正是兀术到了。

武穆云与陆华春都吃了一惊，不禁对望了一眼。但见那兀术浑身灰土，满脸风尘仆仆，双目熬得通红。再看兀术身后，紧跟着一位金国少年，正是那位不雪兀术。再往后，都是熟识的，西夏僧沙无尘、秃僧东风善、葫芦虎将军也位在其中。个个脸露疲惫之色，满身的泥泞，座下马匹也不住地打着喷嚏，显得极不耐烦。

武、陆等人见到这等情景，忍不住都要笑出声来，均想："这些家伙定是中了咱们设下的迷魂计，在雪地上枉费了半夜的体力，跑了不少的冤枉路，才累成这副样子。"

这时，粘罕等已离座，上前相迎。粘罕道："原来是四太子殿下驾到，本帅有失远迎，还望莫怪。"那兀术道："大元帅不必客气，咱们都是自家人。"

粘罕将兀术让到自己身旁的一个座位上，吩咐手下添置杯筷、酒席，询问近来情形。兀术便将前日在途中遭遇几十个反贼以及如何不慎中了圈套的事情说了，最后道："这宋人太过狡猾，累得咱们弟兄多跑了许多冤枉路，最后还是叫他们一伙溜掉了。我料到这些人必会前来中京兴事，这才连夜赶来，给大元帅先提个醒。"

粘罕一听，不禁心下吃惊，便道："有这等事！这几日，本帅正在筹办这一年一度的武斋会，并未留意有宋贼混进城来，否则的话，便可将之捉住。不过殿下大可放心，本帅这便发下号令，全城封锁路口，戒严搜捕，料这中京城能有多大？定会将那几十个反贼捉拿。"

兀术一听大喜，道："好！那便看大元帅的手段了！"

粘罕当即传令下去，全城大搜查。武穆云、陆华春见这二位交头接耳，便知这两人没打什么好主意。果然，就见一个金官上来接过令箭，飞奔传令去了。武、陆二人相互一咬耳朵，带着余人悄悄挤出人群，各自施展轻功，瞬间撵上那报事官。见那金官怀揣令箭，正要飞身上马，未料脚刚踏上马镫，便觉腰间一麻，全身发软，支撑不住，扑通一声摔倒在地上。原来他不觉间，已被武穆云从背后点中了穴道，随即被众侠拖到僻静之地，从他身上搜出了令牌、令箭，取出绳索，将其绑了。

武穆云道："陆大哥，事情紧急，咱们须得先将此事告知大哥得知才是。"陆华春点头道："正是。"便转头对陆华秋道："二弟，你与三妹拿着这块令牌，乘上金人这匹坐骑，先去给信王大哥送信。我与武兄弟等几位继续回武斋会打探消息。"

陆华秋与陆华影答应一声，兄妹俩同乘一骑，飞奔而去。武穆云、陆华春、司马文君还有那江南铜笛秀才冷云秋，这才重返武斋会。

此时，校军场上情势大变，额鲁观与多昂木因为兀术的到来，已停手罢斗。这时哈里赤又尖着嗓门，站在台上大声叫道："各位，咱们大金国四太子殿下莅临本会，这确是一件大喜事！众所周知，四太子乃是我大金国第一位勇士，太子殿下这么一来，咱们顿感蓬荜生辉。"

这家伙显然是个拍马屁的高手，只听得兀术心里美滋滋的，适才一肚子闷气，此刻也烟消云散。他操起桌上的酒壶，与粘罕吆五喝六地吃将起来。粘罕命金兵去宋俘人群中，抓十来名年轻美貌的女子陪兀术等人喝酒。大宋宫女本是金枝玉叶，以往在宫廷里被宠幸得很，如今要她们去陪金人们喝酒取乐，哪里肯干。哭声震天，一个个被强行抓到兀术等人身边坐下。

兀术倒也罢了，身旁那几位，除了沙无尘、东风善皈依佛门不近女色外，其余都是见色起意之徒。这时见到大宋宫女，心痒难搔，强令陪酒，若是不从，便吩咐金兵捏住鼻子，强行往她们嘴中灌酒。一时间，哭号声、怒骂声大作。那些金官也不阻拦，反觉十分快活。这时又上来一名乐师，吹奏起曲儿来。

武穆云转头望向徽、钦二帝，指望二位能出面制止。岂知两位皇帝端坐一旁，置若罔闻一般，任凭金人捉弄他们的爱妃、家眷与宫女。看来二位早已习惯了这种场景，见怪不怪了。

陆华春愤然道："武兄弟，这金人也太嚣张了，竟敢在光天化日之下，拥良女，恣酒肉，弄管弦，视我中原人士为无物。咱们怎能视而不见？"

武穆云忙劝道："陆大哥莫急，还是容忍为妙，若此刻出手，只怕会打草惊蛇，再要救人，势比登天。"陆华春一听，只得强忍着怒火不吭声。

兀术等人大口喝酒，大口吃肉，粘罕在一旁陪着，其中自然少不了葫芦虎。他更是胃口大开，一股脑儿地将佳肴往嘴里乱塞，一边吃喝，一边眯缝着小眼睛，瞟向坐在身边的那名大宋宫女。

突然，葫芦虎伸出一只肥手去搂她的细腰，那宫女一见，急忙向一旁闪避。这时，上来两名金兵，左右将她挟住。葫芦虎呵呵一笑，在那宫女脸蛋上一拧，笑道："好俊的脸蛋儿！怎样？可愿做本王的小妾吗？"粘罕等人一见，均咧开嘴大笑起来。

这时，一个尖声尖气的声音又再响起："四太子殿下，大元帅，属下倒有个很好的建议，不知当讲不当讲？"

兀术抹了抹满是油腻的嘴唇，笑道："哈里赤，有话快讲，少要啰唆。"

哈里赤道："四殿下，大元帅，你们说，是咱们大金国的勇士功夫厉害，还是那宋人的武士功夫高呢？"

粘罕一听，鼻子一哼道："那还用讲，当然是我大金国的武士厉害。那宋国有何厉害之人，怎能与我大金国相提并论？"

哈里赤一听，忙道："大元帅不必着恼，听我把话讲完。现下，咱们武斋会来了这些宋人，我见他们一个个长得都很壮实，不如叫他们上场与咱们大金国勇士较量一番，那定有一番看头。不知四殿下与大元帅可否有这个雅兴？"

哈里赤在台上大声讲话，台下都听得清楚，武穆云心想："这哈里赤果然一肚子坏水，这一招可够损的，那些大宋公子王侯可有苦头吃了！"果不其然，那兀术一听，哈哈大笑道："妙计！妙计！来呀，快去那宋人当中，选几个年轻力壮的与咱们的勇士较量较量。"

"遵命！"几名金兵答应着，叫嚷着冲向一旁的宋俘。徽、钦二帝大感吃惊，正待去阻止，早被金兵推到一旁。随即便有几位年轻公子被揪了上来，在兀术面前站定。

兀术眼光在他们脸上一扫，指着其中一位道："报上名来。"那宋国公子模样之人，身上穿了件黄色锦袍，长了一张长方脸、尖下巴，站着瑟瑟发抖，一见兀术点指问他，不禁大惊，连忙点头哈腰地答道："我，我姓赵，别人都称我为沂王，我是父皇的第十三个儿子，大将军唤我，有何吩咐？"

兀术见他其貌不扬，不禁眉头一皱，又听他说话，显然害怕得紧了，心想："像这等孬种，即便胜了他，也胜之不武。"于是说道："本王猜你定是害了疾病，比不得武来，下去休息便了。"沂王一听，犹如得了大赦令，哪还敢在此久停，鞠了一躬，转身回到原位站定。

兀术打发了沂王，转头一看，又看见了一位，身材修长，一脸书生气，身穿一件白袍，脏兮兮的，双手直哆嗦，不知是吓得还是冻得，活脱脱就是一个书呆子，于是一指道："报上名来。"

那人一听，连忙扑通一声，双膝跪倒磕头道："大王在上，小人刘文彦，乃是大宋的一名都尉。小的自幼读书，于武功半点儿也不会，还望大王开恩，放小的回去吧。"

兀术一听，知他所言非虚，鼻子一哼道："看样子，也是个废材。好吧，便给本王爬回去。"

那刘文彦一听，大喜过望，便不起身，将头向后一转，如同一只小哈巴狗，双手撑地，在校军场爬着回到徽、钦二帝身边。

那徽宗将头转过，不愿看他，钦宗却恼怒异常，一抬脚，踢了他一个跟头，骂道："好狗奴才！丢尽了咱们大宋人的脸！"那刘文彦跌了个嘴啃泥，也不敢言语，哭丧着脸，爬着回到原处。

众金人一见，大笑起来。葫芦虎更是乐得合不拢嘴，一只手正抓着一只鸡腿在嘴里嚼着，晃动着脑袋，活像个怪物。兀术眼珠一转，又向旁边一人瞧去，但见这位年岁却大了一些，四十上下，却生得相貌堂堂，身穿一件大红袍子。这人身材高大，瞧得出还有两下子。兀术一看，心想："嗯，就是他了！"用手一指，道："你这宋俘，见了本王，因何不跪地磕头，求爷爷饶你不死？"

那汉子一听，却不理会，也不答言，依旧站得笔直。兀术一见大怒，骂道："不识相的蛮子！看爷爷怎样惩治你！"嘴上虽这般说，心里却颇为敬重。兀术转头问哈里赤："此为何人？"

哈里赤忙道："回殿下的问话，这人乃是那赵佶的儿子，称作郡王的便是，这家伙可犟得很。"

兀术一听，哼了一声，又转头向那郡王看了一眼，这才问手下道："哪一位出场，与这位郡王较量一下身手？"瞥眼间，瞧见了徽宗身后坐着的一位女子，见她生得苗条，瓜子脸，一双凤目可谓妙目生辉，娇媚不可方物。

兀术不禁心动，那哈里赤乃是察言观色的老手，他洞悉主子的心思，当即命几名金兵前去抓人。

那女子正坐得老实，忽见金兵气势汹汹地直奔过来，情知不妙，急忙一把挽住徽宗的胳膊，叫道："父皇救孩儿！"那徽宗一见，正要起身阻拦，早被金兵摁住动弹不得。

另几名金兵不由分说，抓住那女子，推搡到兀术跟前。兀术大喜，叫道："大胆，还不将小美人放下。"说着，搬过一张椅子，放在自己身边，令金兵将那女子按到椅上坐定，又留两人在左右守卫着，以防她逃脱。

兀术一把抓住那女子的一只小手，笑道："小美人，叫什么名字？给大爷我做小妾吧！"那女子本想挣脱，可是她一个弱女子，如何能挣脱开那兀术钢钩似的爪子？再加上身周站着几名金兵，正虎视眈眈地看着，只有流泪受辱的份儿。那徽宗看在眼里，枉自长叹一声，又将脸转了开去。

突然有人大喝一声："休得无礼！快放过我侄女！"呵斥之人正是那位郡王。郡王满脸怒容，正欲冲向兀术。忽地人影一晃，从兀术身旁蹿出来一位，挡在郡王面前。众人一见，正是那位矮胖子多昂木。却见他如同一个圆球般滚到郡王面前，双手成拳，蹲成马步，骑马蹲裆式，猛出一拳，向那郡王当胸捣来。

那郡王一见敌拳欺到，势道猛烈，急忙斜身躲过，正要定眼看清对手模样。忽见一人蹿起，又挥拳向自己双耳砸来，双风贯耳的招式。不及多想，急忙一矮身，那多昂木双拳走空，趁着身子下坠之势，一个扫堂腿，就听扑通一声，郡王被多昂木一腿扫得仰天跌倒。

那多昂木还不饶人，趁机扑上，骑在郡王身上，双手连挥，左右开弓，扇了郡王十几个嘴巴子，直打得他双颊高高肿起，牙缝里流出血来，还不罢休，嘴里直嚷道："你小子服不服？叫声爷爷，爷爷便饶了你！"郡王乃七尺男儿，哪肯认输，他破口大骂道："狗金贼，你打死我，也休想让我认输，呸！"一口血痰吐在那多昂木脸上。

多昂木猝不及防，恼羞成怒，从腰间拔出一柄牛耳尖刀来，猛向那郡王心窝处扎去。"住手！休得行凶！"随着话音，台前同时抢出二人，一起奔到多昂木跟前。两人双手或握拳，或成掌，同时向那多昂木后脑和太阳穴击去。那多昂木耳音极敏，一听背后恶风不善，回头瞧看，已然不及，急忙向前一冲，一个前滚翻，这才躲开背后的偷袭。待他站起，郡王早已被那二人救起。

多昂木手握牛耳尖刀，眼露凶相，怒道："何人大胆，竟敢来此多管闲事？"定睛一瞧，见救了那郡王之人也是一般的宋人打扮，一个身材粗短，另一个身材高大，一脸的黄蜡之色。又见这二人均穿着宋国朝服，便知乃是宋俘。

多昂木嘿嘿冷笑，叫道："你二人报上名来，为何要来坏我的事？"

那粗短汉子道："我乃大宋国燕王。"一指身边那瘦高身材之人，道："此乃次侄赵楷。适才见你要对我兄弟痛下杀手，这才上来阻拦。"

赵楷道："燕王叔叔，别跟这种人废话，咱二人联手，将这小子收拾了便是。"听他口气，自是十拿九稳。

那多昂木又是一阵冷笑，笑声狂傲，然后说道："好！本爷爷便一并奉陪到底！嘿嘿！别说就你们两位，就算再多几个，我多昂木又有何惧？"说罢收回牛耳尖刀，一招"恶狗挡路"亮开了架势。

那燕王与赵楷一见，知道今儿是非出手不可的了。好在二人合力，胆量增了一倍。于是两人施展浑身解数，拳掌齐上，左右夹攻，分击多昂木的腰部与胸口。多昂木肥肿的身子猛地一转，如一只大陀螺，瞬息间便没了踪影。燕王与赵楷正向他击来，忽觉眼前人影一闪，再看时，那多昂木已在眼前不见了。两人同时大吃一惊，正要转身查看，忽感各人腰间同时一麻，顿时浑身酸软，站立不稳，双双仰面跌倒。就听多昂木的笑声传入耳里："哈哈！会了点鸡毛蒜皮的猫脚功夫，便也敢上台来比画，真是自不量力，今儿绝饶不了你们这两个不识好歹的。"说罢，一转身，便从身旁一名金兵手上抢过来一条皮鞭，"啪——啪——"使力向燕王与赵楷身上抽去。那皮鞭乃牛筋所制，着人皮肉后，顿时皮开肉绽。

数鞭过后，燕王与赵楷身上已现出道道血痕。这二位被点中了穴道，动弹不得，无法躲闪，只有挨打的份儿。但这二位硬气得很，愣是一声没吭。周围的金人见到，又是一阵阵狞笑。

就在这时，忽见从旁侧奔过来一名女子，一路呼号着，直跑到燕王与赵楷近前。那名女子身后还跟着一名十来岁的小女孩，一边哭喊着跑上来，一边不住地喊道："别打我爹爹！别打我爹爹！"围观的众人一见这情景，均止住了笑声，连那凶狠的金国官兵也闭上了嘴巴。

那女子一路扑向多昂木，伸手便去抓他手中皮鞭，口里叫道："金国大老爷，快停手吧！再打下去，我夫君可要活活被打死了。"就听倒在地上的赵楷叫道："爱妃，莫管我，今儿我是不会服输的。"

多昂木一听，伸手将那女子推了个跟头，又撩起皮鞭，在那赵楷身上，狠命地抽了几下，口里骂道："不识相的蠢货！今儿老子便结果了你。"一转头，望见了那燕王，又欲挥鞭抽向他。

那女童一见，顿时冲了上去，两手挽住多昂木的手腕不放，伸口便往手腕上咬去。那多昂木哪料到一个十来岁的小娃竟有如此胆量，冷不防，被他一口咬破了手腕，顿时痛得哇哇乱叫，一甩手，将那小女孩摔了出去，低头一看，右手手腕已被牙齿咬破，汩汩地冒出血来，于是大怒道："好个贼崽子！牙倒是尖利，看爷爷不宰了你！"说着，又从腰间抽出那柄牛耳尖刀来，便欲向那女童狠下辣手。围观众人一阵惊呼，眼见那女童便要被戮在金人手下。

便在这节骨眼上，就听有人叫道："多昂木将军，快手下留人！"从场边跳出一人，飞快地拦住了多昂木。多昂木一看，来者却是那大元帅之子野马，于是急忙将牛耳尖刀重新插入腰间皮囊之中，赔着笑脸道："原来是真珠大王。既然真珠大王怜香惜玉，我多昂木没得说，将这几个交由大王处置就是。"说罢，一躬身，退了下去。

野马向那女子望了一眼，不怀好意地问道："这位妹子，芳名怎生称呼？是哪一位的家眷？"那女子一见有了转机，为了救人，连忙上前答道："小女子姓朱。"她一指地上躺着的赵楷，道："这位便是我夫君。还望大王开恩，放过咱们夫妇二人吧。"说着，眼中流下泪来，却更显得她娇美无伦。

野马一时看得呆了，急忙上前握住她手，道："好！好！妹子莫哭！本大王这便与你做主。"随即向场边的多昂木一招手，唤他过来，示意他将地上二人的穴道解了。

多昂木乖巧得很，奔过来双指连戳，立时解开了燕王与赵楷身上被封的穴道。燕王这才得以与女儿相见，赵楷站起身，向朱夫人道："夫人，这便随我去吧。"朱夫人的双手正被那野马攥住，好似箍上了一只大钳子，哪里还挣脱得开？只得羞红了脸，低头不语。赵楷一见，顿时火往上撞，便要上前发作，刚迈出半步，忽觉双臂已被人抓住，一时竟动弹不得，转头一看，两名金兵在身后左右，正虎视眈眈地盯着自己。赵楷顿觉心灰意懒，长叹一声，独自转回徽、钦二帝处去了。

燕王正欲带着女儿回去，突然野马叫道："慢！"拉着朱夫人走了过来，向燕王的小女儿望了一眼，眼睛一亮，问道："这是你的女儿吗？"

燕王见他神情怪异，便知他不怀好意，连忙紧紧将女儿搂住了，颤声道："你，你待怎样？"野马一笑，道："瞧把你吓得，我还能吃了她不成？"又向那女童望了一眼，连声赞道："不赖！不赖！长大了，定是个美人胚子，唉！可惜如今年岁太小，我真珠大王可没这个福气，不过若养上几年，等她长大了，便可送去献给咱们万岁做妃子，以后连你也要沾你女儿的光呢！"说着，呵呵一笑，又问道："喂，燕王，你女儿叫什么名字？"

那燕王听到这野马的笑声，起了满身的鸡皮疙瘩，这时听他问及女儿的名字，有心不答，但又一想："看来这个色魔现下还不能把我女儿怎么样，把我女儿的名字告诉他，那也不打紧。"于是答道："小女今年刚满十岁，叫作飞燕。"

野马一听，道："啧啧，怪不得，连名字都那么好听，赵飞燕，好极！好极！"他赞罢，转身对手下道："儿郎们，这父女俩，以后谁也不得动他们一根汗毛，否则的话，定斩不饶。"说罢，牵了朱夫人，也不与他父王粘罕打招呼，自转回营里去了。

粘罕身边只剩下他的二子——宝山大王斜保，适才见到哥哥野马春风得意，不禁心生嫉妒。他走到粘罕跟前，央求道："父王，哥哥如今得了美人，也不给我这个弟弟留一个，求父王开恩，赏赐一个宋女，给孩儿做小妾，不知父王大人答允与否？"

那粘罕一听，笑道："那好！为父便与你做主。"他双目向徽宗身旁一众宋俘扫了一眼，突然眼睛一亮，正瞧见徽宗身后坐着的一位女子，生得楚楚动人，便将手一指，道："就是她了。"吩咐一声，命金兵将那女子带到近前。

那徽宗一见，正是自己的爱妃莫青莲，于是叫道："哎呀！万万使不得，使不得呀！"欲加制止，那些金兵强行将他推到座上，口中骂道："贼老子，给大爷老实点儿，元帅要的人，谁敢违抗？"

那莫青莲没料到祸从天降，吓得面无人色，被金兵强扭到粘罕面前。粘罕眯着眼，望着莫青莲，道："报上名来。"莫青莲颤抖着道："奴家莫青莲，是大宋皇上的嫔妃。大王唤奴家来，所为何事？"声音像黄莺一样动听，顿时把粘罕身旁的斜保听得心花怒放，心痒难搔，当即向粘罕央求道："父王，快把此女子赏给孩儿。"

粘罕岂不知道他的心思，一指莫青莲道："孩儿，我便将这姓莫的女子赏给你做小妾。"斜保早已心急火燎，上前便将莫青莲抱起，叫道："父王，孩儿这便回营去啦。"说罢，一溜烟地出了校场。这一下，直把徽宗等人看得目瞪口呆。

金国的那些王侯将相，凡在座者都站将起来，一窝蜂地跪到粘罕与兀术面前，要求大王赏赐宋女。粘罕不好推却，眨眼之间，又有几十名宋朝宫女或嫔妃，甚至公主被当场带走。这些金人得了赏赐，如获珍宝，个个眉开眼笑，满意而归。再看徽、钦二帝，眼巴巴地瞧着自己的爱妃、女儿及宫女被金人掳去，手无缚鸡之力，只有低头叹息的份儿。那些皇子皇孙，更是大气也不敢出。

武穆云等见此情景，心中更是愤怒，权衡之下，也只得强自忍耐。只要那徽、钦二帝平安无恙，他们便不会轻易出手，以免打草惊蛇，耽误了营救大计。武穆云握紧拳头，心中暗骂金人厚颜无耻，心想："金人横暴，视我大宋子民如草芥，将来终有一日，我大宋军民同心协力，将这些金狗赶出去，以光复我大宋江山。"

便在此时，忽听外面一阵骚乱，有人喊道："有贼人杀进来啦！快逃命吧！"便见人群大乱，中间闪出一条空隙来，马蹄声响处，便见两乘马冲了过来，两马一黑一红，乘者却是两位女侠，穿青挂皂，戴着斗篷。头前那位女侠手中持着一杆大枪，后面那位则是一柄长剑，转瞬间便驰奔到校军场上。

兀术与粘罕顿时大怒，一跃而起，叫道："哪里来的疯子？儿郎们，快给我拿下了！"金兵一听，各持刀枪围将上去。岂知那二女武功了得，刚一交手，金兵惨叫之声便不绝于耳。地上横七竖八，躺满了金兵尸身。武穆云等人瞧出，那二位女侠正是穆梨花与尹翠翠，事已至此，不及多想，各自取下暗藏在身上的兵刃，冲上去助阵，转眼间又撂倒了几名金兵。

兀术叫道："快！扛我的大斧子来。"便有金兵抬了大金斧，牵过乌骓马。兀术上马拎斧，大喝一声："儿郎们，将这几个毛贼给我围住了，一个也不要放跑了。"

金将花骨朵以及哈米忽秃、沙无尘、东风善等人也纷纷拔出兵刃，冲了上来，与众侠好一阵厮杀。

尹翠翠舞动一柄长剑，上下翻飞，挑倒了阻在前面的几名金兵，只几步便纵到徽宗皇帝跟前，叫道："父皇，女儿救您来了！"

此言一出，四下皆惊，最为吃惊者当属徽宗。他简直不相信自己的耳朵，睁大了眼睛，向尹翠翠一望，见她一身打扮是一位风尘女侠，从未见过的，于是颤抖着声音问道："你，你呼我什么？你是哪一个？为何口称我为父皇？"

这时，又有几名金兵呼喝着，从后面扑将上来，尹翠翠也不回头，长剑在身后一圈，随着几声惨叫，那几名金兵应声倒地，脖颈、胸口处汩汩冒出鲜血来。

徽宗一见，更加心惊，顿时抖作一团，尹翠翠这才说道："父皇莫慌！我真是您的亲生女儿，父皇可记得十几年前，在汴京结识了一位尹香姬的……"徽宗一听，顿时记起，十几年前一时心血来潮，微服游汴京，巧遇高丽尹家。那时尹姑娘长到十七八岁，生得端庄秀丽，又有异域风情，徽宗颇为心动。尹父见徽宗生得龙目，有天子之相，便要将女儿许配与他。徽宗自然乐意接受，当天便洞房花烛，后来也就不了了之。想不到事隔多年，昔日与那位尹姑娘的几日良缘，竟生了结果。

徽宗又向尹翠翠仔细端详，确有几分尹姑娘的影子，顿时悲喜交加，上前一把将她抱住，痛哭流涕道："原来是女儿，快！救为父出去。"

尹翠翠道："女儿此次来，便是为救父皇的。"正说间，忽听身后有人大笑，回头一看，正是那位秃僧东风善。他双手各持一柄明晃晃的乾坤圈，一只眼睛上缠了条黑带，另一只则露出凶光，恶狠狠地叫道："好哇！女贼在此认了亲啦！还想把这狗皇帝救出去，哪有那么容易！"

尹翠翠一见，长剑一横，挡在徽宗身前，怒道："好个独眼的秃驴！大言不惭，要捉住本姑娘，可想得美！"说着，长剑一递，一招"飞虹贯日"，挺剑向那秃僧胸前刺去。

徽宗刚刚巧遇失散的女儿，不料她与恶僧东风善又展开了殊死拼杀。徽宗一颗心提到嗓子眼上，只是苦于不会武功，身边又无兵刃，只有干着急的份儿。

那一边，武穆云、司马文君、陆华春、冷云秋与穆梨花合兵一处，在金兵包围丛中，东突西杀。花骨朵挥动着鎏金镗在后面坐镇指挥，身后紧跟着葫芦虎。众侠打退了一拨金兵，又一拨涌了上来，众侠渐感吃力，只能围拢在一块儿，背靠着背，面朝外，与金兵周旋。

四周看热闹的百姓早已跑得一个不剩，那些大宋皇亲国戚也躲到了角落里。正当这紧要关头，就听见校军场外有人吆喝："大水冲了龙王庙，小牛倌儿来路过。父母不求把官做，只把牛儿叫咱放。"不一会儿，一阵哞哞叫声传来，无数黑牛向这边奔至，个个头顶尖利牛角儿，好似一把把锋利的宝刃，叫人不寒而栗。那群牛来势甚猛，金兵一见大惊失色，有人大呼道："不好了！疯牛冲过来啦，大家快躲开。"有几个腿脚慢的躲避不及，立刻被群牛撞中，当场死于非命。

兀术大惊，没命地拨马闪避，座下乌骓马四蹄蹬开，向着校军场外奔去。原来马是害怕牛的，余下金将一见四太子逃走，无心恋战，也一股脑儿地向外面奔逃。

正是撤退的好时机，武穆云道："趁着群牛的掩护，咱们快撤出校军场。"瞥眼间，见尹翠翠正与东风善拼斗，于是喊道："穆姑娘，快带了尹姑娘，一起跟在群牛后面，大伙往外冲。"

穆梨花听见，当即持大枪奔到尹翠翠身旁，施展祖传梨花枪绝技，枪尖乱颤，向东风善身前攒刺过去。东风善识得这女子枪法的厉害，不敢招架，双足一蹬，向后纵开。穆梨花一拉尹翠翠的手，道："咱们走！"将她拉上坐骑。

那尹翠翠突然想起一事，回头一望，见到远处站在角落上的徽宗皇帝，喊道："父皇，父皇——"徽宗听见，见她骑马而去，心中凄苦，张开手臂，不禁高声叫道："翠翠孩儿，翠翠孩儿。"语声凄苦，似是生死离别，便听到尹翠翠的呼唤声，已在数十丈之外。又过了一会儿，终于什么都听不到了。徽宗不禁长叹一声，颓然坐倒在地上。

武穆云几位跟着牛群，一口气奔出去五六里，直到不见了金兵的影子，这才放缓步伐，再去看那群牛，均不禁一怔。只见一人正骑在一头壮牛背上，手中握着一条皮鞭，吆喝着驱赶牛群。此人年纪不过十六七岁，头发绾在一起，长得倒是结实，皮肤黝黑，一双大眼睛机警异常，棉袄棉裤。武穆云连忙上前，向小牛倌儿致谢。

那人嘿嘿一笑，露出满口的白牙，向武穆云等打量一番，问道："几位哥哥、姊姊，这是要去哪儿啊？"

陆华春一抱拳，道："多谢小兄弟出手相救。若非小兄弟的牛群驱散了金兵，咱们几个恐怕一时难以突围。不知小兄弟姓甚名谁，家住何处？日后也好登门答谢。"

那小牛倌儿一听，嘻嘻一笑道："要问我是谁，你们几个先告诉我叫什么名字，从哪儿来。"

武穆云与陆华春一听，相视一笑，心想："这小孩子挺有意思，告诉他真实名字倒也无妨。"陆华春便道："我叫陆华春，这位是武哥哥，这位哥哥姓冷，那三位是司马姊姊、尹姊姊与穆姊姊。"

那小牛倌一听，连忙跳下黑牛，向众人施礼，道："我姓牛，小名叫牛通，前几年我跟着爹爹妈妈来此地讨饭，后来爹爹妈妈都死了，我便替金人放牛度日，适才路过寺庙，见几位哥哥姊姊被金人围住，这才赶牛过去。没料到那些金兵平日里无法无天，却也是怕牛的，见到牛群，全给吓跑了！"

牛通讲述适才经过，武穆云等一听，均各心惊，心想："莫非天赐巧合，让咱们这些人遇上了这小牛倌儿，适才那情景，可真是凶险万分哪！"又见牛通是个无依无靠的孤儿，不禁都对他十分怜悯，陆华春道："牛通小兄弟，刚才你一番搅乱，已被金人认出，若再回去，定会被他们严惩，不如以后就跟着咱们，好歹有个照应。”

那牛通一听，连声答应，他自从父母过世后，身边就没有一个亲人了，整日里净受金人的气，有时被责罚，甚至挨皮鞭抽打，如今总算有了亲人，于是大声道："好，陆大哥，武大哥，冷大哥，几位姊姊，我牛通以后便跟着你们了。"又一指那牛群，道："这些牛跟了我许多年，彼此也有了感情，便也带上吧。"

陆华春点头道："那是自然，以后说不定会有大用处。"几人一路不敢迟疑，牛通驱赶着牛群，吆喝声回响在山野间。

这正是：

二帝蒙尘塞北外，
侠士挥剑敌外金。
东来女儿要找亲，
十载未识骨肉情。
皇亲负辱武斋会，
神牛一现群魔散。
英雄分罢又聚首，
救主大计还须时。

第二十章

南朝使臣走泽地遇宋妃
信王救主宋侠战花骨朵

在通往中京的大道之上，来了一匹快马，马卜一位乘者，身着大宋官服，背着一个包裹，手持皮鞭，不断抽打马的臀部。那马吃痛，跑得更加快了。此时已值春暖花开的时节，北国大地也焕发了青春与活力，小河里的冰也悄悄融化，露出下面的涓涓清水，不时有迎春花在路旁含苞待放。马上之人却无心欣赏美景，全神贯注地驱赶着马匹，顺着大道急奔。

行至一座村镇，村子前端有一小酒肆，那店家正卸下门板，准备开始一天的营生。那马上之人一见，连忙吁了一声，止住坐骑，翻身下马，向那店家一揖，问道："这位大哥，向您打听一下道儿。"

那店主人是一位五十多岁的老头，听见有人问话，抬头向那人望了一眼，见他身穿大宋官服，微微一怔，知道是过路的，便即答道："噢！客官要问路吗？小老儿在此居住多年，对此地甚为熟悉，客官只管问好了。"

那人又是一揖，这才道："在下自南方而来，赶往金国有要紧事。行到此处，人生地疏，怕行错了路耽误了行程，还请这位大哥给指点一下。"

那店家见他一脸的书生气，神情平和，顿生好感，答道："此处地方乃是兔儿涡。我瞧客官一路风尘仆仆，便请到小店里歇息一阵，再赶路不迟。"

那人一听，这才觉得浑身已经累了，身旁的马匹也在不住地喘气，于是道："那也甚好，这便叨扰了。"说着将马拴在路旁大树之上，那店家去后院捡了些草料，又端了一钵清水，喂给马吃，然后将那人让进酒肆之内，倒上茶水，请那人喝一碗，他自己喝一碗。

饮罢，店家才开口说道："小老儿我姓张，看客官这身打扮，定是在南面做大官的，不知客官怎生称呼？往金国大都有何要紧之事？"

那人道："不瞒老人家，在下复姓宇文，字虚中，乃是大宋朝廷的，此番奉了皇上的旨意，特往上京。一则慰问我大宋两位皇帝，二来商议迎接二帝南归之事，事出紧急，不敢耽搁，这才日夜兼程地一路赶来。"

那店家一听，不禁一怔，便问道："早听说那汴京被金人占领后，将两位皇帝及家眷一起押解去了金国北都，怎的在南边又出了个宋国皇帝，这又为何？"

宇文虚中道："此乃近年之事，咱们皇上以前是康王，乃是道君皇帝的第九子。前年金人攻占我汴京城，烧杀劫掠，康王正好身在外地，领兵打仗，故而得以幸免。他身处危境之时，幸好得到各地豪杰鼎力相助，这才辗转下到江南。康王之志在于光复宋室，于是在南京面南背北，当起了皇帝。大宋旧臣纷纷争相追随，我便是其中的一个，想来此事距今已有一载有余，只不过此地偏远、消息未及罢了。"

那张老头一听，这才醒悟，连忙站起，向宇文虚中又深施一礼，道："原来是大宋的宇文大人，久闻大名，无缘相见，今日见到，有失礼数，还望莫怪。"

宇文虚中听这张老头口音，并非本地人士，问罢才知，他祖居燕山一带，为躲战乱，才流离到了此地，在这兔儿涡以开店为业。

宇文大人见时日不早，便即起身告辞。张老头却将他拦住，道："宇文大人且慢，小老儿有一事须得提醒大人得知。"宇文虚中一听，便问道："老哥有何指教？"

那张老头道："宇文大人有所不知，出了这兔儿涡，前行五六里地，便到了一处叫作梁鱼涡的地方。此地极为凶险，遍地均是水沟与沼泽，尤其那沼泽之地，一个不小心就会陷到里面，若无人在旁搭救，便是九死一生！小老儿还是劝大人今晚在此暂住，待等明儿凑足了人数，大家一起过这梁鱼涡不迟。"

宇文大人一听，知他并非虚言，但又一想："我此番重任在身，在此处多耽搁一日，两位皇上便会多受一日的苦楚，我自身安危事小，耽误了营救二帝的大事，可是无论如何也担待不起啊！"想到此，便向那张老头深施一礼，道："多谢老哥的一番美意，只不过要事在身，不敢在此耽搁。便是刀山火海，也要闯它一下。"说罢，便牵了马匹，飞身上马，扬鞭而去。

果然行不到五里地，便见前面是一片水湿之地，沟壑纵横，荒草萋萋，由于前几日刚下完雨，地面更是泥泞不堪。马蹄着地时，便留下极深的泥窝。宇文虚中一见无法，只得下马，牵着马匹深一脚浅一脚地前行，遇到浅沟水草地，才上马蹚过去。行了一程，向前方一望，水烟茫茫，不知尽头。再往西看，日头将落，夜间行路势必凶险万分。宇文虚中便在大树下寻了一块干燥地休息，想等到明日再行。

谁知天有不测风云，不一会儿，斜阳西下，天色渐黑，却淅淅沥沥地下起雨来。这雨越下越大，一时不得停歇。宇文虚中靠在大树根下，无奈身边没有避雨用具，长夜难熬，更觉出一种凄苦的滋味来。他突然又想起国破家亡，不胜感慨，更感此番金国之行，压在肩上的担子重大。想着想着，宇文虚中不禁困意渐浓，昏昏沉沉地睡着了。

也不知睡了多长时间，一阵细碎的脚步声将他惊醒，宇文大人一个激灵站起身，手按腰间剑柄，四下张望，听那细碎脚步声从前方发出，心想："难道在这沼泽之上，还会有人出没？或是鬼怪不成？"

他一个士大夫，向来不相信世间真有鬼怪，但此时，在这黑夜的空寂荒野之间，冷不丁听到了莫名的动静，这又令他不得不怀疑起来。只听得那细碎的脚步声渐近，过了一会儿，就见黑影晃动，似乎正向这边奔过来，而且那黑影晃动得厉害，有几次便要贴近地面。

宇文虚中的一颗心已顶到嗓子眼儿上，他突然想到一事："鬼怪最怕亮光。"急忙从怀中掏出火折，晃亮了，摆到身前一照。借着火折微弱的光线，宇文大人终于看清，来者竟似是一个身材瘦小的女子，这使他大感意外。

就在这时，忽听有人惊叫一声，前方那女子停住了奔走，张大了嘴巴，呆立不动了。这时，宇文虚中的胆子反倒大了起来，他颤声问道："什么人？为何半夜里赶路？"

那对面果然不是鬼怪，真的是一位女子，她声音颤抖，答道："你，你是人是鬼？为何……"语声之中流露出无限惊恐。

宇文虚中再无怀疑，已听出那女子讲了一口汴梁话，于是向前一步，借火折仔细端详。不瞧则已，一瞧之下，顿时大叫一声，扑通双膝跪倒，口中呼道："哎呀，原来是邱娘娘！娘娘在上，恕老臣宇文虚中眼拙，未及认出，望娘娘恕罪。"

那邱娘娘也认出眼前之人正是大宋前臣宇文虚中，不禁悲喜交加，怔怔地流下泪来，道："你果真是宇文大人，难道我这是在做梦不成？"

宇文虚中道："娘娘，这不是在做梦，卑职正是大宋宇文虚中，这一点儿也不会错。"

邱娘娘又见到宇文虚中身上的宋朝官服，这才相信，连忙将他扶起，道："快！快！宇文大人请起，想不到在这北国野地，能与宇文大人不期而遇。我，我可欢喜得很呢！"

那女子正是邱巧云，徽宗第二十一位妃子，她不幸也随着徽、钦二帝被金人掳往北国。在中京待了数周后，金人又命他们整装继续北行，说是要去往那更北的金国大都上京。这一路行来，又是一番痛楚与艰辛。前一段路还算平稳，岂知到了这梁鱼涡，便遇到了麻烦。

那金国大元帅粘罕在中京被信王等义侠一闹，心里害了怕，不敢有所耽搁，一路上急行军。金人骑着高头大马，倒是满不在乎，可苦了这些宋俘，无论男女，一路疲于奔命。队伍开到梁鱼涡前，顿时傻了眼，但见水地茫茫，无路可寻。那金人真有法子，在临近村落里夺了几十匹骡子，又命人做了许多兜子，放在骡马背上，左右各一个兜子。然后命众女俘卧于兜内，左右各卧一女，以求平衡，前后由金人牵好了，直向那梁鱼涡进发。

邱娘娘当然也被逼躺在那兜中，只觉身子悬空，起初倒还稳当，等到了水深处，便立感不妙，那水已没到骡马肚下，自然浸湿了各人身下的衣衫。当时邱娘娘身穿的衣裳皆被水浸透，冷风吹过，周身冰凉，苦楚难当。邱娘娘再也无法忍受，于是挣扎着想坐起来。谁知那兜子不稳牢，突然身子一翻，便扑通一声掉入沼泽之中。骡背上另一侧还驮着一名宫女，这时也随着邱娘娘，几乎同时落水。

那沼泽里全是水，还好没有淤泥，片刻便沉了下去。邱娘娘乃江南水乡人氏，略通水性，沉下去之后也不挣扎，暗自憋了一口气，在水下一动也不动，假装已被淹死。那名宫女则没那么幸运，起先便惊慌失措地在水中挣扎，口呼救命。金人害怕泽水，躲避犹恐不及，哪还有工夫去管一个宫女的死活。眼瞅着这姑娘在水里折腾了一阵，便沉下去了。

金人确认二女已死，这才笑了一阵，催马而去。于是邱娘娘冒出水面来，换了几口气，挣扎着游到浅滩之上，只觉周身酸软，口中烦恶，当即大吐了几口，这才稍稍清醒，见金人已然押着宋俘远去，于是顺原路往回奔。

邱娘娘被宇文虚中安排在大树下休息，又听她讲述一路北行的经过，宇文虚中也不禁感慨万分。他将包裹取下，拿出几件大衣给邱娘娘披了，又扶她骑上自己的坐骑，向那兔儿涡张家店处返回。

一路上，宇文虚中便将高宗已在南京登基，以及他此次正是受了高宗旨意，要往上京去面见金太宗，协商迎接徽、钦二帝南归之事，向邱娘娘一一禀明。邱娘娘听见，道："宇文大人辛苦了！你千里迢迢，远来北国，重任在身，所为便是与皇上性命攸关之事。我区区一个女子，怎好连累了你的行程？"

宇文虚中一听，便道："娘娘，前面有一处叫作兔儿涡的所在，微臣在那儿刚结识了一位姓张的店家。此人一家老小也都是从汴京迁过来的，微臣斗胆，想请娘娘暂避在张老头家里。用不了多时，微臣自上京返回途中，再接娘娘一同回南朝不迟。"

邱娘娘一听大喜，说话间便来到那张老头的酒肆前，恰好天色微明，张老头一家子人正围坐在灶前吃早饭，一见宇文大人去而又返，马上还驮了名女子，不禁一怔。待得问清来由，这才领了一家老小，一起向邱娘娘跪拜，又安顿她在店后院一间房内居住。

宇文虚中见一切妥当，当即离了兔儿涡，一路骑马又重回那梁鱼涡泥沼处。这一回，他有了经验，每次碰到水草处，便用一根木棍向水中试探，感觉水下硬实，这才放心通过。若感松软，必为险地，须绕道而行。如此而行虽慢，但有惊无险。行至晌午时分，便已走出沼泽大半。

宇文虚中稍作休整，又再上路，前方现出一个浅塘，但见汪汪塘水中，一片片生满水草的沼汕高低不平，在水中时隐时现。宇文虚中不敢大意，正欲牵马向前试探，一眼瞥见近身处的泥地上，正有一物闪闪放光。

宇文大人大奇，行近拾起那物一瞧，却是一块金牌，上面还系着一根细绳，那细绳中间部位已断，想必是过路之人挂在腰间，却因一时不慎，失落于此。"此为何人之物？"宇文大人好奇心陡生，于是将那块金牌上的泥污用手擦去，这才凑近眼前，仔细辨认。但见金牌之上，很明晰地烫着几个金漆小字："御赐金牌，郡王赵有奕。"

宇文大人一见大惊，心想："这儿怎么会有大宋郡王赵有奕的金牌信物？这赵有奕乃是道君皇上的兄弟，自从金人入侵汴京，便杳无音讯，想不到流落于此，难道也随着二帝一起被金人押解来到了北国？这块金牌又怎会被他丢到这里呢？"

宇文大人将那块金牌揣在身上，牵马向前，又在一丈开外的水草地上，发现了一件皮袄。见那件皮袄乃纯牛皮制成，做工讲究，缝制精细。瞧得出这皮袄的款式必是出自汴京一带的皮匠之手。一只沾满泥污的靴子，丢在那皮袄一旁，靴子里已灌满了泥水，显得污秽不堪。

宇文大人见到这些物什，心想："这一定又是打此路过之人不慎丢下的。"转念一想，心中不禁打了个寒战，"或许皮袄与靴子都与那赵有奕有关，或者就是他的物什，看来这位郡王，十有八九是殉难在这片沼泽地了。"想到此，宇文虚中不禁感到后怕，他前后望了望，只感到这原本平静的水草之地，暗藏着无限的杀机。

宇文虚中仍往前行，又行了一阵，在草地上又拾到了耳环等物，想必是那些宋俘在金人的皮鞭鞭挞下，不慎丢落于此，甚至殉难于此。宇文大人将首饰收好，抬头一看，天色不早，他不敢再耽搁，急忙赶路。还好没行多久，便见前方群山叠嶂，枯木正发新枝。

直到此刻，宇文虚中才觉心胸一荡，心道："苍天有眼，我宇文虚中总算走出了这害人的沼泽之地。"他原地歇了会儿，四下一望，此处前不着村，后不着店，十分荒凉。他想："此处位于山脚下，该不会有响马强盗吧！"正思间，猛听得前面铜锣一阵响，山林之中涌出来十几号草莽汉子，手持刀枪，一看便知是一伙匪贼。

宇文虚中一见之下，并不显得如何紧张害怕，他这一路上，不止一次遇到过像今天这样的路贼，每次都能沉着应付，看今天这般贼的架势，也不例外。

一个贼头模样的汉子跳将出来，手持一根黑漆漆的大棍，生得十分健壮。那汉子将大棍在身前一立，高声叫道："此路是本爷爷开，此树是本爷爷栽。要打此处过，留下盘缠银两！"一听口音，当为本地人士。

宇文虚中便知此贼乃是惯匪，这类匪徒大多只为财而不害命。他心下有了底，于是向前一抱拳，道："在下宇文虚中，乃是从江南远道而来，要取道去金国上京，还望这位壮士行个方便，放咱们过去便是。"

那汉子一听，看看他的服饰不俗，眼珠一转，暗喜道："看来像是大宋国的使臣，那好得很，我闲来无事，何不将他捉了去，向那狼主索要赏钱，岂不美哉！"想到此，于是喝道："大胆贼子，分明是在说谎，我看你定是宋国派过来的奸细，小的们，给我将这老小子绑了，回去见咱们皇上领赏！"他话音未落，呼啦一声，从四周涌上众多喽啰，便要上前捉人。

宇文虚中一见，顿时大惊，拨马欲逃，却已不及。那汉子早向前一纵，几步奔到宇文虚中的马后，大棍向他腰间扫去，口中呼道："老小子，你给我乖乖地下来吧！"

眼见宇文大人便要被扫下马来，就听有人大声喝道："姓沈的，你小子又怎的吃饱了没事干，跑到这儿欺负起我大宋使臣来啦！看棒！"

声到人到，就见一条白蜡杆子，倏地伸将过来，顿时将碗口粗的大棍压将下去。宇文大人趁机一拨马，闪在一旁，转头一瞧，不知何时，身后已来了十余人，一个个均骑着高头大马，显得威风凛凛。又见上来相救之人，乃是一个高大魁梧的汉子，手里持了一根白蜡杆子。

宇文大人急忙双手一抱拳，向那使蜡杆棒的汉子谢道："多谢壮士相救之恩。"

那汉子向他一望，道："您就是宇文大人了，幸会！幸会！"他手持白蜡杆棒，要阻住那姓沈的匪头，因而无法还礼，但见他向身后余人喊道："大哥，这位便是我大宋的宇文大人，你快过来与他相见啊！"

宇文虚中听后一愣，这时从后面又上来一匹坐骑，骑者是一位公子，身材修长，面如冠玉，目若朗星，鼻直口方，一绺长髯胸前飘摆，手中却握了一柄金剑。

宇文虚中只觉眼前之人十分面熟，正在发愣，就见那人也是双手一抱拳："想必这位便是宇文大人了，宇文大人，好久不见，一向可好？"

宇文虚中一时记不起眼前这人的名字，于是答道："这位，不知阁下是哪一位，怎识得老臣？"这时听见后面一位年轻武士插口道："宇文大人，这位是我大哥，信王殿下，您不记得啦？"

宇文虚中经他一提醒，顿时醒悟，立时翻身下马，上前便要跪拜，口中呼道："哎呀！原来是信王殿下驾到，恕老臣眼拙，有失礼数，还望殿下见谅！"

那人正是信王，他此时也下得马来，上前一把将宇文虚中扶起，道："落魄之人，大人不必多礼。"

旧识重逢，自然欢喜异常。信王又将诸位英侠向他一一引见，宇文大人见这几位一个个是英雄豪杰，自然高兴，这才将此番如何受了高宗皇上的旨意，要赶往上京去面见金国的金太宗，商讨迎接二帝南归之事，一一向信王禀明，信王一听不禁大喜。

这边，那位手使白蜡杆的徐江末，正与那位沈醉风已斗在一处。这二人以往便交过手，此番再斗，彼此熟悉，又较以往激烈数倍。适才沈醉风正想截获宇文大人，把他当作宋朝来的奸细交给金人，从而得到一些赏赐，发一笔小财。岂知美梦不成，却遇到了死对头，这是他始料不及的。又见到后面的信王等众侠，沈醉风心中不免有些发慌，一路棍招便使得走了样，频频被徐江末抢得了先机。

徐江末号称"徐大棒"，在太行山一带名气不小，这时他将一套二十四路"杀威擒魔棒"使将出来，沈醉风正在分神之际，哪能招架，一时间手忙脚乱。他暗知不妙，当即虚晃一招，掉头就走，口呼道："小的们，风紧，扯呼！"

那些喽啰见对手来了援兵，不想玩命，这时一听，正合心意，掉头便没了踪影。徐江末将白蜡杆大棒在空中一举，叫道："没胆子的小贼！看以后还敢不敢在此行凶！"说罢，回归本队，与宇文大人彼此见过。

信王道："看样子，金人刚从此地经过，咱们加紧行路，或许还能追赶得上。"宇文虚中道："殿下带领兄弟自去前方救人，老臣另寻道路赶往上京去见金主。咱们分道而行，此番老臣若是马到成功，说服那金主同意两位皇上南归，自然是好。若不成，再想计策不迟。"

信王明白他的心意，便道："事到如今，只好如此。宇文大人一路辛苦了。"宇文虚中道："何言劳苦，此乃老臣分内之事，理所应当。"

信王怕他中途再遇强盗，于是派马扩护送他一程。安排已毕，这才洒泪而别。山谷寂寂，只听见鸟儿的啼鸣之声。

单说信王等人向北又行了两日，前面是一条河，于是顺河东行，过二里地，现出一条大道，笔直伸向北面。众侠上了大道，道路平坦，马行甚速。正行间，忽听见前方传来呼喝之声，有人操着金国话，大声叫道："莫跑了那宋国的女刺客！儿郎们快追，捉住了，皇上有赏！"时候不大，便听见马蹄声响，有一人伏在马背之上，风驰般向这边奔来，后面隐约可见一队金兵正吆喝着追撵。

信王道："大伙准备，截住那伙金兵。"

众侠当即在道旁隐藏。武穆云与陆华春各持一根绳索的一头，埋伏在道路两侧，只等那前面之人骑马奔过，金兵未至，便将绳索两头一拉，变成了一条绊马索。金兵追赶得急，猝不及停，顿时人仰马翻。金兵大乱，后面的金兵来不及停下，马匹又被绊倒了不少，撞死者无数。那金兵呼道："不好了！遇到响马贼了，快告诉大将军去！"

不消多时，后面上来几乘马，为首一位长面体阔，手中持一根金光闪闪的鎏金镗，正是金国大将军完颜花骨朵。花骨朵后面是哈米忽秃。两名秃僧紧随其后，一个秃僧乃是独眼龙东风善，双手各持一柄乾坤圈。另一位乃是西夏僧沙无尘。后面还有三位，葫芦虎、额鲁观、多昂木。

完颜花骨朵将鎏金镗一抖，高声叫道："真叫不是冤家不聚头，想不到又在这儿见面了！阻我道路，伤我士卒，本将军今天便与你没完！"说着，便欲上前拼命。

信王一听，催马上前道："花骨朵将军，凡事皆出有因，若非是你金国出尔反尔，侵我中原，掳我皇室，咱们怎能过来与你为难？倘若你们金国能送还咱们两位皇上，以及抓来的皇亲国戚、文武大臣及宫女，让他们都回归南土，咱们大事化小，小事化了，两国重归于好，岂不胜过兵戈相见？"

那花骨朵一听，正要出言狡辩，突见人影一晃，身旁蹿出哈米忽秃，双手丈八蛇矛枪一挺，叫道："花将军，何必与宋贼啰唆，待我先在这姓赵的身上戳个窟窿眼再说！"大枪一挺，直取信王。

众侠哪里任凭他放肆，但见冲出一位，手中也使一条大枪，将那哈米忽秃拦住，厉声喝道："哈米忽秃，我与你有杀父之仇，今儿本姑娘便为父报仇。"

众侠一见，正是女侠穆梨花，但见她眼眉倒竖，满脸杀气，举起手中大枪，施展一路梨花枪法，招招向那哈米忽秃身上招呼开来。哈米忽秃见上来一位女子，口口声声要替父报仇，心中不解，只得迎战。两条大枪左右飞舞，叮当之声不绝。

这时人影一闪，有人手提大刀上来助战，正是那陆华春。他担心穆梨花敌不过哈米忽秃，这才举刀上前帮忙。东风善一见，叫道："姓陆的小子，我来会你。"双手乾坤圈互击，一纵上前，双足还未站稳，斜刺里飞出一男一女，双手各一对虎头双钩，将其挡在中间，叫道："恶僧，哪里去？"陈大和、朱巧凤夫妇已然出手了。东风善瞪着一只眼，大声骂道："好哇！今儿反了天了！看圈！"乾坤圈连挥，抵住陈、朱夫妇的夹击，再也无力去援助那哈米忽秃了。

沙无尘摆动金丝拂尘，高诵佛号，正要扑将过来，早被一旁的武穆云瞧在眼里，他大吼一声，宝剑一挥，拦住沙无尘的去路。身后红影一闪，司马文君赶到，师兄妹二人将这番僧缠住。沙无尘的功夫本来高过二人，只因忌惮宝剑的锋锐，担心再伤金丝拂尘，因而下手受了拘束，三人只斗了平手。

就听马蹄声响，适才驰过之人又回转了来。众侠一瞧，乃是一位女子，年纪四十岁左右，长发在头顶绾了发髻，相貌端庄，体态轻盈，骑一匹白马，右手持了一根峨眉刺。正被葫芦虎瞧了个正着，他大喝一声，双手持着大枪，驱马过来，飞枪便刺。

那女子一见，催马迎了上去，眼见大铁枪便要刺到身上，却见她左手一兜马的缰绳，马向旁一闪，葫芦虎的大枪便贴着那女子腰侧滑过，余势未衰，又向前递了数尺。就在此时，那女子右手中的峨眉刺一记顺手牵羊，击刺那葫芦虎的前心。

葫芦虎大惊，眼前银光一闪，知道不妙，急忙一侧身，向一旁躲开，谁知那女子变招神速，一招未使牢，后招又至。她手腕一翻，峨眉刺方向一偏，一招"金猴摘桃"，猛刺向葫芦虎肩颈处，这几下干净利落，真个是快速至极。那葫芦虎在马上，大惊失色，急忙一个"铁板桥"，身子在马背上一仰，眼见银光闪过，峨眉刺贴着鼻子尖掠过。

这一下只把个葫芦虎惊出了一身冷汗，再也不敢轻视对手。他一抖手中铁枪，使一招回马枪，斜刺那女子背心，想着打对方一个措手不及，却被那女子识破，一兜马缰，便又转到葫芦虎另一侧，右手峨眉刺倏地递出。那葫芦虎适才回马枪偷袭未成，正要变换招式，突见身侧寒光一闪，心知不妙，当即两脚用力一端马镫，那马忽地向前一蹿，这才躲过。

葫芦虎心中暗叫："好险！"正欲催马再战，忽见身侧白影一闪，一人一骑手持铜笛铁扇，向他脑后扫至，葫芦虎急忙舞大枪向外格挡，不料另一侧，那女子的峨眉刺又倏然刺来。葫芦虎左右逢险，走为上策，好在他平素里练就了一手好骑术，这时便派上了用场。他身子顺着马背往下一溜，立时出溜到马肚之下，那马受惊，一声长嘶，前蹄高高撩起，猛地一蹿，便蹿出去一丈多远。

与此同时，葫芦虎突感背后一阵剧痛，他大叫一声，当即从马上滚落到地面。这家伙反应神速，身子一着地，便骨碌碌就地十八滚，直滚出去一丈多远，他伸手向背上一摸，着手处满是鲜血，原来适才躲避不及，被峨眉刺在背上划了一道口子。他不敢再行逞强，一个鲤鱼打挺，忍痛跳起，撒腿就逃。

那一边，金将额鲁观被黄河三雄三根大棍围住。这三位身体已然痊愈，斗志正旺，轮番向额鲁观攻来。额鲁观霎时只剩下招架之力，他左右一望，盼望同伴过来相帮，却瞧见了那圆球一般的多昂木，见这位外表看上去矮小笨拙，动起手来却身手不凡，此刻他以一敌二，独身迎斗那华山派的华无敌与太行派的徐江末，但终归难敌二侠的夹击，渐渐也落在了下风。他一边后退一边闪避，皮球般的身子纵来蹿去，嘴里不住地嗷嗷叫着，活像一只拼死挣扎的小肥猪。

就在此刻，葫芦虎背部吃痛，突然发出一声惨叫，正好被额鲁观与多昂木听在耳里。这两人都是一惊，同时扭头来看，又几乎同时呼道："啊！葫芦虎兄弟……"只见到光溜溜的一匹马，却未见葫芦虎本人，两人还以为葫芦虎已经被打死了。

就这么一愣神的工夫，黄河派三雄与华无敌抓住了机会。三雄的三根大棍同时兜出，分击额鲁观上中下三路，额鲁观急忙一矮身，上中两路倒是侥幸躲过去了，下面的双腿却未及避开，就听咔嚓的一声，一条腿正好被大棍扫到，顿时断为两截。他惨叫一声，抛下兵刃，栽倒在地上，单二雄又补上一棍，额鲁观的脑袋顿时如桃花万点开，被砸了个稀碎。他一声没吭，当场毙命。

便在同时，多昂木也被华无敌一记"华山无敌剑"正削到脖颈处，顿时颈断血迸，多昂木立在当地，好似一头被割断了喉管的大公鸡，挣扎了一会儿，便倒在地上没气了。

哈米忽秃正对穆梨花。穆梨花一条大枪又倏地刺到，哈米忽秃急忙举枪招架，却见眼前枪花飞转，好似梨花落纷纷，霎时将哈米忽秃罩在无数点枪花之间，虚虚实实，真假难辨。哈米忽秃乃使枪的老手，岂能不知这一手"漫天飞花"的厉害，情急之下，施展平生所学，猛地往前一伏，整个身子立时贴紧在马背之上，紧接着缩颈藏头，而他座下的马匹也好似明白了主人的心思，猛地向旁一蹿。

但哈米忽秃并非一味地挨打，他要趁对手不备，暗中偷袭。就在他前伏的一刹那，座下马匹正好拐到了穆梨花的一侧，哈米忽秃手中丈八蛇矛枪突然一转向，倏地向后刺出，这一刺的方位和时机，均拿捏得恰到好处。哈米忽秃心道："这一下，保准在那女子身上穿一个窟窿！"可他想错了，穆梨花眼观六路，一见哈米忽秃身子扶到马背上，便料到他会来一招回马枪，但她无法料知对手的枪刺方位，便以守代攻，手中大枪又舞成一片枪花，霎时将身前防得密不透风。哈米忽秃大枪刺到，双枪相交，震天般一声大响，丈八蛇矛枪被格到了一边，穆梨花的枪也被挡到了另一侧。

几乎同时，随着两声惨号，只把一旁的哈米忽秃听得心惊胆寒。哈米忽秃借机向旁边一看，就见额鲁观与多昂木已然倒毙。哈米忽秃大叫一声，叫声凄厉而尖锐："气煞我也！看招！"他双目通红，丈八蛇矛枪乱舞，形似癫狂。穆梨花从未见过有人会如此发癫，一时不知所措，枪法大乱，险象迭生。

便在此时，就听有人从旁叫道："穆姑娘莫慌！咱们来助你！"就见单刀、大棍、铜笛齐向哈米忽秃身上招呼过去。那哈米忽秃纵有天大的本事，怎能抵挡得了几位英侠联手攻来，他顾前不顾后，一个没留神，座下马腿被单二雄一棍扫中。

那马嘶鸣一声，站立不稳，连同哈米忽秃一起摔倒在地上，接着青影一闪，一条大枪从前心插入哈米忽秃又从后心透了出来。哈米忽秃闷哼一声，当场毙命。原来是穆梨花适才一枪将他挑了，这才报了她爹爹穆春山惨死在金人羽箭之下的深仇大恨。

金将死的死，逃的逃，最后只剩下花骨朵与两位僧人尚在苦苦支撑。信王将手中金剑一举，高声喊道："兄弟们，国仇家恨，今儿正当清算的好时机！冲！"一马当先，向那完颜花骨朵、东风善与沙无尘这边杀来，众侠一聚，顿时将三位围在了当心。

这时，只见那花骨朵脸色铁青，舞动手中鎏金镗，左打右突，疲于奔命。东风善瞪着一只眼，双手乾坤圈上下翻飞，倒是没显出衰败迹象。沙无尘一支金丝拂尘，也是挥舞如风。想这二位武功造诣不浅，若不是为了保全花骨朵，以他二人的武功，要想脱身而走，自当不在话下。

又斗过半个时辰，花骨朵额头鬓角渐渐冒出汗来，他座下那匹乌龙驹，也累得呼呼直喘，两位秃僧手上招数，也渐趋迟缓，眼见这三位便要被众侠打倒活捉。就在这时，忽然从西边小路上奔来一群快马，转瞬间便来到近前，马上之人都为绿林打扮的汉子，各执刀枪，不由分说，一阵冲杀，顿时将信王等众侠围成的圈子冲散。烟尘四起，迷得众侠睁不开眼睛。过了一会儿，烟尘散去。众侠再看，却不见了花骨朵等人的踪影，向远处一看，但见地平线上有一群黑点在晃动，还传来微弱的马蹄之声。

众侠这才回头去瞧那女子，她正骑马立在当地，头上发髻有几缕已散落下来，遮住了半边脸。虽年逾半百，但仍显得风韵十足，体形也保持甚佳。又见她身上，其实穿了一身灰色的尼袍，脚蹬尼姑靴，缠着绑腿，显是一位出家、尚未剃度的尼姑。

信王上前一步，一拱手，问道："敢问这位师叔，在哪座庵内出家？"那尼姑向信王打量了一番，突然眼睛亮了一下，随即又变暗淡，迟疑了一会儿，终于开口说道："若贫尼没有猜错，施主便是姓赵，是不是？"

信王一听，心下奇了，心想："我与这位女尼萍水相逢，她又怎会知道我姓赵？"于是问道："不错，在下正是姓赵，不知这位师叔因何得知？"

那女尼淡淡一笑，道："善哉！善哉！见过尊驾的容貌，便令贫尼想起一个人来，模样却与尊驾有些相像，不过也是好久之前的事了，善哉！善哉！"只听她口中独自念诵着，神态甚是虔诚。

信王又问道："敢问这位师叔，怎生称呼？"那女尼稍一迟疑，随即坦然答道："贫尼思静，乃是峨眉派宁静师太的不肖徒弟。"

她此言一出，众侠顿时一怔，陆华春第一个抢上前，道："原来是思静师叔，师叔在上，请受师侄一拜。"说罢，躬身施礼。这边陆华春、陆华影及董扬花也上来，与思静师叔见礼。

陆华春又问起师父宁静师太的近况，道："师父她老人家现在何处？一切安好？"思静师叔道："师父一切均安好，我与师父她老人家在中京时分手，便一路追赶那一伙金兵，想着半途上去截获辇车，营救两位皇上。不料这金人当中倒有几个高手，我前脚刚到，便被他们发觉了，当即便动起手来，那两个僧人功夫着实了得，我独自一人，敌他们两个不过，便抢了一乘马，一路逃了过来。"她停了一下，又道："当日在中京与师父她老人家分手时，师父曾说要到上京与我会合。现下想来，凭师父她老人家的脚力，这点儿路程，恐怕早已到了吧。"

陆家兄妹及那位董女侠一听大喜，眼见到了上京，便可又见到师父了。只是眼前这位思静师叔的来历，只听师父讲过一次，说她本为汴京人氏，曾为汴京一带有名的歌伎，后来有缘结识了徽宗皇帝，成为皇上的知己。后来突生变故，万念俱灰，去了尼姑庵削发为尼，碰巧峨眉派的宁静师太造访汴京城，便寄居在那尼姑庵中。得悉她的身世后，甚为怜惜，便决意收她为徒，又许她可做俗家弟子，并未削发。

此事信王诸人也早有耳闻，如今果真见到，倒不便提及旧事。信王便将一行人如何聚到一块儿、一起设法营救二帝之事，简略地向那思静师叔说了。思静一听，甚为感动，便道："贫尼虽然武功低微，但也可出些微薄之力，自当助信王殿下一臂之力，共赴上京，营救二位皇上。"信王一听大喜，便将这位思静师叔也收入队中，又吩咐几位师妹好生对待。

陆华影一把将思静师叔拉到自己身边，道："师叔，师父她果是到了上京了吗？弟子可思念得很啦！真想早日与师父会面。"

思静师叔道："自此到上京，少说也有百十来里地，但师父她老人家的脚力，咱们是比不过的，又有那少林派的无极和尚以及丐帮神仙老丐与她同行。想他三位，武功盖世，当今天下无人能及，自然费不了几日便可抵达上京，若是咱们，非得花上半月光景不可。"

陆华影道："师叔，若是咱们也能练成如师父一般好的功夫，那该多好啊！"

思静道："阿弥陀佛，善哉！善哉！俗话说，要想功夫深，铁杵磨成针！日后只要肯下苦功夫，再过得十几年，功夫自然能与师父她老人家一般好啦。"

这师侄正聊得起劲，就见陆华秋在前方招手道："思静师叔，影影妹子，咱们上马赶路啦。"这才发觉众人已收拾停当，准备上马赶往金国上京城了。

行在路上，信王突然开口道："本次咱们能大获全胜，又除去了几个金国恶贼，全凭出其不意，想必这些金人急于追赶这位思静师叔，没来得及带足兵卒，那也是机缘巧合，老天爷给了咱们一个报仇的机会，只可惜，走脱那完颜花骨朵和他手下两名恶僧。不过，如此一来，料那金人势必不肯就此罢休，恐他们已猜出咱们要往上京去，一路上，大伙须得格外小心才是，以免中了金人的埋伏。"他这一提醒，众侠均又警觉起来。

单大雄道："大哥所言正是，没准儿，这金贼已在道旁设好了陷阱，专等着咱们来往里钻呢！"

李铁笛一听，铁笛一横道："那又怎样！到时候，咱们就给他来个一窝端，彻底挫一挫这金朝狗皇帝的锐气。"

冷云秋在一旁插口道："李大侠，莫过于轻敌了，所谓狗急了能跳墙，这位花骨朵适才连损三员大将，必会气得疯了，要拼命与咱们作对，那是难免的了。咱们还是听大哥的话，小心一点儿才是。"

李铁笛一听，瞪眼道："料他区区三个金贼，又能奈何咱们怎样？我李铁笛便一并收拾了。"他嘴上虽这么说，心中也完全没有把握。

信王等人一听，知他吹牛，也不在意。这边顾女侠拉了李铁笛一把，李铁笛这才住了嘴。

信王道："事不宜迟，咱们须加紧行路，最好能赶在花骨朵之前抵达上京，救出我父皇与皇兄。设想一下，若是金国的狗皇帝得知了这一次的惨败的消息，必定迁怒于大宋君臣。金人生性残虐，动起刑来，恐怕两位皇上抵受不住，唉！那也难料得很！"

众侠一听，催动坐骑，一阵急行，奔了三四里路的样子，忽听见前方水声滔滔，奔到近前一看，便见一条大河横在面前，河面甚宽，只能隐约见到对岸一片平滩之上，稀稀落落地生着几片林木。众侠停下，四下张望，找寻过河船只，谁知四外茫茫，空无一人，更别提什么渔家船只了。此刻又值冬春交替时节，南方早已山花遍野，北国还是一片萧瑟，草木刚刚吐出新芽，万物复苏，一阵北风从河对面刮来，吹到各人脸上，凉飕飕的。此时河水甚凉，游水过河，必不可行。

众侠无法，便沿着河岸向东徐行，均想："但愿此地能遇到一只小船，可渡过河去。"又再上前，突见前方不远处立着一块石碑，上前一见，上面刻着三个大字："混同江"。原来竟是一条大江，怪不得水流如此湍急！

众侠正自彷徨间，突然从远处对岸飘来一阵嘹亮的歌声，隐约听见有人正唱道："塞下秋来风景异，衡阳雁去无留意，四面边声连角起，千嶂里，长烟落日孤城闭……"信王等听出那人所唱乃是大文豪范仲淹所作的《渔家傲·秋思》，心中有些好笑，现下正值春季，怎的此人却唱起秋歌来了。

时候不大，就见一条小船自对岸徐徐划将过来，船上搭了苇篷，有位渔人正摇动着船橹，口中唱着词儿。信王大喜，急忙招手呼道："船家！船家！快划过来，渡咱们过江啊！"叫了几遍，那渔人终于止歌，不紧不慢向这边摇过来。待船儿划近，这才看清，原来那渔人是一个汉子，年龄在三十多岁，长得十分健壮，皮肤黑黑的。

这时，就听苇篷里面有个妇人娇声说话："老五，在跟谁讲话？"

那汉子一听，急忙将苇篷门帘掀开，说道："娇娘，江边来了几位客人，要我渡他们过江去。"

"是吗？"只见人影一闪，从苇篷里走出一位妇人来，但见她身穿粗布衣裳，云鬓高绾，脸上并无脂粉，左脸颊上有一道明显的刀疤。见这妇人气韵，绝非此地之妇人可比。

那妇人向信王瞧了一眼，顿时怔住了。信王也瞧见了她，忽地开口道："你，你……"一时语塞，竟一时想不起来。

那妇人倒是爽快，向信王一躬身，道："如果奴家没有认错的话，尊驾便是姓赵，是不是？"

信王一听，不明缘故，心道："这妇人看得好眼熟，不知曾在何处见到过，她又怎识得我姓赵，这可奇了！"又听那妇人叫那渔人道："老五，这群人少说也有二三十位，咱们仅一艘小船，怎可渡他们过去，不如你去附近再找几艘船来，也好渡人用。"

那老五一听，向信王等人看了一眼，道："娇娘，这些……"显得有点儿不放心。

那妇人道："我瞧他们也非坏人，你快去快回。"

那老五只得答应一声，将小船儿划至岸边，发足向一条小路跑去。

妇人见那老五跑远，这才轻挪寸步，下得船来，到了岸边，向信王俯身便拜，口称："信王殿下。"信王被她突然的举动吓了一跳，忙上前阻止道："这位大嫂，何故行此大礼？又不知因何能识得在下？"

那妇人一听，不禁垂泪道："信王，你怎的连我这婶婶也不识了呢？"

信王又是一惊，忙问道："这个……实在是在下愚钝，一时想不起来。"

那妇人这才言道："我便是你那皇叔义和郡王的妻妾啊，本家姓林。"

"哎呀，原来是林婶婶。"信王这才醒悟，急忙上前行礼。记得她正是皇叔义和郡王之妻林娇娘，又见她适才称呼那渔人为老五，心中更疑，便问道："不知我那皇叔义和郡王，现在何处？"

那林娇娘一听，又垂泪道："你那苦命的皇叔！唉！我本随他一起被金人掳往北地，不承想前些日子，路经一片沼泽地，竟然发生了意外，你皇叔一个不小心，走错了方向，连人带马陷入那沼地之中，最后连个影儿也寻不见了。我正要上去营救，被那金将一把抓到他马背上，想着要霸占我，我誓死不从，放下狠话，若他逼凶，我便自断舌头。那金将一见无法，便命人将我缚住了手脚，丢在一辆辎车里，说是要将我送给那金国皇帝。我在辎车里死命挣扎，多亏那个金兵没将我的手脚缚牢。我这一挣，便挣脱了绑绳。恰好那时，金人正沿着这条大江行走，想要到前面找船渡江去，我看见脚下滚滚的江水，心道：'既然夫君已死，我便也不要活了。'于是一咬牙，拉开车门，便跳到江中，只因不识水性，扑通了两下，便沉了下去。以后便没了知觉，待我醒来，才发现自己正躺在一家茅屋里，一位白发苍苍的老奶奶正在旁边注视着我，旁边还站着一个渔夫模样的汉子。这人大伙适才都见过了，便是奴家现在的丈夫了。"说着，又簌簌地洒下泪来。信王一听，也不禁泪流满面。

这当儿，就见从远处水面上同时现出十几只船来，有大有小，一艘艘，迎着江风，向此方向划来。一只船的船头之上，正站着那位叫老五的渔人，只听他大老远便喊道："娘子，我全铺子的船都喊来啦。这下可够用了。"

信王一见大喜，众侠也一片欢腾，待船驶到江边，纷纷牵马过江。那些艄公摇动船橹，约行了半个时辰，这才抵达岸边。

信王与那林娇娘夫妇道别。林娇娘眼望信王等人的背影渐渐远去，突然开口喊道："榛弟，救出皇上，别忘记给咱们捎个信儿啊！"

就听见信王远远答应道："放心吧，您多保重！"